국문판 『조선』지 연구

이복규 · 김정훈 **공저**

 박문사

국문판 『조선』지에 황석우의 〈생량(生凉)〉과 〈표박아(漂泊兒)〉 등 그
간 알려지지 않은 문학작품 및 국학 관련 연구 성과들이 실려 있다는
사실을 신문과 학회지를 통해 세상에 알린 것이 2003년이었다. 그 이
후 틈틈이 국학 관련 연구 성과들 가운데에서 중요한 것을 골라 해설
을 붙이고 각주를 달아 『국제어문』에 소개해 왔다. 모든 성과를 망라
한 것은 아니지만, 연구사적인 의의가 크다고 여겨지는 것들에 대한
정리는 어느 정도 이루어졌다고 보아 한데 모아 펴내기로 하였다. 10
년 만에 숙제 하나를 끝내는 셈이어서 홀가분하다.

모두 14편의 글을 실었다. 그중 제1부에 실린 두 편의 논문은 우리
가 시차를 두고 각자 발표한 것인데 이복규 논문에서 동일인인 이고
산·금오산인·무한천인·황해문·이해문을 별개 인물로 오인하는 등의
오류가 있었으나 김정훈의 후속 논문으로 바로잡혀 다행이다. 제2부
와 제3부는 국문판 조선지 수록 주요 자료와 연구 성과들에 대해 해설
을 붙여 소개한 것이다. 제2부와 제3부에 실린 이 12편의 자료와 연구
성과들을 필자별로 구분하면, 김지연의 것이 7편, 이원규의 것이 5편,
김태준의 것 1편, 김태흡의 것 1편이다. 내용별로 구분하면 구비문학
과 고전시가 분야의 것으로 구분되는데, 구비문학 관련이 6편, 고전시
가 관련이 6편이다.

이들 12편의 글이 지닌 가치와 의의에 대해서는 대부분 그 앞에 적
은 이복규 '자료 해설'에서 언급하였고, 현대시에 대해서는 김정훈의
논문에서 다루었으므로 자세한 내용을 그리로 미룬다. 다만 꼭 강조하
고 싶은 것 몇 가지에 대해서 일러두고자 한다.

첫째, 김지연이 우리 민요에 대해서 서술한 것과 민요[동요 포함]를
채록해 소개한 것은, 우리나라 사람이 근대에 들어서 우리 민요를 원

형대로 조사한 첫 사례 또는 이른 시기의 사례로 보여 주목할 만하다. 흔히 우리 민요에 대한 근대적인 조사는 1930년대부터 이루어진 것으로 여겨져 왔으나, 김지연의 자료는 그 이전에도 선례가 있었다는 것을 보여준다 하겠다. 김지연이 보고한 자료 가운데에서 아리랑만 죽기 1년 전에 발행한 『朝鮮民謠ぁりらん』에 우리말과 일본어 대역으로 묶여 있을 뿐 다른 자료는 다루어진 바 없다. 임동권 님의 『한국민요집』에서도 1912·1933·1935년 조선총독부에서 수집한 자료 및 여타 자료집이나 보고서들만 참고문헌으로 밝히고 있을 따름이다.

둘째, 김지연의 인적 사항에 대해 아직 자세히 알 수는 없으나, 현재까지 알아낸 것은 다음과 같다. 경성제대 조교를 거쳐, 조선총독부 도서과에서 1930년부터 1936년 5월까지 근무하다 같은 해 5월 15일에 사망했다는 것, 호는 백당(白堂)이라는 것, 1935년 10월 위의 책을 펴낼 당시 서울 인왕산 아래에 거주하였다는 것 등이다. 그 밖에 생년월일을 비롯해 출신 지역이며 학력 등은 여전히 미상인바 앞으로 추적 조사가 이루어져야 할 것이다.

셋째, 이원규의 글 〈조선 가요의 사적 고찰〉은 소창진평(小倉進平)보다 4개월 먼저 향가를 해독한 사례를 보여주고 있어 주목할 만하다. 비록 〈도솔가〉, 〈혜성가〉, 〈찬기파랑가〉, 〈헌화가〉 등 네 편만을 대상으로 한 해독이지만, 그때까지의 학자들이 〈처용가〉 해독에만 머물렀던 데에서 진전을 보인 것이며, 소창진평의 해독과도 차이를 보이고 있어 더욱 그러하다. 이원규가 일본 녹아도(鹿兒島) 일치군(日置郡) 이집원촌(伊集院村) 묘대천(苗代川)에 거주하는 조선 이주민 사이에서 전해 내려온 옥산신사례제(玉山神社例祭)의 민요적(民謠的) 축사(祝詞) 2편과 용가(踊歌)를 우리말로 해독해 소개한 것도 주목된다. 이는 요즘 논의되는 디아스포라 문학에 대한 이른 시기의 연구 성과라 평가할 수 있다고 본다.

넷째, 이원규의 인적 사항에 대해서는 아직 밝혀져 있지 않다. 다만 국문판 조선지에 발표한 이원규의 글들을 종합하면, 전통 학문과 근대 학문을 겸했던 인물로 추정되며, "도락산(道樂山) 밑에서 출생하야 농촌이 고향인 나"라는 자술 내용으로 미루어, 도락산이 소재한 충북 단양군 단성면 가산리가 출신지임을 알 수 있다. 아울러 "하층 노동자의 생활을 계속하는 나의 육신에는 공교히 제반 환경의 지배와 구속을 받아서, 쓰고 싶은 글을 쓸 만한 시간의 여유를 얻지 못한 것이 유감이다."라는 대목으로 미루어, 지식인이면서도 하층 노동자로 살아가면서 문필 활동을 했던 것으로 보인다.

다섯째, 천태산인 김태준의 글 〈조선 고대 가곡의 일련〉은 1932년 5월에 국문판 『조선』에 발표한 글로서, 경기체가의 개념 규정 및 〈한림별곡〉의 문학사적 위상을 다룬 이른 시기의 연구 성과이다. 하지만 그간 거론된 바 없으며, 『김태준전집』(보고사, 1990)에도 누락되어 있다.

여섯째, 국문판 『조선』지가 친일적인 글로만 채워졌으리라는 기존의 선입견은 부분적으로나마 수정되어야 한다. 이원규를 비롯한 국문학자와 아울러 현실비판시를 발표한 박일란·만웅 등의 사례가 보이기 때문이다.

끝으로, 여기 수록하는 국문판 『조선』지의 글들은 명백한 오자(誤字)가 아니면 가능한 한 원형대로 제시하려 힘썼다는 것을 밝혀 둔다. 한자 표기를 한글로 고치고, 띄어쓰기와 문장부호만 현대식으로 하였을 뿐 다른 표기는 원문대로 하는 것을 원칙으로 하였다. 민요의 사설은 띄어쓰기를 엄격하게 하지 않았다. 한글 표기로 바꾸었으나 필요한 경우에는 한자를 괄호 안에 병기하였고 설명이 필요할 때는 주석을 달았으며, '廿五首' 같은 숫자는 '25수'처럼 아라비아숫자로 고쳤다. 필자가 이 작업을 하는 동안에 현존하는 국문판 『조선』지 42책이 영인되어 『식민지시기의 조선총독부 기관지 조선문 조선 세트』(문현, 2011)라는 이름으로 나왔으니 다행한 일이다. 앞으로 현대 산문을 비롯하여 이 책에서 다루지 못한 자료에 대해 활발한 연구가 이루어지리라 믿는다.

2013년 5월

이복규·김정훈

┃머리말┃ ··· 3

제1부　국문판『조선』지 수록 자료에 대하여　　9

　　제1장 조선총독부 기관지 국문판『朝鮮』지
　　　　　수록 문학작품 및 민속·국문학 관련 논문들에 대하여 ·· 11
　　제2장 국문판『조선(朝鮮)』지 수록 현대시 연구 ······················· 63

제2부　구비문학 관련 자료와 해설　　107

　　제1장 김지연, 조선 민요에 대하야 ····································· 109
　　제2장 김지연, 조선 민요의 연구(1) ·································· 129
　　제3장 김지연, 조선 민요의 연구(2) -조선 민요 아리랑(1)- ···· 139
　　제4장 김지연, 조선 민요의 연구(3) -조선 민요 아리랑(2)- ···· 165
　　제5장 김지연, 고금농요집[농요·부요] ······························· 187
　　제6장 김백당[김지연], 동요 가지가지 ······························· 245

제3부　고전시가 관련 자료와 해설　　281

　　제1장 김지연, 조선문학과 어희고(語戲考) ························· 283
　　제2장 이원규, 조선 여성의 시가적 생활 ··························· 309
　　제3장 이원규, 조선 가요의 사적 고찰 ····························· 331
　　제4장 이원규, 조선 가요사상으로 본 시조의 기원과 변천 ····· 369
　　제5장 김태준, 조선 고대 가곡의 일련 ····························· 455
　　제6장 김태흡, 세종대왕의 신불과 월인천강곡 ····················· 467

　색 인 ·· 521

국문판『조선』지 연구

제1부

국문판 『조선』지 수록
자료에 대하여

제1장 조선총독부 기관지 국문판 『朝鮮』지

　　　 수록 문학작품 및 민속·국문학 관련 논문들에 대하여

제2장 국문판 『조선(朝鮮)』지 수록 현대시 연구

국문판 『조선』지 연구

조선총독부 기관지 국문판 『朝鮮』지(1924.1~1934.3) 수록 문학작품 및 민속·국문학 관련 논문들에 대하여

-On Literary works and Folk Korean Literture Papers in Chosunchongdokbu's Korean Version Magazine Chosun(朝鮮)-

이복규

- 목 차 -

Ⅰ. 머리말

Ⅱ. 국문판 『朝鮮』지는 어떤 책이며 현재 어디에 있나?

Ⅲ. 국문판 『朝鮮』 안에 수록된 작가와 작품은 구체적으로 어떤 것들이 얼마나 있는가?

Ⅳ. 이 잡지의 전모가 왜 그간 세상에 알려지지 않았는가?

Ⅴ. 국문판 『朝鮮』에 실린 논문에는 어떤 것이 있나?

Ⅵ. 맺음말

〈부록〉:Ⅰ. 국문판 『朝鮮』지 수록 민속·문학·국어 관련 논문 및 문학작품 목록

　　　　Ⅱ. 국문판 『朝鮮』지 수록 전체 작가 및 민속·국문학 논문 필자 가나다순 목록

Ⅰ. 머리말

이 글에서 다루는 국문판 『朝鮮』은 조선총독부에서 일정한 시기에 매월 발행하던 기관지로서 종합잡지의 성격을 띠고 있다. 원래 잡지 자체에서의 題名은 '朝鮮文 朝鮮'·'됴션문 朝鮮'·'ㅈㅗㅅㅓㄴ 朝鮮'· 'ㅈㅗㅅㅓㄴ 朝鮮' 등 시기별로 다양하게 표기하고 있으나, 이 글에서 는 편의상 '국문판 朝鮮'으로 적는다는 것을 먼저 밝혀 둔다. 이 잡지 는 이상(李箱)의 처녀작이자 유일한 장편소설인 〈12월 12일〉을 비롯해 세 편의 소설이 발표되었던 잡지이다. 『문학사상』 1975년 9월호 및 1977년 5월호에 자세히 나와 있듯이, 1930년 2월호(제148호)에 '이상' 이란 필명으로 실은 〈12월 12일〉, 1932년 3월호(제173호)에 '비구(比 久)'란 필명으로 실은 〈지도의 암실〉, 1932년 4월호(제174호)에 '보산 (甫山)'이란 필명으로 실은 〈휴업과 사정〉이 그 작품들이다. 이상의 세 작품은 잡지 수집가인 고 백순재(白淳在) 님의 제공으로 『문학사상』지 를 통해 세상에 알려지게 되었는데, 그간은 이상의 세 작품에만 주목 하였을 뿐, 정작 국문판 『朝鮮』지 전체의 내용을 확인하려는 노력은 기울여지지 못하였다. 또한 고 백순재 옹이 그 전모를 소개한 적도 없 다. 아마도 백순재 옹이 국문판 『朝鮮』지의 일부만 소장했기 때문이 아닌가 추정된다.

그러던 차, 필자는 아주 우연한 기회에 국문판 『朝鮮』지 전체를 열 람하게 되었다. 1995년경 〈주몽신화〉 관련 일제강점기하의 초기 연구 성과를 모으던 중 일문판 『조선』지에 관련 논문이 있다는 사실을 알게 되었고, 다시 거기 실린 자료들을 탐색하다가 장승두(張承斗), 오청(吳 晴) 등 그간 전혀 몰랐던 인물들의 민속 관련 논문들이 실려 있는 것을 발견했다. 이를 간간이 번역해 논문으로 소개하다가 2002년도에는 아 예 책으로 내기 위해 일문학 전공자인 김기서 박사와 매주 한 차례씩

만나 번역 작업을 시작했다. 그 과정에서 〈봉산탈춤〉 채록본 기사를 보
게 되었고, 이 자료에 대한 연구 성과가 있는지 알아보다가 김홍규 교
수가 쓴 「봉산탈춤 1936년 채록본에 대하여」(『훈민 최정여박사송수
기념 민속어문논총』, 대구, 계명대학교 출판부)란 논문을 통하여, 일
문판 『조선』지와 함께 국문판 『朝鮮』지도 발행되었다는 사실을 처음
알았다. 하지만 무슨 까닭에선지는 몰라도, 김홍규 교수는 국문판 『朝
鮮』지를 입수하는 데는 실패하였다고 밝혀 놓았다.

　김홍규 교수의 그 논문을 보는 순간, 필자는 그간 김기서 박사와 공
동으로 번역한 작업이 헛수고로 돌아갈지도 모른다는 불안감과 함께,
따로 번역하지 않아도 되겠다는 기대감에 휩싸였다. 왜냐하면 국문판
『朝鮮』은 일문판 『조선』의 내용을 표기 문자만 달리해서 발행한 것이
라 짐작했기 때문이다. 어서 국문판 『朝鮮』의 내용을 확인하고 싶었
다. 국립중앙도서관 인근에 거주하는 김기서 박사에게 그 목차 전체를
복사해 오도록 요청해 살펴보니, 일문판과는 발행 날짜는 물론, 내용
도 다른 별개의 잡지로 발행되었다는 것을 알게 되었다.

　그래서 필자가 직접 국립중앙도서관에 가서 마이크로필름을 돌려
가며 민속 관련 논문을 복사하는 과정에서, 의외로 국문학과 관계된
논문의 존재도 발견하게 되었고, 이상의 소설 〈12월 12일〉도 보게 되
었다. 처음에는 이상의 〈12월 12일〉도 알려지지 않은 작품인 줄 알고
긴장했으나, 조동일 교수의 『한국문학통사』와 김윤식 교수의 『李箱硏
究』를 보니, 1975년에 『문학사상』지를 통해 발굴되어 이미 알려진 작
품이었다. 나머지 두 작품도 마찬가지였다. 그 밖에 黃錫禹, 李海文, 石
泉도 이미 알려진 작가였다.

　게다가 국문판 『朝鮮』에는 李箱, 李海文, 石泉, 黃錫禹의 작품만 실
린 것이 아니었다. 그동안 전혀 알려지지 않은 작가와 작품이 실려 있
다는 것을 확인했다. 갈래도 다양하여, 한시·가사·시조 같은 전통 갈

래는 물론, 시·소설·희곡·동요·동화·평론 등도 실려 있었다. 집계한
결과는 대략 다음과 같다. 단, 가사·한시·수필·만담류는 통계에서 제
외하였으며, '시·시조·민요시' 및 '전설·동화·소설' 등의 갈래 규정에
서 다소 주관적인 판단을 내린 경우도 있으므로, 제시한 수치는 약간
유동적일 수 있다는 것을 밝혀둔다. 그간 알려지지 않은 작가만 대략
80여 명 정도가 되고, 작품 수는 360여 편에 이름을 알 수 있다. 민속·
국문학 연구자로서 새로 드러난 인물만 총 17명에 23종(시리즈 논문
각각을 1편으로 보면 총 36편)의 논문이 실려 있음을 알 수 있다.

- 시(민요시·번역시 포함) : 총 57명 작가의 178편(黃錫禹와 李海
  文·石泉 3인 외에는 알려지지 않은 시인들임)
- 동요 : 총 38명 작가의 77편(裵相哲과 李海文 2인 외에는 알려
  지지 않은 시인들임).
- 시조 : 총 15명 작가의 79편
- 소설 : 총 15명 작가의 24편(李箱의 작품 3편 - 〈十二月十二日〉,
  〈地圖의暗室〉, 〈休業과事情〉 - 은 70년대에 『문학사상』지를 통
  해 알려짐.)
- 동화 : 1명 작가의 1편
- 희곡 : 총 3명 작가의 3편
- 평론 : 총 4명 작가의 4편
- 민속·국문학 논문 : 총 17명 연구자의 23종(총 36편)

이제 이 잡지와 여기 실린 작품, 논문들에 대해 몇 개의 항목으로 나
누어 소개하기로 한다. 본격적인 연구는 차후의 과제로 미루고, 여기
에서는 자료 소개에만 주력하기로 한다.

II. 국문판 『朝鮮』지는 어떤 책이며 현재 어디에 있나?

국문판 『朝鮮』지는 일제강점기에 조선총독부에서 발행한 종합지이다. 『조선』지는 일어판으로도 발행되었는데, 국문판 『朝鮮』은 일어판 『조선』과는 내용이 전혀 다르고 발행 시기도 다르다. 총독부 직원에게만 배포된 것이 아닌가 짐작하였으나, 수시로 실리는 '원고 모집' 기사라든가, '판매 안내' 기사를 보아, 일반인들에게까지 광범위하게 유통되었던 잡지임을 알 수 있다.

국문판 『朝鮮』은 현재 제76호(1924년 4월호)~81호, 93호~197호(1934년 3월호)가 국립중앙도서관 귀중본실에, 제39호((1920.12)·51호(1921.12)·65호(1923.2)는 연세대학교중앙도서관 귀중본실에 각각 소장되어 있고, 원본 열람은 불가능하며, 국립중앙도서관의 것은 마이크로필름을 통해서 그 내용을 볼 수 있다. 매월 발행되었으므로, 그 창간 시기는 1919년 1월로 추정 가능하나 종간 시기는 추정이 불가능한데, 일어판 『조선』지의 종간 시기가 1944년 11·12월인 것을 미루어, 아마도 국문판 『朝鮮』지의 종간 시기 역시 1944년 말쯤이 아닐까 추정된다. 현전하는 마지막 호수인 197호가 종간호가 아님은, 거기 실린 이해문의 소설 〈농촌의 애인〉(7)의 끝에 "未完"이라고 적혀 있는 것을 보아 알 수 있다.

국립중앙도서관 소장본을 보면, "保存"이란 도장과 함께 "조선총독부기증본"이라는 도장이 찍혀 있는 것으로 미루어, 조선총독부에서 보존본으로 관리하고 있던 것을, 일본이 패망해 물러가면서 우리 측에 기증하였던 것으로 추정된다. 제76호 이전 자료의 소재는 알 수 없으나, 연세대학교 도서관에 있는 몇몇 책의 차례를 보거나, 101호의 〈기고환영〉 기사를 보건대, 100호까지는 "일반행정, 산업, 법규 등"에 관한 기사만 실었기에, 문학작품은 수록되어 있지 않다는 것을 알 수 있다. 101호(1926.3)부터 편집 방침을 바꾸어 "조선에 재한 각반 고사자료(攷事資料), 사회개선, 지방의 양풍미속, 각승고적소개, 기행문, 사조(詞藻) 급 내지시찰다감상기록 등"의 기사도 수록하게 되었다는 것을 알 수 있는 것이다. 실제로, 현전하는 책들을 보면, 98호까지는 한시 외에는 문학작품이 전혀 실리지 않다가 99호(1926.1)에 와서 배상철의 시 2편이 실리고, 101호에서 새로운 편집 방침을 홍보한 후, 103호부터 문학작품이 실리기 시작하였음을 확인할 수 있다. 따라서 문학작품이나 민속·국문학 및 여타 국학에 관한 글은 현재 전하는 76호부터 보아도 무방하다고 할 수 있으나, 197호 이후의 행방에 대해서는 계속 탐문해야 하리라고 본다. 이해문의 〈농촌의 애인〉의 결말을 보기 위해서도 그렇고 다른 작품들도 실려 있을 것이 확실하기 때문이다.

Ⅲ. 국문판 『朝鮮』 안에 수록된 작가와 작품은 구체적으로 어떤 것들이 얼마나 있는가?

국문판 『朝鮮』 안에는 국문으로 발표된 시·소설·희곡·동화·동요·평론 등이 다수 실려 있다. 뒤에 제시하는 〈목록〉에서 나타나듯, 그간 학계에서 전혀 모르고 있던 작가의 작품들이 대부분이다. 국문판 『朝鮮』에 글을 실었던 학자 중 안확·이능화·최남선의 글들만 그후 단행본이나 전집이 나오면서 세상에 알려졌고, 작가 중에서는 이상·황석우·석천(더러 '돌샘'으로 표기되는데 석천과 동일인인지 여부는 미상임)·이해문 등만 더러 거론되었는데, 이들에 대한 작품론도 다른 데 발표된 작품만을 대상으로 논의하였을 뿐, 국문판 『朝鮮』에 실린 작품은 어떤 책에서도 다루어지지 않았다. 그간의 연구 업적을 망라하여 집필된 조동일 교수의 『한국문학통사』의 경우만 보아도 이 사실을 잘 알 수 있다. 실제로 조동일 교수의 『한국문학통사』에서는 이해문을 시만

쓴 것으로 다루었는데, 국문판 『朝鮮』을 보면 여러 편의 동요와 3편의 소
설을 발표했다는 것을 알 수 있으며, 석천의 작품에 대해서도 시 1편(〈나
의 가슴〉), 희곡 1편(〈유린〉)의 작가로 다루었는데, 국문판 『朝鮮』에는
소설 2편(〈짐생의 신세타령〉, 〈奇遇의 男妹〉) 및 논문 1편(〈농촌의 오락과
취미〉)이 실려 있다는 것도 확인된다.

　국문판 『朝鮮』지에 수록된 작가와 작품을 대략 집계해 보면 다음과
같다(세밀한 연구가 진행되면 작품 편수는 약간 유동적일 수 있음).

• 3편 이상의 작품을 발표한 작가들의 목록

　裵相哲 : 시 14편, 동요 1편, 평론 1편, 소설 1편(삼국지 번역)

　李海文 : 시 20편, 동요 3편, 민요시 3편, 시조 2편, 소설 4편

　全萱植 : 시 8편, 동요 1편, 소설 2편

　玉洞居士 : 49편

　蔡奎三 : 시 16편, 동요 3편

　金烏山人 : 시 8편, 동요 3편, 시조 1편

　尹曙野(曙野) : 시 8편, 동요 2편

　韓裕順 : 시 5편, 동요 9편, 동화 1편

　李孤山 : 시 5편, 동요 2편, 민요시 4편

　聲飢園 : 시 4편, 동요 1편

　金泳德 : 시 4편

　黃錫禹 : 시 3편

　白松庵 : 시 3편

　白智燮 : 시 3편, 동요 1편

　蔡月城(月城) : 시 3편, 동요 1편

　星南生 : 소설 4편

이제 좀 더 구체적으로 국문판『朝鮮』에 실린 작가와 작품의 목록을
제시하면 다음과 같다.

1) 율문의 작가와 작품(괄호 안의 숫자는 작품 편수임.)

(1) 시 작가와 작품(작품 편수가 많은 순) : 총 55명에 160편(黃錫禹,
李海文, 石泉 외에는 알려지지 않은 시인들임)

李海文(20편) 蔡奎三(16편) 裵相哲(裵春岡)(14편) 全萱植(8편) 金烏
山人(8편) 尹曙野(曙野)(8편) 韓裕順(5편) 李孤山(5편) 金泳德(4편) 黃
錫禹(2편)(*『한국문학통사』, 9.12.4 및 10.1.5) 白松庵(3편) 白智燮(3
편) 蔡월성(月城)(3편) 聲飢園(3편) 崔鼎錫(2편) 鄭尙銓(2편) 朴一蘭(2
편) 城川江人(2편) 李蓮玉(2편) 一曙(2편) 春星(2편) 李裕岦(2편) 李孝
寬(2편) 李東湖(2편) 涙香(2편) 金少春(2편) 權大慶(2편) 尹鐘(2편) 聲
飢豚(2편) 金彩蘭(2편) 蔡奎媛(2편) 黃錫禹(2편) 洪淳翼(1편) 雲月山人
(1편) 姜桂欽(1편) 金成文(1편) 金南園(1편) 姜詩煥(1편) 黃海文(1편)
금孔雀(1편) 春嬉生(1편) 韓春蟪(1편) 柳次元(1편) 無限川人(1편) 金昌
濟(1편) 朴冕淑(1편) 蔡金順(1편) 蔡奎卿(1편) 春霞(1편) 靑龍山人(1편)
狂笑(1편) 蔓雄(1편) 李梅溪(1편) 金柱煥(1편) 成耆日(1편)

(2) 동요 작가와 작품 : 총 38명에 77편.

韓裕順(9편) 蔡奎鏡(7편) 金少春(少春)(6편) 韓春蟪(4편) 郭仁榮(4
편) 李海文(3편) 蔡金順(3편) 山城人(3편) 蔡奎三(3편) 金烏山人(3편)
尹曙野(曙野)(2편) 채린(2편) 金彩蘭(2편) 李孤山(2편) 裵相哲(1편) 沈
永斌(1편) 蔡월성(1편) 洪允植(1편) 全萱植(1편) 朴冕淑(1편) 姜昌淳(1
편) 成耆日(1편) 聲飢園(1편) 蔡奎媛(1편) 白智燮(1편) 한혜순(1편) 白
東均(1편) 李秀鶴(1편) 無限川人(1인) 南夕鐘(1편) 채샘근(1편) 蔓礁居
人(1편) 채달성(1편) 孟軾(1편) 金五坤(1편) 洪淳翼(1편) 徐蒼湖(1편)

鄭在璇(1편)

(3) 민요시 작가와 작품 : 총 5명에 13편.

李孤山(3편) 돌샘(3편) 李海文(3편) 無限川人(1편) 金烏山人(3편)

＊ 기타 〈민요〉로 분류되어 실린 작품이 10여 편 있으나 전래 민요인
　지 창작인지 모호하여 제외하였음.

(4) 시조 작가와 작품 : 총 15명에 79편.

玉洞居士(49편) 柳次元(5편) 吳樂敎(4편) 鄭泰默(4편) 金泰洽(金素
荷)(3편) 金少春(3편) 金彩蘭(2편) 李海文(2편) 梁基炳(1편) 돌샘(1편)
李湘(1편) 姜昌淳(1편) 韓海龍(1편) 池福文(1편) 金烏山人(1편)

(5) 번역시 작가와 작품 : 2명에 5편(알려지지 않은 작품)

裵相哲(裵春岡)(4편; 한시의 번역) 李蓮玉(1편; 하이네 시의 번역)

2) 산문작가와 작품

(1) 소설 작가와 작품 : 총 15명에 총 24편(이 중 이상의 작품 3편만
70년대에 『문학사상』지를 통해 세상에 알려졌음.)

星南生(4편) : ① 〈人情의 美(2회)〉 ② 〈寶媛의 참을人性(2회)〉 ③ 〈疑問
인鐵路의 屍體(2회)〉 ④ 〈孝行〉

李海文(4편) : ① 〈彷徨(3회)〉 ② 〈寫眞(2회)〉 ③ 〈農村의 愛人(7회)〉

李箱(3편) : ① 〈十二月十二日(9회)〉 : 『문학사상』 1975년 9월호에
소개되었음. ② 〈地圖의暗室〉 : 『문학사상』 및 『이상문학전집』(1991)에
소개되었음(현재 국립도서관 소장본에는 이 작품 부분이 누군가에 의
해 잘려나가서 볼 수 없는 상태임). ③ 〈休業과事情〉 : 『문학사상』 1977
년 5월호에 소개되었음.

全萱植(全訥齋)(2편) : ①〈黃昏의再夢〉(2회) ②〈順子의설음(2회)〉

石泉(2편) : ①〈짐생의신세타령〉 ②〈奇遇의男妹〉

崔鼎錫(1편) : 〈붓다리〉

一眄生(1편) : 〈四角幻滅(9회)〉

金素荷(1편) : 〈靑羊〉

姜又慶(1편) : 〈灰色의薔薇(7회)〉

金哲宇(1편) : 〈福女와順女〉

池巖波(1편) : 〈잇지못할그時節(4회)〉

金少春(1편) : 〈煙氣속에살어진한떨기꽃?〉

裵相哲(1편) : 〈新譯 三國誌(11회, 未完)〉

金烏山人(1편) : 〈忠僕된原因〉

金華山人(1편) : 〈慶州의개무덤〉

(2) 동화 작가와 작품 : 1명에 1편(알려지지 않은 작품임)

韓裕順(1편) : 〈개와고양이〉

(3) 희곡작가와 작품 : 총 4명에 4편(3편 모두 전혀 알려지지 않은 작품임)

金泰洽(1편) : 〈布施太子(2회)〉

李源圭(1편) : 〈남생이말식히는아우〉

李一和(1편) : 〈出賣人의受難〉

(4) 평론 작가와 작품 : 총 4명에 4편.

姜曉天(1편) : 〈米國文學의世界的進出(1회)〉

裵相哲(1편) : 〈作詩法(5회)〉

紫霞生(1편) : 〈輓近의少年小說及童話의傾向(3회)〉

尹曙野(1편) : 〈文學과 評論에 對한 片想(1회)〉

* 기타 '漫談'으로 분류되어 있는 郭昌鉉(郭蘭史)의 세 편의 연작
(〈腰折할우슴거리〉, 〈千里駒〉, 〈新舊式縱橫觀〉)과 〈鄕村農老閑話〉,
〈京城老後閑話〉도 여타 산문으로서 검토가 필요하다.

Ⅳ. 이 잡지의 전모가 왜 그간 세상에 알려지지 않았는가?

앞에서도 언급했듯이, 국문판 『朝鮮』지의 존재가 세상에 알려진 것
은 이번이 처음이 아니다. 1975년에 발견되어 학계를 놀라게 했던 이
상의 처녀작이자 유일한 장편소설 〈12월 12일〉이, 바로 이 국문판 『朝
鮮』에 실렸다는 사실이 『문학사상』지를 통해 알려졌기 때문이다. 그
후 『문학사상』은 국문판 『朝鮮』에 발표된 이상의 다른 소설, 즉 〈지도
의 암실〉 및 〈휴업과 사정〉도 세상에 알렸다. 하지만 이상의 소설에만
주목했을 뿐, 어느 누구도 국문판 『朝鮮』을 입수하여 그 전모를 살펴
볼 생각은 하지 않았다. 이는 그 후의 동향을 보면 알 수 있다. 아마도
당시에 이 정보와 자료를 제공한 고 백순재 선생이 이상의 작품이 실
린 국문판 『朝鮮』지만을 입수했을 뿐 전모는 몰랐거나, 전모를 알았더
라도 이상만이 유명인이므로 다른 작가 작품에 대해서는 관심을 가지
지 않았던 것이 아닌가 판단된다.

또한 최근에 확인한 사실인데, 1989년 무렵에 현재 박이정출판사의
전신이었던 서광출판사에서 국문판 『朝鮮』의 문예 관련 기사만 발췌
하여 한정판으로 영인 출판해 일부 개인에게만 보급하기도 하였지만,
그 안에 실려 있던 작품들에 대해서는 어느 누구도 주목하지 않았다는
것을 알 수 있다. 설마 총독부 기관지에 문학작품이 실려있을까 하는
선입감 때문이었는지도 모른다. 이는 마치 『박순호교수 소장 필사본

고소설전집』이 영인 출판되고도 그 안에 어떤 작품들이 들어있는지
다들 모르고 있다가, 실전 판소리 〈무숙이타령(왈짜타령)〉의 소설 정
착본인 〈계우사〉가 실렸다는 사실이 1992년에 와서야 서울대 김종철
교수에 의해 우연히 발견되어 세상에 알려졌던 일을 떠올리게 한다.

V. 국문판 『朝鮮』에 실린 새 논문에는 어떤 것이 있나?

국문판 『朝鮮』에는 문학작품만 실린 것이 아니다. 단행본이나 전집
으로 묶여짐으로써 이미 알려진 안확, 이능화, 최남선·촌산지순의 글
을 제외하고서도, 민속 및 국문학 관련 논문들이 상당수 실려 있다는
것을 알 수 있다. 모두 17인의 필자가 23종(36편; 연속으로 발표한 경
우 그 각각을 1편으로 계산한 것)의 논문을 썼는데, 이들 성과는 우리
국문학 및 민속 연구에서 초기의 업적(이른바 제1기)에 해당하는데도
그간 연구사 검토에서 누락되어 왔다. 특히 李源圭가 시조의 기원과
변천을 다룬 글, 전통시대 여성과 시가와의 관계를 다룬 글, 金志淵이
민요를 연구한 글은 중요한 초기 업적인데도 그 내용이 베일에 가려
있었다. 한편, 金志淵이 보고한 아리랑을 비롯한 민요와 동요 자료는
임동권 선생의 『韓國民謠集』에도 올라 있지 않아 주목할 만하다. 임동
권 선생, 임석재 선생 채록본과 비교 연구해 볼 만한 자료들이다. 金台
俊의 〈朝鮮의 古代歌曲의 一觹(175호, 1932.5)〉은 『金台俊全集』에도
누락되어 있는 자료이다.

국문판 『朝鮮』에 실린 논문의 목록을 보면 다음과 같다(앞에서도 기
술했듯이, 이미 단행본이나 전집으로 나온 것들은 생략하고, 새로운
것들만 제시하였음).

1) 兪致祥(江原道 蔚珍郡 梅花公立普通學校 訓導), 遊戲와 社會 風敎

에 就하야(79호, 1924.4)

2) 張得俊, 改良할 朝鮮 家庭의 慣習(94호, 1925.8)

3) 慶尙南道, 晉州의 鬪牛(95호, 1925.9)

4) 裵相哲, 迷信根絶論(99호, 1926.1)

5) 總督府 文書課, 外人의 見한 朝鮮部落의 宗敎(107호, 1926.9)

6) 石泉, 農村의 娛樂과 趣味(126호, 1928.4)

7) P生, 北朝鮮 住家의 溫突(129호, 1928.7)

　___, 厠間에 對하야(134호, 1928.12)

8) 李源圭, 朝鮮歌謠의 史的 考察(134호, 1928.12)

　_____, 朝鮮 歌謠史上으로 본 時調의 起源과 變遷(136호, 1929.2)

　_____, 朝鮮 歌謠史上으로 본 時調의 起源과 變遷(2)(137호, 1929.3)

　_____, 朝鮮 歌謠史上으로 본 時調의 起源과 變遷(3)(138호, 1929.4)

　_____, 朝鮮 女性의 詩歌的 生活(1)(143호, 1929.9)

　_____, 朝鮮 女性의 詩歌的 生活(2)(145호, 1929.11)

9) 金志淵, 朝鮮 民謠에 對하야(141호, 1929.7)

　_____, 朝鮮文學과 語戱考(148호, 1930.2)

　_____, 朝鮮 民謠의 硏究(1)(151호, 1930.5)

　_____, 朝鮮 民謠 아리랑(1)-朝鮮 民謠의 硏究(2)-(152호, 1930.6)

　_____, 朝鮮 民謠 아리랑(2)(153호, 1930.7)

　_____, 古今農謠集(1)(154호, 1930.8)

　_____, 古今農謠集(2)(155호, 1930.9)

　_____, 古今農謠集(3)(156호, 1930.10)

　_____, 婦謠 一束(154호, 1930.8)

10) 安之覃, 朝鮮 民謠의 古今(151호, 1930.5)

11) 金白堂, 童謠 가지가지(上)(157호, 1930.11)

　_____, 童謠 가지가지(下)(158호, 1930.12)

12) 金昌鈞, 延烏郎과 細烏女 傳說의 由來(上)(168호, 1931.10)

_____, 延烏郎과 細烏女 傳說의 由來(下)(169호, 1931.11)

13) 金台俊, 朝鮮의 古代歌曲의 一欛(175호, 1932.5)

14) 金泰洽, 世宗大王의 信佛과 月印天江曲(1)(188호, 1933.6)

_____, 世宗大王의 信佛과 月印天江曲(2)(189호, 1933.7)

_____, 世宗大王의 信佛과 月印天江曲(3)(190호, 1933.8)

_____, 世宗大王의 信佛과 月印天江曲(4)(191호, 1933.9)

15) 村山智順, 朝鮮의 祈子 習俗(1)(173호, 1932.3)

_____, 朝鮮의 祈子 習俗(2)(174호, 1932.4)

16) 近藤時司, 朝鮮 神話의 特異性(173호, 1932.3)

17) 안드레아스 엑카르트(玄永燮 譯), 朝鮮藝術論(194호, 1933.12)

VI. 맺음말

앞으로 해야 할 일들이 무엇인지 제시하는 것으로 맺음말을 삼고자
한다.

첫째, 잡지의 성격과 기능을 재론하면서, 기고한 작가들에 대해서도
검토가 필요하다. 작가로 인정받지 못한 사람이 대다수인 것 같고, 그
래서 조선총독부 잡지를 발표지면으로 택하지 않았을까 하는 생각이
드는데, 정말 그런지 연구할 필요가 있다. 일제의 조선총독부는 조선
인의 조선어 사용을 탄압할 때에도 일본 신문, 잡지, 방송에서는 조선
어 사용 부분을 계속 두었다. 일본어를 모르는 사람들을 회유하기 위
해서는 부득이한 일이었다. 회유의 방법도 반드시 직접적인 것은 아니
었다. 그런 사실에 대한 총괄적인 이해를 하면서 『朝鮮』이라는 잡지를
고찰하는 것이 바람직하다(이 항목은 조동일 선생님의 의견을 정리한
것임).

둘째, 새로 알려진 작가에 대한 추적 연구가 필요하다. 실명으로 발표한 작가는 물론 필명으로 발표한 작가에 대해서도 연구해야 한다. 간혹 필자의 거주 지역이 밝혀져 있기도 하므로 면밀하게 추적하면 작가의 신상 정보를 알아낼 수 있으리라 기대한다.

셋째, 수록된 작품들의 문학사적 가치에 대한 연구가 본격적으로 이루어져야 한다[현대시의 양상에 대해서는 김정훈 박사에 의해 연구가 이루어졌음. 「국문판 『조선(朝鮮)』지 수록 현대시 연구」, 국제어문 30, 2004, 111-152쪽 및 이 책 제1부 제2장 참고].

넷째, 국문판 『朝鮮』지에 실린 민속학·국문학·국어학 관련 논문들의 내용과 그 연구사적 의의에 대해서도 자세한 고찰이 필요하다.

다섯째, 현재 전해지지 않는 호수들의 소재를 파악하기 위해 노력해야 한다. 현재 제39호·제51호·제65호, 제76호~81호, 93호~197호만 전해지는데, 문학작품이 다수 실려 있는 197호 이후의 호수는 소재를 탐문할 필요가 없다고 보인다. 서지학자 金鐘旭 씨에 의하면, 『京城日報』 기사에서, 국문판 『朝鮮』은 197호를 마지막으로 더 이상 발행하지 않는다고 광고했다고 한다. 특히 李箱의 소설 〈地圖의 暗室〉은, 현재 국립중앙도서관 소장본에서는 그 부분만 누군가 오려가서 원문을 볼 수가 없는 실정이다. 고 백순재 선생의 장서를 소장하고 있는 雅丹文庫에 특별히 부탁해 열람한다든지, 일부 호수를 소장 중이라는 임동권 선생의 도움을 받는다든지 여타 개인 소장자들의 협조를 얻어 확보할 일이다[임동권 선생 소장 도서는 현재 국립민속박물관에 기증되어 있음].

여섯째, 차제에 국문학 연구에서 기초적 연구의 필요성을 다시 한번 강조하고 싶다. 자료가 없어서 연구하지 못하겠다는 말을 가끔 하는데, 이는 일정 부분 진실이지만 일정 부분 거짓이기도 하다. 자료가 없는 것이 아니라 우리가 자료를 찾지 않으므로 발견하지 못하는 것이라는 사실을 국문판 『朝鮮』은 웅변하고 있다.

〈부록〉

I. 국문판 『朝鮮』지 수록 민속·문학·국어(한글) 관련 논문 및 문학작품 목록

(①자료가 없거나 한시만 있는 호수는 제외함. ②표기와 띄어쓰기 등 원전대로 하였음. 단 같은 글자의 반복을 의미하는 '々'는 편의상 무시하고 현행대로 앞의 글자를 반복해서 적음. ③제목 앞 괄호 안의 갈래 표시는 필자가 한 것이며, [ ]안의 것은 원전에서 표방한 갈래임.)

99호(1926.1)
(시) 새해, 燕岐 裵相哲
(시) 貯金, 燕岐 裵相哲

101호(1926.3)
(시) SK에게, 蒼厓生

105호(1926.7)
(시) 田園의여름, 春岡 裵相哲

107호(1926.9)
(시) 淸江, 雲岡 姜桂欽
(논문) 外人의見한朝鮮部落의宗敎, 文書課

108호(1926.10)
(漫談) 鄕村農老閑話, 郭昌鉉

109호(1926.11)
(시) 秋月夜, 金成文
(漫談) 鄕村農老閑話(承前), 郭昌鉉

110호(1926.12)
(漫談) 鄕村農老閑話(承前), 郭昌鉉

111호(1927.1)
(시) 除夕夜, 加平 李梅溪
(시) 寅에서卯까지, 燕岐 崔鼎錫
(漫談) 鄕村農老閑話(承前), 郭昌鉉

112호(1927.2)
(漫談) 鄕村農老閑話(承前), 郭昌鉉

113호(1927.3)
(시) 夜間, 順川 鄭尙銓
(시) 돈(錢), 順川 鄭尙銓
(시) 金錢, 城津 白松庵
(시) 歲月우흘음, 城津 白松庵
(漫談) 鄕村農老閑話(承前), 郭昌鉉

114호(1927.4)
(시) 農村의아참, 淸州 金柱煥
(시) 봄(春), 燕岐 崔鼎錫
(시) 구름, 城津 白松庵

(漫談) 鄕村農老閑話(承前), 郭昌鉉

115호(1927.5)
(漫談) 鄕村農老閑話(承前), 郭昌鉉

118호(1927.8)
(漫談) 鄕村農老閑話(承前), 郭昌鉉

119호(1927.9)
(漫談) 鄕村農老閑話(承前), 郭昌鉉

120호(1927.10)
(漫談) 鄕村農老閑話(承前), 郭昌鉉

121호(1927.11)
(漫談) 鄕村農老閑話(承前), 郭昌鉉

122호(1927.12)
(시) 가을아침, 雲月山人
(漫談) 鄕村農老閑話(承前), 郭昌鉉

123호(1928.1)
(漫談) 鄕村農老閑話(承前), 郭昌鉉

124호(1928.2)
(漫談) 鄕村農老閑話(承前), 郭昌鉉

125호(1928.3)

(소설) 짐생의신세타령, 石泉

(희곡) [敎育傳說劇] 남생이말식히는아우, 李源圭

(漫談) 鄕村農老閑話(承前), 郭昌鉉

(논문) [民話] 農村의娛樂과趣味, 石泉

126호(1928.4)

(민요시) 文盲退治歌, 돌샘

(민요시) 電車停留場에서, 돌샘

(민요시) 知己를作別한후, 돌샘

(詩調) 기다리는 친구에게, 돌샘

127호(1928.5)

(논문) 朝鮮語 讀本과 諺文 綴字法敎材에 對하야, 李源圭

(漫談) 京城老朽閑話, 郭昌鉉

128호(1928.6)

(漫談) 京城老朽閑話(承前), 郭昌鉉

(소설) [小說] 奇遇의男妹, 石泉

129호(1928.7)

(漫談) 京城老朽閑話(承前), 郭昌鉉

130호(1928.8)

(시) 詩人의선물, 春岡 裵相哲

(시) 田園風景, 春岡 裵相哲

(漫談) 京城老朽閑話(承前), 郭昌鉉

131호(1928.9) 松田學鷗 選,

(시) 혼자ㅅ말, 春岡 裵相哲

(시) 새가나른다, 春岡 裵相哲

(평론) 作詩法, 裵相哲

(漫談) 京城老朽閑話(承前), 郭昌鉉

(전설) 史的傳說, 金建杓

132호(1928.10)

(시) 불상한人生, 李春國

(시) 가을詩, 朝鮮詩壇 主幹 黃錫禹

　　生凉

　　漂泊兒

(평론) 作詩法(承前), 裵相哲

(漫談) 京城老朽閑話(承前), 郭昌鉉

(전설) 史的傳說의 構話, 金建杓

133호(1928.11)

(시) 가을─이詩를象牙塔黃錫禹兄께─, 裵相哲

(평론) 作詩法(承前), 裵相哲

(漫談) 京城老朽閑話(承前), 郭昌鉉

(전설) 史的傳說의 構話(3), 金建杓

134호(1928.12)

(논문) 朝鮮歌謠의 史的考察, 李源圭

[童謠] 초생달, 裵相哲

(漫談) 京城老朽閑話(承前), 郭昌鉉

(전설) 史的傳說의構話(4), 金建杓

135호(1929.1)

(평론) 作詩法(承前), 裵相哲

(전설) 史的傳說의構話(5), 金建杓

136호(1929.2)

(논문) 朝鮮歌謠史上으로본時調의起源과變遷, 李源圭

(평론) 作詩法(承前), 裵相哲

(전설) 史的傳說의構話(6), 金建杓

137호(1929.3)

(논문) 朝鮮歌謠史上으로본時調의起源과變遷(承前), 李源圭

(전설) 史的傳說의構話(7), 金建杓

138호(1929.4)

(논문) 朝鮮歌謠史上으로본時調의起源과變遷(承前), 李源圭

(논문) 朝鮮의神話及傳說, 李能和

(전설) 史的傳說의構話(8), 金建杓

(소설) [社會美談] 人情의美, 星南生

139호(1929.5)

(논문) 朝鮮歌謠史上으로본時調의起源과變遷(承前), 李源圭

(논문) 朝鮮의神話及傳說(承前), 李能和

(전설) 史的傳說의構話(9), 金建杓

(소설) [社會美談] 人情의美(承前), 星南生

조선 140(1929.6)

(전설) 史的傳說의構話(10), 金建杓

[漫談] 腰折할우슴거리, 郭蘭史

141호(1929.7)

(논문) 朝鮮民謠에對하야, 金志淵

(시) 不忘草, 訥齋 全萱植

[동요] 미나리캐는處女, 沈永斌

[동요] 안오는동무, 夢星 李海文

[동요] 종달새, 白智燮

(소설) 寶嫄의 참을ㅅ性, 星南生

[小說] 봇다리, 崔文鎭

142호(1929.8)

(전설) 朝鮮古話, 金建杓

(시) 月光, 訥齋 全萱植

[동요] 봄, 沈泳斌

[동요] 맑은시내ㅅ가, 夢星 李海文

(소설) 寶嫄의참을ㅅ性(2), 星南生

[漫談] 腰折할우슴거리(2), 郭蘭史

143호(1929.9)

(논문) 朝鮮女性의詩歌的生活, 李源圭

(전기) 톨스토이 翁傳, 姜晟周

(시) 나쩨미쩍, 梨花專門 朴一蘭

(시) 海外에서, 金南園

(동요) 참새야 우지마라, 白智燮

[童謠] 기럭이, 白東均

(민요시) [詩謠] 李海文

　　　그리운고향(故鄕)

　　　무정(無情)

　　　俗態

[探偵小說] 疑問인鐵路의屍體, 星南生

[漫談] 腰折할우슴거리(3), 郭蘭史

145호(1929.11)

(논문) 朝鮮女性의 詩歌的 生活, 李源圭

(전기) 톨스토이 翁傳(續), 姜晟周

[探偵小說] 疑問인鐵路의屍體(2), 星南生

[漫談] 腰折할우슴거리(4), 郭蘭史

146호(1929.12)

(시) 일흔보패寶貝, 城川江人

(시) 어미일흔小鳥, 城川江人

(시) 新詩一束, 春岡 裵相哲

　　　過去!

　　　님이여!

(시) 아침, 姜詩煥

[동요] 해바라기, 南夕鐘

[동요] 센둥이, 李海文
(소설) 順子의설음, 全訥齋
[漫談] 腰折할우슴거리(5), 郭蘭史

147호(1930.1)
(논문) 檀君小考, 崔南善
[漫筆] 白首閑話-白髮靑年의 忘年同樂, 郭昌鉉
[소설] 孝行, 星南生
(소설) 順子의설음(2), 全訥齋

148호(1930.2)
(논문) 各國의綴字論과한글問題, 安廓
(논문) 朝鮮文學과語戲考, 金志淵
(시)[新詩] 開拓者, 白智變
(시)[新詩] 農村의저녁, 白智變
[민요] 늙은총각의노래, 金烏山人
(소설) 十二月十二日, 李箱
[漫談] 千里駒-新舊生活의 交響樂(7), 郭蘭史

149호(1930.3)
(논문) 朝鮮音樂의硏究, 安廓
(논문) 蕩滌鄙吝하고感發融通되는陶山六曲 , 金志淵
(소설) 十二月十二日(2), 李箱
[漫談] 千里駒-新舊生活의 交響樂(8), 郭蘭史

150호(1930.4)

(譯詩) 처음의怨恨, 李蓮玉 譯－하이네詩集에서－

(시) 사랑의哲理, 李蓮玉

(시) 現實의悲哀, 訥齋 全萱植

(시) 하소연할곳으로, 朴一蘭

[時調] 唐詩譯二篇, 陜川郡 柳次元

(소설) 十二月十二日(3), 李箱

[漫談] 千里駒－新舊生活의 交響樂(9), 郭蘭史

151호(1930.5)

(논문) 朝鮮民謠의古今, 安之覃

(논문) 朝鮮民謠의硏究, 金志淵

(민요) 시골 主婦의 노래 2편(甲山地方), 沈永斌

[童謠] 봄이 왔다고, 채규삼

(시) 젊은 農夫의 노래, 채규삼

(시) 靜夜短吟, 채규삼

(시) 孤獨

(소설) 十二月十二日(4), 李箱

[漫談] 千里駒－新舊生活의 交響樂(10), 郭蘭史

152호(1930.6)

(논문) 朝鮮民謠아리랑－朝鮮民謠의硏究(2), 金志淵

[역시] 譯詩 四篇, 裵春岡

　　　城都ㅅ봄(唐 崔灝)

　　　다북솔(矮松)(朝鮮 金始振)

　　　大夢(蜀漢 諸葛亮)

내ㅅ가에서(宋 程明道)

[童謠] 엄마生覺, 蔡奎三

[童謠] 냇가에서, 蔡달성

[童謠] 夜淚, 孟軾

[詩] 사람아!, 黃海文

(시) 人間아!, 一曙

(소설) 十二月十二日(5), 李箱

[漫談] 千里駒－新舊生活의 交響樂(11), 郭蘭史

153호(1930.7)

(평론) 輓近의少年小說及童話의傾向, 紫霞生

(논문) 朝鮮語의性質, 自山生

(논문) 朝鮮民謠아리랑(2)－朝鮮民謠의 硏究(3), 金志淵

(시) 殘月, 一曙

(시) 샛별, 李東湖

[詩] 이것나?, 이해문

[詩] 이슬, 蔡奎三

[童謠] 바닷가의夕陽, 徐蒼湖

(시) 비오는밤, 금孔雀

(소설) 十二月十二日(6), 李箱

[漫談] 千里駒－新舊生活의 交響樂(12), 郭蘭史

154호(1930.8)

(논문) 風水思想의硏究, 李能和

(논문) 朝鮮音樂의硏究(3), 安廓

(민요자료)古今農謠集, 金志淵

(민요자료)婦謠一束, 金志淵

(시조) 唐詩譯 二篇, 柳次元

[漫談] 千里駒—新舊生活의 交響樂(13), 郭蘭史

155호(1930.9)

(논문) 墓地에 關한 風水思想, 李能和

(논문) 朝鮮音樂의 硏究(4), 安廓

(민요자료) 古今農謠集(2), 金志淵

(소설) 十二月十二日(7), 李箱

[漫談] 千里駒—新舊生活의 交響樂(14), 郭蘭史

156호(1930.10)

(논문) 都城에 關한 風水思想考, 李能和

(논문) 朝鮮音樂의 硏究(5), 安廓

(민요자료) 古今農謠集(3), 金志淵

(평론) 輓近少年小說及童話의 傾向(2), 紫霞生

(수필) 外醜內雅한高句麗名將愚溫達의傳記를읽고, 裵春岡

(時調) 聞雁, 柳次元

(소설) 十二月十二日(8), 李箱

[漫談] 千里駒—新舊生活의 交響樂(15), 郭蘭史

157호(1930.11)

(논문) 風水思想考(4), 李能和

(논문) 朝鮮音樂의 硏究(6), 安廓

(평론) 輓近少年小說及童話의 傾向(3), 紫霞生

(민요자료) 童謠 가지가지(상), 金白堂

[時調] 唐詩譯 二篇, 鄭泰默
[漫談] 千里駒-新舊生活의 交響樂(16), 郭蘭史

158호(1930.12)
(논문) 風水思想考(5), 李能和
(논문) 朝鮮音樂의 硏究(完), 安廓
(논문) 米國文學의 世界的進出, 姜曉泉
(민요자료) 童謠가지가지(下), 金白堂
(시) 舊稿一束, 李海文
　　　小都會의 밤
　　　가을
　　　初秋情調
(소설) 十二月十二日(完), 李箱
[漫談] 千里駒-新舊生活의 交響樂(17), 郭蘭史

조선 159호(1931.1)
(논문) 風水思想考(6), 李能和
(논문) 諺文의 起源과 其 價値, 安廓
(전설) 羊의 傳說, 金素荷

160호(1931.2)
(논문) 風水思想考(7), 李能和
(논문) 朝鮮語의 硏究, 安廓
[童謠] 그리운동무, 韓裕順
　　　싸락눈
　　　샛별님

가렌다

가마귀

[童謠] 목동에노래, 채린

[童謠] 시계, 채린

[소설] 灰色의薔薇(1), 姜又慶

[漫談] 新舊式縱橫觀, 郭昌鉉

161호(1931.3)

(논문) 風水思想考(8), 李能和

(논문) 朝鮮歌詩의 硏究, 自山生

[時調] 病床斷吟, 李湘

[時調] 述懷, 李海文

[童謠] 가친달님, 金少春

[童謠] 봄이람니다, 韓裕順

[創作] 灰色의薔薇(2), 姜又慶

[漫談] 新舊式縱橫觀(2), 郭昌鉉

162호(1931.4)

(논문) 風水思想考(9), 李能和

[民謠] 農夫의노래, 無限川人

[詩] 不斷의努力, 李孝寬

(시) 봄과뉘동생, 春嬉生

[童謠] 그리운엄마, 韓春蟀

[童謠] 버들피리, 韓春蟀

[創作] 灰色의薔薇(3), 姜又慶

[漫談] 新舊式縱橫觀(3), 郭昌鉉

163호(1931.5)
(논문) 風水思想考(10), 李能和
(논문) 高麗時代의 歌詩, 安廓
[詩] 近詠數題, 李海文
　　古人의 微笑
　　나는이러케노래하겠소
　　靑春의 獨語
(시) 雨. 全萱植
[詩] 人生, 李孝寬
[童謠] 童謠一束, 韓春燮
　　일은봄
　　들국화
　　촌길가
　　단풍입
[童謠] 봄비, 蔡金順
[創作] 灰色의 薔薇(4), 姜又慶
[漫談] 新舊式縱橫觀(4), 郭昌鉉

164호(1931.6)
(논문) 時調의 硏究(上), 安廓
[詩] 夕陽에바다, 韓春燮
[詩] 사람들아!, 春星
[童謠] 소업는우리집, 蔡奎三
[童謠] 동무생각, 金少春
[漫談] 新舊式縱橫觀(5), 郭昌鉉
[小說] 福女와順女, 金哲宇

165호(1931.7)

(논문) 時調의 硏究(中), 安廓

[詩] 쓸쓸한밤, 柳次元

[詩] 꿈, 三星

[詩] 괴로운설음, 全萱植

[詩] 첫녀름의날, 蔡奎三

[詩] 永遠의務, 李海文

[詩] 寫懷, 李裕岦

[童謠] 갈피리, 蔡金順

[童謠] 무남독녀, 韓혜순

[童謠] 가을밤, 洪淳翼

[詩調] 離別, 姜昌淳

[童謠] 동무그려, 金少春

(詩調) 기다림, 韓海龍

[漫談] 新舊式縱橫觀(6), 郭昌鉉

[創作] 灰色의薔薇(5), 姜又慶

166호(1931.8)

(논문) 時調의 硏究(下), 安廓

(시조) 詠物四首, 玉洞居士

　　　飛行機

　　　銅像興

　　　將軍石

　　　田虛父

[童謠] 눈, 鄭在璇

[詩] 月夜江邊, 淚香

[詩] 農村이여, 無限川人

[童謠] 黃昏, 姜昌淳

(시) 새벽별, 金昌濟

[漫談] 新舊式縱橫觀(7), 郭昌鉉

[創作] 灰色의 薔薇(6), 姜又慶

167호(1931.9)

(논문) 朝鮮吏文의 由來, 稻葉岩吉

(시조) 詠物數首, 玉洞居士

　　　鷄鳴聲

　　　尸鳥聲

　　　燕歌行

　　　白鷗詞

　　　두루미

　　　鸚鵡새

　　　호랑이

　　　猿숭이

　　　코키리

　　　도야지

　　　鼠生員

　　　물고기

[童謠] 매암이, 月城

(시) 秋日雜吟, 蔡奎三

　　　가을밤에

　　　가을

[漫談] 新舊式縱橫觀(8), 郭昌鉉

168호(1931.10)

(논문) 朝鮮吏文의 由來(承前), 稻葉岩吉

(논문) 時調의 作法, 安廓

(논문) 延烏郎細烏女傳說의 由來(上), 金昌鈞

(시조) 詠物, 玉洞居士

　　　菩薩蠻

　　　눈장승

　　　木장승

　　　四거리

　　　洋人鼻

　　　뭉수리

(시) 寒燈嘯吟, 李海文

[詩] 理想, 春星

[童謠] 故鄕생각, 蔡金順

169호(1931.11)

(논문) 朝鮮吏文의 由來(3), 稻葉岩吉

(논문) 朝鮮文學史總說, 安廓

(논문) 延烏郎細烏女傳說의 由來(下), 金昌鈞

(시조) 放言, 玉洞居士

[詩] 이가을, 金少春

[童謠] 압산에가을, 定平 蔡奎三

[漫談] 新舊式縱橫觀(9), 郭昌鉉

[創作] 灰色의薔薇(7), 姜又慶

170호(1931.12)

(논문) 朝鮮吏文의 由來(4), 稻葉岩吉

(시조) 冬日雜詠, 玉洞居士

　　　歲月歌

　　　白雪歌

　　　冬街行

　　　歲暮曲

　　　又

　　　有所思

[詩] 사람들아!, 月城

[詩] 아!용사여!, 李海文

[詩] 바다의달밤, 蔡奎三

[童謠] 눈오는아츰, 金少春

[漫談] 新舊式縱橫觀(10), 郭昌鉉

171호(1932.1)

(논문) 朝鮮吏文의 由來(完), 稻葉岩吉

[漫談] 新舊式縱橫觀(11), 郭昌鉉

172호(1932.2)

(논문) 處容考, 安廓

(논문) 李朝時代의 歌詩, 自山生

(시조) 詠物數首, 玉洞居士

　　　詠史

　　　懷古

[漫談] 新舊式縱橫觀(12), 郭昌鉉

173호(1932.3)

(논문) 朝鮮神話의特異性, 近藤時司

(논문) 朝鮮의祈子習俗, 村山智順

(논문) 朝鮮文學의起源, 安廓

(논문) 模範의古時調, 自山

(시) 어린 詩人, 海嘯

(시조) 放言, 玉洞居士

[詩] 아츰의湖水, 蔡奎三

[詩] 自然의노래, 李海文

　　一. 노래하라處女야

　　二. 農夫의가을

　　三. 心海

[童謠] 우리언니, 洪允植

[童謠] 되꼴새, 朴冕淑

(시) 꼿, 朴冕淑

[小說] 地圖의暗室, 比久

[漫談] 新舊式縱橫觀(13), 郭昌鉉

174호(1932.4)

(논문) 朝鮮의祈子習俗, 村山智順

[時調] 이몸이죽어가서, 池福文

(시) 봄이라외치길네, 權大慶

[詩] 사랑, 洪淳翼

[童謠] 참새, 無限川人

[童謠] 童謠 三篇, 山城人

　　우리아기

기럭이

제비

[童謠] 가을밤, 金五坤

[創作] 休業과事情, 甫山

[漫談] 新舊式縱橫觀(14), 郭昌鉉

175호(1932.5)

(논문) 朝鮮의古代歌曲의一㲎, 金台俊

(논문) 朝鮮文學의變遷, 安廓

(논문) 漢詩法의硏究, 自山生

(시) 새무덤, 金少春

(시) 靑春의戀心, 權大慶

(시) 이런날엔, 尹鐘

(시) 안개, 尹鐘

(시) 詩三首, 韓裕順

放浪者

그립슴니다

시내물

[詩調] 時調一束, 玉洞居士

解佩圖

東門春

又

無題吟

又

月夜思

又

憶滿洲

又

新春謠

又

[童謠] 童謠 二首, 少春

　　　나그네

　　　팔여가는송아지

[傳說] 煙氣속에살어진한떨기꽃?, 金少春

[漫談] 新舊式縱橫觀(15), 郭昌鉉

176호(1932.6)

(논문) 朝鮮史의槪觀, 安廓

(논문) 漢文詞曲의小考, 自山生

[詩] 夏日卽事, 李裕岦

〈詩壇〉 吳晴 選

[詩] 봄날뜰에서, 蔡奎三

[詩] 나그네의노래, 蔡金順

[詩調] 詠史, 玉洞居士

　　　會蘇曲

　　　竹樹歌

　　　憂息曲

　　　奚論歌

　　　禪雲山

[童謠] 아버지타신배, 金彩蘭

[童謠] 童謠二首, 韓裕順

　　　나하고놀자

　　　피리를부니
(시) 春日雜詠, 金烏山人
　　　봄날
　　　靑春
[評論] 文學과 評論에 對한 片想, 尹曙野
[漫談] 新舊式縱橫觀(16), 郭昌鉉

177호(1932.7)
(논문) 漢文小說의 槪觀, 自山生
〈文苑〉 吳晴 選
[詩] 가련다, 蔡奎卿
[詩] 밤바람, 金彩蘭
[詩] 苦悶, 蔡奎媛
(시) 斷腸, 蔡奎媛
[詩] 廣浦江을지나며, 韓裕順
[詩] 동무야, 韓裕順
[童謠] 호박, 金彩蘭
[童謠] 구름, 蔡奎媛
(창작) 彷徨(1), 李海文
(동화) 개와 고양이, 韓裕順
[漫談] 新舊式縱橫觀(17), 郭昌鉉

178호(1932.8)
(자료) 余의 俚諺, 自山生
〈文苑〉 吳晴 選
[詩] 그대여, 淚香

(시) 정처업는나그네, 尹曙野

(시) 저녁의바다가에서, 尹曙野

[詩調] 雜詠一束, 玉洞居士

[民謠] 모심기소리, 鄭在璇

(창작) 彷徨(2), 李海文

[漫談] 新舊式縱橫觀(18), 郭昌鉉

179호(1932.9)

[詩] 달밤의江邊에서, 曙野

[詩] 저녁江邊, 曙野

(시) 嘆息, 曙野

[詩調] 秋, 玉洞居士

(전래동요)(傳來) 童謠가지가지, 鄭在璇

　　　놀너가자

　　　아리랑아리랑

　　　벼틀가

　　　파랑새

　　　줌치(주머니)

　　　봄

　　　나뷔

　　　싀집사리

　　　어린애기

　　　달궁달궁

　　　달팽이

　　　금붕어

　　　달마지

기럭이

(歌詞) 七夕歌, 海嘯生

(소설) [追憶] 잇지못할그時節, 池巖波

[創作] 彷徨(3), 李海文

180호(1932.10)

(논문) 三國時代의文學, 安廓

〈文苑〉 吳晴 選

[詩] 瑣津江畔에서, 蔡奎三

(시) 小題, 蔡奎三

[時調] 고향그리워, 金彩蘭

(시조) 가을, 金彩蘭

[童謠] 가을, 李孤山

[童謠] 가을밤, 蔡奎鏡

[童謠] 가을날, 蔡奎鏡

[童謠] 아버지, 蔡奎鏡

[追憶] 잇지못할그시절(2), 巖波

[短篇小說] 寫眞, 李海文

[漫談] 新舊式縱橫觀(19), 郭昌鉉

181호(1932.11)

(논문) 三國時代의文學, 安廓

[詩] 懷師, 金泳德

[詩] 가는가을, 金彩蘭

[詩] 그대여, 蔡月城

[童謠] 물레방아, 서야

[童謠] 참새, 서야
[追憶] 잇지못할그시절(3), 巖波
[短篇小說] 寫眞(2), 李海文
[漫談] 新舊式縱橫觀(20), 郭昌鉉

182호(1932.12)
(논문) 三國時代의文學, 安廓
[詩] 겨울밤, 金泳德
[詩] 행혀나, 全萱植
[詩] 이내몸, 春霞
[時調] 放言, 玉洞居士
[追憶] 잇지못할그시절(4), 巖波
[短篇小說] 寫眞(3), 李海文
[漫談] 新舊式縱橫觀(21), 郭昌鉉

183호(1933.1)
(논문) 三國時代의文學, 安廓
[詩] 初祠, 金泳德
[時調] 새해를마지며, 金泰洽
(소설) 黃昏의再夢, 全萱植
[닭의 傳說] 鷄鳴晨, 李海文
[漫談] 新舊式縱橫觀(22), 郭昌鉉

184호(1933.2)
(논문) 닭에 關한 朝鮮의 傳說과 習俗, 村山智順
(논문) 三國時代의文學, 安廓

[詩] 못가는가슴, 韓裕順

[詩] 생각남이다, 韓裕順

[詩] 재간덩이, 韓裕順

[童謠] 그리운고향을떠나, 郭仁榮

[童謠] 나의형님기다림, 郭仁榮

[民謠] 가을이라네, 李孤山

(소설) 新譯三國誌, 裵相哲

(소설) 黃昏의 再夢, 全萱植

185호(1933.3)

[詩] 봄의마음, 李海文

[詩] 三月, 金烏山人

[民謠] 새살님, 金烏山人

[詩調] 겨울ㅅ비, 金烏山人

[童謠] 보기도실혀, 韓裕順

[童謠] 어머님의은혜, 郭仁榮

[童謠] 고향생각, 郭仁榮

(소설) 新譯三國誌(2), 裵相哲

186호(1933.4)

[詩] 敍懷三章, 李海文

[童謠] 童謠四篇, 蔡奎鏡

　　　새벽닭의울음

　　　까마귀

　　　엄마품을그리며

　　　설은봄

(소설) 新譯三國誌(3), 裵相哲

187호(1933.5)
(논문) 세종대왕의 신불과 월인천강곡, 김태흡
(자료) 고일화수제(古逸話數題), 安廓
[詩] 장미의 訕흠, 李海文
[詩] 農事의봄, 金烏山人
[詩] 길손, 全萱植
[時調] 道路修繕, 五山人
(소설) 新譯三國誌(4), 裵相哲

188호(1933.6)
[詩] 목숨, 曙野
[詩] 버들가지, 成耆日
[童謠] 우리아기, 成耆日
[民謠] 방아타령, 聲飢園
(논문) 世宗大王의信佛과月印千江曲, 金泰洽
(소설) 新譯三國誌(5), 裵相哲
[寸劇] 出賣人의 受難, 李一和

189호(1933.7)
(논문) 世宗大王의信佛과月印千江曲(2), 金泰洽
(논문) 李朝時代의文學, 安廓
(作詞) 自力更生歌, 申盒均
[詩] 죽엄의 길, 聲飢園
[詩] 天才兒의 노래, 李孤山

[童謠] 童謠二篇, 金烏山人

　　방아

　　비행긔

[童謠] 조개줍는처녀의노래, 金少春

(소설) 新譯三國誌(6), 裵相哲

(소설) 農村의愛人(1), 李海文

(소설) 四角幻滅(1), 一眄生

190호(1933.8)

(논문) 世宗大王의信佛과月印千江曲(續), 金泰洽

〈문원〉 蒼涯 吳晴 選

(시) 田園讚曲, 聲飢園

(시) 逍遙, 曙野

[詩] 北國의밤, 蔡奎三

[詩] 朔州乙山村, 李裕崑

[童謠] 여름마을, 李秀鶴

[童謠] 점으럼, 채샘금

(시) 저녁에핀박꼿, 靑龍山人

[詩調] 時調二首, 金素荷

　　三防을차자들며

　　麒角峰을올나서

(소설) 新譯三國誌(7), 裵相哲

[小說] 農村의 愛人(2), 李海文

(소설) 四角幻滅(2), 一眄生

191호(1933.9)

(논문) 世宗大王의信佛과月印千江曲(續), 金泰洽

[民謠] 農夫의노래, 李孤山

[童謠] 버레는왜우나요, 蔓礁居人

[詩] 가시요 그대여!, 聲飢園

[時調] 귓두리, 吳樂敎

[詩] 비오는날에, 蔡月城

(소설) 新譯三國誌(8), 裵相哲

[小說] 農村의愛人(3), 李海文

(소설) 四角幻滅(3), 一眄生

192호(1933.10)

(논문) 世宗大王의信佛과月印千江曲(完), 金泰洽

[詩] 秋日雜詠, 金烏山人

　　　無題

　　　自嘲

　　　熱情

[詩] 禁煙의노래, 蔡奎三

[詩] 禁酒歌, 蔡奎三

[民謠] 가을밤, 李孤山

[童謠] 秋夕, 李孤山

[時調] 扶餘行, 吳樂敎

[童謠] 애기꼴, 聲飢園

(소설) 農村의愛人(4), 李海文

(新譯) 三國誌(9), 裵相哲

(소설) 四角幻滅(4), 一眄生

193호(1933.11)

[詩] 가을, 李海文

(시) 指導者여, 李孤山

[詩] 오라! 都會의 敗北者여!, 狂笑

(소설) 農村의愛人(5), 李海文

(新譯) 新譯三國誌(10), 裵相哲

(소설) 四角幻滅(5), 一眸生

194호(1933.12)

(논문) 朝鮮藝術論, 안드레아스 엑카르트(玄永燮 譯)

[詩] 새벽의祈願, 李海文

[詩] 靈魂의嘆息, 李孤山

　　現實

　　理想

[詩] 菊花의哀愁, 聲飢豚

[詩] 孤獨低吟, 蔡奎三

(소설) 농촌의 애인(6), 李海文

(신역) 삼국지(11), 裵相哲

(소설) 四角幻滅(6), 一眸生

195호(1934.1)

[詩] 긔적, 李孤山

[詩] 雪嶺, 蔓雄

[詩] 나의獨白, 聲飢豚

[詩] 新春雜吟, 蔡奎三

[詩調] 님네의길, 李海文

(시) 昔路, 全萱植

[개의 傳說] 경주의개무덤, 金華山人

[개의 傳說] 忠僕된原因, 金烏山人

(소설) 四角幻滅(7), 一眄生

196호(1934.2)

〈文苑〉 蒼涯 吳晴 選

[詩] 無慈悲한人生들이여, 月城

[詩] 冬雨, 尹曙野

[詩] 背信의벗, 金烏山人

[詩] 幻夢, 蔡飢豚

[詩調], 無題三首, 梁基炳

[戱曲] 布施太子(全三幕), 金泰洽

(소설) 四角幻滅(8), 一眄生

197호(1934.3)

〈文苑〉 蒼涯 吳晴 選

[詩] 猝倒, 金泳德

[抒情小曲] 상한마음, 갈맥生

(民謠) 農村의曲調, 金烏山人

[時調] 山居閑詠, 吳樂敎

(시조) 古里, 吳樂敎

[童謠] 꿈에손각시, 全萱植

[戱曲] 布施太子(全三幕), 金泰洽

[小說] 農村의愛人(7), 李海文

(소설) 四角幻滅(9), 一眄生

II. 국문판 『朝鮮』 수록 작가 및 민속·국문학 논문 필자 가나다순 목록

(괄호 안은 발표 갈래)(*표시는 이미 알려진 작가와 출전)

P生(논문)

姜桂欽(시)

姜詩煥(시)

姜又慶(소설)

姜昌淳(시, 동요, 시조)

郭仁英(시, 동요)

郭昌鉉(郭蘭史)(연작 만담 5종)

狂笑(시)

權大慶(시)

近藤時司(논문)

금孔雀(시)

金烏山人(시, 동요, 시조, 소설)

金華山人(소설)(*조동일, 『한국문학통사』, 9.10.3; 한문소설 〈龍含玉〉
의 작자)

金南園(시)

金白堂(논문)

金成文(시)

金少春(시, 동요, 시조, 소설)

金泳德(시)

金五坤(시, 동요)

金志淵(논문 5종)

金昌鈞(논문 1종)

金昌濟(시)

金彩蘭(시, 동요, 시조)

金哲宇(소설)

金台俊(논문)

金泰洽(金素荷·素荷)(시조, 소설, 희곡, 논문)

南夕鐘(시, 동요)

淚香(시)

돌샘(→石泉)(동요, 시조, 소설, 논문)(*조동일, 『한국문학통사』, 9.
        12.3; 시)

萬雄(시)

蔓礁居人(시, 동요)

孟軾(시, 동요)

無限川人(시, 동요)

朴冕淑(시, 동요)

朴一蘭(시)

裵相哲(裵春岡)(시, 한시 번역, 동요, 번역 소설, 평론, 논문)

白東均(시, 동요)

白松庵(시)

白智燮(시, 동요)

山城人(시, 동요)

徐蒼湖(시, 동요)

石泉(→돌샘)(동요, 시조, 소설, 논문)(*『한국문학통사』, 9.12.3; 시)

聲飢豚(시)

聲飢園(시, 동요)

成耆日(시, 동요)

星南生(소설)

城川江人(시)

沈永斌(시, 동요)

안드레아스 엑카르트(玄永燮 역)(논문)

安廓(安自山)(논문)(*『한국문학통사』, 7.4.1)

安之覃(安廓)(논문)

梁基炳(시조)

吳樂敎(시조)

玉洞居士(시조)

雲月山人(시)

柳次元(시, 시조)

兪致祥(논문)

尹曙野(曙野)(시, 동요)

尹鐘(시)

李孤山(시, 동요)

李能和(논문)(*조동일,『한국문학통사』, 8.10.3)

李東湖(시)

李梅溪(시)

李孝寬(시)

李箱(소설)(*조동일,『한국문학통사』, 10.10.2)

李湘(시조)

李秀鶴(시, 동요)

李蓮玉(시, 번역시)

李源圭(희곡, 논문)

李裕岦(시)

李一和(희곡)

李海文(시, 동요, 시조, 소설)(*조동일, 『한국문학통사』, 10.10.4; 시)

李孝寬(시)

一曙(시)

一眄生(소설)

紫霞生(평론)

張得俊(논문)

全萱植(全萱植; 전눌재)(시, 동요, 소설)

鄭尙銓(시)

鄭在璇(시, 동요)

鄭泰黙(시조)

池福文(시조)

池巖波(소설)

蔡奎鏡(시, 동요)

蔡奎三(시, 동요)

蔡奎媛(시, 동요)

蔡金順(시, 동요)

蔡달성(시, 동요)

채린(시, 동요)

채샘근(시, 동요)

蔡月城(月城)(시, 동요)

靑龍山人(시)

村山智順(논문)(*『조선의 풍수』·『조선의 귀신』 등의 단행본을 통해
　　　　알려진 연구자임.)

崔南善(논문)(*조동일, 『한국문학통사』, 5.5.3)

崔文鎭(소설)

崔鼎錫(시)

春星(시)

春霞(시)

春嬉生(시)

韓裕順(시, 동요, 동화)

韓春蟪(시, 동요)

韓海龍(시조)

韓혜순(시, 동요)

洪淳翼(시, 동요)

洪允植(시, 동요)

黃錫禹(시)(*조동일, 『한국문학통사』, 9.12.4 및 10.1.5)

黃海文(시)

제2장

국문판 『조선(朝鮮)』지 수록 현대시 연구

국문판 『조선(朝鮮)』지 수록 현대시 연구
-Study on Modern Poetry in the 『Chosun』 in Korean edition-

김정훈

- 목 차 -

1. 머리말
2. 시 부문 선자(選者)의 활동과 성향
3. 주요 활동 시인과 작품의 경향
4. 기타 시인들의 작품 경향
5. 결론

1. 머리말

일제강점기 동안 창작된 작품 중 『조선』(일문/국문)이나 『매일신보』 등에 발표한 글들은 연구자들에게 이제까지 철저히 외면되어 왔다.[1] 이것은 무엇보다도 이 잡지와 신문들이 총독부의 기관지격 출판물이었기에, 여기에 수록된 작품들도 단순한 친일 작품이거나 아마추어의 습작품들에 불과하며 별다른 문학사적 의의를 갖는 작품들을 찾을 수 없을 것이라는 선입견을 연구자들이 가지고 있었기 때문으로 보인다. 이 때문에 이곳에 발표된 작품들은 기존 문학사에 잘 알려진 작가의 한두 작품−예를 들어, 이상의 「12월 12일」 같은−을 제외하고는 이제까지 거의 알려지지도, 연구되지도 않았다. 심지어 친일문학 연구자들조차도 아직은 적극적인 관심을 보이지 않고 있는 실정이다. 이것이 의도적 무관심이든 무지에 의한 누락이든 간에, 이 잡지나 신문에 수록된 우리말 작품들은 그 질적 수준은 차치하고라도 쉽게 무시하고 넘어가기에는 그 편수가 무척 많으며, 나름대로 발표 당시 우리 문학의 한 모습을 여실히 보여주는 것이기에 그 면면을 한번 세밀히 검토하여 옥석을 구분할 필요가 있다고 생각한다. 나아가 일제강점기 친일문학의 실상을 올바로 파악하기 위해서도 반드시 이런 검토가 필요하리라고 본다.

국문판 『조선』지 수록 글에 대해서는 2003년 말 서경대 이복규 교수에 의해 그 전모가 일차 소개된 바 있다.(이복규: 2003)[2] 이복규 교수는 1999년에 한정판 문예면 영인본으로 출간되었으나 당시까지 관련 연구자들에게 별 다른 주목을 받지 못하고 있던 국문판 『조선』지를 전면적으로 검토하고, 수록된 문학작품 및 민속·국문학 관련 논문들을 목록화하여 최초로 그 전체 규모를 밝히고 있다. 이복규 교수의 소개에

---

1 이중 『매일신보』 수록 작품에 대해서는 최근 연구가 활발하게 이루어지고 있다. 하지만 여전히 전체 수록 작품에 대한 연구는 미진한 상황이다.
2 이 글은 서경대 이복규 교수가 수집한 국문판 『조선』 복사본과 국문판 『조선』지에 수록된 문학 관련 자료들만을 모아 편집한 도서출판 서광의 영인본(1999)을 기초 자료로 하여 작성되었다. 귀중한 자료를 제공해준 이복규 교수에게 감사드린다. 아울러 국문판 『조선』지에 대한 개괄적 설명은 이복규 교수가 관련 논문을 통해 이미 하고 있는바, 이 논문에서는 논지 전개에 꼭 필요한 경우가 아니라면 재론하지 않는다.

의하면, 현재 남아있는 39호(1920.12), 51호(1921.12), 65호(1923.2), 76호(1924.1)~81호(1924.6), 93호(1925.7)~197호(1934.3)를 통해 볼 때 국문판 『조선』의 창간은 1919년 1월로 추정된다.[3] 또한 초기에는 관보의 형태를 벗어나지 못하다가, 101호부터 편집 방침이 바뀌어 대중지로 전환되면서 문학작품 및 각종 문학 관련 글들이 본격적으로 수록되기 시작한다.[4] 수록된 작품의 양도 방대하여, 현재 남아있는 잡지에서 확인한 것만도 시(민요시, 번역시 포함) 55명 186편, 동요 38명 78편, 시조 15명 79편, 소설 15명 25편, 동화 1명 1편, 희곡 3명 3편, 평론 4명 4편, 민속·국문학 논문 17명 23종 36편이나 된다.[5]

이 중에서 본고는 필자의 관심 분야인 현대시 작품과 관련 글을 대상으로 하여, 국문판 『조선』의 문예면 선자들의 면면과 편집 방침의 변화는 어떠한지, 이 잡지에 현대시를 발표한 이들은 누구이며 그들이 발표한 작품에는 어떤 것들이 있는지, 이 작품들의 경향과 의의는 어떠한지를 살펴보고자 한다.

---

3 서지학자 김종욱에 의하면, 『경성일보(京城日報)』에 국문판 『조선』지가 197호를 끝으로 종간된다는 광고가 실렸다고 한다.(이복규, 재인용) 추후 확인이 필요한 부분이다.

4 아쉽게도 자료의 망실 혹은 필자의 조사 부족으로 인하여 국문판 『조선』의 전체 규모를 파악하지 못하였다. 때문에 이 연구는 본문에서 언급하고 있는 것처럼, 현재 확인할 수 있는 일부에 국한되어 이루어질 수밖에 없었다는 점을 밝혀둔다. 현재 남아있는 자료를 통해 볼 때 100호까지는 "일반 행정, 산업, 법규 등" 조선총독부의 정책 소개와 홍보 자료 위주로 실었고, 101호(1926.3)부터 편집 방침을 바꾸어 "조선에 재한 각반 고사자료(攷事資料), 사회 개선, 지방의 양풍미속, 각승고적 소개, 기행문, 사조 급 내지 시찰단(詞藻 及 內地 視察團) 감상기록 등"((기고환영)) 으로 수록 내용이 확대된다. 98호까지는 한시 외에는 문학작품이나 문학에 관련된 글이 전혀 실리지 않다가 99호(1928.1)에 최초로 배상철의 시를 두 편 게재하였고, 105호(1926.7) 이후로는 계속해서 문학작품 및 관련 글을 수록하고 있다.

5 시 부문(자유시, 민요시, 번역시)과 동요, 시조, 소설, 평론 등의 경우 이복규 교수가 일차 정리한 통계(425-426)와는 다소 차이가 있다. 여기에 제시한 통계는 동일 인물이 여러 개의 호를 사용하여 발표한 경우를 확인한 후, 이를 1명으로 처리하여 다시 정리한 것이다. 구체적인 목록은 논문 말미에 제시한다.

2. 시 부문 선자(選者)의 활동과 성향

국문판『조선』지의 발행인은 초기에 조선총독부 관방서무부 조사과장(官房庶務部 調査課長)이었다가 93호(1925.7)부터 관방문서과장(官房文書課長)으로 바뀐다. 발행소는 조선총독부이고, 인쇄소는 조선인쇄주식회사로 되어있다. 이것은 국문판『조선』이 기본적으로 조선총독부의 기관지적 성격을 지니고 있음을 보여주는 것으로, 이 잡지 투고 및 수록물의 기본 성향을 이해하는 중요한 요소가 된다. 한편, 그런 가운데서도 문예면의 경우 그 특수성으로 인해 선자(選者)의 취향과 편집 방향 설정이 중요한 변수가 된다. 때문에 구체적인 시인들의 작품을 살펴보기 이전에 국문판『조선』의 문예면 선자를 맡고 있던 이들이 누구였는지, 그들의 성향은 어떠했는지에 대해 간략하게 알아보기로 한다.

국문판『조선』의 문예면(잡지상의 표기로는 〈文苑〉 또는 〈詞壇〉, 〈詩壇〉) 선자로 현재 알려진 사람은 문예면이 만들어진 초기인 113호(1927.3)부터 선자로 이름을 드러낸-실제 선자로서의 역할은 이전부터 하고 있었던 것으로 보이지만-조선총독부 촉탁 송전학구(松田學鷗)와 163호(1931.5)부터 공식적으로 문예면 선자로 이름을 보이는 창애(蒼厓 또는 蒼涯) 오청(吳晴: 1898.5-?)[6]이다. 오청은, 국문판『조선』의 지면에는 자신의 직책을 공식적으로 밝히고 있지 않으나, 『조선인사흥신록(朝鮮人事興信錄)』[7]의 기록에 의하면 1918년 와세다대학(早稻田大學) 법과를

---

6 오청의 본명은 오종섭(吳宗燮)으로, 1898년 서울 팔판동 117번지에서 태어났다. 일제강점기 동안 철저하게 친일 지식인으로 살았던 오청은, 광복 후 일제의 밀정 혐의(경기도 고등계형사과장의 고급밀정 역할)로 체포되어 반민특위 공판에 회부되었다. 하지만 그에 대한 재판은 6·25전쟁으로 인하여 최종 판결이 나지 않은 상태에서 중단되었고, 이후 그의 행적은 현재까지 알려진 바 없다.

7 『조선인사흥신록』은 당시 조선 내에서 활동하거나 또는 조선에 연고를 둔 사람들 중 관계, 재계, 학계, 언론계 등 다방면에서 일정한 지위를 차지하고 있는 사람들에 관한 간략한 정보를 모아놓은 인명록이다. 대개 일본인들이지만 적지 않은 수의 조선인들도 포함되어 있다. 각 인물별 주요 내용은 이름, 소속, 직책, 공훈 및 관

나온 후 그해부터 『신반도(新半島)』사 사장, 조선토지주식회사 고문, 『신민공론(新民公論)』사 사장, 만철 촉탁 등을 역임하고 1926년 1월부터 조선총독부 촉탁이 되어 "잡지 『조선(朝鮮)』의 편집사무 및 국세조사(國勢調査)에 관한 사무"에 촉탁으로 있었음을 알 수 있다.

같은 총독부 촉탁이었지만, 선자로서 양자의 취향 차이는 분명히 존재한다. 송전학구는 스스로 한시를 지어 발표하는 한편, 국문판 『조선』의 문예면 책임을 맡기 이전인 1924~1925년에도 역시 총독부 기관지인 『조선급만주(朝鮮及滿洲)』 등에서 한시의 선자로 활약하며 관련 글을 발표하는 등 한문학에 깊은 관심과 소양을 드러내고 있다.[8] 반면, 오청은 주로 우리나라의 역사, 민속 및 민중극에 깊은 관심을 보이고 있는데,[9] 그가 펴낸 『假面舞踊劇鳳山タール脚本』[10]과 『朝鮮の年中

등(관리일 경우), 출생지, 생년월일, 학력, 경력, 취미, 가족관계, 원적, 현주소, 전화번호 등으로 폭넓게 구성되어 있다.

8 참고로, 송전학구가 일제강점기 동안 우리나라에서 발표한 주요 글은 다음과 같다.
「白頭山上の湖水」, 『조선급만주』 154호, 1920.4.
「瀨野氏の朝鮮任官日光社參を讀みて」, 『조선급만주』 184호, 1923.3.
「百の字を名又は號等とする李朝の人物」, 『조선』 제100호기념 증간호, 1923.8.
「鷄林雜草」, 『조선』 165호, 1929.2.
「日本に使したる鄭夢周」, 『조선급만주』 270호, 1930.5.
「敎育勅語と李退溪」, 『조선급만주』 276호, 1930.11.
「陶山書院雜詠」, 『조선』 256호, 1936.9.

9 오청이 일제강점기 동안 발표한 주요 글은 다음과 같다.
「朝鮮の親族關係」, 『조선』 151호, 1927.12.
「朝鮮に於りる正月の行事」, 『문교의 조선』, 1929.1.
「舍音制度と治山治水に就て」, 『조선』 166호, 1929.3.
『朝鮮の年中行事』, 조선총독부, 1931.
「假面舞踊劇鳳山タール脚本」, 『조선』 261호, 1937.2.

10 흔히 학계에 〈1936년 봉산(鳳山) 탈춤 오청 채록 원본(吳晴採錄原本)〉으로 알려진 이 채록본은 1936년 8월 백중날 사리원읍 경암산 아래에서 있었던 봉산탈춤 공연을 채록한 것이다. 1936년 봉산탈춤 공연은 유능한 연희자들이 대규모로 결집하여 전 과장을 충실하게 공연한 데 역사적 의의가 있다. 그 이후 그런 공연은 다시 이루어진 적이 없었기 때문에, 그 공연을 기록한 원본이 지닌 원형성은 이런 측면에서 더욱 값진 것이다. 이 원본은 봉산탈춤의 가치를 입증하는 거의 유일한 대본으로, 오청·임석재·송석하 등이 연희자 이동벽·김경석·나문선·이윤화·임덕준·한상건 등의 구술을 채록하여 만든 연희본이다.

行事」[11]는 지금도 이 분야에서 일정한 가치를 인정받고 있다. 또한 오청은 비록 1편에 불과하지만, '창애생(蒼厓生)'이라는 필명으로 「SK에게」(101호, 1926.3)라는 시를 발표할 정도로 자유시에 대해서도 관심을 가지고 있음을 보여준다.

> 아― 그대여! 그대의靈도
> 孤獨을늣겨 煩悶하리니
> 외로워우는 그대의靈을
> 深切히 理解하여줄이는
> 끗까지 위로하여줄이는
> 아마도 나뿐인듯하여라
> ―「SK에게」, 부분

물론 그의 시는, 위의 인용 부분에서 볼 수 있듯이, 정형률에서 완전히 벗어나지 못한 채 대상과의 미적 거리를 확보하지 못하고 통속적인 정조에 의지하여 써내려간 감상적 노만주의(Sentimental Romanticism) 시에 지나지 않는 것이어서, 여기서 어떤 특별한 의미를 찾기는 어렵다. 다만 국문판 『조선』의 실질적 책임자였던 오청이 자유시에 관심을 갖

---

11   이 책은 오청이 1929년 국문판 『조선』에 연재했던 것을 묶어 조선총독부에서 발간한 것으로, 처음으로 '농악'이라는 용어를 사용한 책으로도 잘 알려져 있다. 이 책에서 전통적인 풍물굿을 '농악'이라는 용어로 규정한 이후, 조선총독부에서는 우리의 전통 민속예술과 신앙을 말살하기 위해 농업 장려의 목적에 한해서만 풍물굿을 허용했고, 또한 '농악'이라는 이름 하에서만 굿판을 열 수 있었기 때문에 굿하는 단체들이 '농악'이라는 이름으로 공연 신청을 하게 되면서 이 용어가 일반화된다. 이처럼 굿의 정신과 기능을 제거한, 원형론에 입각한 문화 정책은 굿의 주체를 일부 기예가 뛰어난 전문가들의 것으로 인식시키는 결과를 낳아 이후부터 최근에 이르기까지 '농악'이라는 이름하에 경연 방식의 대회를 정착시켰으며, 더 나아가 민속촌 농악과 같은 상품화된 형태를 양산하게 된다.
(http://www.pungmuak.com/framepung/pung1.html 참고)

고 있다는 것은 이후 많은 자유시 작품들이 이 잡지를 통해 발표되는
계기로 작용하게 된다.

이상에서 살펴본 취향 차이로 인해, 두 사람의 교체를 전후하여 국
문판 『조선』의 문예면 편집은 중대한 변화를 겪는다. 원래 자유시를
실기 시작한 이래 132호(1928.10)까지는 〈사단(詞壇)〉 또는 〈시단(詩
壇)〉이라는 이름 아래 송전학구가 선자가 되어 한시(漢詩)에 우선권을
두고 신시(新詩)를 한시 뒤에 붙이는 방식으로 함께 편집했다. 그런데
133호(1928.11)부터 한시와 신시(자유시)의 편집이 구별되어 송전학
구는 〈시단〉이라는 이름으로 한시 편집만을 책임지고, 신시(자유시)는
따로 편집하여 '여백(餘白)'에 게재하는 방식을 취한다. '여백'은 이전
까지 주로 창가나 송가류의 시가 실리던 곳으로, 이제까지 한시와 함
께 편집되어 실던 신시(자유시)를 이곳에 배치한 것은 평가절하 이상
의 의미를 찾기 힘들다. 실제로 한시와 신시(자유시)의 편집이 분리된
이후를 살펴보면, 신시(자유시)의 경우 133호(1928.11)에 배상철의 시
「가을」 1편이 '여백'에 실린 후 141호(1929.7)에 전훤식(全萱植)의 시
「물망초」가 실릴 때까지 편집에서 완전히 배제되어버린다.[12] 이처럼
신시(자유시)가 배제된 편집은 125호(1928.3)~129호(1928.7), 154호
(1930.8)~157호(1930.11), 159호(1931.1)~161호(1931.3) 등 송전학
구가 시 부문 선자를 맡고 있는 동안에 몇 차례 반복된다. 그러다 141
호(1929.7)부터 신시(자유시)는 한시와 분리 편집되어 비로소 본문 속
으로 다시 들어오게 된다. 또한 143호(1929.7)에서 〈한시(漢詩)〉와 〈문

12 이 논문의 주요 관심 대상이 현대시 분야라서 자세히 이야기하기는 어렵지만, 이
    기간 동안 소설도 자유시와 동일하게 홀대를 받았던 것으로 보인다. 실제 투고작
    이 없어서 그런 것인지는 알 수 없지만, 이 기간 동안 소설 역시 단 1편도 실리지
    않고 있다. 성남생(星南生)의 「인정(人情)의 미(美)」가 2회에 걸쳐 게재되긴 하지
    만, '사회미담(社會美談)'이라는 글제에서 알 수 있듯이, 이 글을 소설이라고 보기
    에는 곤란한 점이 있다.

원(文苑)이라는 별도의 난으로 완전히 독립되어, 이후 한시가 더 이상 게재되지 않는 159호(1931.1)까지 이런 공존 체제를 지속하게 된다. 이것은 오청이 선자로 기명하기 이전인 1929년경부터 이미 시 부문의 실제 선자로 활약했으며, 이때부터 1931년 초까지 약 2년간에 걸쳐 두 사람이 '자유시(신시) 부문'의 대우에 대해 일정한 의견 대립과 갈등을 보였음을 짐작하게 하는 부분이다.

이처럼 시 부문의 두 선자가 갈등을 일으키고 있을 때, 미묘한 입장 변화를 보이면서 오청에게 동조하고 나서는 모습을 보인 이가 바로 이 시기 국문판 『조선』에 자유시를 비롯한 여러 글을 활발하게 발표하고 있던 배상철(裵相哲)이다. 배상철은 이 시기에 「작시법(作詩法)」(131 ~136호, 1928.9~1929.2)을 발표하고 있는데, 이 글의 서두를 다음과 같이 의미 있는 말로 시작하고 있다.

> 詩라면 아직ㅅ것漢詩만을가르치는이가만타 오래ㅅ동안漢學硏究를專攻 的으로해나려오든朝鮮이니까 勿論그것이無理한말이라고는할수업슬것이 다 本文을쓰는余도몃해前까지는韓末의巨儒田艮齋先生에게漢學을專攻한 까닭에 詩라면亦是漢詩그것外에는그存在를否認하엿다 그러나알고보니그 릇이엿다(131호, 75쪽)

이런 언급은 총독부 시책에 적극적인 지지를 보이는 글을 계속 발표 하여 국문판 『조선』에서 일정한 대우를 받고 있던 배상철의 당시 위치 로 볼 때, 송전학구의 한시 우대 편집 방침에 대한 전면 비판이라고도 볼 수 있다. 당시까지 두 개 신문에서 신춘문예 등단[13]을 하는 등 활발

---

13 이재복(2002)은 1920년부터 1965년까지 신춘문예 등단작을 목록화하고 있는데, 이 명단을 참조하면, 배상철은 1925년 『매일신보』 제6회 신춘문예 시 부문에 「춘 (春)」이라는 시로 등단한 후, 1928년 『조선일보』 제1회 신춘문예 시 부문에 다시 「새[鳥]」가 통과되어, 두 신문을 통한 등단 과정을 거치고 있다. 배상철을 제외하고

한 자유시 창작에 나섰던 배상철로서는 당연한 반발이었지만, 한시 위
주의 시관을 가지고 있던 송전학구에게는 어느 정도 타격으로 작용했
으리라 생각된다.

결국, 문예면 편집 방침을 둘러싸고 암암리에 전개된 송전학구와 오
청의 대립은 한동안의 갈등기를 거쳐, 1931년 초반에 송전학구가 물
러나고 그가 맡고 있던 한시 부문을 잡지 편집에서 완전히 제외하면서
오청의 승리로 최종 귀결된다.[14] 그리고 이후 국문판 『조선』의 문예면
은 오청의 주도하에 신시(자유시) 위주의 편집을 보이게 된다.

3. 주요 활동 시인과 작품의 경향

이처럼 문예면 선자가 교체되는 가운데, 국문판 『조선』의 시 경향을
창작을 통해 실질적으로 주도한 것은 배상철과 이해문이라 할 수 있
다. 배상철과 이해문은 1930년을 전후로 하여, 각기 이 잡지의 문예면
중심축을 이루게 된다. 다음에서 이들을 포함하여 국문판 『조선』에 시
를 발표했던 시인들 중 대표적인 몇몇 시인들과 그들의 작품을 개별적
으로 살펴보기로 한다.

1920년대에 2개 이상의 신춘문예를 통해 등단한 이는, 최초의 신춘문예인 1920년
및 1922년 『매일신보』 신춘문예, 그리고 1928년 『조선일보』 신춘문예 시 부문에
잇달아 뽑힌 하태용(河泰鏞)―우리에게는 필명인 계용묵(桂鎔默: 1904~1961)으로
잘 알려져 있는―이 있을 뿐이다. 배상철은 이런 화려한 전력에도 불구하고, 좀 더
면밀한 조사가 필요하겠지만, 자신의 등단지인 『매일신보』와 『조선일보』에는 시
를 거의 발표하지 않고 있어 기이한 느낌마저 들게 한다. 참고로 이재복이 조사한
명단에는 들어있지 않지만, 배상철이 등단한 1925년 『매일신보』 신춘문예에는 당
시 경성제대 예과를 다니던 이효석의 시 「봄」이 '선외 가작'으로 뽑혀 눈길을 끈다.
14 이미 157호(1930.11)에 〈신춘문예 현상 모집〉과 〈현상 독자논단 원고 모집〉 공고
를 내는 등 1930년 말부터는 실질적으로 오청의 승리가 확정된 것으로 보인다. 이
때 편집에서 제외되었던 한시는 한동안 지면에서 사라졌다가 175호(1932.5)에서
다시 부활하지만, 이전과 달리 그 의미가 축소되어 자유시와 시조 뒤에 수록되는
형태를 취한다.

3.1. 전원시 : 배상철

국문판『조선』문예면에서 송전학구가 시 부문 선자를 맡고 있던 1920년대에 가장 활발한 활동을 보여주는 시인은 춘강(春岡) 배상철(裵相哲)이다. 현재 배상철에 대해 알려진 것은 한말의 거유(巨儒)인 간재 전우(艮齋 田愚: 1841.8~1922.7)에게 한학을 배웠다는 것과, 1920년대 중반부터 충남 연기군 동면서기(燕岐郡 東面書記)를 하면서 등단한 이후 주로 국문판『조선』을 무대로 활발한 창작 활동을 하고, 1930년 3월경부터 전매국(專賣局) 촉탁을 지냈으며, 이해문(李海文)·허문일(許文日)·임상호(林尙浩) 등과 함께 충남 예산에서 발간된 아나키즘 문예지『문예광(文藝狂)』(통권 1호: 1930.2.10) 동인으로 참가하고, 김광섭·김북원·김조규·마명·박노춘·박세영·신석정·오장환·윤곤강·이고려·이해문·조벽암·한흑구 등과 함께 시 중심 문예지『시인춘추(詩人春秋)』(통권 3호: 1937.6~1938) 활동을 했다는 정도 뿐이다.[15] 경술늑약 이후 왜인들이 통치하는 내륙에 다시는 발을 디디지 않겠다는 생각으로 부안의 계화도에 들어가 죽을 때까지 나오지 않았던 스승 전우와는 너무나도 상반된 전신(轉身)을 하게 된 이유가 무엇인지, 어떻게 자유시를 공부하게 되었는지, 왜 연기군까지 와서 면서기를 하게 되었는지, 1930년대 중반 이후에는 무엇을 하였는지 등, 그 어느 것에 대해서도 명확하게 알려진 바가 없다.[16]

---

15 배상철과 『문예광』 및 『시인춘추』에서 같이 활동했던 이해문은 평론 「중견시인론—조선의 시가는 어디로 가나」(『시인춘추』 2집, 1938.1)에서 배상철을 정지용·김화산(방준경)·조운·이하윤·김광섭 등과 함께 '선구아류급잡파(先驅亞流及雜派)'로 분류하고 있다. 배상철에 대해서는 이상의 단편적인 사실만이 알려져 있을 뿐으로, 그의 구체적인 활동 사항에 대해서는 좀 더 면밀한 조사가 필요한 실정이다.

16 1930년대 들어 골상학 및 역학 강습에 나서는 한편(「골상학연구」, 동아일보, 1930.9.21. 기사), 『춘강비결(春岡秘訣)』(人相社, 1932.11)와 『춘강신수비결(春岡身數秘訣)』(명문당) 등의 역학 및 점술 관련 저술을 내고 있는 행적으로 보아 이후 문단을 떠나 점차 역술 분야에 치중한 것이 아닌가 추측된다.

배상철은 국문판 『조선』에 기행문 「全義行」(98호, 1925.12)을 발표
한 후, 계속해서 이 잡지에 12편의 시, 1편의 동요, 4편의 한시 번역, 1
편의 번역소설, 1편의 평론을 선보이고 있다. 이외에도 목록화하지는
않았지만 96호(1925.10) 이후 1920년대에 거의 매호 총독부 시책 홍
보, 지역 명승 소개 등에 관한 글을 올리고 있어, 그 양과 폭으로 볼 때
1920년대 국문판 『조선』에서 가장 눈에 띄는 인물이라 할 수 있다. 이
시기 그가 국문판 『조선』을 통해 발표한 문학 관련 글은 다음과 같다.

호수	일자	종류	제목	비고
99	1926.1.	시	새해 貯金	2편
105	1926.7.	시	田園의여름	
130	1928.8.	시	詩人의선물 田園風景	2편
131	1928.9.	시	혼자ㅅ말 새가나른다	2편
131-136	1928.9. -1929.2.	평론	作詩法	총 5회(미완). 134호는 건너뜀
133	1928.11.	시	가을	후기 "10.15. 이詩를象牙塔黃錫禹 兄께"
134	1928.12.	동요	초생달	
135	1929.1.	시	나는보앗노라[17]	「作詩法」 중 권두 19행 소개
136	1929.2.	시	시인의默禱	「作詩法」 중 전문 소개
146	1929.12.	시	過去! 님이여!	〈新詩一束〉 2편
152	1930.6.	역시	城都ㅅ봄(唐 崔灝) 다북솔(矮松)(朝鮮 金始振) 大夢!(蜀漢 諸葛亮) 내ㅅ가에서(宋 程明道)	한시 번역. 4편
156	1930.9.	수필	外醜內雅한高句麗名將 愚 溫達의傳記를읽고	
184-194	1933.2-12.	소설	新譯 三國誌	총 11회(미완)

위의 목록에서 보듯, 배상철은 국문판 『조선』 99호(1926.1)에 「새해」
와 「저금」이라는 두 편의 시를 처음 발표한 후, 계속해서 이 잡지를 통
해 시를 발표하고 있다. 배상철이 발표한 「새해」와 「저금」은 국문판 『
조선』에 수록된 최초의 자유시로, 이후부터 이 잡지에 자유시가 수록
될 수 있는 계기를 만들어 준다. 뿐만 아니라 이후 그는 국문판 『조선』
의 유일한 현대시 관련 평론인 「작시법」을 써서 이후 이 잡지에 투고
하는 이들에게 일정한 창작 지침을 주고 있는 인물이기도 하다.

그렇다면 실제 배상철의 시는 어떤 경향을 보이고 있는지 살펴보자.
다음 시는 배상철이 국문판 『조선』에 발표한 시들의 한 특성을 잘 드
러내는 작품이다.

욱어진 靑草에
한낮의더운빗吐하고。
마을압내ㅅ가엔
한줄두줄의가는 烟氣。
쑴갓히사러질제
空中에는어린제비쩨。
작란이밧브고
이랑ㅅ가지럼길에는。
아기압세운 村婦
머리에밥광우리이고

17 배상철은 「작시법」을 쓰면서 이 시의 권두 19행을 첩운법(疊韻法)의 한 예로 거론
    하며, 이 시가 자신의 시집 『懊惱의靑春』에 실린 시라고 소개하고 있다.(135호,
    108쪽) 하지만 현재 배상철이 출판했다는 이 시집에 대해서는, 다른 어느 곳에서
    도 언급되지 않았을 뿐더러 실물도 나타나지 않아 실존 여부조차 의심스러운 지경
    이다. 이 시는 서두의 19행만 제시되어 그 전모를 알 수 없으나 배상철이 쓴 시임
    에는 분명하기에, 일단 이 목록에 포함시켰다. 다음 호에 역시 같은 방식으로 소개
    된 시 「시인의 묵도」도 동일하게 처리하였다.

허저거리며밧매는곳을向할제。
압헤는어린아해,
눈썹엔땀방울!
아― 貴엽어라田園의生活!。

       ―「전원의 여름」

  이 시는 마치 한 폭의 잘 그려진 전원 풍경을 보는 듯한 느낌을 준다. 더욱이 가까운 곳에서 먼 곳으로의 자연스런 시선 이동이나, 마지막에 마치 영화의 접사(closeup)처럼 다시 한 촌부의 눈썹에 맺힌 땀방울로 시선을 끌어들이는 전개는 시인의 능숙한 묘사를 보여주기에 충분하다. 당대에 두 신문 신춘문예 등단 과정을 모두 통과할 만한 뛰어난 솜씨이다. 그러나 그뿐이다. 이 시가 단순한 스냅사진에 머물지 않고 삶의 현장을 담아내어 독자에게 감동으로 다가오려면 촌부의 한 마디나 구체적인 행동 묘사가 더 필요할 듯한데, 시인은 성급하게 "아― 貴엽어라 田園의 生活!"이라고 끝맺음해버린다. 이로 인해 이 시는 더 이상의 여운을 가지지 못하게 된다. 표정 없는 정물화를 흘낏 쳐다본 느낌이라서 영 개운치가 않다. 이것은 시인이 촌부가 직면하고 있는 삶의 구체적인 현장이 부재한 때문이다. 흡사 스쳐 지나가던 여행객의 시선이랄까? 이런 허탈한 시선은 다음 시에서도 그대로 반복된다.

비개인斜陽에는
포푸라ㅅ닙에眞珠의꿈이밧브고
바람부는아참에는
물깃는아가씨의머리칼춤이산들스럽소。

       X

斜陽에바람을짜러귀에스치는노래ㅅ가락

農夫의입에서쩌러나오는멜로듸로만알지말어요。
욱어진綠葉에 매암이꿈이閑暇럽다오。

      X

쏘이든볏 사러지고
자근별 큰별 서로모혀속살일쌔면
젊은農夫 어린農軍 좁은마당
보리ㅅ집자리에가로누어
『별하나콩콩별둘콩콩』
오-安息의禮讚!

        —「전원풍경」

배상철의 시에는 삶의 고통을 찾아볼 수 없다. 이 시에서도 볼 수 있
듯이, 1920년대 후반 수탈과 이농으로 인해 날로 피폐해져만 가고 있
던 농촌의 현실과 농민들이 겪던 고통은 흔적조차 없다. 오히려 그의
시에 등장하는 인물들은 위의 시에서 보듯, 삶의 기쁨에 충만하기만
하다. 시인의 시선은 삶을 비껴 나가, 멀리서 정물화를 보는 느낌으로
세상을 훑어보고 있을 뿐이다. 참으로 아름다운 정경이긴 하지만, 그
속에는 사람이 보이지 않는다.

배상철 시의 또 다른 특성은 다음과 같은 시에서 찾아볼 수 있다.

어이업ㅅ고덧업스니
오-꿈이다 꿈이여!
입벌니고嘆息하면서도
그래도 그립기는 지난째어니

        —「과거!」

이 시는 자책과 후회 속에서도 미련을 간직하고 있는 인간의 모순된 심리를 짧은 시행에 훌륭하게 담아내고 있다. 또한, '애이불상(哀而不傷)'이라고나 할까. 이별을 아파하고 지난 일을 후회하면서도, 감정에 지나치게 빠지지 않는 화자의 모습은 이 시를 읽는 이에게 많은 여운을 던져준다. 이런 경향의 시는 성공하면 이처럼 여운을 남기지만, 그의 다른 발표 시에서 보듯, 자칫하면 옛 한시나 사대부 시조의 취향을 그대로 자유시형으로 옮겨놓은 것에 불과한 것이 되기도 쉽다는 약점을 가진다.

배상철의 시는 이상의 두 경향을 대표하는 시에서 보듯, 자신과 일정한 거리를 두고 자연을 바라보며 묘사하고, 언제나 현실에서 유리된 자신만의 공간 속에서 단정하게 스스로를 지켜나가는 모습을 담아내고 있다. 때문에 그의 시는 『백조』파의 노만시처럼 쉽게 절망하거나 한탄하면서 자신의 감정을 격렬하게 드러내지 않고 슬픔을 속으로 삭여서 조심스럽게 내놓고 있으며, 주로 정경의 묘사를 통해 자신의 감정을 잔잔히 드러내는 표현 방법을 채택하고 있다. 이런 점에서 한국 노만시의 또 다른 모습을 보여주고 있다고 일정한 의의를 부여할 수도 있을지 모르겠으나, 자신이 직면한 현실의 생생한 모습을 놓치고 현실을 관념적으로만 형상화하고 있으며 시어 사용이나 이미지 구축 방법에 있어 다소 진부한 느낌을 준다는 점에서는 한계를 가진다.

지면에 발표한 시와 함께 국문판 『조선』의 시단에서 배상철의 가치를 더욱 높여준 것은, 총 5회에 걸쳐 연재한 「작시법(作詩法)」이다. 이 글은 국문판 『조선』에 수록된 유일한 자유시 창작 방법론으로, 이후 이 잡지 자유시 부문 투고자들에게 일종의 안내서 역할을 하게 된다. 배상철은 「작시법」에서 〈시의 본질〉, 〈작시(作詩)의 용의(用意)〉, 〈서양시와 조선시〉, 〈시와 산문〉, 〈시와 음악과의 관계〉, 〈시인〉, 〈시혼(詩魂)〉, 〈구조(句調)〉, 〈운율〉, 〈표현법 - 인상 묘사, 감각 묘사와 신경 묘사, 상

징 묘사, 자연 묘사) 등의 항목을 통해 자유시에 대한 자신의 생각과
자유시 창작 시 주의해야 할 점을 구체적으로 서술하고 있다.

〈시의 본질〉 항목(131호)에서 배상철은 "시는 모든 것을 아름답게
하고 기쁘게 하고 슬프게 하고 사랑스럽게 하는 힘을 가진 예술이다.
시를 사랑하는 마음은 참을 구하는 마음이오, 시를 높이는 마음은 미
를 사랑하는 마음이다."(75쪽), "사람이 감정의 고조에 달한 시(時)에
소리, 즉 감격의 소리와 감동의 부르지즘이 시라고 할 수 있다."(76쪽),
"시는 '하트'(心情)의 애(愛)라고 할 수 있다."(77쪽)라고 하여 자신이
기본적으로 노만주의적 시관을 가지고 있음을 보여주고 있다. 하지만
배상철의 시관은, 이보다 앞서 발표된 김소월의 「시혼(詩魂)」(개벽,
1925.5)이나 김억의 「예술과 감상」(조선문단, 1926.3)에서 보여주었던
시관과 비교해 볼 때, 단순하며 그보다 나아간 바를 보이지 못하고 있
다. 〈작시의 용의〉 항목에서 자유시 창작 시 유의할 점으로 제시한 다
음 항목을 보자.(77쪽)

一, 眞實하게노래할 것

二, 湧솟는感情이나보이는景을그대로노래할 것

三, 平凡치안을 것

四, 行을끊는法은感되는곳마다하고 一行의價値와行末의重力에注意
    할 것

五, 줄기차고힘차게지을 것

六, 過去의作詩法과詩論에끌니지말 것

七, 늘-自然에親하고自然을視察하며新鮮한맛이돌게할 것

八, 說明的이되지말며너무悲哀하거나너무欣樂한氣分이쉽게뵈이지안케
    할 것

九, 칼날갓흔말을쓰거나理論的에傾하지말것

十, 남의詩를多讀하야詩風의傾向을善察할 것

十一, 부드럽고곱게쓸것

그가 자유시를 창작할 때 유의하라고 제시한 항목들에서는 과학적인 작시법의 설명이나 근대적인 이미지와 심상을 구축하는 방법, 근대시의 정신을 본격적으로 이야기하는 것이 아니라, 그저 시를 쓰는 이의 낙천적이며 단정한 마음가짐을 강조하고 자기 감정의 흐름을 충실하게 반영하여 쓰되 가능한 한 격렬한 반응을 피하여 쓰라는 주의 이상의 논리적인 설명을 찾기 어렵다. 또한 7항과 2항, 11항에서 보듯, 전원시의 형태를 자신이 이야기하는 자유시의 한 모범으로 전제하며, 5항과 9항 그리고 11항에 기술한 것처럼 시인의 낙관적이며 긍정적인 시각을 이야기하는 데 중점을 두고 있다. 그의 시에서 삶의 현장이 배제되고, 흡사 조선조의 한시-서사한시류의 현실지향적인 한시를 제외한-나 음풍농월하는 사대부의 시조를 보는 듯한 정경 묘사가 자주 사용되는 이유를 이런 작시법 설명에서 짐작할 수 있다. 이러한 배상철의 시관은 그가 광범위한 노만주의 시관에 영향 받고 있음을 의미하는 것으로, 실상 현대시의 작법으로 보기에는 대단히 성기지만 이후 이 잡지에 발표된 작품 중 많은 수가 이런 경향의 시라는 점에서 이후의 자유시 부문 투고자에게 많은 영향을 준 것으로 보인다.

그런데 배상철의 시와 시론은 더 이상의 심화와 신선을 보여주지 못한 채 서둘러 종결되고 말아 아쉬움을 남긴다. 1920년대에 이렇게 활발한 창작 활동을 하던 배상철은 1930년에 접어들어 갑자기 골상학(관상학)에 몰두하면서 더 이상 문학·예술과 관련된 활동을 하지 않게 된다.[18] 그에 대한 다른 기록을 찾을 수 없는 지금으로서는 그의 작

---

18 필자가 파악한 바로는, 1930년 6월 이후에 배상철이 남긴 문학·예술 관련 글은 미
    술 평론인 「朝鮮美展評」(조선중앙일보, 1933.5.19-27)과 국문판 『조선』에 실린 번

가 입문 동기뿐만 아니라 이처럼 급작스럽게 골상학에 몰두하게 된 동기를 알 수 없다. 다만 '면서기'라는 그의 직업과 골상학연구소를 설립하고 관련 잡지 『인상(人相)』을 기획하며 골상학과 관계된 여러 강연에 다니는 등의 행적을 전하고 있는 여러 신문 기사들[19]로 미루어 볼 때, 1930년대에 들어서는 점차 문학에 뜻을 접고 골상학 및 역학, 점술 등에 전념하게 된 것으로 보인다.

3.2. 노만시 : 이해문과 채규삼

1920년대 국문판 『조선』지 문예면에 배상철이 있었다면, 1930년대에는 그 자리를 이해문(李海文: 1911-1950)과 채규삼(蔡奎三)이 대신하게 된다.

이해문은 충남 예산 출신으로, 호를 몽성(夢星)·고산(孤山)·금오산인(金烏山人)·무한천인(無限川人)이라고 했다. 배상철과 비슷하게 예산군 신암면과 오가면 면사무소에서 일하면서 통신강의록으로 니혼대학[日本大學] 법과를 이수하여 보통고시에 합격하는 등 노력파로 알려져 있다. 이해문은 1929년 국문판 『조선』을 시작으로, 1930년대 들어 주로 동인지를 중심으로 활발한 창작활동을 보여준다. 그가 참여한 동인지는 고향인 충남 예산에서 발간된 아나키즘 문학 동인지 『문예광(文藝狂)』(통권 1호; 1930.2.10)을 비롯하여, 시 중심 문예지 『시인춘추』(통권 3호: 1937.6~1938), 시 전문 동인지 『맥(貘)』(통권 5집:

역소설 「新譯 三國誌」, 『시인춘추』 제2집(1938.1)에 수록한 시 「가을」 정도이다.
19 1930년 이후 배상철의 행적과 관련된 대표적인 신문 기사는 다음과 같다.
「骨相學上으로 본 朝鮮役軍의 얼골」, 『별건곤』 32-34호, 1930.9-11.
「골상학연구」, 동아일보, 1930.9.21.
「裵相哲氏 骨相學講話. 來二十八日부터 骨相研究所에서」, 조선일보, 1930.9.23. 2면.
「裵相哲氏 骨相研究所移轉」, 동아일보, 1931.2.16. 2면.
「人相學漫談」, 『신민』 67호, 1931.6.
「月刊雜誌 『人相』 發行. 裵相哲氏에 의해 방금 준비中」, 조선일보, 1931.12.23. 5면.

1938.6~1939.4)[20] 등이다. 또한 습작기부터 1937년까지 발표한 작품 중 시조 〈정사방가(情緖放歌)〉 20편과 시 123편(산문시 8편 포함)을 모아 시집 『바다의 묘망(渺茫)』(시인춘추사, 1938.1.10)을 발간[21]한다.

국문판 『조선』지에서는 1929년 7월 「안오는 동무」라는 7·5조의 음수율을 철저히 지킨 동요를 처음 내보인 이후 동요 8편, 민요 7편, 시조 3편, 시 38편(시요 3편 포함), 소설 3편을 발표하는 등 활발한 활동을 보여준다. (이 중 '금오산인'이라는 이름으로 발표한 것은 동요 2편, 민요 3편, 시조 1편, 시 8편이고, '무한천인'으로 발표한 것은 동요 1편, 민요 1편, 시 1편이다. 그리고 '이고산'으로 발표한 것은 동요 2편, 민요 3편, 시 5편이다.) 당시 이해문이 국문판 『조선』지에 발표한 문학 관련 글은 다음과 같다.[22]

20　이해문은 『맥』 제3집(1938.10)부터 동인으로 참가한다.

21　이 시집은 이해문의 첫 시집이자 마지막 시집으로, B6판형 326쪽의 분량이다. 전체 143편의 시조 및 시를 16개로 분류하여 수록하였고, 박팔양의 「서(序)」와 김화산(방준경)의 평, 황백영의 「跋」, 시인의 「자서(自序)」 등이 포함되어 있다.

22　이 목록에는 '이고산(李孤山)'과 '금오산인(金烏山人)', '무한천인(無限川人)'으로 발표된 것도 포함한다. '고산'은 예산의 옛 지명으로, '이고산'이 이해문의 호라는 것에 대해서는 연구자들의 견해가 일치한다. '금오산인'에 대해서는 이해문과 함께 『문예광』 동인으로 활동했던 채규삼이 자신의 시 「新春雜吟」(195호, 1934.1)의 마지막 부분에 "聲肌豚·金烏山人·孤山諸兄께"라고 적어, 금오산인과 이해문을 다른 이처럼 취급하고 있기 때문에 다소 미심쩍은 부분이 있다. 하지만 이제까지 금오산인이 바로 이해문의 별호였다고 알려져 왔고, 이해문이 자신의 소설 「農村의 愛人」에 '금오산인'의 이름으로 삽입시를 사용하는 등(190호, 1933.8)의 정황으로 봐서 채규삼의 착오(혹은 오기)로 생각하여 여기에 제시하는 목록에는 이해문과 동일 인물로 처리한다. 이해문이 다녔던 예산보통학교 뒷산이 '금오산'이라는 점도 참고가 될 만하다. '무한천인'의 경우, 이해문의 소설 「사진」의 마지막 부분에 나와 있는 "壬申秋 禮山 無限川邊에서"라는 기록과 작품의 경향, 당시 이 잡지에 예산 출신으로 시를 발표한 이가 이해문밖에 없어 이해문으로 판단되기에 함께 수록한다. 다만 좀 더 정확한 증거가 나오기 전까지는 만에 하나 서로 다른 인물들일 경우가 있어, (비고)란을 두어 발표할 당시의 이름을 밝히도록 한다. (본명으로 발표한 경우는 따로 밝히지 않는다.) '고산'과 '금오산' 지명에 관한 사항은 『한국민족문화대백과사전』 사이트(http://encykorea.aks.ac.kr/)의 〈이해문〉 항목을 참고했다.

호수	일자	종류	제목	비고
141	1929.7.	동요	안오는동무	
142	1929.8.	동요	맑은시내ㅅ가	
143	1929.9.	詩謠	그리운고향(故鄕) 무정(無情) 俗態	3편
146	1929.12.	동요	센동이	
		수필	落日傷心	
148	1930.2.	민요	늙은총각의노래	金烏山人으로 발표
152	1930.6.	시	사람아!	'黃海文'으로 誤記
		수필	追憶二三	
153	1930.7.	시	이것나?	
158	1930.12.	시	小都會의밤 가을 初秋情調	〈舊稿一束〉 3편
161	1931.3.	시조	述懷	
162	1931.4.	민요	農夫의노래	無限川人으로 발표
163	1931.5.	시	古人의微笑 나는이러케노래하겟소 靑春의獨語	〈近詠數題〉 3편
165	1931.7.	시	永遠의務	
166	1931.8.	시	農村이여	無限川人으로 발표
168	1931.10.	시	寒燈嘯吟	
170	1931.12.	시	아!勇士여!	
173	1932.3.	시	노래하라處女야 農夫의가을 心海	〈自然의노래〉 3편
174	1932.4.	동요	참새	無限川人으로 발표
176	1932.6.	시	봄날 靑春	〈春日雜詠〉 2편. 金烏山人 으로 발표
177-179	1932.7-9.	소설	彷徨	3회
180	1932.10.	동요	가을	李孤山으로 발표
180-182	1932.10-12.	소설	寫眞	3회
183	1933.1.	전설	닭의傳說—鷄鳴晨	
184	1933.2.	민요	가을이라네	李孤山으로 발표
185	1933.3.	시	봄의마음	후기 "봄언덕에서"
		시 민요 시조	三月 새살님 겨울ㅅ비	金烏山人으로 발표
186	1933.4.	시	叙懷三章	3편(각기 吳晴先生, 裵相 哲先生, 韓海龍·蔡奎三· 韓裕順·蔡今順동무에게 라는 후기가 붙어 있음)

187	1933.5.	시	장미의슯흠	부제 "어느女性을읊음"
		시	農事의봄	金烏山人으로 발표
189	1933.7.	시	天才兒의노래	李孤山으로 발표
		동요	방아 비행긔	金烏山人으로 발표
189-194, 197	1933.7-12, 1934.3.	소설	農村의愛人	7회(미완)
191	1933.9.	민요	農夫의노래	李孤山으로 발표
192	1933.10.	시	無題 自嘲 熱情	〈秋日雜詠〉 3편(부제 "碧山兄과 耆元君에게 드림") 金烏山人으로 발표
		민요 동요	가을밤 秋夕	李孤山으로 발표
193	1933.11.	시	가을 指導者여	李孤山으로 발표
194	1933.12.	시	새벽의祈願 現實 理想	후기 "이詩를成君에게" 〈靈魂의嘆息〉 2편. 후기 "이詩를우는내詩魂에게". 李孤山으로 발표
195	1934.1.	시	긔적	李孤山으로 발표
		시조	님네의길	
		전설	개의傳說―忠僕된原因	金烏山人으로 발표
196	1934.2.	시	背信의벗	金烏山人으로 발표
197	1934.3.	민요	農村의曲調	金烏山人으로 발표

　위의 목록에서 보듯, 이해문이 국문판 『조선』을 통해 발표한 작품의
양은 타의 추종을 불허한다. 앞에서 살펴본 배상철이나 그 다음으로
많은 작품을 발표한 채규삼과 비교해 보면 이해문이 이 시기 얼마나
활발한 창작 활동을 벌였는지 알 수 있다.

　그렇지만 많은 편수에도 불구하고 국문판 『조선』에 실린 이해문의
시는 별다른 특징을 보여주지 못하고 있다. 다음 시를 보자.

　　가지의 쏜맛이나 어이 마다라히

　　지럼ㅅ길두고도 못가는 괴로움!

假面의冕琉冠을 보는 마음의衝動!

山谷으로 올을째마다 불타는가슴도 가지의괴로움 그 안이랴만

걸차게 나아가려는 이몸이라서

그것저것 다 모르는척

지나가 버리랴는 내생각이어니―――

―「한등소음(寒燈嘯吟)」, 3연

화자는 무엇인가에 선택의 괴로움을 겪고 있는 듯하지만, 이 괴로움의 실체가 무엇인지는 도무지 알 길이 없다. 뿐만 아니라, 이 괴로움을 직면하여 해결하려 하지 않고 태연함을 가장하여 회피하고 만다. 그렇다고 시상을 가다듬는 능력이나 묘사 능력이 특출해 보이지도 않는다. 이런 점은 다른 시에서도 동일하게 나타난다.

꼿피고 나뷔춤 추는 三月

나의사랑은 쓰거운情 목익혀 우나니

젊음의三月 이허튼 노래에

그대 그귀를 부대 기우리시오.

―「삼월(三月)」, 4연

이 시도 앞에서 살펴본 시와 마찬가지이다. 그저 당시로서는 매우 흔하게 볼 수 있었던 가벼운 연애시에 불과하다는 느낌이다.

다만 '무한천인'이라는 필명으로 발표한 다음 시는 추상적이긴 하지만, 동시대의 처참한 조선 농촌의 현실을 담아내어 주목을 끈다.

오-쓸쓸한

나의期待―― 그윽함을쩌난

農村의 情景이여!

穀價의低落, 金肥, 그들의 驚異…
收支의 어그러짐

이것은 오늘農村의現實
움직일수업는 그것임을!!

            —「농촌이여」, 부분

  채 다듬어지지 않은 상당히 서툰 솜씨의 습작시 정도에 불과하지만, 이 시에서는 동시대 농민들이 처한 현실의 고통을 관념적으로나마 전달해주고 있다. 고향을 오랫동안 떠났던 화자가 그립던 고향의 품을 찾아 돌아왔건만, 기대하고 꿈꾸었던 것과는 달리 눈앞의 고향 사람들의 현실은 처참하기 그지없더라는 이야기를 담고 있다. 하지만 여전히 이 시에서도 농민들의 삶의 고통이 핍진성 있게 그려지지도, 이미지가 구체적으로 구축되지도 않아 독자의 구체적인 공감을 획득하는 데는 실패하고 있다.

  이상에서 본 것처럼, 전반적으로 국문판『조선』에 수록된 이해문의 시들은 1930년대 후반에 들어 다양한 동인지 활동을 하면서 중앙 문단에도 성가를 드러냈던 것과는 사뭇 다른 모습이다. 이것이 이 잡지에 발표된 시에서만 나타나는 것인지 모르겠지만, 많은 발표 편수에 비해서는 아쉬움이 많이 남는다.

  발표 편수로만 봤을 때, 1930년대 국문판『조선』지에 이해문 다음으로 많은 시를 발표한 시인이 함경남도 정평(定平) 출신의 채규삼(蔡奎三)이다. 아나키즘 문학 동인지『문예광(文藝狂)』(통권 1호; 1930.2.10)의 동인으로 활동했던 것이 알려져 있을 뿐, 아직까지 그에 대해서는 상세한 연보나 행적이 거의 알려진 바 없지만, 국문판『조선』
을 통해 1930년대 전반에만도 동요 4편, 시 17편의 작품을 발표하는
등 무척 활발한 창작 활동을 보여주고 있는 인물이다. 국문판『조선』
에 발표한 채규삼의 작품 목록은 다음과 같다.

호수	일자	종류	제목	비고
151	1930.5.	동요 시 시 시	봄이왔다고 젊은農夫의노래 靜夜短吟 孤獨	4편
152	1930.6.	동요	엄마生覺	
153	1930.7.	시	이슬	
164	1931.6.	동요	소업는우리집	
165	1931.7.	시	첫녀름의날	
167	1931.9.	시	가을밤에 가을	〈秋日雜吟〉 2편
169	1931.11.	동요	압산에가을	
170	1931.12.	시	바다의달밤	
173	1932.3.	시	아츰의湖水	
176	1932.6.	시	봄날뜰에서	
180	1932.10.	시	璃津江畔에서 小題	2편
190	1933.8.	시	北國의밤	
192	1933.10.	시	禁煙의노래 禁煙歌	2편
194	1933.12.	시	孤獨低吟	이 글을 吳狀泳氏에게 밧치노라
195	1934.1.	시	新春雜吟	聲肌豚·金烏山人·孤山諸兄께

채규삼의 시는 대체로 노만주의에 입각한 시로 분류해 볼 수 있다.
하지만 주관과 감상의 과잉으로 점철된『백조』파와는 달리, 즉발적으
로 터져나오는 개인의 격한 감정 표현을 절제하고, 섬세한 언어 감각
과 시각적 이미지 구축을 통해 자신의 감정을 조심스럽게 드러내는 표

현 방법을 사용하고 있어 주목을 끈다. 이런 그의 표현 방법이 효과적
으로 사용된 다음 시를 보자.

　　　한발두발 드노라
　　　나의 발길은
　　　나도몰으게 어느듯
　　　뜰에나왔네
　　　　　　X
　　　하날은 맑아
　　　푸른바다가되고
　　　구름은회여
　　　꽃물결 이루윗는데
　　　　　　X
　　　봄노리 꿈꾸는
　　　滿野一幅엔
　　　이름모를 꽃이
　　　옹실봉실피엿네
　　　　　　X
　　　잊지못할 녯날의
　　　애닯은 記憶
　　　눈물매진 내눈에
　　　얼룽덜룽 비치네
　　　　　　—「봄날뜰에서」

　'선경후정(先景後情)'이라는 말이 잘 어울리는 시다. 화자는 봄빛에
이끌려 자기도 모르게 어느덧 뜰로 나선다. 눈앞에는 맑고 푸른 하늘
이 펼쳐져 있고, 흰 구름이 둥실 떠있다. 그리고 벌써 봄꽃이 물결을 이

루고 있다. 이렇게 봄빛에 취해있던 화자에게 한쪽 구석에 피어있는 이름 모를 꽃이 문뜩 눈에 들어온다. 이 꽃을 보며 화자는 지난날의 애달픈 기억을 떠올리고, 자신도 모르게 눈물이 맺히게 된다. 섣부른 감상도, 감정의 과잉도 이 시에서는 보이지 않는다. 봄빛에 취한 어느 순간 가슴에 박힌 꽃 한 송이로 인해 환기된 화자의 슬픔이 잔잔하게 그려지고 있을 뿐이다. 하지만 이 순간 화자의 슬픔은 이 잔잔한 묘사를 통해 그 어떤 울부짖음보다도 더 깊이 독자에게 감동을 주며 다가서게 된다.

> 푸른물결은 銀獄에가치고
> 함박함박눈꽃은 훨훨날은다
> 팔장씨고 江가를고요이 건너러니
> 애겹은녯꿈 눈압헤스를——
> 그님은어데갓나? 다시못오나?
> 갓치놀든 녯자리에는
> 눈꽃만소복——
>
> ——「고독」

앞의 시만은 못하지만, 이 시도 역시 같은 표현 방법을 채택하고 있다. 눈 오는 날 설경을 구경하러 강가에 나섰다가 문뜩 옛 추억이 생각나 그 사람과 함께하던 자리를 찾아보니 그때의 사람은 보이지 않고 자리에는 눈꽃만 소복하더라는 내용의 소품이다.

채규삼의 노만시는 이처럼 자신의 감정을 직설적으로 토로하는 방식보다는 정경을 빌어 자연스럽게 독자가 연상할 수 있게 하는 방법을 채택하고 있다. 이런 방법은 사실 한시적 전통에 기반한 것으로, 현대시에 다시 사용되면서 독자들이 자연스럽게 화자의 감정에 이입할 수 있는 계기를 만들어주어 뛰어난 효과를 얻고 있다.

3.3. 상징시: 황석우

국문판 『조선』 132호(1928.10)에는 뜻밖에도 당시 『조선시단(朝鮮詩壇)』의 주간을 맡고 있던 상아탑 황석우(象牙塔 黃錫禹: 1895-1960)의 시가 두 편 실려 있다. 「생량(生凉)」과 「표박아(漂泊兒)」가 그것으로, 황석우가 어떤 연유로 국문판 『조선』에 시를 싣게 되었는지는 알 수 없지만, 이 두 작품은 이 잡지에 실린 어떤 시보다도 뛰어난 현대적 표현 감각을 보여주고 있다.

> 空中의어느곳엔지蟄伏하여잇든
> 날느는배암과갓흔몸가는가을바람은
> 地球우에기어내려 찬혜ㅅ흐로
> 노란 毒液을뿜어내여
> 나무닙 풀닙을날늠날늠할터물드린다。
>
> —「생량(生凉)」

어느 날 선뜻 와 닿는 가을바람과 가을의 풍경을 '나는 독사[飛蛇]'의 이미지를 빌어 표현한 절창이다. 아직도 여름인가 싶었는데 어느 순간 갑자기 시인에게 다가온 가을바람을 "공중의 어느 곳엔지 칩복하여 있던 나는 배암"이라는 신선한 이미지로 표현하여, 그 느닷없음과 살갗에 와 닿는 선뜻한 느낌을 잘 살리고 있다. 또한 가을이 되어 나뭇잎이 조금씩 노랗게 물들어가는 모습을, 가을바람을 비유하여 표현한 "배암"이 독액을 내뿜어 조금씩 핥아서 물들여가는 것으로 연결시켜 표현하는 발상은 참신하다.

가을바람은가슴에
여름의 어린亡魂을안고
世界의곳으로곳까지의
漂泊의길우에올너
풀과 나무들에게하소연하며
목메혀울고 쩌도라단닌다。

—「표박아(漂泊兒)」

　이 시는 「생량(生凉)」과는 달리 감정의 과잉을 드러내고 있는 소품
이어서 그다지 뛰어난 시라고는 할 수 없다. 그러나 가을바람의 소리
를 "하소연하며 목메어 울고 떠돌아다니는" 것으로 시각화하고 있는
점 등에서 볼 수 있듯, 이미지 사용에 있어서 참신한 느낌을 준다.
　하지만 황석우가 보여준 이런 감수성과 이미지 사용법은 국문판
『조선』을 통해서는 더 이상 찾아보기 어렵다. 그것은 이 잡지 문예면
에 투고하는 이들이 대개 전문적인 문학 수업을 받지 못한 상태여서
이런 방식의 이미지 구축에 서툴렀을 뿐더러, 황석우가 보여준 상징주
의적 표현 방법이 이 시기 이 잡지 문예면 선자였던 송전학구나 배상
철의 창작 경향과도 맞지 않았기 때문으로 보인다. 황석우의 시가 발
표된 다음 달 국문판 『조선』에 실린 배상철의 「가을」이란 시를 보면
이런 사정을 짐작할 수 있다.

　나무ㅅ닙은말하데 무름업는 나를보고
『한時節 치럿스니 醉코나 가려고붉엇것만
사람은曰 바람의붉은손에 저젓다고。』
　　　　× ×
　기럭이말하데 우름우는 나를보고

『전활소식업건만은 만나면반갑드라고。』

내마음내알거니 조코언ㅅ짠음
굿세게 말할것엄느니만!

"10.15. 이詩를象牙塔黃錫禹兄쎄"라는 후기가 달려 있는 이 시는 전호에 실린 황석우의 시에 대한 일종의 화답시다. 이 시에서 배상철은, 황석우가 앞서 발표한 두 시에서 계절의 변화에 야단스럽게 반응하는 것에 대해 강한 거부 반응을 보이고 있다. 「작시법」에서 말한 것처럼 "너무悲哀하거나너무欣樂한氣分이쉽게뵈이지안케" 쓰는 것(131호, 77쪽)이 올바른 시라고 생각하던 배상철의 입장에서는 황석우가 보여준 감정의 과잉과 감각적 묘사가 결코 좋게 보이지 않았던 것이다.

3.4. 친일시와 현실비판시: 이매계와 박일란 · 일서 · 만웅 · 채규경

조선총독부 기관지로서 국문판『조선』지의 성격상 가장 흔하게 발견할 수 있는 것이 친일시라는 생각을 하는 것은 지극히 자연스러운 일이다. 앞에서 살펴본 시인 중 배상철과 이해문이 오랫동안 면서기를 하고, 특히 생애와 이후 활동상이 가장 잘 알려진 이해문의 경우 1930년대부터 「바다의 묘망(渺茫)」 등의 노골적인 친일시를 발표하고 6 · 25 전쟁 중 '부르주아 반동' 혐의로 북한군에게 총살당해 이러한 생각은 일면 타당성이 있어 보인다. 하지만 실제 현재까지 발견된 국문판 『조선』지에 수록된 시 중 적극적인 친일의 면모를 드러낸 시는 많지 않다. 이 중 친일의 내용을 많이 담고 있는 것은 주로 가사체의 시나 송시 계열의 시이고, 자유시에서는 노골적인 친일시로 분류할 수 있는 작품은 거의 찾아보기 어렵다.

김성문(金成文)의 「초부가(樵夫歌)」(103호, 1926.5)를 보자. 가사체

로 쓴 이 글에서 김성문은 "봄이 왔으니 놀지 말고 땔나무를 베어놓아 세금 낼 준비를 하자. 이리하면 나도 잘 살고 나라도 부강해진다."라고 말한다. 당시 총독부의 납세 촉진 운동에 철저히 부합하는 내용의 글이라 아니할 수 없다. 「추수가(秋收歌)」(108호, 1926.10)도 유사한 내용을 담고 있다. "우리農夫生活策은 / 春耕夏耕秋收하야 / 百穀豊登滿庫하면 / 極樂世界절로되야 / 含哺鼓腹擊壤歌가 / 此處彼處勿論하고 / 千村萬落에 ○積하네 / 어힐시구正조쿠나" 하는 식이다. 도무지 어느 나라의 농부들을 말하는 것인지 알 수 없는 노릇이다. 경작하던 토지를 빼앗기고 도시로 가 일용직 노동자가 되거나 그도 아니면 고향을 떠나 만주로, 간도로 가던 동시대 사정과는 하등 상관없는 이야기로 그득하다. 가사체로 쓰여진 시는 이처럼 당시 조선총독부의 시책을 적극 옹호하고, 선전하는 내용을 담은 시들이 거의 대부분이다.

이러한 가사체 시나 송가류의 시를 제외한다면, 자유시형을 취하고 있는 시들 중에서 노골적인 친일시는 이매계(李梅溪)가 쓴 「제석야(除夕夜)」가 거의 유일하다고 할 수 있다.

하날차고컴컴한밤
滿天秋雲덥피엿스니
이거시어인일이냐
泰平한今年이無事히갓스나
아마도蒼天이天皇陛下를
생각하고생각함인지
滿天에秋雲이덥피엿도다
悠悠한蒼天도그러하거든
하믈며民族悲哀야엇더하리요
그럿튼秋雲것치고

새로운별에光線빗최니
아마도明君後主맛남인가뵈

이 시는 전년도 말에 있었던 다이쇼(大正) 일왕의 죽음(1926,12,25)
을 애도하는 한편 새로 히로히토(裕人)라는 '명군후주(明君後主)'를
만나게 되었음을 기뻐하는 내용으로 되어 있다. 다이쇼 일왕의 죽음을
하늘마저 슬퍼하여 하늘 가득 가을 구름이 덮였고 '민족'이 비애를 느
끼고 있다는 데까지 이르면 더 이상 할 말이 없어진다. 가히 적극적인
친일시의 한 전형으로 봐도 되지 않을까 싶다.

이외에 간접적이긴 하지만, 동시대 조선 농민들이 처한 비참한 삶과
이농의 현실을 핍진하게 그리는 대신에 오히려 그들에게 농사일의 자
랑스러움과 희망을 강조하는 유형의 시들도 당대 조선총독부의 시각
을 대변하고 있는 듯한 느낌을 준다는 점에서 광범위한 친일시의 범주
에 포함시킬 수도 있을 듯하다. 다음 시를 보자.

이하로를……
무르녹은田園에서
잇는짬을다-짜내며
소와광이로싸와가든일꾼이여!
오-고요히잠드러라
고달펏든그몸
어서잠드러라
밝을날을위하여!……
　　　　—백지섭(白智燮), 「농촌의저녁」, 부분

이 시에는 힘든 농촌의 삶은 보이지 않는다. 오직 농사일의 신성함

과 내일의 희망을 노래하고 있을 뿐. 과연 당대 농촌에서 산다는 것이
이처럼 희망찬 내일을 약속하는 것이었을까?

다음 시도 마찬가지의 모습을 보여준다.

> 훈훈한微風이곱게곱게짜위를휩싸돌아
> 내방으로드러온다
> 그런즉冊床우의「라구쓰叭」盆花가
> 급작이흔들니기始作한다
> 보매어허-微風이盆花에게「키쓰」를하고잇는것이엿다
> 밧게셔는비닭이한쌍이구굴구굴
> 노래하며깁부게논다
>
> ─김주환(金柱煥), 「농촌의아참」 부분

도무지 동시대 조선 농민의 아침 풍경으로 연상되지 않는다. 이렇게
평화롭고 사랑스런 아침 풍경은 과연 누구에게 있었던 것일까? 이런
점에서, 이런 부류의 시들을 광범위한 의미의 친일시로 분류해도 무리
가 아닐 것이다.

반면, 이런 부류의 작품들과는 달리 국문판 『조선』지에는, 많은 편
수는 아니지만, 조선총독부의 기관지라는 성격에 걸맞지 않게 동시대
조선인이 처한 처참한 삶의 모습을 간접적으로나마 드러내 보여주는
작품을 간헐적으로 찾아볼 수 있다. 송암 백동균(松庵 白東均)의 글
「이향(離鄉)의 가부(可否)」(131호, 1928.9)[23]에서는 고향을 떠나 북간
도로 이주하는 이웃집에 다녀온 아들이 아버지와 대화하는 말을 빌어,

---

23 이 글은 제목 앞에 "촌가야화(村家夜話)"로 되어 있고, "지난동삼에당한일"이라고
   부기하고 있다. 농가의 아버지와 아들이 나누는 대화로 이루어져 있는데, 이 대화
   를 통하여 궁핍한 농촌 현실에 절망하여 북간도와 러시아로 떠나는 당시 농촌의
   현실을 고발하고 있다.

"누구는 고향이 떠나기 좋아서 떠나나요.", "여기서 살 수가 없으니 그
러지요."라고 하여(88-89쪽), 당시 농촌의 처참했던 삶을 약간이나마
엿볼 수 있게 한다. 그러나 이 소설보다도 더 구체적으로 비참한 삶의
현장을 그려낸 작품이 바로 다음 시이다.

　　　눈물로 세월보내는이몸은
　　　허기에 비틀거리면서
　　　오날도 쏘 국수집에가-
　　　품파러온 나쎄미로
　　　쩍을 만듭니다

　　　날이 맛도록
　　　일터에서 시달닌
　　　늙은 아버지 어머니
　　　배곱하우는 어린동생 위하여
　　　오! 뫼밀나쎄미로
　　　쩍을 만듭니다

　　　三年을약속하고 間島가신 옵바는
　　　세三年된오날까지 도리올줄모르니
　　　안탁가운내가슴은 쌔마당 기다리노라고
　　　애타는 눈물을 흘니면서
　　　오날도 쏘 나쎄미로
　　　쩍을 만듭니다
　　　　　　　　　　　　—박일란(朴一蘭), 「나쎄미쩍」

박일란의 시에 담긴 현실은 비참함 그 자체이다. 늙은 부모는 일터에서 밤늦도록 시달리고, 여성 화자는 국숫집에서 품팔이를 해도 가난을 씻어내기 버겁다. 이런 상황에서 배고파 우는 어린 동생을 위하여 국숫집에서 품 팔아 구해온 풀기 없는 메밀 겉껍데기로 떡을 만들어 주는 빈궁한 삶이 화자가 처한 현실이다. 더욱이 그나마 화자가 의지할 수 있는 오라버니는 이런 끔찍한 환경을 벗어나기 위해 돈 벌겠다고 간도에 간 지 벌써 10년 가까이 되도록 돌아올 기약도 없다. 흡사 최서해가 1920년대 초반에 발표하여 문단에 충격을 주었던 빈궁문학을 시로 다시 보는 느낌이다. 하지만 자신도 허기로 몸을 못 가눌 지경이면서도, 간도에 간 오라버니를 기다리며 이런 궁핍한 상황을 이겨나가고 있는 누이의 모습은 임화의 시 「우리옵바와 화로」(『조선지광』, 1929.2)의 누이동생과는 또 다른 측면에서 읽는 이에게 짙은 감동을 준다.

이와 같은 절대적 빈궁의 현실을 노래한 것은 아니지만, 다음 시도 총독부 기관지인 국문판 『조선』의 기본 방향과는 어울리지 않는 상당히 이질적인 내용을 담고 있다.

　　　물결치는 거리에서
　　　거즛의 「꿈」享樂에
　　　　陶醉한 人間아!
　　　째, 쌀니 淸凉劑를쓰라
　　　그리하야
　　　피ㅅ쓸른 勇進에……。
　　　　　　　X
　　　「쑈르」의 層階에서
　　　훗터진 投棄網에

> 싸혀 헤매는 人間아!
> 날카로운 이(齒)로쓰드라
> 그리하야
> 굼틀거리는 勇進에……。
>
> ─일서(一曙), 「인간(人間)아」

도대체 어떻게 해서 이 잡지에 실릴 수 있었는지 의심스럽기 그지없는 시이다. 물론 국문판 『조선』에서는 찾아보기 어렵지만, 당시 세간에 유행하던 계급적 어투를 유사하게 사용하고 있다고 해서 계급의식을 담고 있다는 말은 아니다. 하지만 식민지 조선의 사회주의 운동에 대해 예민하게 경계를 하던 일제가 자신의 기관지에 아무런 제재 없이 이런 글을 싣고 있다는 것은 기이한 일이라 아니할 수 없다. 시 자체는 채 정리되지도 않았을 뿐더러 뚜렷한 시상을 보여주지도 못하고 있지만, 수록 잡지와의 상치감(相馳感) 때문에 다시 한 번 눈길이 가게 되는 시이다.

다음 시는 일서(一曙)의 시보다 한 걸음 더 나아가 적극적인 항일의식을 드러내고 있다.

> 힌눈은 누구의마음을달멋는고
> 북국사람의귀에 붉은물의려주고
> 이마을 차저오는칼바람에 밀니여서
> 차듸찬 하늘서 재조넘고 재조넘고
> 마루꼿혜 쓰러지는
> 한조각의 눈!
> 그대여 비웃지말지어다
> 순간에 문어지는 이눈의

덧업는 갑업는 생명을
　　　X
저! 산봉오리에
진을치고잇는 눈덩어리
이것도 갑업는 생명업는
간얄핀 한조각의 눈모듬이오니
힘업는우리인들
힘업는우리인들。

―만웅(蔓雄), 「설령(雪嶺)」

　칼바람과 눈[雪]의 대립, 그리고 이 눈과 '힘없는 우리'를 등치시키
고, 이를 비유를 통해 단결(團結)과 연대(連帶)의 힘에 대한 기대를 노
래하고 있다는 점에서 이 시는 매우 의미심장하게 읽힌다. '북국 사람
들의 귀에 붉은 물을 들여 준 흰 눈', '칼바람을 이리저리 피해서 기어
코 마루 끝에 떨어져오는 흰 눈'은 어떻게 읽어야 할까. 러시아에서 비
롯된 공산주의의 승리와 식민지 조선으로의 공산주의 유입에 대한 일
제의 금지와 탄압, 그럼에도 불구하고 감시의 눈초리를 피해 움직이는
운동가들의 노력 등을 이 구절에서 읽어내는 것은 결코 어렵지 않다.
더욱이 낱개로는 "갑업는 생명업는/ 간얄핀 한조각의 눈모듬"이고
"힘업는우리"지만, 이런 우리들이 모여서 "저! 산봉우리에 진을 치고
있는 눈 덩어리"를 만든 것이라는 표현에까지 이르면, 시인이 '프롤레
타리아의 연대와 이를 통한 혁명(혹은 광복)에 대한 기대'를 이 시에서
적극적으로 드러내고 있음을 알 수 있다.
　「설령(雪嶺)」보다는 미약하지만, 다음 시 역시 일제의 식민지 정책
에 대한 비판의 어조를 보이고 있다.

이몸은 가련다
山을넘고 들을지나
限업시 가련다
田園에서 鑛山에서 또工場에서
나의팔다리는 굳어질대로 굳어젓다
               X
거친풀 욱어진 曠野를거처
물거품險한 바다를건너
椰子樹피는 南國에나
눈꽃날니는 北國에나
그어데든지 가련다
               X
하늘에는 구름이날고
땅에는 바람이분다
그러나 이가슴에는 서름이돈다
가다가그만 길가에 임자업는屍體가되여도
불타는눈물을 저골앞에싸가지고
이몸은 限업시限없시가련다

              ―채규경(蔡奎卿),「가련다」

이 시의 화자는 막연한 감상적 차원에서 이 땅을, 조국을 떠날 것을
노래하고 있는 것이 아니다. 그는 오랜 기간에 걸쳐 거친 일을 하면서
이 땅에서 살아보려 애썼지만 더 이상 희망을 찾지 못하고 결국 이 땅
을 벗어나 머나먼 이국의 땅을 찾아 나설 결심을 한다. 가는 길이 험하
고 멀지만, 가다가 죽을 수도 있다는 것을 알지만, 더 이상 이곳에 머물
수는 없기에, 이 땅은 내 팔다리를 굳어질 대로 굳어지게 만들기 때문

에 떠나려 하는 것이다. 그가 떠날 결심을 하는 구체적인 이유는 드러나 있지 않지만, 엄숙하기까지 한 화자의 태도는 읽는 이에게 지금 자신을 옥죄고 있는 현실을 다시 한 번 되돌아보고 고민하게 하는 힘을 가진다.

이상에서 살펴본 몇 편의 시에 드러난 의식은 도저히 총독부 기관지에 수록되었다고는 믿기 힘들 정도다. 동시대의 다른 잡지나 신문에서도 쉽게 찾아보기 힘든 이런 시들이 어떻게 해서 국문판 『조선』에 수록될 수 있었는지는 알 길이 없지만, 이 시들은 일제강점기 우리 문학사에 있어서 귀중한 자산이 될 수 있으리라 생각한다.[24]

아래에 제시한 표는 이 항목에서 살펴본 작가와 작품의 목록으로, 제목 앞에 *표를 한 것이 조선총독부 기관지인 국문판 『조선』지의 지향점과 상치감을 드러내고 있는 작품들이다.

출신지	이름	이명/별호	작품	호수	일자
加平	李梅溪		除夕夜	111	1927.1.
淸州	金柱煥		農村의아참	114	1927.4.
梨花專門	朴一蘭		*나쎄미쩍	143	1929.9.
寧邊	白智燮		開拓者 農村의저녁	148 148	1930.2. 1930.2.
		一曙	*人間아	152	1930.6.
	蔡奎卿		*가련다	177	1932.7.
		蔓雄	*雪嶺	195	1934.1.

24 물론, 이상의 언급은 자유시에만 국한시켰을 때 그러하다는 것이다. 좀 더 면밀히 살펴봐야 하겠지만, 역사에 관한 글이나 가사 등에서는 우리 민족의 유구함과 기상을 말하고 있는 글들이 몇몇 있는 것으로 보인다. 비록 완결을 보지는 못했지만 단군 이래 우리의 역사를 가사체에 담아 표현하고 있는 「동명가(東明歌)」(154호, 1930.8)도 그 한 예이다. 또한 동시대의 풍속과 인물, 여러 총독부 시책을 만담풍으로 재미있게 풀어나가고 있는 난사 곽창현(蘭史 郭昌鉉)의 「鄕村農老閑話」(108-115, 118-125; 1926.10-1927.5, 1927.8-1928.3)에도 부분적이긴 하지만 당시 총독부에서 시행하던 농촌 정책에 대한 비판과 풍자를 담고 있음을 확인할 수 있다.

4. 기타 시인들의 작품 경향

이상에서 필자는 국문판 『조선』의 문예면을 통해 활발한 활동을 했던 대표적인 시인들인 배상철·이해문·채규삼, 주요 활동 시인은 아니지만 상징주의 시인으로 동시대 문단에 잘 알려져 있던 황석우, 친일시와 현실비판시를 쓴 몇몇 시인들과 그 작품들의 경향을 다루었다. 이외에도 많은 시인들이 이 잡지를 통해 작품을 발표하고 있으나, 대부분 많은 수의 작품을 남기지도 않았을 뿐더러 별다른 문학사적 의의를 갖지 못하는 시들이 대부분이다. 그중 윤서야(尹曙野)·전훤식(全萱植)·한유순(韓裕順)이 각기 8편, 성기원(成耆元)[25]·채월성(蔡月城)이 6편, 김영덕(金泳德)·백동균(白東均)이 각기 4편, 이유립(李裕岦)이 3편의 자유시를 발표하여 다른 이들보다는 많은 편수를 보이지만, 별반 특기할 만한 작품은 없어 개별적으로 다루지는 않는다. 다른 작품들도 정상전(鄭尙銓)의 「돈(錢)」이나 백동균의 「금전(金錢)」, 광소(狂笑)의 「오라! 도회(都會)의 패배자여!!」 등 단순한 계몽적인 내용을 담은 시이거나 루향(淚香)의 「월야강변(月夜江邊)」이나 채규원(蔡奎媛)의 「고민(苦悶)」과 같은 한시풍의 시로, 본격적인 근대적 의미의 자유시로 보기에는 어려운 습작시 수준의 작품이 대부분이어서 따로 다루지 않고 아래의 목록으로 대체하고자 한다.[26]

---

25 배상철·이해문 등과 함께 시 중심 문예지 『시인춘추』 활동을 했던 만초 성기원(蔓艸 成耆元)은 국문판 『조선』지에 성기돈(聲飢豚)과 성기원(聲飢園)이라는 필명으로 각각 3편의 시를 발표하고 있다. 목록 중 성기일(成耆日)과 만웅(蔓雄), 아래 목록에서는 제외됐지만 동요 1편을 발표한 만초거인(蔓礁居人)도 성기원의 필명으로 생각되지만, 아직 이를 증명할 만한 근거를 찾지 못한 상황이라 여기서는 별도로 분류한다.

26 앞에서 별도로 살펴본 배상철·이해문·채규삼·황석우의 작품은 중복을 피하기 위해 아래 목록에서 제외한다. 또한 주요 시인들의 글을 개별적으로 도표화할 때는 그들의 활동상을 가능한 한 전부 보여주기 위해 '동요'와 '시조', '민요(시)', '소설' 등을 포함시켰다. 하지만 이 목록에서는 분량상 과다하여 제외하고, 시 부문

출신지	이름	별호	종류	작품	호수	일자
		갈맥生	시	상한마음(抒情小曲)	197	1934.3.
	姜桂欽	雲岡	시	清江	107	1926.9.
雄基	姜詩煥		시	아침	146	1929.12.
		姜曉天	평론	米國文學의世界的進出	158	1930.12.
		狂笑	시	오라! 都會의敗北者여!!	193	1933.11.
	權大慶		시	봄이라외치길네	174	1932.4.
				青春의戀心	175	1932.5.
永興		금孔雀	시	비오는밤	153	1930.7.
	金南園		시	海外에서	143	1929.9.
德川	金成文		시	秋月夜	109	1926.11.
	金少春		시	이가을	169	1931.11.
				새무덤	175	1932.5.
	金泳德		시	懷師	181	1932.11.
				겨울밤	182	1932.12.
				初祠	183	1933.1.
				猝倒	197	1934.3.
清州	金柱煥		시	農村의아참	114	1927.4.
	金昌濟		시	새벽별	166	1931.8.
	金彩蘭		시	밤바람	177	1932.7.
				가는가을	181	1932.11.
		돌샘 ·石泉	민요	文盲退治歌 電車停留場에서 知己를作別한후	126	1928.4.
		淚香	시	月夜江邊	166	1931.8.
				그대여!	178	1932.8.
		蔓雄	시	雪嶺	195	1934.1.
	朴冕淑		시	꽃	173	1932.3.
梨花專門	朴一蘭		시	나께미쩍	143	1929.9.
				하소연할곳으로	150	1930.4.
城津	白東均	松庵	시	金錢	113	1927.3.
				歲月은흘음	113	1927.3.
				구름	114	1927.4.
				思鄉	135	1929.1.

(민요시와 번역시 포함)에만 한정하여 정리하고자 한다. (다만, 향후의 연구를 위해 현대문학 관련 평론 3편은 목록에 함께 제시한다.) 제외된 것은 시조의 경우 13명 76편이고, 동요의 경우는 곽인영(郭仁榮)을 비롯한 31명 65편이다. 참고로, 이복규(2003)가 정리한 목록에는 '시'로 되어 있으나 실제 살펴본 결과 도저히 자유시로 볼 수 없는 경우에는 이 목록에서 제외한다. 이런 이유로, 백지섭의 「참새야 우지마라」(143호, 1929.9)는 '동요'로 판단되어 아래 명단에 넣지 않았다.

寧邊	白智燮		시	開拓者 農村의저녁	148	1930.2.
		三星	시	꿈	165	1931.7.
	成耆元	聲飢園	시	죽엄의길	189	1933.7.
				田園讚曲	190	1933.8.
				가시요 그대여!	191	1933.9.
		聲飢豚	시	菊花의哀愁	194	1933.12.
				나의獨白	195	1934.1.
				幻夢	196	1934.2.
	成耆日		시	버들가지	188	1933.6.
		城川江人	시	일흔寶貝	146	1929.12.
				어미일흔小鳥(長詩)	146	1929.12.
	申益均		歌詞	自力更生歌	189	1933.7.
	吳晴	蒼涯 ·蒼厓	시	SK에게	101	1926.3.
		雲月山人	시	가을아침	122	1927.12.
陝川	柳次元		시	쓸쓸한밤	165	1931.7.
			평론	文學과評論에對한片想	176	1932.6
	尹曙野	曙野	시	정처업는나그네	178	1932.8.
				저녁의바다가에서	178	1932.8.
				달밤의江邊에서	179	1932.9.
				저녁江邊	179	1932.9.
				嘆息	179	1932.9.
				목숨	188	1933.6.
				逍遙	190	1933.8.
				冬雨	196	1934.2.
	尹鐘		시	이런날엔 안개	175	1932.5.
	李東湖		시	샛별	153	1930.7.
	李蓮玉		시	처음의怨恨(하이네 시 번역) 사랑의哲理	150	1930.4.
	李裕岦		시	寫懷	165	1931.7.
				夏日卽事	176	1932.6.
				朔州乙山村	190	1933.8.
加平	李仁永	李梅溪	시	除夕夜	111	1927.1.
高陽	李春國		시	불상한人生	132	1928.10.
	李孝寬		시	不斷의努力	162	1931.4.
				人生	163	1931.5.
		一曙	시	人間아!	152	1930.6.
				殘月	153	1930.7.
		紫霞生	평론	輓近의少年小說及童話의 傾向	153, 156, 157	1930.7, 10, 11.

			不忘草	141	1929.7.
			月光	142	1929.8.
			現實의悲哀	150	1930.4.
全萱植	訥齋	시	雨	163	1931.5.
			괴로운설음	165	1931.7.
			행혀나	182	1932.12.
			길손	187	1933.5.
			昔路	195	1934.1.
順川	鄭尙銓	시	夜間	113	1927.3.
			돈(錢)	113	1927.3.
	蔡奎卿	시	가련다	177	1932.7.
	蔡奎媛	시	苦悶	177	1932.7.
			斷腸		
	蔡金順	시	나그네의노래	176	1932.6.
			사람들아!	164	1931.6.
			理想	168	1931.10.
	蔡月城	春星·月城27	사람들아!	170	1931.12.
		시	그대여	181	1932.11.
			비오는날에	191	1933.9.
			無慈悲한人生들이여	196	1934.2.
		靑龍山人	시	저녁에핀박꼿	190	1933.8.
燕岐	崔鼎錫	시	寅에서卯까지	111	1927.1.
			봄(春)	114	1927.4.
	春霞	시	이내몸	182	1932.12.
	春嬉生	시	봄과뉘동생	162	1931.4.
			放浪者	175	1932.5.
			그립슴니다	175	1932.5.
			시내물	175	1932.5.
	韓裕順	시	廣浦江을지나며—金少春에게	177	1932.7.
			동무야	177	1932.7.
			못가는가슴	184	1933.2.
			생각남이다	184	1933.2.
			재간덩이	184	1933.2.
	韓春蕙	시	夕陽에바다	164	1931.6.
	海嘯	시	어린詩人	173	1932.3.
	洪淳翼	시	사랑	174	1932.4.

27 「사람들아」는 처음에는 '춘성(春星)'이라는 이름으로, 후에 이 같은 제목으로 수정하여 재발표할 때는 '채월성(蔡月城)'이라는 이름으로 발표하고 있다. 따라서 두 사람은 동일 인물로 파악되기에 함께 처리한다. 이 목록에 수록된 것 중 「사람들아」(수정 게재한 것 포함)와 「이상(理想)」은 '춘성(春星)'이라는 이름으로 발표한 것이다.

5. 결 론

이 글에서는 국문판 『조선』의 시 부문 선자(選者)들의 활동과 성향을 조사하고, 작품을 게재한 주요 시인들의 면면과 작품의 대략적인 경향을 살펴 이 잡지에 수록된 현대시의 의의와 가치를 따져보는 데 초점을 두었다. 이런 과정에서 배상철을 비롯하여 이제까지 잘 알려지지 않았던 시인들이 다수 존재했었고, 이들이 이 잡지를 통해 남긴 작품이 상당수에 달함을 알 수 있었다.

이번 연구를 위해 다시 한 번 충실히 살펴본 결과, 시 부문(민요시 및 번역시 포함)에만 국한시켜 놓고 볼 때 전체 "시인 55명, 시 186편(민요시 13편, 번역시 5편 포함)"(목록은 앞에서 제시한 것 참조)이라는 많은 작품을 이 잡지에서 찾아낼 수 있었다. 이복규 교수의 조사 결과와 작품의 전체 편수는 근사하나 수록 시인 수에서 다소 차이가 나는 것은 별도로 산정되었던 몇몇 시인들의 호를 찾아 수정했기 때문이다. 이고산·금오산인·무한천인·황해문을 각기 별도로 처리했던 것을 모두 이해문의 필명임을 확인하여 이해문으로 통합하였고, 송암과 백동균을, 성기돈과 성기원을, 그리고 춘성과 채월성을 각기 하나로 통합했다. 그렇지만 많은 수의 시인이 여전히 미확인 상태로 남아 있어, 이 부분은 계속된 조사가 필요하다.

국문판 『조선』에 실린 작품들 중 많은 작품이 문학사적으로나 미학적으로 별 의미를 가지지 못하는 습작시 수준에 머물러 있는 것은 사실이다. 하지만 그 가운데서도 많진 않지만, 의미 있는 작품들을 찾아낼 수 있었음은 큰 수확이었다. 그중에서도 배상철이나 채규삼의 시, 박일란·일서·만웅·채규경 등의 현실비판시들을 발견하여 문학사에 편입할 수 있게 된 것은 값진 결과였다고 생각한다. 이런 작품들의 발견으로 인해 국문판 『조선』에 대한 기존의 선입견을 부분적이나마 수정할 수 있는 기회를 가질 수 있었다. 물론 이런 몇 작품만으로 국문 판 『조선』의 성격 규정을 근본적으로 달리할 수는 없을 것이다. 하지 만 이런 작품들의 발굴과 이해를 통해, 대상을 면밀히 조사하여 옥석 을 가려내는 실증적인 작업이 얼마나 필요한지를 알 수 있었다.

　연구 기간의 제약과 지면의 한계, 시인 이력 및 활동 사항 조사의 난 항 등등의 이유로 소수지만 의미 있는 작품들을 남긴 시인들과 그들의 시를 부득이 이번 연구에서는 제외하였다. 이 점 매우 아쉬우나, 다음 기회에 보충할 것을 기약해 보기로 한다. 또한 이들이 이 시기 다른 곳 에 발표한 작품들을 모두 찾아 함께 비교해야 이들의 문학사적 의의가 보다 분명해지겠지만, 이것 역시 어쩔 수 없이 다음 기회로 미룬다.

참고문헌

朝鮮總督官房文書課長, 『됴선문 조선』, 조선총독부, 1924.1-1934.3.

민족문제연구소 홈페이지(http://banmin.or.kr)

한국민족문화대백과 사전 사이트(http://encykorea.aks.ac.kr)

貴田忠衛, 『朝鮮人事興信錄』, 朝鮮新聞社內 朝鮮人事興信錄編纂部, 1935.4.1.

이복규, 「조선총독부 기관지 국문판 『朝鮮』지(1924.1-1934.3) 수록 문학작품 및
　　　민속·국문학 관련 논문들에 대하여」, 『국제어문』 29집, 2003.12.30.
　　　421-451쪽.

이재복, 「신문사별 신춘문예 당선시인 자료」, 『시인세계』 2호, 2002.11. 27쪽.

이해문, 「중견시인론─조선의 시가는 어디로 가나」, 『시인춘추』 2집, 1938.1.

제2부
구비문학 관련 자료와 해설

제1장 김지연, 조선 민요에 대하야

제2장 김지연, 조선 민요의 연구(1)

제3장 김지연, 조선 민요의 연구(2) ―조선 민요 아리랑(1)―

제4장 김지연, 조선 민요의 연구(3) ―조선 민요 아리랑(2)―

제5장 김지연, 고금농요집[농요·부요]

제6장 김백당[김지연], 동요 가지가지

국문판 『조선』지 연구

김지연, 조선 민요에 대하야

자료 해설

이 글은 김지연의 〈조선 민요에 대하야〉(『조선』 제141호, 1929.7)에 약간의 해설과 주석을 붙이고, 띄어쓰기를 한 것이다. 『국제어문』 제45집에 소개한 김지연 채록 민요 자료들과 마찬가지로, 이 글도 초기의 민요 연구 성과임에도 불구하고 잘 알려지지 않았다. 임동권 선생의 책[1]에서만 간략히 언급되었을 뿐이다. 조선 민요의 정의, 민요의 기원, 민요와 민족성, 민요의 특징, 민요 채집의 방법 등에 대한 김지연의 견해는 임동권 선생이 이미 요약해 소개하였으므로, 여타의 사항들만 적시해 보면 다음과 같다.

첫째, 민요의 가치에 대해 적극적인 평가를 보여준다. 김지연의 표현을 그대로 옮기면 이렇다. "아   정말 진주! 이 진주야말로 조선민의 '심주(心珠)'올시다. 그 시대 시대에 이 사람 저 사람이 단심(丹心)의 주(珠)를 여실히 톡톡 배앗타 노흔 진주올시다. 조선사람의게는 무쌍한 보패(寶貝)이겟지요. 조곰 보기만 한 나로도 퍽 사랑스러워 손에서 놋키가 슬슴니다. 눈 감고 생각하면 아조 빨간 앵도알 갓치 보임니다."

---

1   임동권, 한국민요연구(초판 1964년)(한국학술정보, 2002년 개정1판), 85~86쪽.

민요가 조선 사람에게 '마음의 진주'라고 비유하였다. 조개가 오랜 세월 부대낀 끝에 고난의 진주라는 결정체를 낳듯, 민요야말로 각 시대 조선 사람의 붉은 마음, 즉 진실한 마음의 결정체라는 인식을 보여주고 있다. 기록문학, 그 가운데에서도 한문 문학(한시)만을 문학으로 평가하던 종래의 문학관에서 벗어나 구비문학(민요)이야말로 우리 민족의 정체성을 담고 있는 것으로 적극 평가하였다는 점에서 주목할 만하다.

둘째, 민요 채집의 필요성을 설득력 있게 피력한다. 민요가 조선 사람의 마음이 응결된 진주라고 평가한 김지연은, 그렇게 소중한 보배인 민요이지만, 그냥 두면 사라질 수도 있기에 서둘러 채집해야 한다고 주장한다. "이째를 지나면 다시 민요란 영자(影子)도 잘 볼 수 업게 될는지 알 수 업슴으로 어서어서 하는 판이올시다. 비(比)컨대 찬란한 진주가 진흙 벌판에 산재한 것을 야수가 짓밟으며 쏘는 천장욕대우(天將欲大雨)[2]에 홍수에 쩌나려갈 염려로 다만 한 개라도 어서 주어야 되겟다는 것과 갓습니다."라고 한 데서 그 위기감을 엿볼 수 있다. 민요의 전승이 단절될 수도 있다는 데 대한 불안감이 오늘날 우리 시대에 와서 비로소 나타난 것이 아니라, 1929년 말이었던 김지연 당대에도 그랬다는 사실을 확인하게 해주어 흥미롭다.

셋째, 민속 아카이브에 대한 초창기적 발상을 보여준다. "언제나 가득(可得)할 수 잇는 물건일지라도 일처(一處)에 모아 놋코 보면 조흘 터인대, 일허버릴 쯧 일허버릴 쯧한 귀중한 이것을 한곳에 모아놋는다면 그 얼마나 깁부겟습니가?" 이 대목에서 그것을 읽을 수 있다. 이 말은 그저 자료집을 엮어서 민요들을 한데 모아두면 좋다는 생각을 드러낸 것으로도 읽을 수 있다. 아카이브에 대한 발상으로까지 해석하는

---

2 하늘이 장차 큰비를 내리려 함.

것은 좀 과할지도 모른다. 하지만 김지연의 다음 진술까지 고려하면 사정은 달라진다. "조선인의 심정을 각기 자가(自家)의 구설(口舌)을 용(用)하야 토출위성(吐出爲聲)하는 것이 곧 조선 민요이니, 간언(簡言)하면 조선 인심의 사진(寫眞)이올시다. 이 사진 쪽을 금번에는 일매(一枚)도 유루(遺漏) 업시 모아 일처(一處)에 진열(陳列)하얏스면 하는 가장 조흔 목적인 줄 압니다. 만일 예기(豫期)와 갓치 된다면, 대경성 중심에 강당을 특설(特設)하고 사면(四面)에 진열하되 순서 잇게 하야, 제 1면에는 상고 조선 사진 각종이오, 제 2면에는 중고 조선 사진 각종이오, 제 3면에는 근세 조선 사진 각종이오, 제 4면에는 최근세 조선 사진 각종으로 하야, 종(縱)으로 민족성, 횡(橫)으로 풍속 습관, 부(俯)하야는 지방색, 측면으로는 시대상을 두 손에 움켜볼 잇슬 것이올시다. 아— 참으로 굉장할 줄 밋습니다. 고복격양(鼓腹擊壤)하는 형상(形狀)의 저 농부여! 말 물어 보자. 당신은 아마도 요순쩍 백성인 거야. 올치 숙종대왕 시절 시화연풍(時和年豊)[3]의 그 백성이야! 한 모퉁이 도라보니 제주도 망건 쓰는 녀편네 망건통을 압헤 놋코 〈말총놀애〉를 불으며 청승스럽기도 하오. 건너편을 바라보니 안동군 둘네삼 삼는 처녀들! 밧고 차기로 〈사슴놀애〉 무뚝뚝한 방언(方言)을 석거 길게 쌔여 잘도 불으며, 대구 성중(城中) 마나님네 〈쾌장아칭칭〉 이도 듯기 좃슴니다." 민요 수집이 완료되는 날, 시대별, 지역별로 이를 전시해 감상할 수 잇게 하면 얼마나 좋겠느냐는 김지연의 이 생각은 바로 요즘의 화두 가운데 하나인 민속 아카이브의 필요성을 제기한 것이라 하겠다.

넷째, 당대에 수집한 몇 편의 민요 자료에 대한 해석을 보여주어 후대 자료와의 비교를 가능하게 한다. 예컨대 김지연이 소개한 〈사슴놀애〉는 김소운의 《언문 조선구전민요집》(1933 초판, 1950 재판)과

---

3 나라가 태평하고 풍년이 듦.

임동권의 ≪한국민요집≫(1961~1980)에서만 보이고 조동일의 ≪서
사민요연구≫(계명대출판부, 1970)에서는 보이지 않는 자료이다. 김
소운과 임동권의 자료집에 실린 각편들과 비교해 보면, 제목(사승노래
: 김쌈노래) 및 글자 표기는 물론 행의 배열에서도 일정한 차이를 보이
고, 후대의 각편 중에는 그 뒤에 다른 내용이 추가되어 있기도 하다. 애
써 길쌈한 것을 시장에 가서 팔려는데 인심 사납게도 헐값을 주려고
한다는 것과 길쌈하느라 두 무릎은 다 썩고 아이들이 젖 달라 밥 달라
보채며 이웃집 사내가 그런 나를 보고 헛웃음 친다는 내용이 그것이
다. 원래 그런 내용이 있었는데 김지연이 일부만 소개한 것인지, 원래
는 단순하다가 후에 늘어난 것인지는 더 연구해야 밝혀질 일이다.

　다섯째, 민요가 지닌 '공동작'으로서의 성격을 아주 요령 있게 설명
하고 있다. "갑(甲)이 자기 심정의 노출로 한 '놀애'를 작(作)하야 불넛
는대, 을(乙)이 듯고서는 그 요지(謠旨)[4]가 자기 심정에 꼭 합(合)하야
불으고, 병(丙)이 쏘 그와 갓치 불으고, 정(丁)이 쏘 그와 갓하야 일동
(一洞)의 농인(農人) 초부(樵夫)가 다─ 그 놀애를 불으게 되야서, 나종
에는 그 놀애를 불으는 사람의 마음에 곳 내가 불으는 내 놀애이지 갑
(甲)이 지엇(創作)거니 을(乙)이 지엇거니 이는 알 필요가 업다고 생각
되야, 곳 놀애 그것은 공동 소유물이 되야 유동적(流動的)으로 사용케
되고 그 놀애를 불으는 가자(歌者) 측으로 보면, 공동의로 제작자(製作
者)가 되는 것이올시다. 그럼으로 대대(代代) 구전이수(口傳耳受)[5]한
후세에 안자보면 자연히 발생되야 자연이 유행된 것이라고밧게 보이
지 안슴니다." 이런 설명은 민요에만 해당되는 것이 아니라 구비문학
모든 갈래가 지닌 특성인바, 아주 요령을 얻은 설명으로서 전범을 보
였다 하겠다.

4　노래의 취지, 즉 주제.
5　입으로 전하고 귀로 받음.

김지연은 어떤 인물이었을까? 『조선』지의 차례를 보면, 경성제대 조교 또는 조선총독부 촉탁이었다는 사실만 드러나 있을 뿐 생년을 비롯해 많은 것이 미상이다. 다만 『총독부직원록』에 나오는 김지연 관련 기록에 의하면, "1930년부터 1936년 5월까지 도서과에 근무하다 5월 15일에 사망했"음을 알 수 있다(정진석, 극비 조선총독부의 언론 검열과 탄압, 커뮤니케이션북스, 2008, 80쪽 참고). 앞으로 김지연이 어떤 인물이었는지에 대해 추적 조사가 이루어져야 할 것이다.

원문을 최대한 존중하되, '閨中婦女'가 '閑中婦女'로 되어 있는 것처럼 명백한 오자는 바로잡았다. 설명이 필요한 경우는 각주를 달았고, 원문에서 보충 설명을 달아놓은 것은 각주로 처리하되 '원주(原註)'임을 밝혔다.

조선 민요에 대하야

김지연(金志淵)

1. 머리말

금번에 경성제국대학 조선어문학연구실에서 조선민요를 수집하기 위하야 각 보통학교 직원 제씨께 만흔 수고를 깃치게 되였습니다. 다사다망하신 여러분께 이 의뢰를 하옴은 미안하기 그지업사오나 조선문학을 연구함에는 제일착으로 민요를 악수하여야 하겟고 이것을 채집함에는 각 지방 보통학교 직원 제씨가 안니고는 도저히 될 수 업는 형편이며 시기로 말하여도 이때를 지나면 다시 민요란 영자(影子)도 잘 볼 수 업게 될는지 알 수 업슴으로 어서어서 하는 판이올시다. 비

(比)컨대 찬란한 진주가 진흙 벌판에 산재한 것을 야수가 짓밟으며 쏘는 천장욕대우(天將欲大雨)[6]에 홍수에 쩌나려갈 염려로 다만 한 개라도 어서 주어야 되겟다는 것과 갓슴니다.

아— 정말 진주! 이 진주야말로 조선민의 '심주(心珠)'올시다. 그 시대 시대에 이 사람 저 사람이 단심(丹心)의 주(珠)를 여실히 톡톡 배앗타 노흔 진주올시다. 조선사람의게는 무쌍한 보패(寶貝)이겟지요. 조곰 보기만 한 나로도 퍽 사랑스러워 손에서 놋키가 슬슴니다. 눈 감고 생각하면 아조 쌝간 앵도알 갓치 보임니다. 언제나 가득(可得)할 수 잇는 물건일지라도 일처(一處)에 모아 놋코 보면 조흘 터인대, 일허버릴 쯧 일허버릴 쯧한 귀중한 이것을 한곳에 모아놋는다면 그 얼마나 깁부겟슴니가? 내가 일을 하여본 경험을 고백하겟슴니다.

(1) 색책(塞責)[7]으로 할 쌔는 조금 숭내만 내고, (2) 책임감으로 할 쌔는 예정만 민면(黽勉)[8]하야 하게 되고, (3) 취미로 할 쌔는 한두 씨 밥도 이저버린 쌔가 잇슴니다. 그런대 그 결과를 반성하야 보면, 제3도 마음이 유쾌하고도 살이 지고 일의 성적은 양호하얏슴니다.

교육의 중책을 쌍견(雙肩)[9]에 메시고 아동(兒童)이 깁버할 아동심(兒童心)을 품으시고 창가(唱歌) 시간에서나 운동장에서나 갓치 '놀애'하시고, 갓치 유희(遊戲)하시는 여러 선생님쎄서야 이 아동들의 결애(族) 쏘는 그들의 부여조(父與祖)[10]가 토(吐)한 이 심주(心珠)인 가요(歌謠) 수집에 대하야 반다시 취미로 하실 줄 밋고 축원(祝願)함니다.

근대(近代) 가요(歌謠) 대방가(大方家)인 신오위장(申五衛將)은 평

---

6 하늘이 장차 큰비를 내리려 함.
7 책임을 면하기 위하여 겉으로만 둘러대어 꾸밈.
8 부지런히 힘씀.
9 두 어깨.
10 아버지와 할아버지.

생에 발노(發怒)치를 잘 안코 노(怒)염을 주는 상대자가 재방(在傍)[11]
하면 그 사실을 간결하게 곳 '놀애'로 말하면, 듯는 자가 퍽 감동하야
고함(高喊)처 꾸짓기보다 다대(多大)한 효력이 잇섯다 하며, 이 신(申)
선생은 만년에 몸이 퍽 비대하여것다고 합니다.

금번의 민요 수집이 각위(各位)의 보신제(補身劑)가 되엿스면 하고
심축(心祝)하는 바이올시다. 이번 기회에 민요에 대한 관견(管見)을 써
보앗스면 하얏스나 여러 선배들이 보신다면 곳 석가(釋迦)에게 설법
(說法)함이 되겟기 겁타(㤼惰)[12]의 축소(縮少)로 두어 말 씀니다. 그러
면 아조 고만 두는 것이 좃치 안켓느냐 하실 분도 게시겟지만은 이 두
어 마듸가 녜전 군수(郡守)의 외출에 '길나쟁'이 격이 되야 뒤를 이어
조흔 행렬을 보게 된다면 좀 좃켓습니가? 이 곳 사마(死馬)의 골(骨)을
오백금(五百金)으로 매입(買入)[13]하는 필법이올시다.

11　곁에 있음.
12　겁이 많고 게으름.
13　『통감절요』 「주기(周紀)」에 나오는 곽외(郭隗)의 이야기. 원문이 짧으므로 전문
　　번역하여 제시하면 다음과 같다.
　　곽외가 말하였다. "옛날의 임금이 천금을 주면서, 그 마굿간 청소부에게 천리마를
　　구해오라고 하였는데, 그만 말이 죽어버리자 그 뼈를 5백금을 주고 사가지고 돌아
　　왔습니다. 죽은 말의 뼈를 5백금이나 주고 사왔다며 임금이 크게 노여워하자, 그
　　청소부가 말했습니다. '이 소문을 들으면 사람들이 말하기를, 죽은 천리마를 5백
　　금 주고 사들였으니 하물며 살아있는 천리마일까 보냐? 할 것이고, 분명 천리마가
　　여기 올 것입니다.'라고 하였는데, 1년이 안 되어 천리마가 세 마리나 나타났다고
　　합니다. 이제 임금님께서 반드시 인재를 초빙하고자 하신다면, 우선 저같이 못난
　　사람부터 초빙하시면, 하물며 저보다 어진 인재들이 어찌 천 리를 멀다 하겠습니
　　까?" 이에 소왕이 곽외를 위해 집을 고쳐 지어주고 선생으로 섬겼다. 이 소문이 퍼
　　지자 선비들이 다투어 연나라로 달려왔다. 악의는 위나라에서, 극신은 조나라에서
　　왔다. 소왕은 악의를 아경으로 임명하여 나라 정치를 맡겼다(郭隗曰 古之人君 有
　　以千金 使涓人 求千里馬者 馬已死 買其骨五百金而返 君大怒 涓人曰 死馬且買之 況
　　生者乎? 馬今至矣. 不期年 千里之馬 至者三. 今王 必欲致士 先從隗始 況賢於隗者 豈
　　遠千里哉? 於是 昭王爲隗 改築宮而師事之 於是 士爭趣燕. 樂毅 自魏往 劇辛 自趙往
　　昭王以樂毅爲亞卿 任以國政).

2. 조선 민요의 정의

조선 민중의 순진한 감정이 허식 업고 기교 업시 발로(發露)하여진 '놀애'입니다. 대저 사람이 크게 깁뿐 일이 잇슬 쌔에 다만 '빙그레' 웃는 것만으로는 불만족하야 '아ー 좃쿠나', '얼시구 좃쿠나'라고 부지불식간에 발로케 되고, 그와 반대로 크게 슬픈 일을 당할 쌔에는 얼골만 찝푸림에 긋치지 안코 '아이고! 엇재나', '이 일을 엇재나'라고 불각간(不覺間) 발로케 되나니, 이것이 간단한 소리 즉 '놀애'이올시다. 그러면 민중의 소박한 심정을 그대 노출위성(露出爲聲)[14]하는 것이 곳 민요인대, 이 소리야말로 민심(民心)을 그대로 사진 찍어서 수정(修訂)의 교필(巧筆)을 조금도 가(加)치 안이할 것이니 즉 야(野)의 성(聲)이며 천(天)의 성(聲)이올시다. 비(比)컨대 태양의 적등황록청람자(赤橙黃綠靑藍紫) 칠색(七色)이 고유하것만은 능형유리(菱形琉璃)[15]를 인(因)하야 비로소 노출함과 갓치 인(人)의 희노애락애오욕(喜怒哀樂愛惡欲) 칠정(七情)도 '놀애'를 인(因)하야 노출됨에 짤아 타인도 알게 됨니다. 갑(甲)이 자기 심정의 노출로 한 '놀애'를 작(作)하야 불넛는대, 을(乙)이 듯고서는 그 요지(謠旨)[16]가 자기 심정에 꼭 합(合)하야 불으고, 병(丙)이 쏘 그와 갓치 불으고, 정(丁)이 쏘 그와 갓하야 일동(一洞)의 농인(農人) 초부(樵夫)가 다ー 그 놀애를 불으게 되야서, 나종에는 그 놀애를 불으는 사람의 마음에 곳 내가 불으는 내 놀애이지 갑(甲)이 지엇(創作)거니 을(乙)이 지엇거니 이는 알 필요가 업다고 생각되야, 곳 놀애 그것은 공동 소유물이 되야 유동적(流動的)으로 사용케 되고 그 놀애를 불으는 가자(歌者) 측으로 보면, 공동의로 제작자(製作者)가

---

14 드러나서 소리가 됨.
15 마름모꼴 유리, 즉 프리즘.
16 노래의 취지, 즉 주제.

되는 것이올시다. 그럼으로 대대(代代) 구전이수(口傳耳受)[17]한 후세에 안자보면 자연히 발생되야 자연이 유행된 것이라고밧게 보이지 안슴니다.

3. 민요의 기원

조선 민요의 기원은 언제부터인가? 이것을 알여고 더늠는 준비 작용으로, '놀애'라는 말부터 언제쯤 생겻는지 좀 생각하여 봅시다. 대개 모든 종족의 언어가 그 종족의 문학의 발명보다는 압서 잇다는 예를 보아, 조선어도 조선인이 문자기록을 시작하기 전에, 곳 원시적 조선인에게도 '놀애'라는 말을 썻고, 짜라서 '놀애'를 불으기도 하엿스리라고 추측되니, 이 조선인의 '놀애'가 곳 조선 민요일 것이올시다.

놀애의 기원에 대하야서 각기 의견이 불일(不一)할지나, 대개 두어가지를 들면, 최초의 종족들이 서로 외래의 적을 방비코저 자기의 종족의 단결을 위하야, 집단적 운동을 민속(敏速)하게 하자는 일수단(一手段)으로 박자를 맞추어 불으던 것이란 공리적(功利的) 기원설도 잇고, 사람의 희로애락애오욕의 감정이 일상생활에 자연한 발로됨을, 일종의 쾌락을 엇기 위하야 영탄 찬송한 것이라는 향락적 기원설도 잇는대, 전자는 집단적 훈련의 필요로서 생긴 것이오, 후자는 감정 발로의 자연에서 생긴 것넘니다. 그러나 양자(兩者)가 그 민족 ㄱ 나라의 생활상을 짜라 상이(相異)될 것이올시다.

즉 기후가 온난하고 물산이 풍부한 지역에서 평안히 거주하는 민족들은 후자에 속하고 차(此)와 반대 되는 지역에 거주하는 민족들은 전자에 속할 것이올시다. 그런대 우리는 전자보다도 후자에 속하는 민족

17　입으로 전하고 귀로 받음.

으로서 원래 '놀애' 갓흔 예술에 가장 자미 잇서 하는 민족이엇슴니다.

『삼국지(三國志)』에, 부여(扶餘)는 "행도주야(行道晝夜) 무노유개가(無老幼皆歌) 통일성부절(通日聲不絶)"[18]이라 하엿고, 마한(馬韓)은 "통일환호작력(通日讙呼作力)"[19]이라 하엿고, 진한(辰韓)은 "속희가무음주(俗喜歌舞飮酒)"[20]라 하엿고, 예(濊)는 "상용십월절제천(常用十月節祭天) 주야음주가무(晝夜飮酒歌舞) 명지위무천(名之爲儛天)"[21]이라 하엿스니, 부여와 삼한 시대에 이럿틋 놀애와 놀기를 조아하엿슴을 알 것이외다.

과연 조선 민족은 꼿동산에서 지저귀는 소조(小鳥)와도 갓치 놀애나 부르고 질겁게 살앗든 것이올시다. 그 순박하고 인자하고 진실하든 성정(性情)이 째째로 발표된 것이 그 놀애일 것이올시다. 이것을 저 한토인(漢土人)들은 듯고 격상(激賞)[22]한 것이 혹 여시(如是)한 기록이엇고, 혹은 선인(善人)이니 군자(君子)이니 하는 말로 좃케 일컷기고 하엿든 것이올시다.

도금(到今)하야도 각 지방에서 명절 혹은 엇던 시기를 정하여 놋코 남자끼리 여자끼리 노인네끼리 모이여서 놀음놀이를 버리고[23] 놀애를 부르고 춤을 추는 일이 잇스니, 도당굿·산놀이·덜놀이[24]·꼿다름[25]… 갓흔 것이 얼마나 녯날 유풍(遺風)을 보여주는 것임닛가.

18 밤낮없이 사람들이 길에 다니면서, 늙은이나 아이들이나 모두 노래하여, 종일토록 소리가 끊이질 않는다.
19 날마다 시끄럽게 소리를 지르면서 힘을 쓴다.
20 풍속이 노래하고 춤추며 술 마시기를 좋아한다.
21 항상 시월이면 하늘에 제사하여, 밤낮으로 술 마시고 노래하며 춤을 추었는데, 이를 무천이라고 부른다.
22 격찬(激讚).
23 벌이고.
24 들놀이.
25 꽃달임. 진달래꽃이 필 때에, 그 꽃을 따서 전을 부치거나 떡에 넣어 여럿이 모여 먹는 놀이. 음력 3월 3일에 하였음.

4. 민요를 통하야 민족성을 고찰할 수 잇슴

조선인의 심정을 각기 자가(自家)의 구설(口舌)을 용(用)하야 토출위성(吐出爲聲)[26]하는 것이 곧 조선 민요이니, 간언(簡言)하면 조선 인심의 사진(寫眞)이올시다. 이 사진 쪽을 금번에는 일매(一枚)도 유루(遺漏) 업시 모아 일처(一處)에 진열(陳列)하얏스면 하는 가장 조흔 목적인 줄 암니다. 만일 예기(豫期)와 갓치 된다면, 대경성 중심에 강당을 특설(特設)하고 사면(四面)에 진열하되 순서 잇게 하야, 제 1면에는 상고 조선 사진 각종이오, 제 2면에는 중고 조선 사진 각종이오, 제 3면에는 근세 조선 사진 각종이오, 제 4면에는 최근세 조선 사진 각종으로 하야, 종(縱)으로 민족성, 횡(橫)으로 풍속 습관, 부(俯)하야는 지방색, 측면으로는 시대상을 두 손에 움켜볼 잇슬 것이올시다.

아— 참으로 굉장할 줄 밋슴니다. 고복격양(鼓腹擊壤)[27]하는 형상(形狀)의 저 농부여! 말 물어 보자. 당신은 아마도 요순쩍 백성인 거야. 올치 숙종대왕 시절 시화연풍(時和年豊)[28]의 그 백성이야! 한 모퉁이 도라보니 제주도 망건[29] 쓰는 녀편네 망건통을 압헤 놋코 〈말총놀애〉를 불으며 청승스럽기도 하오. 건너편을 바라보니 안동군 둘네삼[30] 삼는 처녀들! 밧고 차기[31]로 〈사승놀애〉[32] 무쑥쑥한 방언(方言)을 석거 길게 쎄여 잘도 불으며, 대구 성중(城中) 마나님네 〈쾌장아칭칭〉 이도 듯기 좃슴니다. 이것은 이 제재(題材)의 주안(主眼)인 만큼 맛나는 요리

26 토해 내어 소리를 삼음.
27 태평한 세월을 즐김을 이르는 말. 중국 요임금 때 한 노인이 배를 두드리고 땅을 치면서 요임금의 덕을 찬양하고 태평성대를 즐겼다는 데서 유래함.
28 나라가 태평하고 풍년이 듦.
29 상투를 튼 사람이 머리카락을 걷어 올려 흘러내리지 아니하도록 머리에 두르는 그 물처럼 생긴 물건. 보통 말총, 곱소리 또는 머리카락으로 만듦.
30 두레삼. 부녀자들이 두레를 이루어 삼베를 짜는 일.
31 일본어로서 '주고받기', 즉 '교환창(交換唱)'을 일컫는 말로 보임.
32 사승노래. 부녀자들이 길쌈하면서 부르는 노래.

오니, 초장(初場)에 들면서 먹기는 너무 싱거우니 다음 전람회(展覽會)
실지(實地)의 연구로 두려 합니다.

5. 채록상(採錄上)에 대한 우견(愚見)

(가) 가급적 종별(種別)을 엄밀히 할 것.

남녀 성(性) 달으고 노소의 기분이 달으니 이 점을 분별치 안으면 격
화소양(隔靴搔癢)의 감(感) 잇슴은 사실일 것이올시다.

(나) 가자(歌者)[33]에게 가요(歌謠)는 비천(卑賤)한 것이 안이라는 점
을 충분히 요해(了解)식힐 것.

종래로 향토 세력가들이 가요를 비천시하얏슴니다. 그 이유를 추상
(推想)하면 여좌(如左)할 것이올시다.

"가자비사자지소창(歌者非士者之所唱)일 뿐더러 몽상천외(夢想天
外)로 약규중부녀(若閨中婦女)가 창가즉(唱歌則) 차내음분지조(此乃
淫奔之兆)이니 고죄우사당(告罪于祠堂)하야 즉일출부(卽日黜婦)"[34]라
는 명문(明文)이 대서특서(大書特書)되엿겟지요.

(다) 종래 전승(傳承) 그대로 가(歌)케 할 것이오.

민요는 소직(素直)한 노출 그것이 진가(眞價)를 가진 것이니, 수식
을 가하면 가할사록 감가(減價)됨을 요해할 것이오.

(라) 필자(筆者)[35]는 가자(歌者)가 창(唱)하는 그대로 필기만 할 것.

(마) 약(若) 타어(他語)로 역(譯)할 경우라도 원어의 야취(野趣)는 그
대로 보존함에 노력할 것.

---

33 민요 가창자(歌唱者).
34 노래는 사대부 남성이 부르는 것이 아닐 뿐더러, 아주 어쩌다 사대부 가문 안방의
   부녀자가 노래를 불렀다 하면 곧 이것은 바람난 징조이니 그 죄를 사당에 고하고
   그날로 쫓아냈다.
35 여기에서는 '채록자'.

(바) 차(此)를 채집함에는 보통학교 교원 제씨가 최적한 지위에 잇슴을 자각하실 것.

(1) 교육의 자각과 책임감을 가지신 점으로.

(2) 직접 농부, 목동, 채상부(採桑婦) 등 접촉할 수 있슴으로써.

(3) 생도(生徒)를 간접으로 수집할 수 잇슴으로써.

(사) 면(面) 직원 각위(各位)에서도 될 수 잇스면 합위진력하실 것.

(아) 가장 생명시할 것은 율격(律格)[36].

민요가 민중의 심정을 좌우함은 가사(歌詞)만이 안닌 것은 다언(多言)을 불요(不要)할 것이오니, 차(此)로 유(由)하야 율격이 대관계(大關係) 됨은 명백할 것이올시다.

고저강약(高低强弱)과 애수(哀愁)·쾌활(快闊)·우미(優美) 등 조격(調格)을 힘입어 능히 산천(山川)도 동(動)케 하며, 신(神)도 곡(哭)케 함니다. 다 갓흔 〈아리랑〉에도 원산(元山) 지방 그것과 삼남(三南) 지방 그것은 청자뿐만 안니라 가가(歌者) 자신도 현수(懸殊)히 청감(聽感)이 다를 것이올시다. 연즉(然則) 음보(音譜)가 잇스면 될 수 잇는 범위에서는 사취(寫取)하여야 되겟슴지요. 그러나 보통으로는 음보(音譜)가 엄나니, 가자(歌者)로부터 가곡(歌曲)을 듯고 이 인상(印象)이 소멸(消滅)되기 전에 음보를 적합케 작성하야 그 고저강약을 그대로 악기로 한 번 실험함이 긴요함니다만은 차에 일음은 당면하신 이의 취미와 숙성(熟誠)의 정도 문제이오니 무어라 말하기 어렵슴니다.

(자) 부녀들의 가요를 들음에 주의하실 것.

부녀들은 외인(外人) 남자가 잇스면 홍(興)게워 하든 놀애도 수삽(羞澀)한 기분으로 여상(如常)히 안된다는이보다도, 아조 싯침이를 싹 － 쎄고 안는 것이 보통일 터이올시다.

---

36 원문에 '율격'이란 두 글자 위에 드러냄표(˚˚)가 찍혀 있음.

예를 들면 안동 지방 부녀들이 정월 망일(望日)에 〈놋다리〉를 불을 째에 그 놀애를 청취하라면 동조고리 바람으로 소풍하는 것처럼 삿갓이나 쓰고 아조 자약(自若)한 태도로 방관(傍觀)함도 좃케고, 〈사승놀애〉를 듯자면 마당이나 마로나 장소를 정한 곳에서 주부(主婦) 되는 니에게 아름아리 잇게 하야 들을 것이올시다.

(차) 일언(一言)으로 폐지(蔽之)하면, 수시로 청자(聽者)의 신분은 가자(歌者)의 신분과 동일한 수평선에 잇서야 될 것이올시다. 쉬웁게 말하면 가자(歌者)가 "엑─키 선생님" 하면 사이실패(事已失敗)에 백기(白旗)를 달 것이올시다. 반대로 "아─ 우리 동무여" 하면 되엇습니다. 말하자면 형가(荊軻)가 진궁(秦宮)에 들어갈 째에, "와념명일봉도사(臥念明日奉圖事)"의 복안(腹案)도 정하여겟지만은 도궁이비수견(圖窮而匕首見)[37]의 임시호흡(臨時呼吸)이야 각자 수완(手腕)에 맛길 수밧게 엄는 것이올시다.

6. 민요의 특징

(1) 비기록주의(非記錄主義)의 근(近)한 민요인 싸닥에 갑(甲)이 창작하얏드래도 갑이라 기(記)치 안니하고 일거월과(日去月過)하는 동안에 작자(作者)는 전연(全然) 불명(不明)이고, 단(但) 요지(謠旨)에 대하야 공명자(共鳴者)에게 개방(開放)하야 자유로 취득케 함.

37 『통감절요(通鑑節要)』「진기(秦紀)」에 나오는 자객 형가(荊軻)의 이야기. 형가는 연나라 태자의 부탁을 받아 진나라 궁궐에 들어가 진나라의 왕을 암살하려다 실패하는데, 요약하면 이렇다. 형가는 진왕의 신뢰를 얻기 위해 연나라 땅 독항의 지도가 필요하다고 말해, 태자로부터 지도를 받아 지니고 진나라 왕을 알현했다. 진나라 왕이 지도를 펼쳐 보이라고 요구하자, 형가는 지도를 들고 진왕 앞으로 다가가 지도를 펼치기 시작했는데, 지도가 다 펼쳐지자 독이 묻은 비수가 드러났다. 형가는 왼손으로 진왕의 소매를 붙잡고 오른손으로 비수를 쥐고 진왕을 찌르려 했으나, 비수가 닿기도 전에 진왕이 놀라 뒤로 물러섰다가 검을 뽑아 형가를 향해 내리침으로 마침내 형가는 연나라에 돌아오지 못했다.

(2) 무기록(無記錄)이고 일종의 유동문학(流動文學)으로 세월(歲月) 경과(經過)를 따라 유통성(流通性)을 대(帶)함.

(3) 지방색(地方色)과 시대상(時代相)을 표현함.

(4) 반다시 곡절(曲節)[38]을 부(付)하야 놀애하게 됨.

7. 수처(數處) 민요의 예(例)

경북은 고석(古昔)에 황금시대라 가위(可謂)할 만한 신라의 중추지(中樞地)일 뿐 안니라, 쏘한 조선문화의 중심지인 고로, 각종의 예술이 비교적 발달되고, 째라서 민간가요(民間歌謠)도 심다(甚多)합니다. 신라 유리왕 시대에 궁궁으로부터 육부(六部) 여자에게 적마(績麻)를 장려한 유풍(遺風)은 기천년간(幾千年間) 금일에도 의연히 존재하야 소위 을야적마(乙夜績麻)[39]라 하는 미풍(美風)이 민간에 성행(盛行)[안동은 마포(麻布) 특산지인 고로 최성(最盛)]합니다. 즉 음력 7월 중순경부터 8월 중순경까지 민간 부녀가 40~50명씩 짝을 지어 일정한 장소에 집합하야 들네삼[40](돌님 품아시로 삼을 삼는 것)을 삼는 째에, 그째에 누구던지 밧고차기[41]로 〈사승놀애(紡績歌)〉를 부른담니다. 그 놀애를 부르는 신부녀(新婦女) 중에는 여화여월(如花如月)[42]의 신가랑(新嫁娘)[43]으로 시집사리를 못 견대여, 친정 부모만 생각하고 잇는 니도 잇고, 풍퇴우삼(風頹雨滲)[44]하는 수간모옥(數間茅屋)[45]에서 조석(朝夕)을 닌게(難計)[46]

---

38 악곡의 마디.
39 신라 때에 이루어지던 풍속의 하나. 유리왕 때 6부의 여자들을 모아 두 패로 나누어서 음력 7월 16일부터 8월 15일까지 매일 아침부터 을야(乙夜)까지 길쌈을 겨루어 진 편이 이긴 편에게 음식을 대접하던 것으로, 오늘날 경상도 지방에 전해 오는 두레삼과 비슷함.
40 두레삼.
41 일본어로서 '주고받기', 즉 '교환창(交換唱)'을 일컫는 말로 보임.
42 꽃 같고 달같이 아름다운.
43 새색시.

하야 빈한(貧寒)에 읍(泣)하는 니도 잇습니다. 그럼으로 놀애는 대개 다 정다한(多情多恨)학 다루다애(多淚多哀)합니다. 이 놀애를 들을 째는 문득 왕석(往昔) 신라시(新羅時)의 〈회소곡(會蘇曲)〉을 연상케 됩니다.

▌사승놀애

영해영덕(寧海盈德)	긴삼가리
진보청송(眞寶靑松)	관솔가지
우리아배	관솔패고
우리올배	관솔놋코
이내나는	비비치고
우리형님	나러치고
밤새도록	삼고나니
엿손가리	반을추겨
닷손가리	반나맛네
안동동네	열네동네
동네마다	송사가자
암만업시	송사(訟事)가면
네익이나	나익이지
우리아배	이방호장(吏房戶長)
우리올배	동래부사(東萊府使)
골방기생	얼동생아
향수별감(鄕首別監)	얼삼촌(孽三寸)에
네익이나	나익이지[47]

44 바람에 무너지고 비에 젖음.
45 몇 칸 안 되는 작은 초가.
46 계획하기 어려움.

해석　영해 영덕 긴 삼가리를 삼는 데는 아조 산중(山中)인 청송(靑松) 관솔이 황덕이 불 놋키에 필요하다. 연고(然故)로 아버지는 그것을 패 주시고, 올아비는 불 피어 노앗다. 형제 항(行)이 되는 여자 형제가 비비치고 나려치니, 질삼의 재미도 잇는대, 이 새로 시집간 신가낭(新嫁娘)은 삼삼기가 선수는 못되여 종야(終夜)토록 한 손 밧게 못 삼앗다. 고(故)로 시어머니가 그 미숙함을 책(責)하니 며느리는 자가(自家)집 세력만 밋고 송사(訟事) 가도 내 익인다는 뜻.

▌평북민요

압동산에 홍아심으고
뒷동산에 쪽심어서
오마님을 만나보러가려고
잇헤삼년 별넛더니

47　임동권, 《한국민요집》 I, 789쪽에는 《조선민요집성》의 인용이라 하여 〈길쌈노래〉라는 제목으로 김지연의 자료와 동일한 가사가 아주 약간의 차이만 지닌 채 전반부에 실려 있다. 하지만 후반부에는 다음과 같이 새로운 내용이 들어가 있다. 달은벌서 다 졌는데/ 달(鷄)은어이 또우는가/잔말많은 석어머니/이내잠을 또 깨우네/진보청송 진삼가리/영해영덕 관솔가지/너캉나캉 웬정많어/아츰부터 따라드노/새북질삼 질기는년/사발웃만 입드란다/미수가리 걸머지고/산양장을 건너가니/산양놈의 인심바라/오돈오푼 받으란다/오륙칠월 짜른밤에/단잠올랑 다못자고/이삼저삼 삼을적에/두무릎이 다썩었네/어린아이 젖달라고/큰아이는 밥달랜다/뒷집 김동지 거동보소/나를보고 헛웃음치네 (안동지방)
임동권, 《한국민요집》III, 149쪽에도 이와 유사한 각편이 실려 있는데, 다음과 같이 변이되어 있다.
영해영덕 긴삼가리/진보청송 관솔가지/우리아비 관솔패고/우리올배 관솔놓고/우리올배 동래부사/행주별감 울삼촌에/네이기나 내이기나
미수다리 걸머지고/삼양장을 건너가니/삼양놈의 인심보아 오돈오푼 받으란다/ 오뉴월의 짧은밤에/단잠일랑 다못자고/이삼저삼 심을적에/우리형님 날래하고/이내나는 비벼치고/밤새도록 잠고나는/열손가락 반을죽여/다섯손가락 반남았네/안동동네 열네동네/네이기나 내이기지/동네마다 송사가자/암만없이 송사가면/네이기나 내이기지/우리아배 사방호장/ 두무릎이 다썩었네/우리아배 사방호장/두무릎이 다썩었네/어린아해 젖달래고/큰아해는 밥달랜다/뒷집길동이 거동보소/나를보고 헛웃음웃네 (안동지방)

오마님이 업섯다고
부고가 왓고나

한모돌기 쑥도라서니
곡소리가 산(山)이울닌다
압바라지 열어놋코
매장할째 날왜올앤노

해석　첫 근친(覲親) 못간 신부(新婦)가 친정 모친 보러 가려고 일구월심에 금년이나 후년이나 하엿더니, 불의에 부고를 밧고 망극해 하니, 그적에야 시가에서도 귀기친정(歸其親庭)을 허(許)하며 친정 하인도 갓치 동반귀가(同伴歸家)함을 청한다. 산 한 모퉁이를 돌아서니 곡성이 들닌다. 아- 그 순진한 부모 생각하든 가슴이 얼마나 찌여질가? 연(然)이나 설마 어머니가 기세(棄世)야 참하 하얏스랴 하엿더니, 목전에 압바라지 문 열어놋코 매장 준비로 염을 한다. 사라 계실 째 못 다려다 보고 어머니 시체를 보라고 나를 불넌는가 찰아리 안 보니만도 못하다는 한의 놀애이다. 이 얼마나 구식(舊式) 가정제도의 심리를 미해(未解)하며 몰세정(沒世情)한 소치를 표백(表白)함닌가.

아즈바니 아즈바니
형의남편 아즈바니
자고가소 묵어가소
올베송편 잡숫고가소
자고갈지 묵어갈지
올베송편 먹고갈지
처남댁네 눈치보소

해석 "형부 사랑 처제"라고 형부가 자기 친정에 오니 반가워 유(留)하기만 하면 조도(早稻)[48]로 송편을 내 손으로 비저서 대접하리다, 하는 간절한 인정(人情)이나, 그 형부의 답(答)과 갓치 처남의댁 눈치가 덜 좃타. 이럼으로 시누의 올키는 마음짜리부터 상거천리(相去千里)[49]니, 그 작용 여하에 짤아서는 가족간 선전포고(宣戰布告)의 도화선(導火線)이 된다.

　　형님형님 사촌형님
　　시집사리 엇더슴뎃가
　　열세미녕 반물초매
　　눈물씻기에 다처젓네
　　열양짜리 은가락지
　　콧물씻기에 다녹아젓네

해석 구식 가정 시집사리 난(難)을 여실히 말한 것이다.

　　섯달이라 그믐날에
　　편지한장 오랏더라
　　무슨편지 오랏더냐
　　씨앗죽은 편지러라(씨앗은 방언)
　　올타그년 잘죽엇다
　　무슨병에 죽엇더냐
　　분홍치마 발길년이
　　상사병에 죽엇더라

48 이른 벼.
49 서로 천 리만큼이나 멀리 떨어짐.

해석   시앗에는 돌부처도 돌아안는다니, 시앗이 죽어 내 눈에 가
시를 업시 하얏스면 하는 축원문(祝願文) 겸 탄원서(歎願書)이다.

제 2 장

김지연, 조선 민요의 연구(1)

자료 해설

조선총독부 기관지였던 국문판 『조선』지에는 김지연(金志淵)이 민요에 대해서 쓴 글과 각지에서 채록한 민요들이 실려 있다. 김지연의 글에 따르면, 1929년 7월 무렵, "(경성제국대학) 조선문학연구실에서 조선 민요를 수집하기 위하여 각 보통학교 직원"들에게 의뢰하여, 아리랑, 농요, 부요(婦謠) 등을 수집하였고, 1930년 5월호부터 같은 해 10월호까지 이것들을 실었음을 알 수 있다. 임석재 선생이 그분의 20대[1920년대]에, 학생들에게 방학 과제로 설화 채록의 일을 부과하여 그 결과를 모아 구전설화집에 실은 것과 같은 일을, 같은 일제 치하의 조건 아래에서 엇비슷한 시기에 김지연도 수행하였다 하겠다.[1]

하지만 이 같은 김지연의 성과는 우리 근대 민요 조사와 연구에서

---

1 임동권, 한국민요사(서울 : 집문당, 1964) 242쪽에, 일제 시기의 민요 수집 성과와 관련하여 이런 대목이 있다. "1929년 6월에는 경성제대 高橋亨 박사가 전국 초등학교에 향토민요 수집 보고 의뢰서를 발송하여, 약 반년간 수백 편에 달하는 많은 성과를 거두었다고 하나 그 수집 자료는 8·15 해방 이후 행방을 알 길이 없"다는 진술이 그것이다. 필자가 보기에, 김지연이 〈조선〉지에 실은 일련의 민요는 바로 이것으로 여겨지는바, 高橋亨 박사가 주도한 민요 수집 작업에 김지연이 중요한 역할을 한 것으로 보인다. 김지연의 민요 관련 논문을 비롯하여 이들 자료를 소개할 때 '高橋亨 박사'가 아니라 '김지연' 명의로 계속 실린 것을 보아 그렇게 추정된다.

비교적 이른 시기의 것이지만, 아리랑 자료만 김소운의 『조선구전민
요집』에 실렸을 뿐[2]이다. 임동권 님의 『한국민요사』 부록 '한국민요 문
헌 목록'[3]에서 김지연이 발표한 글들의 제목이 보이고, 『한국민요연구』
에서 김지연이 쓴 글의 일부가 인용되었을 뿐이다. 이번 기회에, 〈조선
민요의 연구〉란 제목으로[두 번째부터는 '조선 민요 아리랑'이 주제목,
'조선 민요의 연구'는 부제로 바뀜] 모두 3차에 걸쳐 연재했던 글(151호
~153호 : 1930.5~7)을 제시하고자 한다. 두 번째 글과 세 번째 글은
'조선 민요 아리랑'이 표제로 되어 있는바, 김지연은 이 두 편의 글에서
'아리랑 발생설(發生說)'이라는 소제목으로, '아리랑'과 유사한 한자 발
음에 배경 설화를 곁들인 아이롱(我耳聾)설·아리랑(我離娘)설·아난리
(我難離)설·아랑(阿娘)설·아랑위(兒郎偉)설·알영(閼英)설 등 6개의 설
을 제시하였다. 아울러 몇 종류의 아리랑 가사도 소개하였으며, 이 성과
는 지금까지도 아리랑 연구의 연원을 이루고 있다.

조선 민요의 연구(1)

김지연(金志淵)

▌ 계모가(繼母歌) −경상 동래군−

수싯대야	수만대야
오실동동	올아배야

---

2   임동권, 한국민요연구, 개정1판(서울 : 한국학술정보, 2002), 86쪽.
3   임동권, 앞의 책, 260쪽.

전처에—　　　자식두고
후실장가　　　가지마소

모시적삼　　　속적삼이
눈물싹가　　　다젓는다

어구 해석

1. 수싯대 : 촉서(蜀黍)의 대.
2. 수만대 : '수많은 대'의 약(約)이니, 즉 수효 많은 열매를 가진 대
　　　　　궁, 즉 수숫대를 가리킴.
3. 오실동동 : 올자식을 많이 둔. 동동은 중첩의 뜻이니 즉 경남 방언
　　　　　'동게동게'의 약(約)이라.

요지(謠旨) 해석

매제(妹弟)가 다자(多子)한 올아버니를, '상처(喪妻)는 했지만 후취
장가는 가지 마오.' 하고 금지하는 뜻으로 간절히 바람.

자식 만흔 오라버니를 말하려고, 먼저 열매(實) 만흔 수싯대를 읊헛
다.[모시(毛詩)에 흥(興)과 동일하게. 흥자(興者)는 先言他物하야 以引
起所詠之辭]

열매 만흔 수싯대와 흡사한 다자식한 올아버니요! 전처에 자식 두고
는 부디 후취 장가들지 마시오. 왜 내가 이럿케 말하느냐 하면, 후실 어
미 된 사람이 전처자식에 무슨 쩨에서 울어나오는 자정(慈情)이 있겠
소. 전실자식 몹시 하는 것은 보통 그러려니 하는 것이요. 쏘는 자기 자
식이 나면 재산이나 음식이나 옷이나 제 속으로 난 자식을 더 주고 십
고 더 먹이고 십고 더 입히고 십흔 것은 사실이다. 조금 더 심악한 계모
면 전처 자식이야 굼던지 먹던지 제 자식이나 맛난 것을 쑤서 먹이랴

한다. 좀더 심악한 계모면 전실 자식을 살여 두면 분재할 째에 제 자식 목아치가 적을 터이니 모함하야 죽이랴고 애를 빡빡 써서 가진 수단으로 모함하야 죽이기도 한다. 자고로 역사상에 잇는 것을 보면, 순(舜) 같은 대효(大孝)로도 그 몹실 아비 고수가 후취 마누라에게 폭 빠져 혹하야 후실 몸에서 난 상(象)이만 사랑하고 증증에 불격간하는 전실 아들을 죽이랴 퍽 애를 썼다. 우물을 파라 하고 그 속에 드려보내고 우물 멕구기와 집 이으라 하야, 지붕 우에 올여놋고 사닥다리 치우고 불질 느는 등 몹실 짓거리가 한 두 번이 안이였다.

갸륵할사, 순(舜)은 부유사해(富有四海)하고, 귀위천자(貴爲天子)로 되, 그 아버지 사랑을 밧지 못함이 한스러워서 여궁인무소귀(如窮人無所歸)를 하얏구나.

민자건(閔子騫)은 그 계모가 귀가 어일 듯한 찬 겨울에 제 자식은 솜을 채독까치 두어서 쯔스하게 닙히고, 자기는 버들강아지(柳絮)를 두어서 닙혓다. 하루는 그 아버지 탄(乘) 말곳비를 몰고 길 가다가, 부지 중에 추워서 곳비를 노앗다. 그 부친이 알고 후처를 쫓츠려 할 째, 모재(母在)에 일자한(一子寒)이요 모거(母去)에 삼자단(三子單)이라고 한 일도 잇고, 이율곡 선생의 계모는, 못된 모함을 하려고 벌의 궁글을 쑤시여 벌를 자기 몸에 덤비게 해 놋코는, 선생 아시(兒時)에 글 읽는 것을 불너 온몸에 벌을 째려 쫓도록 하엿나니, 이 먼첨 남편으로 압산에 올나 망보게 하얏스매, 그 부친이 의심함에, 벽상에 "삼전시호인개신(三傳市虎人皆信)이요, 일타소봉부역의(一打巢蜂父亦疑)라."라고 써 놋코 곧 입산위승(入山爲僧)한 일도 잇다.

순과 민자건과 율곡 세 분이 계모 등쌀에 죽지 안은 것이 천행이다. 이런 대효가 아닌 보통 전실 자식들이야 이 지경을 당하면, 모시적삼 속적삼이 눈물 짝다가 젓는 것이야 말해 무엇하랴. 소설의 장화홍연도 불쌍하다.

엇잿든 전실자녀의 약(弱)풀은 계모라는 독한 서리만 마즈면 쌔쌔 말나 버린다. 이 상처한 자의 누의는 인정 만흔 녀자인 것이라. 어미 일코 쓴 쩌러진 두렁박이 되야 눈물이 그렁그렁하는 어린것들을 볼 째에 가슴이 맥혀 간측한 말노 그 오라비 홀아비 생활을 권함은 정 업는 말 갓치만은, 기실은 정 뭉텡이다. "아모쪼록 저 어린 자식들을 불상히 녁여 잘 키워 내 친정집 문호를 보전하시요." 함이다. 우리 조선 가정을 보건대, 후실 장가만 가면, 대개 전처자식들은 서리를 맛는다. 예서 더 심한 자는 한술 더 쓴다. 그 한술은 다른 것이 안이라 후취하고도 납바서 첩을 두고, 첩의 그 전 소생으로 상관없는 짠 사람의 씨를 대려오고 자기 전실소생 자식 급(及) 며느리들은 모함에 모함하야 쫏차 버린다. 요리고 콩가루집안이 안이될 수 잇스랴. 요런 집이 만흔 동네면 동네도 콩가루 동네다. 요런 집이 만흔 나라면 나라도 콩가루가 된다. 세계도 콩가루가 될 것이다. 아! 조선의 이런 가정 호주여, 각금시이작비(覺今始而昨非)로다.

┃ 다복곡(曲) －사모가(思母歌)－(강릉군)

1

다복다복　　다복녀(女)야
너어대로　　울며가늬

우리아기　　달내랴고
젖먹이로　　울며가네

우지마라　　가지마라
너어머니　　오마더라
어느째나　　오마든가

2

| 삼년묵은 | 쇠뼉다구 |
| 살붓거든 | 오마더라 |

| 삼년묵은 | 쇠뼉다구 |
| 썩기쉽지 | 살붓쎗나 |

우지마라	가지마라
너어머니	오마더라
어느째나	오마든가

3

| 붓드막에 | 살문콩이 |
| 싹나거든 | 오마더라 |

| 붓드막에 | 살문콩이 |
| 썩기쉽지 | 싹나겟나 |

우지마라	가지마라
너어머니	오마더라
어느째나	오마든가

4

| 병풍속에 | 그린닭이 |
| 홰치거든 | 오마더라 |

병풍속에	그린닭이
썩기쉽지	홰치겟나
우지마라	가지마라
너어머니	오마더라
어느째나	오마든가

5

| 대추남게 | 대추여러 |
| 쌀째되면 | 오마더라 |

대추는-	열엇으나
우리엄마	왜안오나
한아짜서	동생주고
한아짜서	동모주고

| 한아짜서 | 먹으랴니 |
| 목이메여 | 못먹겟네 |

요지(謠旨) 해석

이 노래를 읊허 보건대, 모친을 사별하고 혈혈히 자라는 다복녀의 연령은 10세 너믈 쯧 말쯧하고 그 동생은 4~5세에 넘지 못한 듯 십다.

어린 동생이 젓 달나고 우는 바람에, 실낫갓튼 가는 창자 구비구비 쓴어질 쯧 슯흠에 넘치여서 사려분별이 여지업다. 멍-하고 엇재나 하는 생각에, 그저 우는 동생을 뒷처 업고 문을 열고 자기집 대문 박 골목 길에 나서서 자기 모친 산소에나 가면 젓먹일 수 잇는 줄 생각하얏스나, 어린 다리에 그 곳까지 갈 힘도 업지만, 엇째든 나서니 먼저 압흘

가리우는 것은 다만 두 줄기 눈물이다. 째맞춤 인가 노파가 보고서 측은히 생각하고, '너 어듸를 울며 가느냐'고 물어 보니, 어린 동생 젓 먹이러 간다고 한다. 이 노파는 이 다복이더러 그 모친이 온다고 함은 거짓말이지만은, 갓자히 어린것이 어린것을 업고 산골노 산골노 헤매일 뿐이지 무슨 유익이 잇겟나 하는 생각에, 잠깐 임시 위안을 주랴고 속혀 말하되, '너 어머니 오마더라'고 하얏다. 죽은 어미니 못 올 줄 만큼은 암직한 쐬가 날 듯하지만, 그립고 아수운 마음과 애정이 뜻ㅡ는 어머니 얼골이 눈에 암암하야 혈마 우리 엄마가 참 죽엇스며 영영 못 오지는 안켓지 하는 마음이, 어린 가슴 한 모퉁이에 쓴어질 뜻한 희망선이 희미히 쎗치엿다. '그럼 언제나 오마든가', '삼년묵은 쇠쎅다구 살 붓거든 오마더라'는 대답에 그럴 리가 잇느냐고 창황망조(蒼荒罔措)한 시(時) 나 어린 지혜를 쌀파 반문한즉 쏘 달내며 왈 '오마더라'고 한다. 4~5차를 거듭 문답에, 말경에는 대추가 열면 온다고 하나, '시방 대초는 열엇지만 엄마는 왜ㅡ 안이 오나' 우수사려하면서 어린 동생을 달내기 위하야 맨 먼저 그 한 개를 따서 손에 쥐여 주고 쏘 한 개는 동모에게 주고, 쏘 한개를 따서 자기 입에 너으랴 하니, 어머니 생각에 목이 메여 참아 넘어가지를 안는다.

아ㅡㅡㅡ, 어려서 어머니 그리고 혈혈히 자라난 그가 안이면, 이 노래에 참으로 목이 메일 분이 몃 사람이나 될가. 다복의 설움 어린 창자와 골무만한 가슴이 몃 백 번 미어지고 쓴어젓슬가.

사모가(思母歌) -전남 영광군-

울어머니	천당가고
우리형님	시집가고
울아버지	날주랴고

댕기감을   쓸어가고

나혼자만   집볼째에
복슬이개   압헤안고

개야개야   복슬개야
어미개는   어대가고

너혼자만   여기와서
내가슴은   네가안고

네가삼은   내가안고
아참해가   밤되도록

울고울어   쏘울어서
내눈물에   네가젓고

네눈물에   내가젓고
젓고젓고   쏘저저서

구비구비   쩌러지니
전신만신   배엿구나

외롭고도   가엽서라
너는커서   큰개되고

나는커서	어룬되면
네간대를	나몰으고

나간대를	너몰으면
누를안고	운단말고

어느째나	다시만나
내설음을	네가울고

네설음을	내가울쏘
인연업시	만낫건만
어이그리	정다운고

요지(謠旨) 해석

이 사모가의 주인공은 모친을 사별한 처녀이다. 그 부친은 참 자상하고도 정답다. 불쌍한 딸 주려고 댕기감 쓰러 가고 텅 빈집을 직히는 이는 이 처녀와 개 복수리다.

아! 복술아 네 어미개는 어디갓니? 너도 나고 처지가 꼭 갓튼 어미 업는 불상한 자로구나. 가슴을 서로 안고 종일토록 설어한다. 만일 너는 커서 큰 개가 되는 째는 나도 커서 시집을 가리로다. 그럼 서로 있는 곳을 모를 테지. 그째에는 누와 더부러 이 설음을 알기도 하며 알아주기도 할쏘? 너 비록 개지만 어미 업는 지극히 설은 사정이 갓트니 서로 불상히 역이자는 이 세상엔 너와 나 둘뿐이다.

우연히 든 정이 엇지 이다지 깁흔고 하야, 어머니 업는 설음이 북밧쳐 그 점이 서로 갓트니 이 설음을 몰나주는 사람보다는 복수리가 동지인 것이다.

제3장

김지연, 조선 민요의 연구(2) -조선 민요 아리랑(1)-

조선 민요 아리랑(1) - 조선 민요의 연구(2) -

김지연(金志淵)

1. 머리말

나는 모-든 것이 어리고 부족합니다.

어리면 永永 어리며 부족하면 내내 부족하릿가. 어린아희들이 도라 오고 부족하든 거-지 줄행랑 집을 지웁되다그려!

보서요! 저긔- 해변에선 머리털이 아직 멋개 안이 난 아희를!

저 아희는 해변 바둑돌 줍는 아희에요.

파도(波濤)가 휩쓰러 올 때엔 뒷거름치고 휩쓰러 갈 때엔 압거름침 니다.

「뒷거름, 압거름」, 「압거름, 뒷거름」 이러는 동안에 한아, 둘, 셋, 넷 텅- 비엿든 광우리가 차차차차 붓는구려! 요 자미에 살지요.

제1차로 주은 바둑돌은 이 「아리랑」이올시다. 맨든 것이 안이고 주 은 것이에요. 이에 대하야 여러 선배의 말삼도 들엇슴니다만은 아즉

명확치 못한 점이 만코, 채보(採譜)라든지 요지(謠旨) 해석(解釋)이라
든지 상호의 비교 조사라든지는 후기(後期)를 두고, 미완성인 이대로
씀은 퍽 미안합니다. 이것은 사마골(死馬骨)을 오백금(五百金)으로 매
입(買入)하는 격(格)이니 천리마(千里馬)를 자랑하실 분이 만이 기심
을 바랍니다.

동모여! 오십시요 다─ 갓티 춤추고 노래합시다. 「아리랑 아리랑」

2. 아리랑 발생설(發生說)

(갑) 가요대방가(歌謠大方家) 남도산씨설(南道山氏說). (영주군 풍기면 은풍동)

지금으로부터 60여 년 전 세을축(歲乙丑)에 대원군이 경복궁 부흥
공사를 시작하얏다. 엇잿든 거액의 금전과 다수의 인부를 요하게 되여
애를 쓰는 중, 군(君)의 심복중 1인인 이경하(李鏡夏)의 안출(案出)한
계책(計策)으로, 당백전(當百錢 : 戶大當百)을 주출(鑄出)하야 상평통
보(常平通寶)의 백매(百枚)의 치(値)[1]로 사용하야도 유이부족(猶以不
足)[2] 고(故)로 팔도 부호(富豪)를 조사(調查)하야 원납전(願納錢)을 모
집하얏다. 원납전이란 의미는 국가가 거창한 치궁실지역(治宮室之
役)[3]을 행하니 민간 부호자(富豪者)들이 신민(臣民)된 의무심(義務心)
의 발로(發露)로 의식(衣食)하고 남은 여유 잇는 금전을 「나라에서 봇
태여 쏨시사」 하고 자원이납금(自願而納金)[4]이란 의미이다. 그러나 사
실은 그와 정반대이엿다. 즉 강제징수이다. 한술 더 쓰느라고 징수도

---

1 값나갈 치.
2 그래도 여전히 부족함.
3 궁궐을 짓는 역사.
4 자원하여 낸 돈.

감(徵收都監) 된 자들이 전일(前日)에 자기와 사혐(私嫌) 잇는 자 중 밥술이나 먹는 이를 부호(富豪)라고 쓸고 들어, 징수부(徵收簿)에 거액(巨額)를 얼마만이라고 쏙 적기만 해 노흐면 쌍쌍 두다려 가며 밧는 형세이엿다. 범강 장달이 갓튼 자라도 안이 내고는 성명 삼자를 보전할 도리가 업다.

잇째에 백성들은 「원납(願納)」소리에 귀가 압홀 지경이니, 하물며 벼 섬이나 폭에 놋코 먹는 소위 부호야 말해 무엇하리요. 부호민중 글짜나 하는 이가 「단원아이롱(但願我耳聾)하야 불문원납성(不聞願納聲)」[5]이란 가시(歌詩)를 작(作한) 것이 기시(其時) 부역군(賦役軍)의 입으로 노래를 창(唱)케 되엿다. 아이롱(我耳聾) 한자음(漢字音)을 무식한 부역군(賦役軍)이 고쓰는[6] 음(音)이 전변(轉變)하야 「아리랑」이 되어, 즉 노래에 「선(先)소리」 괘성(掛聲)이 되엿다 한다.

(을) 팔능당김덕장씨설(八能堂金德長氏說)(구 순흥군 서부)

[팔능(八能)이라 호(號)한 뜻은 선가(善歌)[7], 선무(善舞)[8], 선시(善詩)[9], 선사령(善辭令)[10], 선위기(善圍碁)[11], 신장대(身丈大)[12], 선용전(善用錢)[13], 선오입(善誤入)[14], 팔능사(八能事)[15]를 지칭(指稱).]

경복궁(景福宮) 부흥공사시(復興工事時)에 소요(所要) 인부(人夫)

---

5 다만 내가 귀머거리가 되어 '원납'이란 소리를 듣지 않기를 원하네.
6 미상. 원문 자체의 오류인 듯함(필자 주).
7 노래를 잘함.
8 춤을 잘 춤.
9 시를 잘 지음.
10 번드르르한 말로 남에게 응대를 잘함.
11 바둑과 장기를 잘 둠.
12 키가 큼.
13 돈을 잘 씀.
14 오입질을 잘함.
15 위의 여덟 가지 일에 능함.

총수(總數)를 팔도(八道)에 배당(配當)식켜 경성(京城)으로 소집(召集)하야 일개월(一個月) 이상(以上) 혹(或) 사오개월씩 부역(賦役)에 복종(服從)케 하고, 피로(疲勞)를 위무(慰撫)하며 원차(怨嗟)를 방지(防止)키 위한 일방편(一方便)으로 무동[舞童 : 14~15세 미모의 동남(童男)으로 선무자(善舞者)]를 채용하엿나니, 장정(壯丁)의 견상(肩上)에 무동(舞童)이 입(立)하야 황명주(黃明紬) 수건(手巾)에 들고 무(舞)하면 부역군(賦役軍)은 가(歌)하얏다. 이 곳 실익주의(實益主義)로 일만히 식히기 위한 민중적(民衆的) 오락(娛樂) 장려(獎勵)인대, 기시(其時) 역군(役軍)들은 각기(各其) 지방 소장(所長)[16]인 노래든가 혹은 자기(自己) 소회(所懷)를 술(述)하는 탄성(歎聲)과 병출(並出)하는 노래도 잇섯다. 즉 기개월(幾個月)을 객지(客地) 봉누방에서 새오잠을 자니, 이가지회(離家之懷)[17]를 못 익이여 아리랑(我離娘)[18]곡을 불넛다고 한다.

(병) 상주 강대호(姜大鎬)씨설

진시황(秦始皇)이 만리장성(萬里長城)을 축(築)할 때에, 부역민(賦役民)이 휴식(休息)치 못하고 노로역역(勞勞役役)함을 자탄위가(自歎爲歌)[19] 왈(曰) '어유하(魚游河[20]', '아다고(我多苦)[21]'라 하얏나니, 경복궁(景福宮) 공사(工事)가 차축성(此築城[22])에 비등(比等)하며, 노래도 차(此)를 모방(模倣)하야 '어유하(魚遊河)', '아난리(我難離)[23]'라고 하얏다 한다. 즉 고기는 물에서 자유롭게 한가롭게 놀건만 이놈의 팔자

16 잘하는 바.
17 집을 떠난 회포.
18 나는 아내와 떨어져 있네.
19 스스로 탄식하며 노래함.
20 물고기는 물에서 헤엄치네.
21 나는 고생이 많네.
22 바로 이 성 쌓는 일.
23 나는 떨어지기가 힘드네.

(八字)는 고기만 못하야 이 고통의 역사(役事)에서 몸을 쌧치지 못하
는고? 즉 아난리차역(我難離此役)[24]고 하는 '아난리'가 음전(音轉)으로
'아라리'가 되엿다 한다.

(정) 밀양 거주하든 김재숙(金載璹) 씨설

지금으로부터 기백년(幾百年) 전 밀양 군수 이모(李某)의 영양(令
孃)은 아랑(阿娘)이라 칭하얏다. 「아랑기식영남루(阿娘豈識嶺南樓),
천리증수대인가(千里曾隨大人駕)」[25]라는 시(詩)에 거(據)함.

아랑은 연방이팔(年方二八)[26]에 용모(容貌) 극미(極美)한데, 내아
(內衙) 심규(深閨)에서 침공(針工)을 힘쓰며 내칙편(內則篇)을 관독(慣
讀)[27]하니, 기성(其聲)은 주옥(珠玉)을 반(盤)에 궁굴님과 방불(仿佛)하
얏다. 관비(官婢)가 이속가(吏屬家)에 가면 극구칭도(極口稱道)하야
원근(遠近) 전파(傳播)함에, 일군(一郡) 남녀가 문풍(聞風)[28] 사모(思
慕)하야 원일견지(願一見之)[29]하얏고, 기중(其中)에도 당시 통인(通
引)[30]으로 잇든 자가 아랑을 일견(一見)에 심취(心醉)하야, 그 숙덕정
렬(淑德貞烈)과 설부화용(雪膚花容)이 욕망이난망(欲忘而難忘)[31]이요
불사이자사(不思而自思)[32]되어 여광여취(如狂如醉)[33]하얏다. 이차지
극(以此之極)[34]에 일계(一計)를 안출(案出)하니, 즉 능라금수(綾羅錦

---

24 나는 이 일에서 떨어지기가 어려움.
25 아랑이 어찌 영남루를 알았겠는가? 천 리에서 일찍이 아버님의 가마를 따라왔
    다네.
26 바야흐로 16세 나이.
27 익숙하게 읽음.
28 바람결에 들음.
29 한번 보기를 원함.
30 조선 시대에, 경기·영동 지역에서 수령(守令)의 잔심부름을 하던 구실아치. 이서
    (吏胥)나 공천(公賤) 출신이었다.
31 잊으려고 해도 잊기 어려움.
32 생각하지 않으려고 해도 저절로 생각남.
33 미친 것도 같고 취한 것도 같음.

繡[35]의 옷감과 금옥산호(金玉珊瑚)의 패물(佩物)로 그 유모(乳母)의 환심(歡心)을 사서 여차여차(如此如此)히 하야 아랑을 일봉(一逢)케 하야 달나고 애걸하얏다. 기(其) 여차여차지계(如此如此之計)는 곳 시속만춘(時屬晚春)[36]에 백화만발(百花滿發)하고 일정삼오(日正三五)[37]에 월색(月色)이 명랑(明朗)하니, 영남루(嶺南樓)로 둘이 달구경을 가자함이다. 유모는 아랑을 유인하야 영남루에 달구경을 하고 누하죽전(樓下竹田)[38]으로 나려왔다. 불의(不意)에 통인이 와서 아랑의 옥수(玉手)를 잡고 대밧(竹田)으로 드러가 야욕(野慾)을 채우고저 하얏스나, 정조(貞操)의 관념(觀念)이 강한 아랑은 통인을 통매(痛罵)[39]하고 종시불응(終是不應)하니, 차즉(此則) 통인 단도(短刀) 하에 죽전(竹田) 고혼(孤魂)이 되든 비극이엿다. 애녀(愛女)를 불식간(不識間)에 실(失)한 기부(其父)는 거미기(居未幾)[40]에 체임(遞任)되고, 신쉬(新倅)[41]가 도임(到任)하면 비몽사몽지간(非夢似夢之間)에 칼을 목에 꼿고 유혈이 낭자한 처녀귀(處女鬼)가 나의 원수(怨讐)를 갑하 달나고 출현함에, 등내[42]마다 식겁혼도(食怯昏倒)하야 기후(其後)는 밀양쉬(密陽倅) 되기를 죄다 기피(忌避)하얏다. 맛츰 총명담대(聰明瞻大)한 이상사(李上舍)가 자원(自願)하야 밀양군수(密陽郡守)가 되여 기(其) 원귀(冤鬼)의 애소(哀訴)를 상총(詳聽)[43]하고, 통인과 유모를 문초하야 그의 적년지한(積年之恨)[44]을 푸러 복수(復讎)를 하야 주엇다고 한다. 이럼으로 밀

34 이와 같이 극도에 이른 상태에서.
35 명주실로 짠 피륙을 통틀어 이르는 말.
36 시절이 봄에 속함.
37 날은 바로 보름날.
38 영남루 아래 대나무밭.
39 몹시 꾸짖음.
40 얼마 되지 않아.
41 신임 사또.
42 벼슬아치가 벼슬을 살고 있는 동안.
43 자세히 들음.

양(密陽) 인민(人民)이 아랑의 정렬(貞烈)을 사모(思慕)하야 '아랑'노래를 불넛다고 한다.

(무) 상현(尙玄) 이선생(李先生)의 설(說)

가옥(家屋)을 건축할 시(時)에, 상량문(上樑文)을 지음은 항례(恒例)인대, 즉 '포량상(抛樑上)'[45], '포량하(抛樑下)'[46], '포량동(抛樑東)', '포량서(抛樑西)', '포량남(抛樑南)', '포량북(抛樑北)'의 6구(句)로 작시(作詩)하나니, 즉 상량(上樑)을 축하하는 뜻이라. 그리고 '아랑위(兒郎偉)'[47]라 서(書)하나니, 아랑위는 즉 터주(主)가 이 집을 잘 직히여 세세번창(世世繁昌)하도록 하야 달나는 축문(祝文)이다.

"아랑위(兒郎偉), 축실시송도지문야(築室時頌禱之文也), 기어육조시(起於六朝時), 기후송양성재(其後宋楊誠齋), 왕개보집중(王介甫集中), 역견지(亦見之), 문용병어(文用騈語), 미부시상하동서남북등범육장(未附詩上下東西南北等凡六章)."[48]

(기) 신라 구도(舊都)인 경주(慶州)

석굴암(石窟岩) 부근에 알영정(閼英井)이 잇고, 불국사(佛國寺) 가자면 한 험준한 고개를 넘나니, 그 고개가 즉 지금의 아리렁 괘성(掛聲) 아리렁고개라는 고개가 그로부터 기원(起源)이 되지 안엇나 생각

---

44 해묵은 원한.
45 들보 위쪽으로 떡을 던지네.
46 들보 아래쪽으로 떡을 던지네.
47 젊은 사람을 뜻하는 아랑(兒郎)의 복수형으로, 상량문에서 도목수(都木手)가 장인(匠人)들을 싸잡아 부를 때 상투적으로 쓰는 표현이다. 이와는 별도로, 이를 가정에 적용시켜 해석하면, 우리 낭군(대주, 즉 호주)이 크게 되기를 바라는 말로 볼 수도 있다.
48 아랑위는 집을 지을 때 송도하는 표현이다. 육조 시절에 생겼으며, 그 후 송나라의 양성재와 왕개보 등의 문집에도 보인다. 글에서 사용하는 병어(騈語)로서, 시의 상하동서남북 등 여섯 장에 붙는다.

되며, 삼국사기를 안(按)하야[49] 보건대, 신라 시조 박혁거세(朴赫居世)의 왕비의 명(名)은 알영(閼英)이니, 용(龍)이 알영정(閼英井)에 나타나며 오른편 엽구리로 여자(女子)를 탄생(誕生)하얏슴으로 정명(井名)을 응(應)하야 명(名)을 알영(閼英)이라 하얏다 한다. 자라매 덕용(德容)과 현행(賢行)이·잇서서 시인(時人)이 왕(王)과 비(妃)를 이성(二聖)이라 하얏슬 뿐 안이라 왕이 육부(六部)를 순무(巡撫)할제, 비(妃)가 배종(陪從)하야 친(親)히 농상(農桑)을 권장(勸奬)하얏슴으로 백성들이 그 혜택을 노래하느라 '알영(閼英)알영(閼英)' 한 것이 즉 금일의 아리랑이 된 것이 안인가 한다.

우(又)는[50] 아리랑을 발음상(發音上)으로 보아서 음편(音便) 관계(關係)로 알(閼)영(英)이 변하야 '아령'이 되고, 아령이 변하야 '아리랑'이 된 듯하니, 그 이유는 '아리랑'의 리렁의 모음(母音) ㅣ ㅓ가 합하야 ㅕ가 됨으로 리렁이 '령'으로 되고 령의 자음(子音) ㄹ이 '아'에 올나가서 '알'이 되야 알영(閼英)의 그 本音대로 된 것이다.

그러면 경주에 알영정(閼英井)·알영천(閼英川)이 잇고, 기 중간에 또 고개가 잇스며, 아리랑의 발음상(發音上)으로도 이상과 갓튼 관계가 잇스니, 일로 미루어 보면, 아리랑노래가 혹은 신라 때부터 발생된 것이 안일가 한다.

3. 아리랑의 각 종류

▌신(新)아리랑

아리랑 아리랑 아라리요

---

49 살핌.
50 또는.

아리랑 고개로 넘어간다
나를 버리고 가는 님은
십리(十里)를 못 가서 발병 나네

아리랑 아리랑 아라리요
아리랑 고개로 넘어간다
풍년(豐年)이 온다네 풍년(豐年)이 온다네
삼천리(三千里) 강산(江山)에 풍년(豐年)이 온다네

아리랑 아리랑 아라리요
아리랑 고개로 넘어간다
산천(山川)에 초목(草木)은 젊어가고
인간(人間)에 청춘(靑春)은 늙어가네

아리랑 아리랑 아라리요
아리랑 고개로 넘어간다
청천(靑天) 하늘엔 별도 만코
우리네 살림사리 말도 만타

▎별조(別調)아리랑

(1)
아리랑 아리랑 아라리−오
아리랑 고개로 날 넘겨 주오
넘겨나 줄 마음 간절하나
시부모 무서워 못 넘기네
아무렴 그럿치 그럿코 말고

한 오백년 살자는데 웬 성화냐

(2)
백두산 아래다 헌병대(憲兵隊) 짓고
새방안 보조원(補助員) 출장(出張)만난다
너ㅡ는 죽어서 자동차(自動車) 되고
나ㅡ는 죽어서 운전수(運轉手) 되지
아리랑 아리랑 아라리ㅡ오
아리랑 고개로 날 넘겨 주오

▌아리랑 타령

◇ 아리랑 아리랑 아라리로고나
　 아리랑 어리얼숭 노다가새
　 만경창파 거기 둥둥 쩌가는 배야
　 거기좀 닷주어라 말무러 보자

◇ 아리랑 아리랑 아라리로고나
　 아리랑 어리얼숭 노다가새
　 전긔차는 가자고 발송 쌍쌍 치는데
　 정든님은 잡고서 지긋지긋한다

◇ 아리랑 아리랑 아라리로고나
　 아리랑 어리얼숭 노다가새
　 룡안여주 당대추는
　 정든님 공경으로 다나간다

◇ 아리랑 아리랑 아라리로고나
아리랑 어리얼숭 노다가새

■ 원산(元山)아리랑

◇ 신고산에 우루루 우루루 긔차 가는 소리
신고산 큰애기들이 에루와 반보찜 싼다
어항 어항 어허야
어러럼마 듸어루 내사랑아

◇ 이산 넘어를 가라할가 저산 넘어를 갈가
총각 낭군 다리고 수풀 노름을 갈가
에양 에양 어허야
어러럼마 듸어루 내사랑아

◇ 신작노가 넓어저 몸이 횡횡돈다
동남풍 바람부러 궁등이 살살돈다
에양 에양 어허야
어러럼마 듸어루 내사랑아

◇ 자동차 박휘는 서양 긔계로 놀고
우리님 사랑은 이내 품에서 논다
에양 에양 어허야
어러럼마 듸어루 내사랑아

◇ 슬슬동풍에 구즌비는 오고
세화년풍에 남을 만나 논다

에양 에양 어허야
어러럼마 듸어루 내사랑아

◇ 자동차 긔차는 구라파 긔계로 놀고
맛낙가 긔계는 텬연적으로 노다
에양 에양 어허야
어러럼마 듸어루 내사랑아

◇ 네가 잘낫나 내가 잘낫나
량인이 정들면 모도 일색이라
에양 에양 어허야
어러럼마 듸어루 내사랑아

◇ 울타리 썩그면 제가 나온다더니
한모통를 흔어도 쏨짝이업다
에양 에양 어허야
어러럼마 듸어루 내사랑아

◇ 간다간다 간다 내가 도라간다
정든사람 짜라 내가 도라간다
에양 에양 어허야
어러럼마 듸어루 내사랑아

▌밀양(密陽)아리랑

一. 아리아리랑 아리아리랑 아라리가낫네 —
아리아리랑 얼시구노다 가게

십오야 밝은달에 님업스면
단장에 상사로 눈물이난다

二. 아리아리랑 아리아리랑 아라리가낫네-
아리아리랑 얼씨구 님하고놀가
심산궁곡 깁흔곳에
오작이한쌍이 입에물고 논다

三. 아리아리랑 아리아리랑 아라리가낫네-
아리아리랑 얼씨구 님하고놀가
내가잘나 네가잘나 그-누가잘나-
구리백통 지전이라야 일색이지

四. 아리아리랑 아리아리랑 아라리가낫네-
아리아리랑 얼씨구 님하고놀가
저기저기 저산이 계룡산이드냐
오-동지섯달에 고목이픠엿네

五. 아리아리랑 아리아리랑 아라리가낫네
아리아리랑 응 얼씨구 날이짓네
엇던에 삽놈이님좃타드냐
알고나보면 원수로구나

아리아리랑 아리아리랑 아라리가낫네
아-아리랑 얼씨구 날이젓네

아리랑타령

◇ 아리랑고개다 정거장(停車場)짓고
　전기차(電氣車) 오기만 기다린다
　아리랑 아리랑 아라리요
　아리랑 씌여라 노다가세

◇ 룡안여지 당대초는
　정든님 공경(恭敬)으로 다나간다
　아리랑 아리랑 아라리요
　아리랑 아리랑 씌여라 노다가세

◇ 나느조아 나는조아
　정든친구가 나는조아
　아리랑 아리랑 아라리요
　아리랑 씌여라 노다가세

◇ 전기차 가자고 왼고등을 트는데
　정든님 잡고서 낙루한다
　아리랑 아리랑 아라리요
　아리랑 씌여라 노다가세

◇ 정거수(停車手) 여보 정차좀 해주
　우리집 서방님 돈가질너 갓소
　아리랑 아리랑 아라리요
　아리랑 씌여라 노다가세

◇ 남산(南山)밋테 장충단(獎忠壇)을 짓고
　 군악대 장단에 밧쓰래총만한다
　 아리랑 아리랑 아라리요
　 아리랑 씌여라 노다가세

◇ 아이고지고 통곡을 말어라
　 죽엇든 낭군(郞君)이 사라올가
　 아리랑 아리랑 아라리요
　 아리랑 씌여되 노다가세

◇ 나는가네 나는가네
　 쩌덜썰거리고 나는가네
　 아리랑 아리랑 아라리요
　 아리랑 씌여라 노다가세

◇ 인제가면 언제오나
　 오만한이나 일너주오
　 아리랑 아리랑 아라리요
　 아리랑 씌여라 노다가세

◇ 만경창파 거기둥둥 쩌나가는배야
　 거긔좀 닷주어라 말무러보자
　 아리랑 아리랑 아라리요
　 아리랑 씌여라 노다가세

◇ 세월도 덧업도다

도라간봄이 다시온다
아리랑 아리랑 아라리요
아리랑 씌여라 노다가세

▌아리랑타령(打鈴)

1. 아리랑 아리랑 아라리야
   아리랑 얼씨구 노다가게
   노다가는것은 대장부요
   자다가면은 졸장불세
   아리랑 아리랑 아라리야
   아리랑 얼씨구 아라리랴

2. 노다가게 노다가게
   저달이지두룩만 노다가게
   아리랑고개다 정거장짓고
   도령님오기만 고대하네
   아리랑 아리랑 아라리야
   아리랑 얼씨구 아라리야

3. 울타리밋헤 쏠비는총각
   눈치나잇거든 썩바더먹게
   썩을낭 바다서 동댕이치고
   손목을 잡고서 발발쩌네
   아리랑 아리랑 아라리야
   아리랑 얼씨구 아라리야

4. 빨내를갈나면 강가로가지
   저건너삼밧테 멀하러갓나
   아리랑 아리랑 아라리요
   아리랑 얼씨구 아라리야

5. 담넘어 갈쩍에 짓든개는
   인왕산 호랑이 쏙무러가고
   품안에 들쩍에 울든닭은
   야산의 족집이 쏙무러가게
   아리랑 아리랑 아라리야
   아리랑 얼씨구 아라리야

6. 말군아길군아 말몰아주게
   육노리챗죽이 눈돌아간다
   아리랑 아리랑 아라리야
   아리랑 얼씨구 아라리야

7. 무정한 자동차 날실어다놋코
   환고향(還故鄕)[51]할줄은 내사몰나
   아리랑 아리랑 아라리야
   아리랑 얼씨구 아라리야

8. 너는날을보면은 본숭만숭
   와다시 너를보면쏙죽겟네

---

51 고향으로 돌아감.

아리랑 아리랑 아리리야
아리랑 얼씨구 아라리야

9. 나무집[52] 낭군은 자동차타고
　우리집 낭군은 밧고랑타네
　아리랑 아리랑 아라리야
　아리랑 얼씨구 아라리야

10. 문경(聞慶)새재야 풀박달나무
　홍둑게방망이로 다나간다
　아리랑 아리랑 아라리야
　아리랑 얼씨구 아라리야

11. 간다고간다고 간다더니
　십리(十里)도 못가서 도라선다
　아리랑 아리랑 아라리야
　아리랑 얼씨구 아라리야

12. 우리야두리야 오러다가
　아기나배면은 엇지하나
　아기야배는것은 내감당할쩨
　세맛치장단으로 굴너주게
　아리랑 아리랑 아라리야
　아리랑 얼씨구 아라리야

52　남의 집.

▌ 강원도아리랑

◇ 아리랑 아리랑 아라리가낫네
　아리랑속에서 노다가자
　아주가리동백아 열지마라
　산꼴의큰애기 놀아난다

◇ 아리랑 아리랑 아라리가낫네
　아리랑속에서 놀다가자
　간다간다 나는간다
　써덜썰거리고 나는간다

◇ 아리랑 아리랑 아라리가낫네
　아리랑 속에서 노다가자
　노자노자 절머노자 나히만흐면못노느니라

◇ 아리랑 아리랑 아라리가낫네
　아리랑속에서 노다가자
　십오십육은부재래라
　아니나 놀고서 어늬쌔노니

◇ 아리랑 아리랑 아라리가낫네
　아리랑속에서 노다가자
　전보줄 끈어진건 납으로쌔고
　정든님 끈어진것 직조쌤이나할가

◇ 아리랑 아리랑 아라리가낫네
아리랑속에서 노다가자
꿀보다 더 단것은 진고개사랑
초보다 더 신것은 큰애기중동

◇ 아리랑 아리랑 아라리가낫네
아리랑속에서 노다가자
네가잘나 일색이냐
내눈이 어두어 네게 밋첫지

◇ 아리랑 아리랑 아라리가낫네
아리랑속에서 노다가자너는누며 나는누냐
상산짜에 조자룡이로구나

◇ 아리랑 아리랑 아라리가낫네
아리랑속에서 노다가자
산도설고 물도선데
나 누구를 바라고 동경천지를 왓나

◇ 아리랑 아리랑 아라리가낫네
아리랑속에서 노다가자
월백설백 텬지백하니
산심야심에 객수심이로구나

◇ 아리랑 아리랑 아라리가낫네
아리랑속에서 노다가자

월백설백 텬지백하니
산심야심에 객수심이로구나

◇ 아리랑 아리랑 아라리가낫네
아리랑속에서 노다가자
물동의이고서 그림자본이
건달로버러도 넉넉하다
아리랑 아리랑 아라리가낫네
아리랑속에서 노다가자

아리랑세상

(1)
아리랑 아리랑 아라리요
아리랑고개로 도망을한다
발압파못신든 집식이
고무신바람에 도망을한다
아무럼 그럿치 그럿쿠말고
집신장사김첨지 밥굼는다오

(2)
아리랑 아리랑 아라리요
아리랑고개로 도망을한다
삼댓재 내려오든 놋그릇댓통
양권연 바람에 도망을한다
아무럼 그럿치 그럿쿠말고
양권띤 연기(煙氣)에 집쩌나간다

(3)
아리랑 아리랑 아라리요
아리랑고개로 도망을한다
김잘매고 베잘짜든 맛며누리는
양갈보바람에 도망을한다
아무럼 그럿치 그럿코말고
정강치마 수통다리 꼴보기실타

(4)
아리랑 아리랑 아라리요
아리랑고개로 넘어간다
맥근맥근 먹기조흔 닙쌀은
호미조바람에 도망을한다
아무럼 그럿치 그럿코말고
입팝먹기 조흔줄 누가모르나

(5)
아리랑아리랑 아라리요
아리랑고개로 넘어간다
주머니직히든 구리돈한푼 아리랑타령에 도망한다
아무럼 그럿치 그럿코말고
한오백년살자드니 웨도망햇소

▌서울아리랑

◇ 아서라말아라 네가그리말아
　사람의괄세를 네가그리말아

　　아리랑아리랑 아라리가낫네
　　아리랑속에서 넝겨넝겨주소

◇ 세상텬지에 약도만컨만
　　우리님생길약은 왜이리업나
　　아리랑아리랑 아라리가낫네
　　아리랑속에서 넝겨넝겨주소

◇ 전생차생 무삼죄로
　　우리나량인이 왜생겻나
　　아리랑아리랑 아라리가낫네
　　아리랑속에서 넝겨넝겨주소

◇ 세상텬지에남자도 만컨만
　　나는왜요리 혼자사나
　　아리랑아리랑 아라리가낫네
　　아리랑속에서 넝겨넝겨주소

◇ 어리굽고 고은님은
　　나를보고 좃타하네
　　아리랑아리랑 아라리가낫네
　　아리랑속에서 넝겨넝겨주소

◇ 날삽아가오 날삽아가오
　　한양의랑군아 날삽아가오
　　아리랑아리랑 아라리가낫네

아리랑속에서 넹겨넹겨주소

◇ 우연히든정이 골수에맷쳐
   이질망자가 난감하다
   아리랑아리랑 아라리가낫네
   아리랑속에서 넹겨넹겨주소

▌정선아리랑(남자)

◇ 아리랑 아리랑 아ー라리요
   아리랑 고개로 두리넘세
   人生이 일장춘몽인데
   아니놀고서 무엇하나

◇ 아리랑 아리랑 아라리요
   아리랑 고개로 두리넘세
   임자도 청년 나도청년
   우리가다청년이아니냐 청춘시대에 놀고보세

◇ 아리랑 아리랑 아라리요
   아리랑 고개로 두리넘세
   이십세기에 당당한남자로
   주사청루(酒肆靑樓)에 종사를하느냐

◇ 아리랑 아리랑 아라리요
   아리랑 고개로 두리넘세
   유전(有錢)이면 금수강산(錦繡江山)이더니

돈쩌러지니 적막강산(寂寞江山)이로다

◇ 아리랑 아리랑 아라리요
　아리랑 고개로 두리넘서
　쏫본나븨 물본기러기 탐화봉접(貪花蜂蝶)인대
　임자(美人)보고서 그저갈소냐

◇ 아리랑 아리랑 아라리요
　아리랑 고개로 두리넘세

┃ 정선아리랑(녀자)

◇ 송죽(松竹)갓흔 이내몸이
　님자로 하여곰 단풍(丹楓)이 들엇네
　아리랑 아리랑 아라리요
　아리랑 고개로 두리넘세

◇ 산이놉하야 골이깁지
　조고마한 여자속이 깁흘수잇나
　아리랑 아리랑 아라리요
　이리랑 고게로 두리넘세

◇ 북향(北向)마루밋헤 해달이 빗추기쉽지
　임자당신이 이내집에 오기는만무하네
　아리랑 아리랑 아−라리요
　아리랑 고개로 넘어가세

◇ 무정한 자동차 날실어다놋고
　환고향(還故鄕) 식힐줄 웨몰으나
　아리랑 아리랑 아－라리요
　아리랑 고개로 넘어가세

◇ 오초상선(吳楚商船)[53]은 다오는대
　우리상선은 왜못오나
　아리랑 아리랑 아라리요
　아리랑 고개로 넘어가세

◇ 압남산(南山)적설(積雪)이 다진(盡)토록
　뒤동산행화춘절(杏花春節)아 왜몰으나
　아리랑 아리랑 아－라리요
　아리랑 고개로 넘어가세

◇ 출문망(出門望) 출문망하니
　월괘오동(月掛梧桐) 상상지(上上枝)[54]라
　아리랑 아리랑 아라리요
　아리랑 고개로 넘어가세

〈『朝鮮』, 1930.6〉

---

53 오나라와 초나라의 상선.
54 달이 오동나무 꼭대기 가지에 걸려 있음.

제4장

김지연, 조선 민요의 연구(3)
-조선 민요 아리랑(2)-

조선 민요 아리랑(2) -조선 민요의 연구(3)-

김지연(金志淵)

▌정선아리랑(남녀공)

◇ 애동이초목(草木)갓흔 우리인생이
풀닙헤이슬가치 쏙쩌러진다
아리랑 아리랑 아라리요
아리랑 고개로 두리넘세

◇ 탐화봉접(貪花蜂蝶)[1]아 네자랑마라
낙화가 되면 접불래(蝶不來)[2]라
아리랑아리랑 아라리요

---

1 꽃을 탐하는 벌과 나비.
2 나비가 오지 않음.

아리랑 고개로 두리넘세

▌ 정선아리랑(역금[3])

◇ 압남산 장찬밧혼 뉘가갈며
뒤송정(松亭) 비즌술은 어늬장부를주랴
아리랑 아리랑 아라리요
아리랑 고개로 두리넘세

◇ 신정선(新旌善) 아리랑이 구정선조(舊旌善調)로
신갈보 호리기는 막마첫네
아리랑 아리랑 아라리요
아리랑 고개로 두리넘세

◇ 정선읍내 오리정(旌善邑內五里亭 : 地方) 배방(蓬)[4]이 피지마라
읍중동 큰아기[處女]가 일못한다
아리랑 아리랑 아라리요
아리랑 고개로 두리넘세

◇ 삼각산 모르는 빗방울이 잇스며
인왕산 모르는 범(虎)이 잇스며
정선북면(北面) 우메주법벗[小地名] 모르는 마가목(木名)이 잇스며
엇지날모르는 하이칼라가 어대잇스랴
아리랑 아리랑 아라리요
아리랑 고개로 두리넘세

---

3 엮음.
4 한자가 '쑥 봉'자이니, '쑥'의 방언으로 보임.

◇ 우리집 멍텅구리[남편을 지칭] 기름주먼이[길음 무든 주머니] 돈
　성량늣코 三陟가래원평(地名)으로 소곰지러(鹽運搬) 갓스니 뒤집
　의 나지미상아 놀러오게
　아리랑 아리랑 아라리요
　아리랑 고개로 두리넘세

◇ 너잘낫느니 나잘낫느니 인물자랑마러라
　조선은행 지폐가 더잘낫지
　아리랑 아리랑 아라리요
　아리랑 고개로 넘어가세

▌강원도아리랑

◇ 아리랑 아리랑 아라리가 낫네 ―
　아리랑 속에서 놀고가
　네가잘나 일색이냐
　내눈이 어두어 네게밋첫고나―

◇ 아리랑 아리랑 아라리가 낫네 ―
　아리랑 속에서 놀고가
　너는누머 나는누구냐
　상산쌍에 됴자룡이로고나

◇ 아리랑 아리랑 아라리가낫네
　아리랑 속에서 놀고가
　산도설고 물도선데
　나누구를 바라고 동경천지를왓나

◇ 아리랑 아리랑 아라리가 낫네 –
아리랑 속에서 놀고가
춘풍도리 화개야에
꽃만픠여도 님의생각이라

◇ 아리랑 아리랑 아라리가 낫네 –
아리랑 속에서 놀고가
월백설백 텬지백하니
산심야심에 객수심이로다

◇ 아리랑 아리랑 아라리가 낫네 –
아리랑 속에서 놀고가
물동이인 그림자보니
건달로발어도 넉넉하다

◇ 아리랑 아리랑 아라리요
아리랑 속에서 놀고가

영일아리랑(경상북도)

1. 감발하고서 주먹쥐고
용감하게도 넘어간다
아리랑아리랑 아라리요
아리랑고개로 넘어간다

2. 우리의 압길에 성립군아
뜻과갓치 성공하세

아리랑 아리랑 아라리요
아리랑 고개로 넘어간다

3. 간난자 누구냐 탄식마라
부귀 빈천은 돌고돈다
아리랑 아리랑 아라리요
아리랑 고개로 넘어간다

4. 일낙은 서산에 해가지면
월출동산에 달이솟네
아리랑 아리랑 아라리요
아리랑 고개로 넘어간다

5. 외짝의 기럭아 왜우느냐
네짝을 일코서 왜우느냐
아리랑 아리랑 아라리요
아리랑 고개로 넘어간다

6. 원수다 원수다 원수로다
총가진 포수가 원수로다
아리랑 아리랑 아라리요
아리랑 고개로 넘어간다

7. 쓰라린 가삼을 웅켜쥐고
백두산 고개를 넘어간다
아리랑 아리랑 아라리요

　　아리랑 고개로 넘어간다

8. 아리랑 고개에 넘어간다
　　용감스럽게 넘어간다
　　아리랑 아리랑 아라리요
　　아리랑 고개로 넘어간다

┃ 서산(瑞山)아리랑

1. 아리랑 아리랑 아라리요
　　아리랑 고개로 넘어간다
　　풍년이 왔다네 풍년이왔서
　　삼천리 강산에 풍년이왔서

2. 문경에 새재는 그무슨고개
　　올적갈적에 눈물이라
　　아리랑 아리랑 아라리요
　　아리랑 씌여라 노다가게

3. 진중(陣中)에 가신랑군 바라지말고
　　새랑군 대려다 정붓치게
　　아리랑 아리랑 아라리요
　　아리랑 고개로 넘어간다

4. 남산에 쏙대기 실안개돌고
　　갈보집 마당에 건달이돈다
　　아리랑 아리랑 아라리요

아리랑 고개로 넘어간다

5. 아주가리 동백아 여지마라
   되자는 갈보가 몸치레단장
   아리랑 아리랑 아라리요
   아리랑 쬐여라 노다가게

6. 시간사리 처질은 할둥말둥
   호박넌출 박넌출 왜요리번성
   아리랑 아리랑 아라리요
   아리랑 고개로 넘어가네

7. 시간사리 룩룩팔어 술바더먹고
   본남편 다리고 경찰서가지
   아리랑 아리랑 아라리요
   아리랑 고개로 너머간다

▌하동(河東)아리랑

1. 청천하늘에 별도만코
   요나의 가삼에는 수심도난다
   아리아리랑 아리아리랑 아리렁이낫네−용
   에−아리랑고개에만 날넘겨다−고

2. 저달의 뒤에는 별짜라가고
   우리님 뒤에는 날짜라간다
   아리아리랑 아리아리랑 아리렁이낫네−용

에 - 아리랑 고개에만 날넘겨다 - 고

3. 힘째나 씨는양반 일본을가고
   말째나하시는님 감옥에간다
   아리아리랑 아리아리랑 아리렁이낫네 - 용
   에 - 아리랑 고개에만 날넘겨다 - 고

4. 정든님 오섯는대 인사를못해
   손수건 입에물고 입만짱긋
   아리아리랑 아리아리랑 아리렁이낫네 - 용
   에 - 아리랑 고개에만 날넘겨다 - 고

▌정읍 신태인아리랑

1. 논중에 옥토는 신작로(新作路)로 들고
   사람이 난놈은 감옥으로든다
   아리랑인가 용텬인가
   얼마나 조흐면 저질알인고

2. 홍듯째 박망이 팔자가조화
   큰아기 손길에 다녹아난다
   아리랑인가 용텬인가
   얼마나 조흐면 저질알인고

3. 열두살 먹어서 술잔을드니
   위지왈(謂之曰公論)이 갈보라한다
   아리랑인가 용텬인가

얼마나조흐면 저질알인고

4. 쑬보담 더단것은 진고개사당
초보담 더신것은 큰아기중동
아리랑인가 용텬인가
얼마나 조흐면 저질알인고

▌정선아리랑

◇ 세월네월 봄철아 오고가지말어라
장안호걸(長安豪傑)이 다늙는다
아리랑 아리랑 아라리요
아리랑 고개로 둘이넘세

◇ 압남산 단풍속 구시월이라야 단풍이들지
와다구시 속단풍은 시시로듭니다
아리랑 아리랑 아라리요
아리랑 고개로 둘이넘세

◇ 바람아 광풍아 부지를말어라
곱던머리가 헛터지네
아리랑 아리랑 아라리요
아리랑 고개로 둘이넘세

◇ 일심정기(一心精氣) 삼혼칠백(三魂七魄) 어듸다가두고
저門열고 나가는것은 등신만나가네
아리랑 아리랑 아라리요

아리랑 고개로 둘이넘세

◇ 술은술술 잘넘어가고
　밥은 중치가막혀서 못먹겟네
　아리랑 아리랑 아라리요
　아리랑 고개로 둘이넘세

◇ 물동우(水甕) 여다노코 물그림자보니
　촌(村)갈보 노릇하기 제안이 원통함이다
　아리랑 아리랑 아라리요
　아리랑 고개로 둘이넘세

◇ 울타리(籬)밋헤다 님세워노코
　호박닙히 딘줄딘줄 하여 님못보이네
　아리랑 아리랑 아라리요
　아리랑 고개로 둘이넘세

◇ 호박닙히 딘줄딘줄 님못보거든
　동내초군(洞內樵軍) 드려서 호박줄것게
　아리랑 아리랑 아라리요
　아리랑 고개로 둘이넘세

◇ 가지닙갓흔 혀(舌)를물고 연적갓흔것을만지고
　전통갓흔 팔을비고 단두리누엇스니
　정신이 암을암을 나죽겟네
　아리랑 아리랑 아라리요

아리랑 고개로 둘이넘세

◇ 정선읍내 물네방아(水車) 물안고도라가고
　김오위장(金五衛將)네 둘째며누리는
　날을안고 도라가네
　아리랑 아리랑 아라리요
　아리랑 고개로 둘이넘세

◇ 술은매일 장취(長醉) 자시나마
　몸은허한이 쓰지를마오
　아리랑 아리랑 아라리요
　아리랑 고개로 둘이넘세

◇ 담엽헤 세워노코 손목잡으니
　온전신이쩔여 나죽겟네
　아리랑 아리랑 아라리요
　아리랑 고개로 둘이넘세

◇ 쩟다가 감은눈치는 날가라는말이요
　감엇다 쓰는눈치는 자고가라는말이요
　아리랑 아리랑 아라리요
　아리랑 고개로 둘이넘세

◇ 동백나무[길음짜는 열매가 여는 나무]열매야 다담북여러라
　시약시(處女)갈보다리고 열매쌀러갈게
　아리랑 아리랑 아라리요

아리랑 고개로 둘이넘세

◇ 아주싸리(比麻子)농사를 힘쓰다보니
십여명가족을 저녁을 굼기네
아리랑 아리랑 아라리요
아리랑 고개로 둘이넘세

◇ 강원도금강산 일만이천봉 팔만구(八萬九) 암자(庵子)
요지경으로 보이고
꽂갓흔 님의얼골 꽂갓치보이네
아리랑 아리랑 아라리요
아리랑 고개로 둘이넘세

◇ 열두간기역자집에는 람포등이 별갓치걸이엿는대
어듸로 돌아서 소녀방(少女房)으로 오섯소
아리랑 아리랑 아라리요
아리랑 고개로 둘이넘세

◇ 산천초목 물각유주(物各有主)로 임자가잇는대
나는무엇으로 생겨서 임자가업네
아리랑 아리랑 아라리요
아리랑 고개로 둘이넘세

┃ 순창(淳昌)아리랑

◇ 아라린가 질아린가 용턴인가
거름손이나 하는놈은 제자품팔고[길품]

물자먹이나 하는놈은 전중이가고
글자나 하는놈은 긔장질가고[서당교사노릇]
일주먹이나 하는놈은 치도(治道)판간다
아라린가 지라린가 용텬인가

공주아리랑

1. 아령아령 아라리야
   아르랑고개로 넹겨넹겨주게

2. 산중귀물(山中貴物)은여름다래 넌줄
   인간(人間)에 귀물(貴物)은 너와나로구나

양양(襄陽)아리랑

◇ 마구재실갑에 양총(洋銃)메고
   붕구재고개로 접전가ー자

안주(安州)아리랑 [활계조(滑稽調)]

◇ 아리랑아리랑 아리랑이요
   아리랑고개로 나를넘겨주시오
   얼마나조와 아라린고

◇ 천길만길 오르다가
   수무나무가시에 발찔녓소
   왜왓든고 왜왓든고 울고외로히갈길을왜왓든고

▌창녕(昌寧)아리랑 [남녀공, 쾌조(快調)]

1. 담을너머갈적에 큰마음먹고
   문고리잡고서 발발발썬다.

2. 시어머니 죽을째에 춤추엇더니
   보리방아물 실어노으니 생각난다

▌구례(求禮)아리랑 [활계조(滑稽調)]

◇ 삼각산 몰랑에 비오나마나
   어린가장 품안에 잠자나마나
   아리랑 아리랑 아라리가낫네
   아리랑 얼씨고 날예워주소

▌아리랑고개

◇ 천리천리 삼천리에
   그립든 동모(同侔)가 모와든가
   아리랑 아리랑 아라리요
   아리랑 고개를 어서넘자

◇ 서울거리엔 술집도는다
   불평품으니 느는게지
   아리랑 아리랑 아라리요
   아리랑고개를 어서넘자

◇ 꼿치안펏다고 죽은나물가

쑤리는 살앗네 꼿피갯지
아리랑 아리랑 아라리요
아리랑고개를 어서넘자

◇ 약산동대 진달내꼿도
한폭이 피며는 따라피네
아리랑 아리랑 아라리요
아리랑고개를 어서넘자

◇ 삼각산 넘나드는 청(靑)제비바라
정성만 잇스면 어딀못넘어
아리랑 아리랑 아라리요
아리랑고개를 어서넘자

남원아리랑 [기1]

1
청천하늘엔 별도만코
요내가슴엔 수심도만다
아리랑 아리랑 아라리요
아리랑고개로 넘어산나

2
시내강변엔 자갈도만코
요내살림사리 말도만타
아리랑 아리랑 아라리요
아리랑고개로 넘어간다

3

문전옥토(門前沃土)는 다팔어먹고
철창생활(鐵窓生活)이 윈일인가
아리랑 아리랑 아라리요
아리랑고개로 넘어간다

4

간다고 간다고 가시든님은
단십리(單十里) 못가서 발병낫네
아리랑 아리랑 아라리요
아리랑 고개로 넘어간다

5

산천초목은 절머가고
우리네 청춘은 늙어가네
아리랑 아리랑 아라리요
아리랑고개로 넘어간다

6

왔네왔네 풍년이왔네
아리랑 아리랑 아라리요
아리랑고개로 넘어간다

7

무궁화 동산에 우는새야
너무슨 한(恨)으로 슬피우나

아리랑 아리랑 아라리요
아리랑 고개로 넘어간다

8
울지마라 내사랑아
동원(東園)에 핀옷갓티 내안어주마
아리랑 아리랑 아라리요
아리랑고개로 넘어간다

9
부자집 고간(庫間)에 쌀도만코
거리거리에 거지도만타
아리랑 아리랑 아라리요
아리랑 고개로 넘어간다

남원아리랑 [기2]

(1)
날좀보소 날좀보소 나를조매보소
冬至섯달 꼿본드시 나를조매보소
아리아리랑 아리랑 아라리가낫네
아리랑얼씨고 날넘겨주소

(2)
정든님 오시는대 인사는못해
행주치마 입에물고 입만쌩긋
아리아리랑 아리랑 아라리가낫네

아리랑 얼씨고 날넘겨주소

(3)
네가잘나 내가잘나 게뉘가잘나
은전지화(銀錢紙貨) 구리백전(白錢) 제잘낫지
아리아리랑 아리랑 아라리가낫네
아리랑 얼씨고 날넘겨주소

(4)
금(金)바우몰날에 비가오나마나
어린가장품안에 잠자나마나
아리아리랑 아리랑 아라리가낫네
아리랑얼씨고 날넘겨주소

(5)
물네방아는 물을안고돌고
남원읍내 화중선(花中仙)이는 나를안고돈다
아리아리랑 아리랑 아라리가낫네
아리랑얼씨고 날넘겨주소

▌신(新)아리랑

◇ 아리랑 아리랑 아라리요
아리랑 고개로 넘어간다
밧흔―헐어서 길이되고
집은―헐어서 정거장되네

◇ 아리랑 아리랑 아라리요
　아리랑 고개로 넘어간다
　밧일코 집일은 동모(同伴)들아
　어듸로 가야만 조흘겨나

◇ 아리랑 아리랑 아라리요
　아리랑 고개로 넘어간다
　아버지 어머니 어서오소
　북간도 벌판이 좃타드라

◇ 아리랑 아리랑 아라리요
　아리랑 고개로 넘어간다
　괴나리 보ㅅ짐 짊어지고
　아리랑 고개로 넘어간다

▌신작(新作)아리랑

◇ 여바라 동모야 말듯거라
　요사이 거리로 지날때마다
　더벅머리 아이들이 쩨를지여
　홍겨워 부르는 그노래를
　동모야 들엇는가 말엇는가
　아리랑 아라리요
　얼마나 치면은 쌔일는지

◇ 시톄나 자식들 쏠아지보소
　저의신주는 개물어간다

◇ 갯가에 써다니는 나무신짝을
  멀정한 길푸라고 주어다가
  말갓케 씨처놋고 절한다지
  아리랑 아라리요
  얼마나 치면은 쌔일는지

◇ 시례나 자식들 쏠아지보소
  의부의 눈칫밥 먹엇다고
  한 개형을 미워하는 아우년석
  제형을 흠쓰더 말하는곳이
  도리어 의부의 청직이라나
  아리랑 아라리요
  얼마나 치면은 쌔일는지

◇ 시례나 자식들 쏠아지보소
  남보다 못한것 한탄은안코
  남들이 저보다 나흔것만
  엇잿든 미워서 날뛰다가
  남짜지 쓸고서 개천에쌰저
  아리랑 아라리요
  얼마나 치면은 쌔일는지

◇ 시례나 자식들 쏠아지보소
  명함에 무엇무엇 주어써서
  척보면 제바로 점잔흐나
  직함이 만흐면 만흘수룩

뒤짝지 먹틔가 더욱만하
아리랑 아라리요
얼마나 치면은 깨일는지

◇ 시톄나 자식들 쏠아지보소
　툭하면 아는톄 혼자하나
　배속엔 쑤세미 뭉텅이쑌
　잡짓장 신문쏙 어더들은
　날문자 함부로 지절대어
　아리랑 아라리요
　얼마나 치면은 깨일는지

〈『朝鮮』, 1930.7〉

국문판 『조선』지 연구

제 5 장

김지연, 고금농요집 [농요·부요]

자료 해설

필자가 『국제어문』 29집에서 한차례 소개했던 대로, 조선총독부 기관지였던 국문판 『조선』지에는 김지연(金志淵)이 민요에 대해서 쓴 글과 각지에서 채록한 민요들이 실려 있다. 김지연의 글에 따르면, 1929년 7월 무렵, "(경성제국대학) 조선문학연구실에서 조선 민요를 수집하기 위하여 각 보통학교 직원"들에게 의뢰하여, 아리랑, 농요, 부요(婦謠) 등을 수집하였고, 1930년 5월호부터 같은 해 10월호까지, 이것들을 실었음을 알 수 있다. 임석재 선생이 그분의 20대(1920년대)에, 학생들에게 방학 과제로 설화 채록의 일을 부과하여 그 결과를 모아 구전설화집에 실은 것과 같은 일을, 같은 일제 치하의 조건 아래에서 엇비슷한 시기에 김지연도 수행하였다 히겠다.[1]

---

1 임동권, 한국민요사(서울 : 집문당, 1964) 242쪽에, 일제 시기의 민요 수집 성과와 관련하여 이런 대목이 있다. "1929년 6월에는 경성제대 高橋亨 박사가 전국 초등학교에 향토민요 수집 보고 의뢰서를 발송하여, 약 반년간 수백 편에 달하는 많은 성과를 거두었다고 하나 그 수집 자료는 8·15 해방 이후 행방을 알 길이 없"다는 진술이 그것이다. 필자가 보기에, 김지연이 〈조선〉지에 실은 일련의 민요는 바로 이것으로 여겨지는바, 高橋亨 박사가 주도한 민요 수집 작업에 김지연이 중요한 역할을 한 것으로 보인다. 김지연의 민요 관련 논문을 비롯하여 이들 자료를 소개할 때 '高橋亨 박사'가 아니라 '김지연' 명의로 계속 실린 것을 보아 그렇게 추정된다.

하지만 이 같은 김지연의 성과는 우리 근대 민요 조사와 연구에서 비교적 이른 시기의 것이지만, 아리랑 자료만 김소운의 『조선구전민요집』에 실렸을 뿐[2] 농요와 부요 자료는 소개되거나 연구된 적이 없다. 임동권 님의 『한국민요사』 부록 '한국민요 문헌 목록'[3]에서 김지연이 발표한 글들의 제목이 보이고, 『한국민요연구』에서 김지연이 쓴 글의 일부가 인용되었을 뿐이다. 이번 기회에, 김지연이 〈고금농요집〉이란 제목으로 소개했던 농요(154~156호 : 1930.8~10), 부요(154호 : 1930. 8)를 제시하고자 한다.

한 가지 첨언할 것은, 원문의 표기를 따라, 현행 맞춤법을 무시하고 그대로 적는 것을 원칙으로 하였다. 다만 '얼々'처럼 같은 글자가 반복되는 것을 의미하는 문장부호가 나올 경우, '얼얼'과 같이 요즈음식으로 적었고, '기생방줄입'처럼 오기가 분명한 경우 '기생방출입'으로 고쳤다. 아울러 원문은 국한문 혼용이지만 여기에서는 한문 문장인 경우를 제외하고는 독자의 편의를 위해 국문 표기로 바꾸되, 필요한 경우에만 원전의 한자를 그대로 병기하였다.

---

2 임동권, 한국민요연구, 개정1판(서울 : 한국학술정보, 2002), 86쪽.
3 임동권, 앞의 책, 260쪽.

고금농요집(古今農謠集)

김지연(金志淵)

1. 경기 지방

▌농요 (시흥)

어화우리	농부들아
이내말을	들어보소
엘엘넬네	상사데야

어화우리	성군(聖君)이야
요순부생(堯舜復生)	하엿구나
엘엘넬네	상사데야

선농단(先農壇)에	친경(親耕)하사
만민권장(萬民勸獎)	하엿다네
엘엘넬네	상사데야

심경근욕(深耕勤褥)	힘써하야
성은(聖恩)을	보답하야보세
엘엘넬네	상사데야

이농사를	힘써지어
오곡백곡	다해들여

엘엘넬네	상사데야
전세대동(田稅大同)	다한후에
돈빗량을	청장(淸帳)하고
엘엘넬네	상사데야
술을빚고	쩍을처서
함포고복(含哺鼓腹)	하야보세
엘엘넬네	상사데야

▌농요(이앙시) (시흥, 안산)

요순대우(堯舜大禹)	어진성군도
구년지수(九年之水)	만나시고
은왕성탕(殷王成湯)	어진임금도
칠년대한(七年大旱)	만났으니
우리도	백성되어
이농사	지어내여
성상폐하	수라(水剌)
쌀을	하여보세
자목애민(慈牧愛民)은	수령(守令)임내가하시고
절충어모(節忠禦侮)는	장신(將臣)임이하시고
창가묘무(唱歌妙舞)는	기생들이할일이다

▌제초가(除草歌) (시흥, 안산)

비모라온다	비모라온다
저건너갈미봉에	비모라온다

우장을두르고	지심을매세
써들어오다샛별같은	점심고리가
반달같이	써드러온다
저무삼반달인고	초생달이반달이지
한일자로느러서서	입구자(字)로매여보세

▌제초가(느진가락) (시흥, 안산)

호(呼)	어화우리	동무님네
	이내말삼	드르시요
응(應)	에아예로―	상사뒤야
호(呼)	오날우리	힘을써서
	이논저논	매여갈제
응(應)	에아예로―	상사뒤야
호(呼)	맥반탁주(麥飯濁酒)	잔쓱먹고
	정자밋혜	누어보니
응(應)	에아예로―	상사뒤야
호(呼)	만사무심(萬事無心)	편한지라
	매양이만	되고지라
응(應)	에아예로―	상사뒤야

▌제초가(자진가락) (시흥, 안산)

호(呼)	어화우리	동무님네
	트저타정	마르시요
응(應)	엘―넬네	상사뒤야
호(呼)	이편저편	갈나서며
	초상토	쌋댁쌋댁

응(應)	엘―넬네	상사뒤야
호(呼)	호미자루	굿게잡고
	깊히깊히	매여갑세
응(應)	엘―넬네	상사뒤야

▌이앙가 (시흥, 안산)

여기도하나	저기도하나
여기도양석(兩石)	저기도양석
하나, 둘, 셋, 넷	좋구나매화(梅花)로다

▌농요[이앙시(移秧時), 除草時]

얼얼넬넬	상사데야
얼얼넬넬	상사데야
네다리쨰라	내다리박자
얼얼넬넬	상사뒤야
신농씨의	본을바다하야보세
에―야라	방아
여주이천	자채미(自蔡米)방아
김포통진(通津)	밀짜리방아
에―야라	방아

▌노작가(勞作歌) [축장시(築墻時, 매장축지시(埋葬築地時)]

| 에유하라 | 아달고 (魚游河, 我多苦) |

▌농부가 [진위(振威)]

| 두리둥둥 | 쾌쌩쾡쾡 |

얼얼널널   상사듸야

에―에―에여라   상사듸야

이째는   어느째냐

태고(太古)적   시절이라

신농씨의   본을바다

농기(農旗)를   내어꼿고

얼널널널   상사듸야

에―에―에헤루   상사듸야

여봐라농부야   말들어라

이논뱀이에다   모를심고

장구뱀이로   건너가자

에―에―에헤루   상사듸야

구시월추수   한후에

부모봉양   하잣세라

에―에―에헤루   상사듸야

▌이앙가 [연천(漣川) 마전(麻田)]

하나하나   하날기로구나

연안, 배천(白川)   마늘모로심어라

어화우리   농부들아

열을 심을지라도

하나도   것침업게심어주게

하나하나   하날기로구나

어서밧비   심어주게

▌용가(舂歌) (연천 마전)

에―야라	방아요
이방아가	뉘방안가
강태공의	조작(造作)방아
경신년(庚申年)월일	쑤렷하다
에―헤	에헤요
어허우려라	방아로구나

▌산가(山歌) (연천 마전)

산은첩첩	천봉이오
물은잔잔	겹수로다
백발(白髮)되도록	돌아
유산객(遊山客)	이요
팔도명산은	금강산이라
탁자밋헤	늙은노승(老僧)
장삼닙고	가사메고
백팔염주	목에걸고
목탁한개	손에들고
도도록쑥싹	염불만한다
해는다저	황혼되고
월출동령(月出東嶺)	달돋는다
달은밝아	명랑한대
시내강변	바람분다

이앙가 [양지(陽智)]

신농씨가	맹근쟁긔
후직씨가	쑤린곡식
하나하나	하나로구나
하나가는데	둘도간다
삼릉형(三稜形)	으로만 심거라
하나소래	정잘하면
술삼잔이	상급이요
하나소래	안이하면
태(笞)삼(三)개	벌급이라'벌급'은 '벌금'의 관용언(慣用言)인가: 편재
하나하나	하나로구나

초동가(樵童歌) (양지)

새등갓튼	등에다가
태산갓튼	짐을지고
고봉준령(高峰峻嶺)	어이갈꼬
호희호(呼噫呼)	호희호

농부가 (시흥, 안산)

얼넬넬넬	상사듸야
어화우리	농부들아
신농씨의	유업(遺業)으로
빈풍(豳風)칠월편을	번바닷스니
격양가를	불너보세
엘엘넬넬	상사듸야

강구연월(康衢煙月)　　조흔세계
희희호호(熙熙皞皞)　　우리백성들아
매양장천　　　　　　이리놀세

▌농요 (수원)

호(呼)	상평전(上坪田)	하평전에
	격양(擊壤)하는	농부들아
응(應)	엘―넬넬	상사듸야
호(呼)	신농씨의	본을바다
	농업을발달	하야보세
응(應)	엘―넬넬	상사듸야
호(呼)	전호후응(前呼後應)	구루(傴僂)할제
	일오중천(日午中天)	되엿고나
응(應)	엘―넬넬	상사듸야
호(呼)	호피남무(餬彼南畝)	우리부자(婦子)
	사아농부(飼我農夫)	하는구나
응(應)	엘―넬넬	상사듸야
호(呼)	노립모사(蘆笠茅蓑)	의관삼아
	우순풍조(雨順風調)	강구연월논일다가
	함포고복(含哺鼓腹)	더욱좃타
응(應)	엘―넬넬	상사듸야
호(呼)	해보(蟹步)로	종횡하야
	삼삼오오	결우(結耦)로다
응(應)	엘―넬넬	상사듸야
호(呼)	춘하추동	사시절에
	농부일생	무한일(無閑日)이라

	놀지말고	근농(勤農)하세
응(應)	엘ㅡ넬넬	상사듸야
호(呼)	세화년풍(歲和年豊)	자재기중(自在其中)
	우리농부	직사(職事)로다
응(應)	엘ㅡ넬넬	상사듸야
호(呼)	내적내창(乃積乃倉)	저축한후
	부모봉양	하려니와
	왕세대동(王稅大同)	제일일세
응(應)	엘ㅡ넬넬	상사듸야
호(呼)	산유화혜(山有花兮)여	가일곡(加一曲)하니
	간동계녀(艮童季女)	송주래(送酒來)에
	없는흥치(興致)	절노난다
응(應)	엘ㅡ넬넬	상사듸야
호(呼)	상평하평(上坪下坪)	너른들에
	봉봉서무(芃芃庶畝)	매고나니
	황혼월색이	명랑하다
응(應)	엘ㅡ넬넬	상사듸야
호(呼)	일출사생(日出事生)	무한중(無限中)에
	세서연(洗鋤宴)이	가까이오니
	칠월선(七月仙)이	낙(樂)이로라
응(應)	엘ㅡ넬넬	상사듸야

2. 충북 지방

▌농부가 (청주)

어화농부들아	농사지어서
부모봉양도	하려니와
국세상납	느저간다
어화늘늘	상사듸요

아랫논에	메볘심고
웃논에	찰볘심어
봉제사(奉祭祀)도	하려니와
접빈객(接賓客)도	하여보세
어화늘늘	상사듸요

수한경식	이전답이
토품도	조커니와
개량종자(改良種子)	더욱조타
장님펄펄	소사나니
갈데업는	풍년일세
어화늘늘	상사듸요
어―허―	상사듸라

3. 충남 지방

▌농부가 (대흥)

어화우리	농부들아

천하대본   농사로다
얼얼널널   상사듸야

가색간난(稼穡艱難)   한을말고
농부가를   불너보세
얼얼널널   상사듸야

황무전원(荒蕪田園)   개간(開墾)하야
위공위사(爲公爲私)   하여보세
얼얼널널   상사듸야

진시황의   백성되니
만리장성   싸엇스며
얼얼널널   상사듸야

제갈량의   군사되니
오월도려(五月渡瀘)   하엿슬가
얼얼널널   상사듸야

주경야독   하든이는
훈소남(薰召南)이   그안인가
얼얼널널   상사듸야

이농사를   힘써지어
야학교(夜學校)를   세워보세
얼얼널널   상사듸야

이농사를	힘써하야
부모봉양	하야보세
얼얼널널	상사되야
이농사를	힘써지어
형제담락(兄弟湛樂)	하야보세
얼얼널널	상사되야
이농사를	힘써지어
왕세대동(王稅大同)	일즉하세
얼얼널널	상사되야
사채라도	어렵거든
공납지체(公納遲滯)	어이할가
얼얼널널	상사되야
이농사를	힘써지어
동대서채(東貸西債)	농자금을
얼얼널널	상사되야
일조청감(一朝淸勘)	시원하다
이농사를	힘써지어
얼얼널널	상사되야
내적내창(乃積乃倉)	하게되면
만사여의(萬事如意)	조흘시고

얼얼널널   상사듸야

[육자박(六字拍)]

저건너갈미봉에   비가무더들어온다

우장두르고지심매세   강구연월(康衢煙月)조흔세계

노소동락(老少同樂)   놀아보세

용가(舂歌) [면천(沔川)]

신농씨라   심으신나무

천상선녀라   물을주어

동해동편   뻐든가지

이리썰근   저리썰근썩거다가

동소문짓고   서소문짓고

동문짓고   물문짓고

연못안에   초당을짓고

사면에   두등그러케지어보세

초부가(樵夫歌) (보령)

가자가자   어서가자

저산넘어   어서가자

큰아기   무덤잔치

나무하러   가세

농부가 (부여 석성)

왓도다   왓도다

봄이   왓도다

어허우리   농부들은
바작이나   달아
걸음 내고
장치잡아   가래질하세
무정한봄은   한번가면
다시오지   안네

4. 전남 지방

▌농부가 (무안군)

모운반(運搬)   하여라
우리의일군(一群)은 금일써야
자미있게   놀고지고
밧고심고   하세
얼널널이   상사듸요

음마쐥쐥궁닥 힘껏대로
손을맛추아   근농(勤農)하세
얼얼널이   상사듸요

좃타   술통과
밥바구리   만보
아조일층(一層)힘이 더나도다
좃타
얼널널이   상사듸요

금일은   엿젓든지
분수만있게
희락근로(喜樂勤勞) 하一세
엄마찡찡궁닥 좃다

농부가 (구례군)

　　　　　어럴럴럴　　　상사뒤여
(합창)　어여여로　　　상사뒤여

　　　　　이논배미　　　모를심어
　　　　　장닙이펼펄　　　영화로다
(합창)　어여여로　　　상사뒤여

　　　　　이논배미　　　얼픈심으고
　　　　　장구배미　　　건너가세
(합창)　어여여로　　　상사뒤여

　　　　　장구배미　　　가서
　　　　　여긔도　　　못고
　　　　　저긔도　　　못고
　　　　　반달만치　　　남엇네
(합창)　어여여로　　　상사뒤여

　　　　　제가무슨　　　반달일까
　　　　　초승달이라　　　반달이네
(합창)　어여여로　　　상사뒤여

신농씨네	신농사
방방곡곡	농사로세
(합창) 어여여로	상사뒤여

백초를	심어
사시를	짐작한대
근심한것이	백초로세
(합창) 여여여로	상사뒤여

이농사를	지여갓고
선령봉제사	모신후에
부모처자	호구할가
(합창) 어여여로	상사뒤여

5. 경북 지방

▌이앙가 (경주)

이 논뱀에	모를심어
님피넓어도	장할러라
우리부모	산소등에
솔을 심어도	정자(亭子)-르러라

아름답고	귀한처자
월(月)선녀고개로	넘어든다
올적에갈적에	빗만비고
대장부간장을	다녹인다

샛별갓튼	밧고랑에
온달갓치	쩌나온다
늬가야	무슨반달이고
초승달이	반달이지
상치독에	만은물에
상치씻는	저처자야
닙흔짜서	독에담고
줄기한쌍	나를주소
머리좃코	실한처자
울쏑낭개	걸안젓내
울쏑줄쏑	내짜주마
백년언약을	나와하소
서울이라	낭기업서
죽절(竹節)썩거	다리노아
그다리를	건낼나니
쿰절쑴저절쑴	소리가난다
우리형임	양피(羊皮)배자
어듸매처자가	다뉘뱃소
충청도처자는	실을짜고
경상도처자가	다뉘뱃네
서울이라	금대밋해

금쎄둘기　　　　알을나ーㅅ네
푸른부채　　　　청사도포(靑糸道布)
꼿을보고　　　　지나간다
꼿치나　　　　　곱다만은
남의꼿해　　　　손을대리

첩(妾)아첩아　　우리첩아
신을벗고　　　　어대갓노
갈대강기　　　　삼신총에
짜라가면서　　　신들맨다

더듸도다　　　　더듸도다
점심때가　　　　더듸도다
아흔에아홉칸　　정지칸을
돌고나니　　　　더듸도다

해가젓네　　　　해가젓네
양산(梁山)땅에　해가젓네
짠듸야짠듸야　　금짠듸야
백년해로　　　　두고가노

초롱아초롱아　　청사초롱
님에방에　　　　불밝혀라
님도눕고　　　　나도눕고
그불을랑　　　　누가쓰노
새야새야　　　　청조새야

늬어듸서	자고왓노
수양청청(垂楊靑靑)	버들낭개
허헌들허헌들	자고왓네

▌이앙가 (경주)

● 모 씰 째

오늘해가	반일인대
늬술틀줄	모르든가
매홧대를	썩거들고
늬술틀너	어서가자

한강에다	모를부어
쩌내기도	난감하다
한울에다	목화가라
목화짜기	난감하다

한재나락	모를부어
잡나락이	반이러라
성안성밧	첩을두니
기생첩이	반이러라

바다갓튼	저모자리
장기판만치	남을너라
장기판이	좃타만은
장기쩔이	늬잇스리

● 모 심을 째

샛별갓튼	저밧골에
반달각시	쩌나온다
제가무슨	반달이랴
초생달이	반달이지

알굼삼삼	고운독에
눌너쓰니	금청주라
팔모싹근	유리잔에
나븨한쌍	잔질하네

에기야도령님	병늘엇네
순금씨야	배싹거라
순금씨야	싹근배는
빗도좃코	맛도좃네

뱅뱅돌아	돌이쥼치
돌댓자지	선을둘너
어엿부다	김도령아
나본드시	놉히차소

산수산간	흐른물에
상추씻는	저처자야
입흔홀터	강저리담고
줄기한상	나를주소

저건내야   상사뜰에
청실홍실   군듸매여
너와나와   마주굴여
떠러질가   염여로다

말은가자   구비치고
님은잡고   낙루(落淚)하네
인왕산그늘은   재를넘고
갈길은   철리로다

날이낫네   날이낫네
안동쌍에   날이낫네
병난의   날이나마
님을두고   어이갈이

물밋테라   고기중에
금붕어가   상이러라
사람천명   가는중에
우리선비   상이러라

사랑압헤   갈대심어
잘게절너   새대삿갓
동래자지   선을둘너
싀누의집에   선물간다

머리좃타   수단처자

울쌩남게   안저우네
울쌩줄쌩   내싸줏게
세간사리   나고 살자

님이죽어   제비되여
첨아끗테   집을지어
나면들면   넘노라도
님인줄은   내몰낫내

통인통인   김통인아
밤낫주야   번을사나
조고만한   옥등잔에
살심지글심지   다달는다

진주단성   안사랑에
장긔쪄는   처남손아
녀중일색   너누부로
남중호걸   나를 주소

행화촌(杏花村)   처자들아
봄꼿보고   조화마라
적막공산   새벽달에
두견새야   슬피우네

운애안개   자진골에
방울업는   매를날녀

그매는   내매건이
천되매가   되어간다

웅천이라   천자봉에
산우에꼿치   되엿구나
그꼿이   꼿안이라
웅천영감   별가로세

저기가는   저구름은
엇쩐신선   타고가노
하늘이라   천자국(天子國)에
천자노든   신선간다

저녁먹고   썩나서니
월명당처자가   손을치네
손친대는   밤에가고
주모집은   나제간다

이논에   모를심어
금실금실   엉화로다
우리부모   나를길너
갓을씨워   영화로다

이논쨈에   모를심어
누구하고   먹고살쪼
부모봉양   한연후에

어린자식	양육하네
상주함창	공갈못에
련쌥싸는	저처자야
련쌥줄쌥	내따줏게
백년언약	매저보자
석상에	심은난초
입이피여	너홀너홀
느린발수	청춘과부
긴담뱃째	한숨쉬네
웅지쌔진	갓을쓰고
기생방출입이	왼일인가
행주치마	썰처입고
짜새보기	왼일인가
총각남편	밥담다가
놋듀개닷단	다쑤질넛다
아가아가	그말마라
나도닷단	쑤질넛다
서울이라	남정자에
점심채비	느저온다
서른세간	정지안에
도느라고	느젓든가

서울이라   삼각산에
닐널이   춤이난다
오동칠백   그문골에
유모두전   돈이난다

서울이라   배틀내여
문경새재   잉애걸어
안동아   안체늘이
예천각씨   배잘짠다

서울이라   난기업서
죽절비저   다리나여
그다리를   건너런이
궁작적적   소리나네

명사십리   해당화야
꽂진다고   슬허마라
명년삼월   돌아오면
다시한번   회춘한다

내쩌다준   궁초댕기
누수발한다고   다쩌러젓나
엄청타댄단타   그잘난것
너수발한다고   다―쩌러젓다

초롱아초롱   등사초롱

님의방에	케여놋코
님도눕고	나도눕고
저불써리	누잇스랴
사공아	배돌니라
우리동생	보고가자
너거동생	무슨죄로
절도섬에	귀양갓노
조고만한	맷쑤기가
안반지고	절노가니
조고만한	동자붓처
손벽치고	락담하네
중아중아	도사중아
네절경이	엇쩌한가
소승절구경	하랴거든
강원도유점사로	오너라
처남처남	우리처남
너거누부	날마다고
머리싹고	중되엿네
너집가품	얼마좃키
머리싹고	중되엿소
모시속곳	팔폭속곳

밤노름에   다써러젓다
걱정말고   잘놀어다
모시장사   내여긔왔다

펄농펄농   고장바지
궁둥이실버   잠못자네
덥허주소   덥허주소
도포자락으로   덥허주소

서울갓든   선비님네
우리선부   오시든가
오기야   오데만은
칠성판에   실어오데

해다지고   점은날에
우인행상   써나가노
이태백이   본처(本妻)죽고
이별행상   써나가네

해다지고   다섬은네
우인수자   울고가노
그수자가   그안이라
백년허혼(百年許婚) 일코가네

질내꼿은   상객가고
성유꽂은   장가가고

만인가나	웃지마라
씨종자를	쩌래간다

어제저녁	어든첩이
신을벗고	다라나니
살매갱기	다리총에
짜라가면	신발한다

오면가면	빗만보이고
월(月)선녀고개로	넘어간다

앵도남게	해저간다
어분애기	동자간다

6. 경북 지방

▌정자곡 (창원군)

두마지기	모를심어
금실금실	영화로다
부모업는	동상키워
갓을씨워	영화로다

세마지기	논밤이에
반달반달	쩌나오네
네가무슨	반달인고
초생달이	반달이지

물꼬를	청청헐어노코
등넘애야	첩을두고
첩우야방에	놀노가네

사창뒤에	진골목에
기상첩을	어더놋코
낮에가니	개가짓고
밤에가니	닭이우네
닭아닭아	우지마라
맹상군(孟嘗君)이	안이어든
밤에울고	낮에우나

7. 강원도 지방

경전가(耕田歌) [양양군(襄陽郡)]

이러 이소여 어이어 돌아서라
일모청산(日暮靑山)하니 굼정거리지 말고 쌜리 가자

이러 이소여 어이어 돌아서라
이논저논 얼는갈고 일모강촌(日暮江村) 놀아갈제
그안이 조흐랴.

이러이소여 어이어 돌아서라
너와나와 이들에서
일할제뉘라서 위로하리

미나리
심심하고 얌얌하니
길군악이나 불어보세
지어가네 쉴참이지어가네.

서화일당(鋤禾日當) 날은덥고
점심때는 느저간다
어서어서 이논매고
저논으로 옮어가세

예로부터 전해오는
강구연월(康衢烟月) 격양가(擊壤歌)는
무엇을두고 하는말인가
우리노래 이름일세

청산에 뻑국소래
우리노래 응(應)함인가
우리조름 깨우침인가
포곡성(布穀聲) 재촉하니
어서어서 매여나가세

길가는 저손님내야
유월염천(六月炎天) 덥다마소
서화일당(鋤禾日當)의 괴롬만코
보면누라 입립신고(粒粒辛苦)아랏스랴.

▌풍년용(豊年踊)

하늘에는 별도만코
시내강변에는 돌도만타
(후렴) 얼널이상사듸야

이근밤에 다몰심어
장님이 훨훨 장화로다
(후렴) 얼놀이상사듸야

8. 평북 지방

▌농부가(農夫歌) [평양 서천면(西川面)]

아답(我畓)에는	수세호(水勢好)하니
일천지(一千枝)가	버럿고나
추기성열(秋期成熱)	되난날에
백만석(百萬石)은	염려업네
앞남산이	놉지만은
노적봉이	놉푸리라

▌농가(農歌) [평양 서천면(西川面)]

장참(長鑱)장참	백목병(白木柄)은
신농씨(神農氏)의	유업(遺業)이라
작일석(昨日夕)에	통문(通文)돌나
금일조(今日朝)에	일붓첫네

수십명의 우리인부

일가하(一駕下)에	매인드시
호미빗츤	전광(電光)갓고
가요성(歌謠聲)은	뇌동(雷動)이라
금일에는	이밧매고
내일에는	저밧매자
육칠월이	다지내면
팔월선(八月仙)이	되여보세.

▍농부타령 [증산(甑山)]

포곡성(布穀聲)	한소래에
춘절(春節)이	도라왓네
얼널널	상사듸

시화남풍(時和南風)	불어보내여
해빙락토(解氷落土)	되엿구나
얼널널	상사듸

천경만무(千頃萬畝)	넓은들에
동작성(東作聲)이	만야(滿野)로다
얼널널	상사듸

| 농부일생(農夫一生) | 무한일(無閒日)이라 |
| 석양산로(夕陽山路) | 점은날에 |

어서밧비   매고돌아가서
모제삭도(矛第索綯)   나타(懶惰)말고
밤낮업시   근(勤)히하여보세
얼널널   상사듸

일락서산(日落西山)하고 월출동방(月出東方)하였네
여봐박동(朴童)아   소끄러
농구(農具)실어라   묵은밧갈아서
良田好畓(양전호답)   만들어보세
얼널널   상사듸

勿失其時(물실기시)하면
穀不可(곡불가)   勝食(승식)이라하엿스니
춘경추수(春耕秋收)   실절(失節)말고
근(勤)히하여보세
얼널널   상사듸

침신리황예(侵晨理荒穢)라가
대월하서귀(帶月荷鋤歸) 괴롭다말나
서성방은(西成方殷)에   내적내창(乃積乃倉)에
여저여경(如抵如京)   하여보세
얼널널   상사듸

우순풍조(雨順風調)   백곡등(百穀登)하니
요순풍조(堯舜風潮)   쏘도라왓는가
얼널널   상사듸

오일일풍(五日一風)하고 십일일우(十日一雨)하니
우리임금   대덕(大德)일세
얼널널   상사듸

일출이작(日出而作)하며 일입이식(日入而息)하며 착정이음(鑿井
而飮)하니 제력(帝力)이하유어아재(何有於我哉)리요 하엿스나 우
리임금 우로(雨露)갓튼 덕택(德澤)이 이내일신(一身)에 저저잇
네 농역주취(農役酒醉)토록먹고 擊壤歌(격양가)나 쏘불너보세 얼
널널 상사듸

▌메나리 [甑山(증산)]

월삼경(月三更)   밝은달에
외기러기   울고간다
낙양성중   지내갈재
우지말나   일넛건만

조흔술을   취토록먹고
뒷송정(松亭)에서   잠을들엇드니
어인벗이   날째우나
추풍추월   날째운다

동창에   해도다오니
여보시요   어서밧비나아가서
주인양반   부세리소
세 번만에   일방부세

압논에	물이조화
벼한가지	일천가지거덧구나

별갓튼	밥고리는
반달갓치	나추썻다

태백(太白)이는	돈과쓸제
술바드러	갓건마는
올적먹고	갈적먹고
저만먹고	안이온다

석양은 재를넘고	
갈길보니 천리로다	

함종내산(咸從內山)	매화고개
혼자 엇지	넘어갈고
쌍(雙)피리	새장구
릴릴이	쓩쌍넘어가세

農夫歌(농부가) [순안(順安)]

억조창생(億兆蒼生)	만민들아
이내말삼	들어보소
아―하―	에―요―

우리부모	소학대학
교육할제	골몰하고

아―하―	에―요―
우리부모	소궁대궁(小弓大弓)
연습할제	활못쏘고
아―하―	에―요―
할수업는	농부로다
아―하 ―	에―요―
일백가지	발화묘(發禾苗)
일천석의	저축일세
아―하―	에―요―
농부가를	정잘하니
흉중(胸中)이	쾌활
아―하 ―	에―요―
빙혈냉천(氷穴冷泉)	길어다가
냉연(冷然)히	마신후에
천하대본(天下大本)	면려(勉勵)하세
낙양동촌(洛陽東村)	이내 허리
이다지	압흐신고
아―하 ―	에―요―
네허리	가장압흐면
뒷송정(松庭)에	수여매지

아—하—	에—요—

우수나	경첩에
대동강	풀니더니
님의나	사정에
요내속	풀닌다
아—하—	에—요—

9. 평북 지방

▌농부가(農夫歌) [운산(雲山)]

차시(此時)난	어나째뇨
사오월(四五月)	이종시(移種時)라
억조창생	만민들이
모조리	갓을 쓰고
도롱이	엽에씨고
넓은들	이종할제
이앙가(移秧歌)가	낭자하고나
두리둥쾌	두리둥쾌
얼널널	상사되야

상서학교(庠序學校)	설립하고
성훈(聖訓)을	배우기난
도덕군자의	할일이라
어여어루	상사되야

주문도리(朱門桃李)	놉흔집에
부귀를	누리기난
경대부(卿大夫)가	할일이라
어여이루	상사듸야

화간맥상(花間陌上)	느진봄에
주마투계(走馬鬪鷄)	논일기난
호협소년(豪俠少年)	할일이라
어여루	상사듸야

丈夫(장부)세상에나서	事業(사업)이만컷만은
우리농부들은	
일만하고밥만먹고	술만먹고잠만자느냐
어여어루	상사듸야

이애농부다들어라	대양(大洋)에기선(汽船)타고
문명국에다니면서	졸업을만히하야
장부의놉흔일홈	유방백세(遺芳百世)하여보세
어여어루	상사듸야

▌농부가(農夫歌) [영변군(寧邊郡)]

우리논이 물채가조와
웃논에는 메베를심으고
아랫논에는 찰베를심으고
웃밧에는 홍화를심으고
아랫밧혜는 쪽을심어

쪽은찝어 생남을지르고

홍화는찝어 연분홍을지르니

연분홍저고리 생남두치매

보기좃코 보기도좃커니와 맵시도난다

기다린다 기다린다 손을꼽아기다린다

달구노래

에―에이야	달구로구나
에―에이야	달구로구나
이집진지	삼년만에
아들을나으면	효자를낫소
딸을나으면	열녀를낫는구나
에―에이야	달구로구나

부요일속(婦謠一束)

김지연(金志淵)

양생노래

째골네야	째골네야
어드메서	자고왓늬
한재― 두재―	넘어가서
관안에서	자고왓네

무슨포단	쌀고잣늬
하포포단	쌀구잣네
무슨이불	덥고잣늬
초록이불	덥고잣네
무슨베게	베고잣늬
원앙금침(鴛鴦衾枕)	베고잣지
무슨화리	노코잣늬[화리는 화로의 방언]
청동화리	노코잣지
무슨화지	노코잣늬[화지는 등(燈)]
이궁화지	노코잣지
무슨대	물고잣늬
화간둑	긴대물고잣지[화간둑은 화간죽의 방언]
무슨담배	피우고잣늬
소털갓튼	가새미피우고잣지
무슨요강	노쿠잣늬
샛별갓튼놋요강	노쿠잣지
무슨평풍	치고잣늬
산그리고별그리고	산수평풍치고잣네

▌기나리

오강건네	나좌수딸
네장바다	노코죽엇고나[네장은 례장(禮狀)의 방언]
네장납채	돌누세지
신교등채	울닐것이
큰상으로	바둘것이
상여등채	울녓구나
큰상으로	바들것이
잔상으로	바닷구나
구경꾼으로	나슬것이
호상꾼으로	나섯구나

▌통인(通引) 노래

통인(通引)통인	김통인아
좌수별감(佐守別監)	딸보랴고
열두단장	쒸넘다가
백냥(百兩)짜리	금쾌자는
반(半)만찌여	미여젓네
새야새야	남조(南鳥)새야
우리안해	알개되면
기머랏고	대답하리
대장부(大丈夫)의	남자되여
그말대답(對答)	못할손가
뒷동산에	칫치달라
서마지기	왕대밧해[서마지기는 3두락]

붓대씨러	가엿다가
대에걸녀	쌧다하소
그래일러	안듯거든
가지마는	도화(桃花)낭개
도화(桃花)따러	오르다가
귀에걸여	쌧다하소
그래일러	안듯거든
삿도압헤	굼니다가[삿도는 군수]
발에밟혀	쌧다하소
그래일러	안듯거든
다시오소	다시오소
훈날저녁	다시오소
등경등경	옥등경에
거화(炬火)심지	불밝혀서
물명주(明紬)의	당대실로
혼솔없이	색여줌세

▌기나리

오마니	오마니
조고린	뭘입고가라우
전에닙든	비단저고리입고가지
오마니	오마니
초맨뭘	입고가라우
전에입든	비단초마입고가지
오마니	오마니
댕긴뭘	드리고가라우

전에드리든   비단댕기드리고가지
흰댕기가   제법이로
뒷집   애기
우리오마니   목마를새라하구
물써다   들려라
앞집   애기
우리오마니   배곱흘새라하구
밥갓다   들려라
이제가면   언제올가
석달열홀   잇다오지
흰댕기푸러   신등매고
칼날갓튼   조븐길에
활장갓튼   굽은길에
마당엽에   들어서니
수탉갓튼   시아바니
대문엽에   들어서니
암탉갓튼   시오마니
구팡엽에   들어서니
참새갓튼   시누애기
척나서면서
내오래미   그만한거
내오래비   죽지안코
벽문을   열어보니
색시들만   한칸찻지
아리싼문   열어보니
노댁들만   한칸찻지

웃칸문을	열어보니
영감들만	한칸찻지
베개뒤에	쏘이저서
울엇는지	말엇는지
사춘형님	사춘형님
시집사리	어드럿습다
시집사리	원사립데
관포수한쌍쮀	나갑데[쮀는 쮜여의 합음(合音)]

▌삼 삼는 노래

들애청에	좌상들아
	[좌상(座上)은 좌상에 잇는 여러 사람]
삼이나곱게	삼아도라
삼은곱게	삼지만은
궁둥매가	절반이오
멜니동삼[지명]	진삼칼에
거제봉산	관솔가지
그삼칼에	걸어노코
저무나점도록	삼아봐도
반밧게는	못삼겟네

▌금주(今主) 노래

우리금주(今主)	심군나무
삼정승(三政承)이	물을주어
육판서(六判書)라	버든가지
팔도감사(八道監司)	꽂이피여

그곳애	열매열녀
해도열고	달도열고
꼿꼿들이	별도열고
각항수령	다여럿데
햇낭짜서	것츨하고
달랑짜서	안을밧처
샛별짜서	쌍침노코
외무지게	선을둘너
쌍무지게	끈을다라
남대문에	거러노코
올나가는	구감사야
내려가는	신감사야
서울구경	고만하고
쥼치구경	하고가소[쥼치는 주머니]
이쥼치는	누가지엇나
아레오든	영화씨와[아래는 재작일(再昨日)]
어제오든	석화씨와
하늘에	월(月)희선녀
서이안자	지은쥼치
이쥼치라	지은솜시
은이라도	열에단양
금이라도	열에단양
삼천냥이	지갑시오

▌ 베틀가

월궁(月宮)에	노든선녀

지하(地下)에	나려와서
할일이	전(全)혀업서
비단한필	쌀나해도
베틀이라	전혀업서
달가온대	계수나무
동쪽으로	버든가지
금독긔로	비여내여
은대패로	미른드시
베틀한쌍	거러논이
베틀놀대	전혀업서
좌우동서	돌더보니
옥난간이	비엿구나
옥난간에	베틀노아
베틀이라	노인양은
압다리는	놉히놋코
뒷다리는	낫게놋코
안질개라	안진양은
우리나라	임금님이
용상(龍床)좌기	하신드시
그위안진	자동씨는
아미를	다수리고
색관(色冠)을	쉬기쓰고
바듸집	치는양은
천태산(天泰山)	깁흔곳에
베락치는	소리로다
부테라	들인양은

삼각산	제일봉에
허리안개	들인드시
말고대	안진양은
서울이라	무부활양
전동대	안은드시
베압히라	벗친양은
남해남산	무지게라
국화(菊花)살을	건닌드시
잉얫대라	삼형제는
차레차레	매엿구나
눈섬대는	잔을들고
백년압헤	굽히는듯
용두머리	우는양은
칠팔월	구시월에
쌍기럭이	외기럭이
짝을일코	우는드시
버기미라	쩌는양은
서울이라	혼문잔치
백차일(白遮日)	친것갓다
쿵절쿵	도드마리
정절쿵	이는소래
년년(年年)묵은	흑백룡이
반공중(半空中)에	솟아난듯
베비대	듯는양은
강동제자	팔길는가
이수에	헛터지네

안고부 　　　　　장선나무는

선녀방에 　　　　나듯는듯

밀침대라 　　　　호부래비

일천군사 　　　　거나리고

저질개라 　　　　쩌는양은

강태공(姜太公) 　낙수댄가

위수(渭水)에 　　쓰는드시

▌베틀노래

천상(天上)에라 　놀든선녀(仙女)

인간에라 　　　　나려와서

옥난간에 　　　　벼틀놓고

벼오리라 　　　　드린모양

가을하날 　　　　은하수가

중천에 　　　　　쩌잇난듯

안질개라 　　　　안진모양

우리나라 　　　　금상폐하

용상좌기(龍床坐起) 하섯난듯

배태라 　　　　　둘운양(樣)은

절노생긴 　　　　저산천에

허리안게 　　　　둘넛난듯

북이라 　　　　　노는양은

금비둘기 　　　　알을품고

나라들고 　　　　나라난듯

바듸집 　　　　　치는소래

오뉴월 　　　　　소낙비에

벼락치듯	하는구나
잉애대는	삼형제라
사이좃케	노라잇고
눌임대는	호라비라
독신생활(獨身生活)	가이업다
비김이라	오형제는
백줄갓튼	벼올속에
자미있게	놀아나네
시침대	두형제는
의논(議論)조케	놋코들째
새속뜰가	조심이라
지칠개	노는양은
강태공	곳은낙시
위수에	썬진드시
용두머리	우는소리
소상강	쩨기럭이
짝을차자	우는체로
끼룩끼룩	소래하고
도투머리	궁그는양
이리궁글	저리궁글
뱁댁이	듯는양은
초한풍진(楚漢風塵)	화살체로
여긔쑥쑥	저긔쑥쑥
절노굽은	신나무는
줄에다	목을걸고
쉴새업시	굴복하네

말코에	감긴모양
벽공(碧空)에	누은용을
구름씨듯	둘러논네
백목(白木)한필	세목(細木)한필(匹)
그렁저렁	짜서내니
암내물에	헤워다가
뒤내물에	마전하여
금상폐하	곤룡포를
이것스로	진상하세

▍시집살이

형님형님	사촌형님
싀집살이	엇덧씿가
쏘초당초	맵다드니
싀집보다	더매울랴
논에가면	금어리원수
밧해가면	바랭이원수
뵉에가면	싀누원수
집에가면	싀어머니원수
형님형님	사촌형님
싀집삼년	살고나니
메나리쏫치	다펫구나

▍형님 생각

우물엽	대초낭게
짜치	웁니다

서울갓든	형님이
오는	게지요
오날지나	낼몰래
질거운	설날
서울감	서울쩍
사올	테지오

문환아	일어나라
울음	긋치고
새로쑤민	알농바지
가라	입고서
형님오는	정거장에
마중을	가자
서울감	서울쩍은
맛도	잇단다

▌배 님자네 아주머니

동해가부글부글	해가쓰오
배님자네아주머니	술을쓰오
어기여차듸여차	낫가머라
순풍에돗달고	재비가세[재비는 고기재비의 약(略)]

배님자네아주먼이	말들어보오
말굴내가락지가	어듸서낫소
년평에칠산에	도장원하야
북소래울니며	온거라네

배님자네아주머니	말들어보오
길상사치마가	어듸서낫소
년평에칠산에	도장원하야
북소래울니며	온거라네

이번도사리물님	기다려보오
아주머니몸치장	더하리다
홍긔에백긔에	백포장에
북소래나기만	기다리게

▍청조가(靑鳥歌)

새야새야	파랑새야
녹두낭게	안지말아
녹두꼿치	썰어지면
청포장사	울고간다

▍삼노래

진지달이	세달이틀
삼강으로	벌여노코
네모벗듯	대청(大廳)마루
선녀미인	둘너안저
지례거창(智禮居昌)	긴삼가래
허리능청	거러노코
참실갓튼	삼오리를
장단으로	골나네여
은대놋대	물적서서

새로톱하	걸어놓고
세사대사(細糸大糸)	삼아낼째
장장(長長)치진	여름날에
해지는줄	몰낫도다
이러그러	삼은삼을
몃번이나	새로만저
춘포하포(春布夏布)	자료(資料)되네
어와여공(女工)	방적(紡績)중에
삼길삼이	제일일세

▌형님맞이

형님오네	형님오네
분고개로	형님오네
형님마중	누가가나
반달갓흔	내가가지
형님형님	사촌형님
싀집사리	엇더턴가
눈물밧아	다저젓네

▌다박녀타령

다박다박	다박네야
네어듸로	울고가나
우리엄마	젓줄둔곳
젓먹으려	울고간다
우지마라	우지마라
너네엄마	온다더라

살공밋헤	삶은팟치
싹이나면	온다더라
삼년묵은	소쎅다귀
살부트면	온다더라
평풍안에	그린황계
홰치면은	온다더라

신부노래

범아구리	세다하니
시아비두구	더세갯냐[두구는 보다, 보담의 방언]
곳치장이	맵다하니
시어머니두구	더맵갯나
어수꼿치	쏩다하니
아들두구	더곱겟나
남편두구	더곱겟나
함박꼿치	쏩다하니
아들두구	더곱겟나
외나무다리	험하다하니
시형두구	더험하겟나[시형은 시숙 즉 남편의 형]
칠월백채(白菜)	푸르다하니
맛동서두구	더푸르겟나
당수글기	세다하니[당수는 옥수수]
시아스두구	더세겟나[시아스는 남편의 남동생]
닭으부부	세다하니
시누이두구	더세겟나

단천바다	한가운대
금산비단	너래바위
궁제비도	삭기치고
메제비도	넘나든다

▌빈가지가(貧家之歌)

누분애기	젓달라오
안즌애기	밥달나오
마수색기	집달나오
	[마수는 즉 우마니. 마소가 마수로 전음]
도투색기	죽달나오
닭의색기	ㅇ,달나오[ㅇ,는 이(餌), 즉 보시]
풍속에서	돈달나오
관청(官廳)에서	나오란다
저하눌에	별도만타
저강변에	돌도만타
이내집에	말도만타

▌노처녀곡(老處女曲)

저건네	저밧들은
원전(元田)이냐	속전이냐
나와갓치	묵어가네
오라바니	오라바니
대문밧게	손님왓소
객사랑(客舍廊)에	모서다가
청동화로(靑銅火爐)	불쩌놋코

담배한대	권하시오
뫼밀쌀이	한말이면
만적관을	하련만은
	[만적관은 즉 손적기 객접대(客接待)의 뜻]
대숫닭이	한마리면
만적관을	하련만은
목쏙상(床)이	한죽이면
만적관을	하련만은
나무절이	한단이면
만적관을	하련만은
쇠첩이	한죽이면
만죽관을	하련만은

제 6 장

김백당[김지연], 동요 가지가지

자료 해설

조선총독부 기관지였던 국문판『조선』지에는 김백당(金白堂)이 채록한 동요가 실려 있다. 백당은 김지연의 호이다. 김지연이 1935년에 펴낸 책『朝鮮民謠ありらん』(문해서관)의 표지에 "白堂 金志淵 著"라고 표기되어 있기 때문이다. 이들 동요는 임동권 선생의『韓國民謠集』은 물론, 어떤 자료집이나 연구 논저에서도 언급되고 있지 않다. 김지연이 채록한 동요는 아래와 같이 국문판『조선』에 두 차례에 걸쳐 연재되었다.

童謠 가지가지(上)(157호, 1930.11)
童謠 가지가지(下)(158호, 1930.12)

김지연의 채집 동요를 소개하되, 다음과 같은 원칙을 따랐다. 원문의 표기를 따라, 현행 맞춤법을 무시하고 그대로 적는 것을 원칙으로 하였다. 다만 '얼々'처럼 같은 글자가 반복되는 것을 의미하는 문장부호가 나올 경우, '얼얼'과 같이 요즈음식으로 적었고, '찬사람'처럼 오기가 분명한 경우 '찬바람'으로 고쳤다. 아울러 원문은 국한문 혼용이지만 여기에서는 한문 문장인 경우를 제외하고는, 독자의 편의를 위해 국문 표기로 바꾸되, 필요한 경우에만 원전의 한자를 그대로 병기하였다.

동요(童謠) 가지가지(상)

김백당(金白堂)

▌오랑째롱

오랑째롱	간째롱
정지문압	간째롱
누른밥을	준째롱
무군째롱	쑈신째롱

더덜랑째롱	안준째롱
운-째롱	더준째롱
무군째롱	쑈신째롱

해석		
	오라고해서	가닛가
	부엌문압으로	가닛가
	누른밥을	주닛가
	먹으닛까	쑈습다

더달나고하닛까	안주는고로
우닛까	더준닛까
먹으닛까	쏘슙다

▌쌍금쌍금 가락지(기1)

쌍금쌍금	쌍가락지
호작질노	짝가내세
먼대보니	달일너니
젓테보니	처녀일세
저처녀	자는방에
숨소리가	둘이나네
홍달복송	오라반야(오라반야는 오라버니)
거짓말삼	말으시오
동남풍	부는바람
풍지쩌는	소리올시다

▌뒤ㅅ집 복순이

뒤ㅅ집	복순이는
나희적어	서른아홉
내일이야	신랑온다고
얼근구멍	분바르고
노랑머리	지름발나
붉은저고리	푸른치마
물색나게	차려입고
비트러진	입수리를
함박갓치	벌니며

하하허허	우스면서
압마당뒤ㅅ뜰노	동당동당
달낭달낭	날쒸는
그모양	참말보기
조흔걸	

▌그림노래

그린다고	그린게
톡긔한쌍	그런네
두눈은	도래도래
두귀는	쏭긋
압발은	쌀숙
뒤ㅅ발은	길쑥
허리는	잘숙
쏘리는	몽탕
야산봉산에	쌍동쌍동
쒸올나간다	

▌어린아기

아가아가	어린아가
쌈을쌈을	구실갓튼눈
다팔다팔	검은머리
엇지그리	어엿부나
타박타박	기여와서
앵도갓튼	입으로
덥벅젓을	무는양

엇지도그리   어엽쑤나

▎자장가

자-장자장   나-의사랑
우-리에기(에기는 애기) 잘-도잔다
아-ㅂ집개도   오-지말고
뒤-ㅅ집개도   오-지말-아

▎비오는날

비-야비야   오-지말-아
우리형이   시집가-ㄴ다
가매쏙뒤   물홀인다
비단치마   얼눙진다

▎어린동생

우리집에   어링동생
복동이는요   올해에
겨우겨우   네 살입니다
거름은   타박타박
거러   다니니
하는말은   아즉도
잘못   합니다

나는참말   복동이를
귀애   합니다
포동포동한   다리를

옴겨	노흐며
앵도갓튼	입술을
반쯤	버리며
햇죽햇죽	우슬째는
참귀	엽지요
이럿케도	복동이를
귀여워해서	
잠시라도	내겻을
안써남니다	
이처럼	사랑하는
어린내동생	
요즘에는	병들어
누엇슴니다	

제비

오날은	구월구일
제비님들	
길밋천	날개펴고
남국에가네	
서쪽놀	문의지니
말도붉어서	
인제가면	언제오나
비빗거리며	
우리집웅	짜스한볏
마즈막쬐네	

▌방앗군

바찌궁찌궁	방아를
밤을새며	찟는다
명절방아	찟는다
추석방아	찟는다
방앗간에	방아군
잠잘줄도	몰으나
밤새도록	일하며
잠잘줄도	몰으나

▌언제 오실낭가

비야비야	오지마라
우리형님	싀집갈째
가마쏙지	물이든다
가마쏙지	물이들면
비단치마	어룽진다
비도비도	짓구지네
형님형님	우지마소
형님형님	우지마소
형님형님	우리형님
어느째나	오실낭가
내일이나	오실낭가
모ㅡ래나	오실낭가
형님형님	오시거든
압남산에	어마님묘

뒷동산에	아바님묘
갓치가서	갓치울세
형님형님	우리형님
어느째나	오실낭가
내일이나	오실낭가
모-레나	오실낭가

▍아희보는 노래

아가덕아	얼둥아가
어허둥둥	내간간아
금을준들	너를사며
옥을준들	너를살가
금자동아	옥자동아
어허둥실	내사랑아

아가덕어	얼둥아가
어허둥둥	내간간아
단긔꼿테	준지씬가
고름꼿테	매지씬가
만첩산중	보래동아
첩첩산중	일월동아

아가덕아	얼둥아가
어허둥둥	내간간아
남전북답	작만한들
아우에서	더조흐며

고관대작	하고본들
이우에서	더깁쓸까

아가덕아	얼둥아가
어허둥둥	내간간아
이리봐도	이내간간
저리봐도	이내사랑
어허둥둥	내간간아
어허둥실	내사랑아

해야-나오나라

해야해야	나오나라
구름속을	나오나라
압뒤문을	열어놋코
물쩌먹고	나오나라
제굼장귀	둘너치고
구름속을	나오나라

시집사리

성님성님	사촌싱님(성님은 헝님의 방언)
시집사리	엇썻습데
시집사리	개집사리
어린애기	젓달남메(젓달남메는 즉 젓달라고 하네)
자란애기	쑬달남메
소곳비단	하치매
눈물바다	다썩엇네

주무니

대를심어	대를심어
못가운대	대를심어
무슨열매	열엇든고
햇님달님	열엇드네
해는짜서	것밧치고
달은짜서	안을대고
무지개로	선을둘너
조모셩을	사셩놋코
팔사동동	끈을다라
중문거리	거러놋코
올나가는	구관삿도
내리가는	신관삿도
줌치구경	하고가소
너거누님	어데갓노
우리누님	서울갓소
너거누님	잇섯든들
은도백량	돈도백량
두백량을	주엇슬걸
너거머니(너거머니는 곳 너의 어머니)	
우러머니(우리 어머니)	서울갓소
너거머니	잇섯든들
혼사말을	햇슬거로

아희 재우는 소리

자—장   자—장
우리아기   잘두자고
남의아기   못두잔다
멍멍개야   짓지마라
판서대감   줌으신다

선가(船歌)

이무장에   이사공아
저무장에   저사공아
쌀째밋에   고사공아
물이든다   배씌여라
'나무북방'   이로다

박아지노래

함박족박   시집가
종구람이   나도가
어린것이   엇지가
올랑쫄랑   살도가

조각빗

행길가에   떠러진
쏘각빗   하나
어느색시   머리에
쏘치던   것가

길가는	사람마다
발길노	찰째
빗님자	그색시가
그리웁	겟네

찬바람에	구즌비
혼날닐	제면
낫닉은	고흔경대
더그릴	것을
이길가	저길가로
채여만	단녀
쪼각빗의	신세가
가엽습니다	

▌달노래

달아달아	초생달아
어듸갓다	인제왓나
새각시의	눈썹갓고
늙은이의	허리갓네
달아달아	초생달아
어서어서	자라나서
거울갓흔	너얼골노
왼세상을	비초여라

▌새타령

동구랑에	동구랑에

| 황새란놈은 | 다리가길다고 |
| 월천군으로 | 돌여라 |

동구랑에	동구랑에
솔개란놈은	눈치가좃타고
보조군사로	돌여라

동구랑에	동구랑에
가마귀란놈은	복색이검다고
도감포수로	돌여라

동구랑에	동구랑에
제비란놈은	복색이좃타고
평양기생으로	돌여라

동구랑에	동구랑에
딱딱구리란놈은	파기를잘한다고
나먹신쟁이로	돌여라

동구랑에	농구랑에
거미란놈은	얼게를잘처서
석쇠쟁이로	돌여라

▌ 둥당긔타령

| 재조보개 | 재조(才操)보개 |
| 우리어매 | 재조보개 |

나도낫코	배도낫코
열두새	모시배는
게미찌여	거러놋코
열석새	멍지배는
잉에거러	밀처놋코
어린자식	젓먹여놋코
실건자식	밤막여놋코
이새상을	마다하고
저성살님	가신다네
나도가네	나도가네
어매싸라	나도가네
바늘간데	실안갈가
어매간데	나안갈가
고랑은깁고	산은놉고
청태산	깁흔골노
어매불으로	들어가니
죽은어매	대답할가
억만충	바우밋테
뭇친어매가	대답할까

▌어미업는 어린아기

아강아강	웃지마라
병풍에	그린닭이
홰를치고	울게되면
너어머니	온다더라

아강아강	우지마라
뒷동산	고목나무
쏫피고	닙피면
너어머니	온다더라

아강아강	우지마라
안은애기	밥달나고
업은애기	젓달나오
저긔가는	저마누라
저성길로	가시거던
조고마한	호리병에
젓을한병	보내라오
아름다운	시도싥에
밥을하나	보내라오

부모업는 자매

아버지는	대ㅅ닙되고
어머니는	편닙되고
대ㅅ닙편닙	쓸어지면
우리형제	엇지하나
우리형제	죽거덜낭
고게고게	넘어가서
가지밧테	무더주게
비오걸낭	덥허주고
눈오걸낭	쓸어주게
가지형제	열거덜낭

우리형제   연줄알게

┃ 잠노래

금산밋테   금둑겁아
은산밋테   은둑겁아
무슨정에   잠이오노
초승님에   반달님아
오는잠을   엇지하나

┃ 솟노래

알송달송   그문화는
지궁션녀   비나되고
읅웃붉웃   목단화는
삼천궁녀   치장되여
곱고고흔   양구비는
월궁션녀   호사되고
황금빗의   금송화는
월하가인   한삼된다

┃ 새노래

당홍대단   접동새야
거칠비단   너루새야
알누산   쬐꼴이야
후춘산   비닭이아
너어듸가   자고왓나
구의몽당   도라들어

칠성방에	자고왔네
그방치장	엇쩌튼가
방치장은	좃테만은]
임의각시	만조하데
얽쩌들낭	검지말고
검거들낭	얽지마지
얽은구역	집허보니
치닷쑨이(一寸五分)	넉넉하네
물한종지	다부어도
가득지도	안이할네
얽으신들	내타신가
검으신들	내타시오
얽으시나	검으시나
이내재조	보고가소

▌ 분숫나팔

노랑나팔	열두개
분홍나팔	아홉 개
노랑바지	우리아기
노랑나팔	불어라
분홍치마	우리언니
분홍나팔	부러라
불어보지	째―째
쏘한곡조	째―째
담넘어서	째―째
골목에서	째―째

분솟나팔	수천개
전역먹고	쏘불자

▌내 망근

내-망근	다-고
추나무	걸엇더니
내-망근	다-고
버러지가	다파먹고
내-망근	다-고
망근줄만	남엇길내
내-망근	다-고
벡겨설낭	파라다가
내-망근	다-고
쩍사먹고	술사먹고
내-망근	다-고
돈한푼도	안남앗소

동요(童謠) 가지가지(하)

김백당(金白堂)

▌아희(아이)보는 노래

아가아가	울지마라
두주먹을	불끈쥐고

바등바등	거르면서
응앵응앵	우는아가

누나누나	애불느오
어린아기	봇채이니
어머님께	얼는가서
오시라고	하야주오

아가아가	울지마라
배곱하서	봇채느냐
조금조금	기다리면
엄마엄마	오신단다

▌서생원 노래

바삭바삭	서생원이
감토쓰고	장죽물고
아장아장	나옴니다
생원벼슬	하엿건만
생쥐째가	그리워서
궤짝갈가	버러놋코
숏곱질이	하고십허
갸웃갸웃	돌네돌네

▌뻥뻥이

아버지는	나귀타고
장에	가시고

할머니는	건너마을
아저씨	댁에
고초먹고	뺑 뺑
담배먹고	뺑 뺑
할머니가	돌쩍바다
머리에이고	
쏘불쏘불	산골길노
오실째까지	
고초먹고	뺑 뺑
담배먹고	뺑 뺑
아버지가	옷감쩌서
나귀에실고	
쨜낭쨜낭	고개넘어
오실째까지	
고초먹고	뺑 뺑
담배먹고	뺑 뺑

▋ 질타령

이라자라	쟁기질
마당가운대	돗구질
먼산에	갈쿠질
고운각씨	바느질
어린아희	쒸엄질

세상(世上)달강(기1)

달강달강	서울가서
밤한개를	주서다가
선바우에	언젓더니
머리쌈은	새양쥐가
들낭날낭	다까먹고
살쏙한점	쩍다구와
비늘쏘각	섭짝쏘각
남겨놔서	할머니는
살드리고	아버지는
쩍짝주고	어머니는
섭짝주고	비늘쏘각
남어서	너허고나허고
먹은째	꾀숩고도만납다

세상달강(기2)

세 — 상	달공
할아범이	마당을쓸다가
돈한푼을	어더서
싀골서울	다니다가
밤한말을	사다가
시렁우에	언젓더니
머리쌈안	새양쥐가
올나가며	다까먹고
내려오며	다까먹고

밤한톨을	남겻길내
밋쨔진	가마솟테
물열동이	붓고서
부글부글	살멋스니
무엇으로	건질까
조-리로	건저서
무슨칼노	벳길까
이쨔진칼노	벳겨서
썹질은	엿장사주고
범의는	물장사주고
정살은	너구나구
달공달공	먹자

▋강실노래

강실강실	강도령이
강실책을	품에품고
강실붓을	입에물고
강실먹을	손에쥐고
허생원집	집압으로
지날나니	허생원집
맛애기	동창문을
열처놋코	남창문전
빗겨서서	저긔가는
저도령이	상(常)사람의
도령이냐	양반(兩班)의집
도령이냐	하루밤만

쉬고가오	한두해만
놀다가오	에라그런
잡말마라	첫살에
어미죽고	두살에
아비죽고	세살부터
공부하야	네속에다
쏫칠소냐	

니쌔진 아해

압니쌔진	거울내기
뒷니쌔진	동대문
이물역으로	가지말나
고기보고	놀나리라
산엽호로	가지말나
톳기보고	놀나리라

해야해야

해야해야	물써먹고
장귀치고	나오나라
보리썩도	썩이요
수수썩도	썩이요
기름썩도	썩이요
이부(異父)시아비도	시아비요
이부세―미도	세―미요
닭으발도	고기요
메누리	보선

볼바다	신고
비수리광지	엽헤씨고
도량고개를	넘어가네
오고래동동	바느실에
우금부금	방치질에
길에나면	활개질에
산에나면	독기질에
이밥조밥	먹는데
고기반찬	먹는데
당나귀쌍쌍	우는데
대문이드르릉	우는데
갓신졸졸	쓰스는데
놀개가락지	차는데
애깃씨	배깃씨
쑥쓰대	명천길주
호령대	이대저대
낙씨대	매부불에
송꼿대	

▎서울

서울이라	올나가서
가랍으로	집을짓고
저살이로	대문내고
그안에는	가쓰그나
곱은중에	연지찍고
분칠하고	수갑사(繡甲紗)단기를

올니바다	치고
나리바다	치고한다.

▌시집살이

형님형님	사촌형님
시집사리	엇더합데
엇쩌케야	고초휘초
맵다한들	그다지매울소냐
다홍치마	세폭이
눈물에	다쩍엇다
삼고불노	추려내여
석새삼	삼아내여
구름속에	뵈틀놋코
안개속에	인양이걸어
아르릉	들너박고
다르릉	들너박고
은잔으로	되여내고
놋잔으로	되여내여
은가위로	말가내고
놋가새로	밀가내여
동침으로	숫처내고
소침(小針)으로	감쳐내여
주의상(周衣上)벌	지어내여
횃째에걸어	문지질가
농에너어	살이질가
뒷동산을	처다보니

자지나무	잇습데
자지나무에	걸어두고
매일매일	처다본다
한울에는	별이동동
째아래는	모레종종
모레굽을	드러가니
게쌱지로	집을짓고
동짓게로	걸쇠하고
물함박이	시집가고
부숙댁이	서방가고
죽구말이	우시가고

▎자장가

눈섭우에	숨은잠아
다려	가거라
우리아기	잠잘째가
되엿다	구나
손에쥐인	노리개도
흘녀	버리고
물고잇든	젓쪽지도
노아	버럿네
압집개도	뒤집개도
짓질	말아라
우리아기	잠잘째가
되엿다	구나
쌈박이든	아긔별도

숨어 　　　　　버리고

우거러진 　　　초생달도

넘어 　　　　　갓다네

▋ 길로길로(기1)

길노길노 　　　가다가

돈을한푼 　　　어덧네

준돈을 　　　　　남을줄가

바늘한개 　　　삿고나

산바늘을 　　　남주랴

낙시한개 　　　휘엿네

휘인낙시 　　　남줄까

고기한놈 　　　낙갓네

낙근고기 　　　남줄까

가지업는 　　　지게다

한짐잔득 　　　짐지고

사람업는 　　　장판에

돈벼락을 　　　만낫네

▋ 길로길로(기2)

길노길노 　　　가다가

다갈하나 　　　주었내

주은다갈 　　　누죽고

낫시나 　　　　　치이지

치인낫을 　　　누줏고

쏠이나 　　　　　비지

빈꼴을	누줏고
말이나	믹이지
믹인말을	누줏고
첩이나	태우지

▌은가락지

봉황대밋테	한매요
은가락지	날주소
애락조연	십버라
아들손자	나ㅡ두고
쌀손자	너죽가

▌대초

바람아바람아	부러라
댓초야댓초야	널직으라
아ㅡ야아ㅡ야	주어라
어런아어런아	먹어라

▌비

비야비야	오지마라
우리형님	싀집간다
비야비야	오지마라
당홍(唐紅)치마	얼눙진다

▌자장가

| 자장자장 | 워리자장 |

자장밧테	불이붓고
고개넘에는	잠이온다
건넌집애기는	울기만 한다
우리애기는	잘두잔다
선녀적삼	안골음에
외무지개	씬을달아
쌍무지개	선을둘너
가찐쌀쌀	쓰는집에
당나귀응응	우는집에
게사니쎅쎅	우는집에
니밥삼시	먹는집에
시집을	갔드니만은
잘하는일도	못한다고
못하는일도	못한다구
멧년만에	집에왓드니
아바지오마니	다어듸갓소
아바지는	어대갓소
오마니는	어대갓소
아버지는	나무하러가고
오마니는	개미짜러갓다
그런데원제나	돌아옵닛까
아바지는	삶은콩이
싹이나야	오구
오마니는	썩은팟이
싹이나야	오구

▌양반광대

저놈의대가리를	비여다가
전라감사	도임상(到任床)에
국바구리로파라도	다무나돈돈생기고
어허친구	내하고

저놈의쌀을	쌔여다가
매방울노	팔아도
다문아돈돈	생기고
어허친구	내하고

저놈의 귀를	쌔여다가
기쩍장사를	만나서
기쩍이라	팔아도
다문아돈돈	생기고
어허친구	내하고

이놈의코를	쌔여다가
길가할매	만내면
양금통으로	파라도
다문아돈돈	생기고
어허친구	내하고

이놈의닙쌔지를	쌔여다가
활양아제	맛내면

골패쪽으로   팔아도
다문아돈돈   생기고
어허친구   내하고

이놈의손을   빼여다가
싹구리전에   파라도
다문아돈돈   생기고
어허친구   내하고

이놈의배를   비여다가
개밥통으로   파라도
다문아돈돈   생기고
어허친구   내하고

이놈의다리를   빼여다가
깽이전을   만나면
깽이로   팔아도
다문아돈돈   생기고
어허친구   내하고

장서방

끌끌장서방   멋먹고산고
아들네집에서   콩한섬
딸네집에서   팟한섬
그작저작   먹고사내만
뒷동산총쟁이가   무서웁네

끌끌장서방	멋먹고산가
아들네집에서	콩한섬
쌀네집에서	팟한섬
그럭저럭	먹고-사네

끌끌장서방	아들낫코
딸낫코	멋먹고산고
아들네집에서	콩한섬
쌀네집에서	팟한섬
그작저작	먹고사-네

| 장미화

줄줄오는	비방울에
축축하게	저저서
향긔로운	냄새나는
장미에	꼿이라
에그간절	하다
어그	아름답다
한가지를	쑥썩거서
벗에도	주고십다
써오르는	아침해에
짜쯧하게	빗최여서
봉우리가	열여지는
장미에	꼿이라
에그	간절하다
에그	아름답다

한가지를   병에꼿자
시시로   보고십다

달내각시

풀밧테서   달내골나
요리따고   저리따서
화로불에   보구어서
수슛대로   몸체삼고
달내풀로   머리하야
풀각시를   만들어서
납작돌노   집을짓고
풀각시에   입히고서
단풍닙은   병풍삼고
각시노름   식켯드니
울도웃도   안이하고
안진채로   고냥안저
각시놀이   잘도하네

한의바람

얄미운   한의바람
심술도   굿지
바다에   매여둔배
싸여지   것만
그래도   꼿지안코
작구   붐니다

얄미운	한의바람
사정도	몰나
어적게	배타고간
고기	잡이는
오지도	못햇는데
작고	붐니다

대초(기2)

바람아바람아	불어라
대초야	쩔어저라
아해들아	주서라
어런아	쌔서라
아해들아	울어라

자장가

옥자동(玉子童)아	금자동아
칠긔천금	보배동아
만첩산정(萬疊山頂)	옥(玉)포동아
오색비단	채색(彩色)동아
팔만장안(長安)	이탄(란?)동아
무하자의	백옥동아
하날갓치	놉흐거라
우물안에	옥녀(玉女)신가
우물밧게	서긔신가
불탄집에	화긔신가
약대갓치	굿세거라

명(命)잠자고	복(福)잠자고
영화부귀	잠을잔다

▌새야새야 파랑새야

새야새야	포랑새야(포랑새는 즉 푸른새)
녹두낭게	안지마라
녹두꼿치	쩌러지면
청포장사	물고간다

▌종지종지 놋종지야

종지종지	놋종지야
심지업는	불을켜서
천왕국(天王國)에	달어노니
일만국(一萬國)에	밝어오네
청운태산(靑雲泰山)	만(萬)구름아
너안쓰면	뉘가쓰리

▌상금상금 상가락지

상금상금	상가락지
호직길을	닥어내니
먼데보니	달일너니
겻데보니	처녀ㄹ네라
그처녀의	자는방에
숨소리가	들일네라
천금갓흔	오라버니
거즛말삼	말으시오

남풍이	들어부니
풍지(風紙)우는	소릴네라
죽고저라	죽고저라
조끄마한	적은방에
비상불을	켜여놋코
대닙갓흔	칼을물고
자는드시	죽고저라

제 3부

고전시가 관련 자료와 해설

제1장 김지연, 조선문학과 어희고(語戲考)

제2장 이원규, 조선 여성의 시가적 생활

제3장 이원규, 조선 가요의 사적 고찰

제4장 이원규, 조선 가요사상으로 본 시조의 기원과 변천

제5장 김태준, 조선 고대 가곡의 일련

제6장 김태흡, 세종대왕의 신불과 월인천강곡

국문판 『조선』지 연구

김지연, 조선문학과 어희고(語戲考)

자료 해설

　이 글은 김지연의 「朝鮮文學과 語戲考」(국문판『조선』148호, 1930.2)
에 약간의 해설과 주석을 붙이고 띄어쓰기를 한 것이다. 필요한 곳에
는 문장부호를 추가하였으며, 동일부(同一符)로 처리한 대목은 같은
말을 그대로 반복해 적어주었고, 명백한 오자는 바로잡았다.

　이 글의 '머리말'에서 김지연은 문학 연구와 언어 연구가 상보 관계
를 가진다는 점을 강조하였다. 이 문제를 비교적 일찍 거론한 업적으
로 조윤제의『국문학개설』(탐구당, 1955)을 들 수 있는데, 김지연의 글
은 이보다 훨씬 앞선 것인데도 그간 알려지지 않았다. 우리 문학을 대
상으로 어희(語戲)의 양상을 살핀 것도 이것이 처음이 아닌가 여겨진
다. 김지연은 그 안에서 한자 수수께끼도 다루었는데, 한자 수수께끼
도 그동안에는 김성배, 박노춘, 이훈종 등에 의해 본격적으로 소개된
것으로만 알았으나, 이 글의 '수수격기(謎)에 낫하난 어희' 대목을 보
면 이미 모아서 다루고 있어 주목된다.

　목차에 드러나 있듯이, 이 글에서 김지연은 우리 고전문학에 나타난
어희(語戲)의 양상을 다루되, 시조와 속요와 수수께끼, 이 세 가지 갈
래를 대상으로 하여 그 결과를 보여주고 있다. 기록문학인 시조는 물

론, 속요(이 글에서는 '민요'를 의미함)와 수수께끼 같은 구비문학도 동등하게 우리 문학으로 포함하여 다루었다는 점은 초기 연구성과로서 인상적이다.

김지연의 신분은 이 글에서도 '경성제대(京城帝大) 조수(助手)'라는 것 외에는 밝혀져 있지 않다. 다만 수수께끼의 표기 가운데, 몇 개의 어휘가 명백한 충청도 방언으로 되어 있어, 충청도 출신이었을 가능성을 보여주고 있다. '구멍'을 '구녕', '닭장'을 '달긔장', '산비탈'을 '산비알'로 등으로 표기한 예가 그것이다. 국립국어원에서 제공하는 『표준국어대사전』에 의하면, '산비알'과 '달기장'은 충청 방언, '구녕'은 강원·경상·전남·충청·평안·함경·황해 방언이라 밝히고 있다. 김지연의 개인사를 추적하는 데 일말의 단서를 발견한 것만 같아 기쁘다.

조선문학과 어희고(語戲考)

김지연(金志淵)

- 목 차 -

1. 머리말
2. 시조에 낫하난 어희(語戲)
3. 속요(俗謠)에 낫하난 어희
4. 수수격기(謎)에 낫하난 어희
5. 끗말

1. 머리말

두렁박이 두렁두렁 열린 두렁박줄을 손쉬웁게 휘ー 거더 멋거러지게 획ー 둘너차드시 말(斗)만 한 육국상인(六國相印)[1]을 어렵지 안케 허리에 둘넛든 소진아(蘇秦兒)야! 너 무슨 짠 힘을 가젓드냐? 안이다. 세 치(三寸)의 혀(舌)를 움지겨 사부랑 사부랑 하 앵도씨 배앗듯 말(言語)만 톡톡 배앗타ㅅ구나. 아 말의 덕택이여! 한 번 놀날 만하구나.

군축회의니 만국평화회의니 하다가도 한마듸(一言)에 용굴대 가튼 감정이 불끈 소사 번개불 갓치 툭탁하야 국교단절이니 무엇이니 하듯 마듯 속사포(速射砲)의 우수수 하는 탄환의 비가 그 무슨 청천의 벽력이냐. 아! 소으름 돗게 두려운 작란이 그 무슨 까닭인고? 아! 말의 화패(禍敗)여! 찍루[2] 병(瓶)을 대(臺)돌에 미여처 팍삭 깨트리드시 이 천지를 산산이 파쇄할 수도 잇고 오계(午鷄)[3]가 목을 느러트리고 세류(細柳)와 갓치 길게 우(鳴)는 화초(花草)의 평화낙원도 이 천지로 하여금 지을 수 잇는 즉 말의 위대한 힘이로구나.

제각기 자국어를 열심히 연구하는 것이 엇지 소이연(所以然)이 업스랴. 그 민족의 언어는 그 민족의 정신의 숙박소이니 그 언어는 그 사람의 알맹이로 볼 수도 잇다. 이까지는 말 연구의 필요를 늣김이다.

말을 부호(符號)로 표하여 노혼 것이 곧 글(文)이다. 글의 필요는 원거리에 잇는 사람과 쏘는 후시대에 잇을 사람에게는 지접 그 고마을 울녀줄 수 업슴으로 이 부호로써 그들의 시각에 촉(觸)케 하야 내(自己) 의사를 피(彼)에게 발표함에 불과하다.

언어와 문학과는 그 발생점에서부터 불가상리(不可相離)할 인연을

---

1 여섯 나라의 재상임을 증명하는 인장(印章).
2 맥주.
3 한낮에 우는 닭.

가지고 잇슴으로 말미암아 그 발전도 역시 양자가 호조적(互助的)일 것이다. 고로 언어를 연구함에는 필히 문학을, 문학을 연구함에는 필히 언어를 양자 병행의 세를 가짐은 차(車)의 양륜(兩輪)과 조(鳥)의 쌍익(雙翼)과도 갓다 할 것이다. 짜라서 문학이 언어에 얼마한 영향을 주며, 쏘한 언어가 문학에 얼마마한 위대한 작용을 하는가는 자연 짐작할 것이다. 언어가 발달되면 될수록 그 문학이 조장(助長)될 것이매, 이에 언어 연구의 일 단서로 어희(語戲)를 고구코자 한다.

어희란 곳 언어의 유희이다. 이하 간단히 시조에 표현된 그것과 속요에 표현된 그것과 수수격기(謎)에 표현된 그것을 상고하려 한다.

2. 시조에 나타난 어희(語戲)

가마귀 칠하여 검으며 해오리 늙어 희냐
천생(天生) 흑백(黑白)이 녜부터 잇것만은
엇지타 날 보신 님은 검다희다 하는고

보통(원칙이라 할는지)으로 보면 칠한다는 원인이 잇서야 검다는 결과를 보며, 늙는다는 원인이 잇서야 희다는 결과를 엇는다. 그런고로 칠한다는 말과 검다는 말을 짜서 칠하지 안이하야도 검다는 사실과, 늙는다는 말과 희다는 말을 짜서 늙지 안이하야도 희다는 사실을 들어 작성한 것이다.

눈 마저 휘여진 대를 뉘라서 굽다던고
굽을 절(節)이면 눈속에 푸를소냐
아마도 세한고절(歲寒高節)은 대뿐인가 하노라(원천석(元天錫)[4]

휘여진 것은 외물(外物)의 진압(鎭壓) 즉 피동(被動)으로 인하야, 원래는 직(直)하든 물건이 곡(曲)케 된 것이며, 굽은 것은 원래 굽은 것이다. 휘여진 것과 굽은 것은 일견난판(一見難判)[5]이나 사실상 대차(大差)가 있다. 고로 '휘어졌다'는 말과 '굽다'는 말로 작희(作戱)한 것이다.

> 태백(太白)이 선흥(仙興)겨워 채석강(彩石江)에 달좃차드니
> 이제 니르기를 술에 탓이라 하것마는
> 굴원(屈原)이 자투멱라(自投汨羅)헐제 무삼 술을 먹은고.

'선흥(仙興)'과 '주흥(酒興 : 술의 탓)'이란 말로 작희(作戱).

> 각시(閣氏)네 차오신 칼이 일척검(一尺釰)가 이척검(二尺釰)가
> 용천검(龍天釰) 태아검(太阿釰)에 비수단검(匕首短釰)이 아니어든
> 장부(丈夫)의 구곡간장(九曲肝腸)을 수흘수흘 곳나니

칼 아닌 칼을 칼에다 비(比)하야서 검(釰)의 종류를 쭉- 나열하야, 이 칼도 안이고 저 칼도 안인데, 장부의 간장을 끈음은 칼의 작용과 꼭 갓다고 교작희언(巧作戱言)[6].

> 이러나 저러하니 이 초옥편(草屋便) 좃코좃타
> 청풍(淸風)은 오락가락 명월(明月)은 들낙날낙
> 이중에 일업슨 이몸이 자락쌔락 하리라

---

4 호(號) 운곡(耘谷). 여조인(麗朝人). 입아조 은거치악산(入我朝隱雉岳山 : 조선에 들어와 치악산에 은거함), 태종친영불출(太宗親迎不出 : 태종이 친히 맞아들이려 했으나 나오지 않았음)[원주(原註)].
5 얼핏보아서는 판별하기 어려움.
6 교묘하게 지어 말장난을 함.

'오락가락', '들낙날낙', '자락째락' 등으로 작희(作戲).

이승저승 다 지내고 흐롱하롱 인일업다
공명(功名)도 어근버근 세사(世事)도 싱숭생숭
매일(每日)에 한 잔 두 잔 하며 그렁저렁 하리라

'이승저승', '흐롱하롱', '어근버근', '싱숭생숭', '한 잔 두 잔', '그렁
저렁' 등으로 작희.

산외(山外)에 유산(有山)하니 넘도록 산(山)이로다
노중(路中)에 다로(多路)하니 ㅅ록 길이로다
산부진(山不盡) 노무궁(路無窮)하니 님 가는대 몰내라

'산외유산(山外有山)', '노중다로(路中多路)', '산부진노무궁(山不盡
路無窮)'⁷으로 작희.

주인이 술부으니 객(客)을난 놀애하소
한 잔 한 곡조식⁸ 새도록 즐기다가
새거든 새 술 새 놀애로 이어 놀녀 하노라

'한 잔 한 곡조'란 말과 밤이 새인다는 '새'와 '새 술 새 놀애'라는
'새(新)'로 작희.

청춘에 보든 거울 백발에 곳처 보니

7 산도 끝이 없고 길도 끝없이 이어짐.
8 곡조씩.

청춘은 간데업고 백발만 뵈는고나
백발아 청춘이 제 갓스랴 내쫏츤가 하노라(이정신⁹ 작)

'청춘백발(靑春白髮)'의 여구(儷句)¹⁰와 '제 갓스랴', '네 쫏츤가'로
작회.

인생이 꿈인 줄은 저마다 아(知)노라네
아노라 하시나 아나 이¹¹를 못볼네고
우리는 진실노 아오매 취(醉)코 놀녀 하노라(송종원¹² 작)

아는 체하는 아는 것과(卽 假知), 참으로 아는 것(卽 眞知)과를 비교
작회.

금준(金樽)에 주적성(酒滴聲)¹³과 옥녀(玉女)의 해군성(解裙聲)¹⁴이
양성지중(兩聲之中)에 어늬 소래 더 조흔고
아마도 월침삼경(月沈三更)¹⁵에 해군성(解裙聲)인가 하노라

'주적성(酒滴聲)'의 '성'과 '해군성(解裙聲)'의 '성'으로 작회.

9 이정신(李廷藎) : 1685(숙종 11)~1737(영조 13). 조선 중기의 학자. 본관은 진보
   (眞寶). 자는 국경(國卿), 호는 백운재(白雲齋). 생원 구징(龜徵)의 아들이며, 어머
   니는 안동 권씨로 윤시(允時)의 딸이다. 육경(六經)과 제자백가(諸子百家)에 능통
   하였다. 1715년(숙종 41) 진사시(進士試)에 합격하였고, 이광정(李光庭)·권만(權
   萬) 등과 함께 강원(講院)에 들어가 경서를 연구하며 후진 양성에 힘썼다.
10 수레를 함께 끄는 두 필의 말처럼, 짝을 이루는 구절.
11 아는 사람.
12 송종원(宋宗元) : 자(字)는 군성(君星).
13 금 술잔에 술 떨어지는 소리.
14 옥처럼 아름다운 여인의 치마 벗는 소리.
15 달빛이 침침하고 흐릿한 한밤.

　　말업는 청산(靑山)이요 태(態)업는 유수(流水)로다

　　갑업는 청풍(淸風)이요 임자업는 명월(明月)이라

　　이중에 병업는 이몸이 분별업시 늙으리라 (우계 성혼 16 작)

　'말업는', '태없는', '갑업는', '님자업는', '병업는', '분별업시' 등 '업다'는 말로 작희.

　　지난 해 오늘밤에 저 달빗츨 보앗드니

　　이 해 오늘밤도 그 달빗치 쏘 밝앗다

　　이제야 세환월장재(歲換月長在)17를 아라슨저 하노라 (안민영18 작)

　'저 달빗', '그 달빗' 등으로 작희.

　　백발을 훗날이고 청려장(靑藜杖)19 잇글면서

　　만면(滿面) 홍조(紅潮)로 녹음중에 누엇드니

　　우연히 흑첨향단몽(黑甛鄕丹夢)20을 황조성(黃鳥聲)에 깨거라(매
　옹 김민순21 작)

16　성혼(成渾) : 1535(중종 30)~1598(선조 31). 조선 중기의 학자. 해동십팔현(海東
　　十八賢)의 한 사람으로, 이황의 주리론(主理論)과 이이의 주기론(主氣論)을 종합
　　해 절충파의 비조(鼻祖)가 되었다. 본관은 창녕. 자는 호원(浩原), 호는 우계(牛
　　溪)·묵암(默庵). 아버지는 조광조의 문인인 수침(守琛)이다.

17　세월이 바뀌어도 달은 그대로 있음.

18　안민영(安玟英) : 생몰년 미상. 조선 고종 때의 가객. 자는 성무(聖武)·형보(荊寶),
　　호는 주옹(周翁). 서얼 출신으로, 1876년(고종 13)에 스승인 박효관(朴孝寬)과 함
　　께 ≪가곡원류≫를 편찬하고, 자신의 시조 〈영매가(咏梅歌)〉 외 26수도 함께 실었
　　다. 그와 동배의 가객으로 홍진원(洪鎭源)이 있다.

19　명아줏대로 만든 지팡이.

20　낮잠 자는 동안에 꾸는 꿈.

21　매옹(梅翁) 김민순(金敏淳) : 생몰년 미상. 조선 순조 때의 시인. 본관은 안동(安
　　東). 청음(淸陰) 7대손으로, 호는 매월송풍(梅月松風)·매옹(梅翁). 자는 신여(愼汝)
　　이다. 관(官)은 현감을 지냈다고 되어 있고, ≪가곡원류≫ 가와이본(河合本)에는

'백발청려', '홍조연음', '흑첨향단몽', '황조' 등 색에 관한 어구로 작희.

> 초산(楚山)에 우는 범과 패택(沛澤)[22]에 잠긴 용이
> 토운생풍(吐雲生風)하야 기세(氣勢)도 장할씨고
> 진(秦)나라 외로운 사슴(鹿)은 갈곳 몰나 하도다 (이지란[23] 작)

'우는 범(虎)', '잠긴 룡(龍)', '외로운 사슴(鹿)' 등 동물에 관한 어구로 작희.

> 사랑 사랑 고고히 맷친 사랑
> 왼바다를 두루 덥는 그물갓치 맷친 사랑 왕십리 답십리라 참외넝쿨 수박넛을 얽어가지고 틀어저서 골골히 버더가는 사랑
> 아마도 이 님의 사랑은 끗간 대를 몰내라

'고고히 맷친사랑', 진일보(進一步)하야 '그물갓치 맷친사랑', 우(又) 진일보하야 '골골히 버더가는 사랑', 경상일층루격(更上一層樓)[24]으로 '끗간대를 몰을사랑' 등으로 작희한 자(者)[25]니, 즉 사랑이란 주어 한아가 그 작용에 대하야는 점점 확대한 자(者)니 비교급으로 작희된 것이라고 볼 수 잇다.

익종 대리시(代理時) 지평현감(砥平縣監)을 지냈다고 되어 있다.
22 숲이 우거져 들짐승이 숨어 사는 곳.
23 이지란(李志蘭) : 1331(충혜왕 1)~1402(태종 2). 고려 말 조선 초의 장군·공신. 본관은 청해(靑海). 초성은 퉁(佟), 초명은 쿠룬투란티무르(古論豆蘭帖木兒). 자는 식형(式馨). 남송 악비(岳飛)의 6대손으로, 아버지는 여진의 금패천호(金牌千戶) 아라부카(阿羅不花)이며, 화영(和英)의 아버지이다. 이성계와는 결의형제를 맺었고, 출신지는 북청(北靑 : 靑海)이다.
24 거기에 한 층을 더 올린 누각.
25 것.

보리쑤리 맥근맥근 오동열매 동실동실

묵은 풋나물 쓰든 숫섬이요 적은 대초(大棗) 젊은 노송(老松)이라

구월산중(九月山中) 춘초록(春草綠)이요 오경루하(五更樓下) 석
양홍(夕陽紅)인가 하노라

'보리쑤리'란 명사와 '맥근맥근하다'는 형용사, '오동열매'란 명사
와 '동실동실하다'는 형용사로 작희하고, 묵은 풋나물 즉 묵엇다는 의
(意)와 풋이란 의(意), 쓰든 숫섬, 쓰든(사용하얏든 과거)와 숫(사용에
착수치 않은 온전한 새 것 —新件— 이란) 의(意), 적은 대초(大棗), 젊은
노송(老松) 등은, 기의미(其意味)에 잇서 반대로 된 어희며, 구월산(九
月山)은 산명(山名)이나 절후로 보면 가을이라, 춘초록(春秋綠)은 추
(秋)에 대하야 반대의 사실이요, 오경은 누명(樓名)이나 시간상으로
보면 야(夜)인데, 석양이 붉음도 반대의 사실이다. 상하 의미가 연락되
지는 못하엿스나 단편적 어구에 잇서서는 교묘히 작희된 것이다.

푸른 산중(山中) 백발옹(白髮翁)이고요 독좌향남봉(獨坐向南峰)
이라

바람부러 송생슬(松生瑟)[26]이요 안개거더 학성홍(壑成虹)[27]을 주
걱 제금(啼禽)[28]은 천고한(千古閑)인데 적다 정조(鼎鳥)[29]는 일년
풍(一年豊)이로다

누구서 산을 적막타던고 나는 낙무궁(樂無窮)가 하노라

---

26 소나무에서 비파 소리가 남.
27 골짜기에 무지개가 떠오름.
28 주걱새. 두견새.
29 소쩍새. '솥이 적다'며 우는 새.

'푸른산', '백발옹', '천고한', '일년풍', '산적막'과 '악무궁' 등으로
작희된 것.

> 바득바득 뒤얽어진 놈아 제발 비자 네게 냇가에란 서지마라
> 눈큰 준치 허리긴 칼치 츤츤 가물치 두룻쳐 메역이 넙적한 가잠
> 이 등곱은 새요 겨래만흔 곤장이 네 얼골 보고서 그물만 녁여 풀
> 풀 뛰여 다 다라나는데 열업시 상진 오적어(烏賊魚) 둥개는고나
> 진실노 너곳 와서 잇스면 고기 못잡아 대사(大事)로다

사람 안면 얽은 것과 그물 얽은 것과를, 어류(魚類)는 동양(同樣)으
로 인식할 터이니, 고기 못 잡게 말나고 해학적으로 작희한 것이다.

> 한숨아 세(細)한숨아 너 어늬 틈으로 잘 드러온다
> 고모장자(障子) 세(細)살장자 들장자 열장자에 배목걸쇠(排目擧
> 乙釗) 거러는데 병풍이라 더덜걱 접고 족자(簇子)이라 댁대글 말
> 다 네 어늬 틈으로 잘 드러온다
> 아마도 너 온 날 밤이며는 잠못 일워 하노라

한숨은 오인(吾人)의 사려와 불평이 만흔 때에 가슴에 엉킨 울분지
기를 호식(呼息)과 공히 내는 것이것만은, 장사 듬으로 드러온다고 비
겨서 말함에, 장자의 종류를 나열하며 쏘는 그 단속하야 드러오지 못
하게 예방함이 이러하것만은 기역코 드러온다고 하야 해학적으로 작
희자(者)이다.

> 사랑 메여 불이 되여 가슴에서 피여나고
> 간장 썩어 물이 되여 두 눈으로 소사난다

일신에 수하상침(水火相侵)³⁰하니 살쏭말쏭 하야라

　가슴에 피는 것은 사랑 메(崩)여진 불로 가정하고, 양안(兩眼)에 솟
난 누수(淚水)는 간장 썩은 물이라 하야, 수화(水火) 양자가 일신에 상
침한다고, 사려지극(思慮之極)에 반성광희적(反成狂戲的) 가언(假
言)³¹이라 이와 갓치 작희함은 정연(情戀)의 고통을 여실히 볼 수 잇다.

　　늙은이 저 늙은이 임천(林泉)에 숨은 저 늙은이
　　시주가금여기(詩酒歌琴與碁)³²로 늙어오는 저 늙은이
　　평생에 불구문달(不求聞達)³³하고 절로 늙은 그 늙은이(안민영³⁴ 작)

　늙은이의 종류도 여러 가지일 것이다. 은거하는 늙은이, 진세에 표
현(表顯)을 욕구하난 늙은이, 망녕만 불이는 늙은이, 꼬장꼬장한 늙은
이. 이 글의 주인옹 되는 늙은이는 임천은거(林泉隱居)하야 자로자락
(自老自樂)하는 늙은이다. 늙다라 한 말로 작희한 것이다.

　　가다가 올지라도 오다가란 가지 마소
　　뛰다가 괼지라도³⁵ 괴다가란 뛰지 마소
　　뛰거나 괴거나 나중에 자고 갈가 하노라

　가다가 도라도 오는 것은 연(戀)의 강인력의 줄(網)이 잡아다리는

30　물과 불이 함께 침범함.
31　염려가 극에 달한 결과, 미친 듯 과장된 말을 하는 것.
32　시 짓기, 술 마시기, 노래하기, 가야금 연주하기, 바둑 두기.
33　출세하기를 바라지 않음.
34　안민영 : 각주 18번 참고.
35　차곡차곡 쌓아 올릴지라도.

것이요, 오다가 도로 가는 것은 이상의 반대심리일 것이다. 심리의 작용이 반대인 만큼 언사행동도 엇지 반대되지안으랴. 조악담(흙을 뭇처 쌋는 것)과 갓치, 연애의 성(城)도 족음식 족음식[36] 괼지언정 괴다가는 뛰지마소. '가다가', '오다가'란 말과 '뛰다가', '괴다가'란 말노 교묘히 작회한 것이다.

청산도 절노절노 녹수도 절노절노
산절노절노 수절노절노 산수간에 나도절노절노
우리도 절노절노 자란 몸이니 늙어도 절노절노 늙으리라

절노절노라는 말노 작회한 것.

한자 쓰고 눈물짓고 두자 쓰고 한숨지니
자자(字字) 행행(行行)이 수묵산수만 되겟고나
저 님아 저 님아 울며 쓴 편지니 짐작하야 보시요

'눈물짓고 한숨짓고'란 것과 의재언외(意在言外)의 수묵산수의 보통의 것과 누수(漏水)로 된 수묵산수를 비교하야 작회한 것이다.

오늘도 저물엇스나 저물며는 새리로다
새면 이님이 가리로다 가면 못오려니 못오면 그리려니 그리면 응당 병들녀니 병곳들면 못살이로다
병드러 못살줄 알 양이면 자고나 갈가 하노라

---

36 조금씩 조금씩.

날 저물면 밤새고 밤새면 님 가고, 님가면 못오고 못오면 그리고, 그리면 병들고 병들면 못살이라고. 일절이심일절(一節而深一節)[37]로 추상(推想)에 진흙(泥土)에 진흙(泥土)에 푹 빠저가며 쓴 글이다. 한 원인이 잇서 그 결과를 보고 그 결과가 쏘 원인이 되어 변화된 달은 결과를 보게 된다. 즉 연쇄적 작용이 잇다는 말노 작희한 것.

> 모시를 이리저리 삼아 두두 삼아 감삼다가
> 가다가 한가운데 뚝끈처지옵거든 호치단순(晧齒丹脣)으로 흠쌜고 감쌜아 섬섬옥수로 두긋 마조잡어 바뷔처 니으리라 저 모시를
> 우리도 사랑 긋처갈제 저 모시갓치 니으리라

'두루삼아 감삼아', '흠쌜고 감쌜아', '모시 닛는 것과 인정 닛는 것' 등 어구로 작희된 것이다.

> 매암이 맵다 울고 쓰르람이 쓰다 우네
> 산채를 맵다는가 박주를 쓰다는가
> 우리는 초야에 뭇쳣스니 맵고 쓴줄 몰내라(이정신[38] 작)

매암이란 명사의 두음의 '매'자를 싸서 맵다 운다 하고 쓰르람이란 명사의 두음의 '쓰'자를 싸서 쓰다 운다 하야, 이 양자를 주요로 한 노래이다.

> 사랑사랑 개천갓치 내내사랑
> 구만리장공에 넌줄어지고 남는사랑

---

37 한 절에서 다른 한 절로 점점 깊어 감.
38 이정신(李廷藎) : 각주 9번 참고.

　　아마도 이님의 사랑은 가엽은가 하노라

　이것은 사랑의 끗업슴을 노래한 자니 그 길고 김을 묘사키 위하야 '개천갓치 내내사랑'이란 말을 쓴 것이다. '내내사랑'이라고 한 그것은 두 가지 작용을 가지고 잇나니, 하나는 개천이란 말을 바다내(川)라는 의미를 쮜고 잇슴이요, 쏘 하나는 개천의 길다란 형용을 비러 내내(不息無終)의 의미를 보이고 잇슴이다.

　　어이 어러잔고 무음일 얼어잔고
　　원앙침(鴛鴦枕) 비취금(翡翠衾)을 어대 두고 얼어잔고
　　오늘은 찬비 마즈니 더욱 덥게 자리라(한우[39] 작)

　이것은 한우란 기녀의 작이니, '눈비' 하는 그 찬비와 자기 일홈의 한우(寒雨)와를 서로 억걸치어 부른 것.

　　산밋헤 사자하니 두견이도 부끄럽다
　　내집을 굽어보고 솟적다 우는고나
　　저 새야 세간사보다는 그도 큰가 하노다

　솟적다는 것으로 어회를 일운 것이니, 두견을 섭동 벅국수국 등으로 일컷는 외에 '솟적다새'라고도 한다. 저 새야 너는 솟적다(鼎小)라고 우리 집을 굽어보면서 울지만은, 내 세간사리보다는 그것도 오히려 크다는 말노 노래한 것이다.

---

39 한우(寒雨) : 평양 기녀의 이름.

장송(長松)으로 배를 무어 대동강에 흘리쒸워
유일지(柳一枝) 휘워다가 구지구지 매엇스니
어대서 망냉엣 것은[40] 소(沼)에 들라 하노라(구지[41] 작)

이는 기녀 구지(求之)의 작이니, 단단하다는 말 즉 '구지구지'와 자기 일홈 '구지'와 음동(音同) 고로 서로 걸치어 지은 것.

솔이라 솔이라 하니 무슨 솔만 녀겻는가
천심절벽(千尋絶壁)에 낙락장송 내 기로다[42]
길알에[43] 초동의 졉낫시야[44] 걸어볼 줄 잇으랴(송이 작)

이는 기녀 송이의 작이니 산야의 솔과 자기 일홈 송이와를 서로 억걸치어 지은 것.

3. 속요에 낫하난 어희

새야새야 파랑새야
녹두남개 안지마라
녹두꼿치 써러지면
청포장사 눈물낸다

이 동요는 기실 은어로 조직된 것이니 '파랑'은 즉 '창(蒼)'자의 뜻이

---

40 망령된 것은.
41 구지(求之) : 기녀의 이름.
42 내가 그것이로다.
43 길 아래.
44 풀 베는 작은 낫.

요 '새'는 생(生)에 비겨 창생들아 함이요, '녹두남게 안지마라'는 말은
당시 동학당 수령 전봉준[체소(體小)하야 녹두만 하다고 전녹두란 별
명이 유(有)하얏다]이에게 가담치 말나는 뜻이요, '녹두꽃치 떠러지면
청포장사 울고간다'란 말은 전봉준이 죽게 되면 그를 딸으든 너희들도
불상히 될 것이다라는 뜻.

> 이짝저짝 둘너보니
> 내잇는짝 들(野)일너라
> 한짝에는 산이잇고
> 한짝에는 물일너라
> 산도좃코 물도좃타
> 어느짝이 더조흔고
> 쌀을내여 밥을짓자
> 내잇는짝 조흘너라

이 민요는 짝노래라고 전한다 짝의 의미는 '방(方)', 우(又)는 '측
(側)'의 뜻도 되는 이편저편, 이쪽저쪽으로 간주하야 무방하나, 기실
'이짝저짝 들너보니'란 것은 '이집저집 이 가정 저 가정'을 의미한 것
이다.
곳 이 노래는 농부가, 초부의 가정과 어부의 가정을 도라보고, 그내
도 다 좃치만은 우리 농부가정이 더욱 좃타는 말이니 지분자족(知分自
足)의 노래이다.

> 갑진전장(田庄) 다팔아먹고
> 을사들사 놀아보세

이 노래는 갑진 을사 년간에 유행되엇든 것이니 갑진[즉 고가(高價)]과 갑진은 음통(音通)이고, 노는 형용사 즉 '을사들사'라는 '을사'는 을사(乙巳)와 통음됨을 이용하야 갑진년에 고가의 토지를 다 방매(放賣)하야서 을사년에 을사들사 놀기만 한다는 뜻.

뒤문(門)두박게 함박꽂 송아리
소구둥하고서 넘만 살핀다

이 노래는 평남 용강(龍岡) 등지의 민요니, 뒷집 함가(咸哥) 처녀를 '함박꼿송아리'라 탁사(託詞)하고 '닙(葉)만'을 연호(連呼)하면 '님(任)만'과 음상동(音相同)함을 이용하고, 꼿과 닙픈 상대됨을 이용하얏나니, 즉 꼿치 닙을 찾드시 함(咸)의 처자가 총각의 임만을 살핀다는 뜻.

사리[45]사리 사리중에(사리는 생애, 즉 생활)
어늬 사리 제일인고
콩사리는 입만끌코[대두소(大豆燒), 즉 콩사리는 콩폭이쌔 발취(拔取)하야 먹는 것]
담사리는 배곱흐고(담사리는 고용사리)
시집사리 속만 타고
양주사리 제일좃타[양주(兩主)[46]사리는 단내외(單內外)사리]

이 노래는 '사리(생애)'라는 음동을 이용하야 비교적으로 작회한 것이니 콩사리는 이러하고 담사리는 이러하고 시집사리는 이러하나 기중에도 양주사리가 제일이라는 뜻.

45 살이.
46 부부.

초당에 초립동아
서당에 서방님아
밤은 발서 밤중인데
잠을 어이 혼자 자리
시아바님 꾸민 물내[47]
왯죽빗죽 내몰내라
흉년에 게글[48]인가
야산에 둥글인가
저불 끄고 이불 덥고
두리 함께 자고저라

이 노래는 신가낭(新嫁娘)[49]이 서재에 공부하는 남편의 귀숙함을 촉하는 것이니 '초당과 초립동', '서당과 서방님'은 두음이 상동이요, '밤과 밤중' 밤이 동일하고, '잠과 자는' 음상사하며 '물내와 몰내'도 음상사하고, 개글[개걸(丐乞)인대 속와전(俗訛傳) 통용]'과 '둥글' 양자는 글(書)과 동음이고, '저불(燈火)과 이불(衾)'이 '불'은 동음이니 곳 음상동(音相同) 음상사(音相似)로 작희한 것이다.

4. 수수격기(謎)에 낫하난 어희

- 술 먹고 술 안 먹은 것(술안)(술란)[수란(水卵)]
- 갓 쓰고 삿모 쓴 것(갓모)[입모(笠帽)]
- 복숭아나무에 제비가 안저 우는 것[도연명(桃燕鳴)[50]]

---

47 '물레'로 보임.
48 개걸(丐乞). 거지.
49 새색시.

- 오얏나무에 매암이 쩌러지는 것[이적선(梨滴蟬)[51]]
- 선답후언(先答後言)이 무엇(예팟[52])
- 창으로 창을 쩔으니 창(窓) 구녕[53]인가 창(鎗) 구녕인가.
- 눈이(雪) 눈(眼)에 들어가니 눈(雪)물이냐 눈(眼)물이냐
- 낮(晝)에 보아도 밤(夜)나무[밤나무(栗木)]
- 올째(來時)보아도 갈째(往時)가 무엇이냐[갈째(葦)]
- 아츰에는 열 양(開) 밤(夕)에는 닷 양(閉)하는 것이 무엇이냐[조개석폐자즉대문(朝開夕閉者 卽大門[54])]
- 짝이 짝 가튼 것이 무엇이냐(왼짝 볼긔짝이 올흔 볼긔짝 갓다)
- 쌈도 못 먹는 쌈이 무엇이냐[적삼(赤衫)]
- 밥도 못 먹는 밥이 무엇이냐[톱밥(鋸屑)]
- 주인불으(呼)는 자가 무엇이냐[나오(吾)]
- 십리를 가도 오리는 무엇이냐[오리(鳧)]
- 개가(犬)먹을 과실이 무엇이냐[개살구(狗杏)]
- 배는 배(梨)라도 못 먹는 배가 무엇이냐[배(舟)]
- 집안이 야단하는 글자가 무엇이냐[(안해 처(妻)]
- 안는 고리 선 고리 뛰는 고리 나는 고리가 무엇이냐[안는 고리는 옷 넛는 고리(行李), 선 고리는 문고리(門環), 뛰는 고리는 개고리(蛙), 나는 고리는 꾀고리(鶯)]
- 각이 각을 지고 각 사소 외친다[총각이 청곽(靑藿)을 지고 청곽 사소 외친다]
- 굽어도 버든 것이 무엇이냐[버들(柳)]

---

50 중국의 문인 도연명(陶淵明)의 음을 이용한 수수께끼.
51 중국의 문인 이백(李白)의 별호가 '적선(謫仙)'이므로 이를 이용한 수수께끼.
52 예팥. 빛이 붉고 모양이 길쭉한 팥.
53 '구멍'의 방언.
54 아침에 열고 밤에 닫는 것은 대문(大門).

- 발아(發芽)치 안는 씨가 무엇이냐[접시(皿)]
- 검어도 검고 희여도 검고 붉어도 검은 것이 무엇[그림자(影子)]
- 신은 신이라도 못 신는 신이 무엇이냐[귀신(鬼神)]
- 개가 개를 물고 개로 가다가 개에 놀라서 개 속으로 들어가는 것이 무엇이냐[소리개가 조개를 물고 강(江)개로 지내다가 번개에 놀내여 안개 속으로 들어가는 것]
- 왼장 조희라도 반장으로 쓰는 것이 무엇[반지(半紙)]
- 놋코도 들고 가는 것이 무엇[총(銃) : 총을 놋키는 햇지만 총 그 물건은 들고 간다)]
- 짐 지면 가고 짐 안 지면 누어 잇는 것(신)(覆食55)
- 불식간(不食間)에 복포자(腹飽者)56는 하(何)오[옹기(甕)]
- 갑슨 불명하고 사는 나라이 어늬 나라냐[아라사(俄羅斯)]
- 집안이 적적한 자가 무엇[아들자(子)]
- 우미인 과부된 자가 무엇[췌(翠) : 항우졸(項羽卒)57]
- 석상(石上)에 문장 명필이 무엇[벽(碧) : 이태백(白)·왕희지(王)]
- 죽어도 안 죽은 것(거위 죽은 것58)
- 세상에 제일 단(甘)것(꿀어미)(蜜의 母)
- 알(卵)은 알이라도 덜된 알(거위 알)
- 아비는 사람인데 자식은 비단[혼수(婚需)아비]
- 말(馬)은 말이라도 못타는 말(서짓말)
- 장(醬)은 장이라도 못 먹는 장(송장)
- 꿀떡(蜜餠)은 꿀떡이라도 보도 먹도 못하는 쑬떡(목 넘어 쑬떡)

---

55 '신'은 한자로 '鞋', '履', '屨' 등으로 적어야 하는데, 왜 '覆食'이라 부기했는지, 그 의미가 무엇인지 미상임.
56 먹지 않는 동안에도 배가 불러 있는 것.
57 '翠'를 파자하면 '羽+卒'이므로, '항우가 죽었다(項羽卒)'로 풀이함.
58 거의 죽은 것.

- 잘해도 못했다고 꽈리는 것(꽈리)
- 나(飛)는 개미(솔개미)
- 기는 제비(쪽제비)
- 옹근(全) 달(月)도 반달이라 칭하는 것[보름(望日)]
- 죽은 꿩도 산(生) 꿩[생치(生雉)]
- 큰중도 적은 중이라는 것[소승(小僧)]
- 한놈도 네놈이라는 것[네놈 : 질책시호한(叱責時呼漢)59]
- 한자가웃[일척반(一尺半)]콩이 무엇(콩자반)
- 차지 못하는 주머니(囊)(아주머니)
- 면장이 될지 교장이 될지 물을지라도 하야간 장깜이 무엇[메주덩이 : 장의 재료(醬材料)]
- 번쩍번쩍하는 세상이 무엇[소반(小盤)셋]
- 소경불알[맹랑(盲囊)60]
- 일본나막신(게다가)
- 계집이 무엇[달긔장61(鷄舍)]
- 석경(石鏡)62 아홉이 무엇[구경(求景) : 구경동음(九鏡同音)63]
- 열 서방이 장서방 항문을 자(刺)하야 오장육부가 나오는 것(열쇠로 잠을쇠 여는 것)
- 몸에 제일 갑(價)나가는 것[오금(烏金)]
- 말을수록64 무거(重)운 것[노인각(老人脚)]
- 외삼촌의 외삼촌의 누의[자우매(姊又妹)65]의 딸[모우(母又) : 모

---

59 꾸짖을 때 '네 이놈'이라고 부름.
60 '맹랑(孟浪)'과 음이 같은 것을 활용한 것.
61 '닭장'의 충청 방언.
62 유리로 만든 거울.
63 구경(九鏡)과 음이 같음.
64 마를수록.
65 누나 또는 누이동생.

우는 이모(姨母)]

* 박생원이 병이 나서 송생원이 침을 주고 노생원이 결박하는 것 (박아지 쑤매는 것)
* 죄업시 주야(晝夜) 칼(着枷) 쓰고 잇는 것[유경(油檠)[66]]
* 시엿는[67] 털(髮)이 몃 개인고[(백발 : 털이 시엿다 칭(稱)]
* 고개중에 넘기기 어려운 고개[(버리고개(麥嶺)[68]]
* 알(卵)중에 제일 큰 알(산비알[69])
* 새(鳥)중에 제일 큰 새(먹새)
* 돌담(石垣) 을어(崩)지는 자[우(右) : 올을 우, 울루루 : 음상사(音相似)]
* 감도 못 먹는 감[영감(令監), 대감(大監)]
* 강은 강인대 배질 못하는 강(요강)
* 집안에 집이 무엇(갓집)
* 골은 골인대 원(郡守)은 업고 인군(人君) 인는 골이 무엇[왕골(王骨)]
* 떡은 떡인대 못먹는 떡 [(그림의 떡(畵餠)]
* 밤은 밤인대 못먹는 밤[밤(夜)]
* 못것(行步)는 다리(脚) 무엇(책상다리)
* 한개를 이백이라 하는 것이 무엇[백곱(臍)]
* 투안에 두(감부 안에 상두)
* 한나무라도 스물 행세하는 나무(스무나무)
* 한 송아지 거름이 다섯 송아지 거름과 가튼 것[오독오독(五犢五

---

66 등잔걸이.
67 센(털이 회어진).
68 보릿고개.
69 '산비탈'의 충청 방언.

犢 것는 송아지)]

● 한 까치가 뛰어도 여듧 까치 쮜는 것이 무엇[팔작팔작(八鵲八鵲
쮜는 까치)]
● 십리를 가도 오리밧게 못되는 날김생[오리(鳧)]
● 팔자가 쏙쏙한 칠자만 못한 팔자가 무엇(가엽슨 팔자)
● 성해도 깨진 묵이라는 것[깨(破)묵]
● 이 무덤의 아비(父)는 소인 아비 장인이오 소인 아비 장인은 이 무
덤의 아비라니[화자(話者)와 사자(死者)의 친척 관계는?][모(母) :
도장체(倒粧體)[70]]

수수격기(謎) 중에도 문자로 작희한 것
● 부르기 전에 대답하는 자[[미리 예(豫)]
● 나무 우에서 초래[71] 부는 자[상(桑)[72]]
● 날일(日)하고[소(召)는 한문 토에서 '하고'[73]로 독(讀)] 넉 점 찍은
자[조(照)]
● 산우에 산 잇는 자[출(出)]
● 집안 야단난 자[처(妻)[74]]

5. 슷말

이상 열거한 바와 갓치, 어희(語戱)란 즉 모태인 언어에서 발생된 것
은 물론이고, 언어의 부호문자(符號文字)에서 발생됨을 추지(推知)할

70 '도장체'의 의미가 무엇인지 미상.
71 다른 자료를 보면 '나팔'이어야 하는데 왜 '초래'라고 했는지 미상임. 방언인 듯.
72 뽕나무.
73 정확한 구결 표기로는 'ㅅ'와 'ㅁ'를 상하로 합성해 놓은 형태임.
74 아내 처-아내 쳐. 이 글자의 훈과 음을 우리말[아내를 침]처럼 해석한 것.

수 잇다. 고로 그 민족의 언어의 교졸(巧拙)여하와 쏘 문자의 우열 여하에 짜라 성쇠소장(盛衰消長)이 유(有)하며 다기다양(多岐多樣)될 바이다.

어희란 것은, 기(其) 본질적, 근본적, 문학적 및 사회적 의의가 시대를 풍자회유(諷刺誨諭)함과 도덕의 광명(光明)에 직사(直射)를 피하야, 일매(一枚)의 막을 가리우고 출현되는 연애문학이 잇고, 시가단문(詩歌短文) 등의 단순한 희적(戲的)인 것 등으로 볼 수 잇다. 조선어희는 조선어의 묘체(妙諦) 요색(要塞)을 파착(把捉)한 것인이만큼 일개의 어음(語音)이 이종(二種) 이상의 의의(意義)를 과지(跨持)한 경우나, 한문자(漢文字)의 자의문의(字義文義)가 조선자(朝鮮字) 조선문(朝鮮文)의 동음(同音)될 시에 서로 맛억추의 성립되는 것이다.[종(終)]

국문판 『조선』지 연구

제 2 장

이원규, 조선 여성의 시가적 생활

자료 해설

　이 글은 이원규의 〈조선 여성의 시가적 생활〉(『조선』143호 및 145
호, 1929.9·11)에 약간의 해설과 주석을 붙이고, 띄어쓰기를 한 것이
다. 『국제어문』49집과 50집에 이미 소개한 이원규의 다른 글들과 마
찬가지로, 이 글도 초기의 고전시가 연구 성과인데도 불구하고 그간의
논저에서는 다루어진 적이 없다. 이 글에서 특별히 주목할 만한 사항
들을 적시하면 다음과 같다.

　첫째, 요즈음 국문학을 여성의 시각 또는 여성을 중심에 놓고 보는
관점에서 접근하는 연구들이 많은데, 이원규의 이 글은 그런 연구의
선구적인 모습을 보여준다. 머리말에서부터 "동서고금을 막론하고 남
녀의 인류는 각각 그 총인구의 반수를 점(占)할 것과 희비의 정(情)에
는 남녀의 차이가 업슬 것은 췌언할 필요가 없는 일이다. 그런즉 남자
의 시가에 그 충후(忠厚)한 사조(詞藻)로 타인을 감동케 하며 기교한
문예로 일세(一世)를 풍미케 할 만한 작품이 만타 하면, 여자에게도 그
만한 작품이 잇서야 인생의 취미상 유감이 업슬 것이다."라면서, 우리
문학사에 등장했던 여성 작가와 그 작품들을 예거해 나감으로써 그 가
설을 입증해 보이고 있다. 글이 미완성으로 끝나긴 했지만, 매우 거칠

게나마 한국 여성 시문학사 서술을 처음 시도했다는 점에서 그 의의를 평가할 수 있다고 생각한다.

둘째, 〈회소곡〉에 등장하는 "會蘇會蘇"를 순우리말 "뫼소(모이소) 뫼소(모이소)"로 해석하고 있다. 이 말에 대해서는, 현재까지 '아소(아소서, 知)'로 풀이하는 견해와 '모이소(集)'로 풀이하는 견해가 대립하고 있는데, 이원규의 풀이는 후자의 선구라 할 만하다.

셋째, 〈정읍사〉의 경우, 그동안에는 양주동의 『여요전주』(1947)에서 비로소 이 작품에 대한 연구가 이루어진 것으로 여겨왔는데, 이원규는 이 글에서 나름대로의 해독 및 해석을 보이고 있어 주목된다. 특히 그간 아무 의미 없는 감탄사로만 보았던 "어긔야 어강됴리"의 "어강됴리"를 실사로 보아 "어 간(肝) 조려라", 즉 "남편에 대한 걱정이 내 간을 졸이게 하는구나"로 해석하고 있어 이색적이다. 이것이 민중의 노래라는 점을 고려하면, 이 같은 소박한 표현도 가능할 수 있다고 여겨지는바 이원규의 풀이도 앞으로 적극 재조명할 필요가 있을 것이다. "全 져재 녀러신고요"를 "全쥬(州)재(峴)도 여럿이고요"라고 해석한 부분도 그렇다. 지금까지는 '져재' 또는 '全져재'로, "다니시는가요" 또는 "가시던가요", 이 두 가지로 대립되어 왔는데, 이원규는 제3의 견해를 내보이고 있다.

넷째, 향가 〈맹아도안가(도천수관음가)〉의 해독 성과이다. 이원규의 향가 해독 성과가 일본인 학자 소창진평보다 먼저 이루어졌다는데 대해서는 이미 『국제어문』49집에 소개했기 때문에 여기에서는 생략한다.

다섯째, 허난설헌을 비롯하여 임벽당 김씨, 유희춘의 부인 송씨, 신사임당 등 여성 한시 작가와 그 대표 작품을 소개한 것은 연구사에 있어서 처음이거나 이른 시기의 것이다. 특히 창암(蒼巖) 김씨, 김육의 딸 김씨의 존재를 알린 것은 처음이라 여겨진다. 현재까지 필자가 조

사한 바로는, 김원근이 1927년에 허난설헌에 대해 소개한 것 이후로
는 이원규의 이 글이 가장 이른 성과가 아닌가 한다.

　여기에서는 한자를 그대로 노출했던 국한혼용문을, 한자를 괄호 안
에 병기하는 형태로 바꾸고, 띄어쓰기만 현행대로 하였을 뿐 가능한
한 이원규의 글을 원형대로 소개하였다. 단, 명백한 오자는 바로잡았
으며, 더러 '참고'라 하여 이원규가 본문에 적어 놓은 내용은 오늘날의
각주에 해당하는 것이라 각주 처리하되 '原註'임을 밝혀 놓았다. 더러
이원규가 인용한 한문 문장에는 번역문을 첨가하였으며, 원래는 차례
가 없고 장절(章節) 표시하는 계층기호도 없었으나 독자의 편의를 위
해 표시하였다는 것도 일러둔다.

조선 여성의 시가적(詩歌的) 생활

이원규(李源圭)

- 차 례 -

1. 여성과 요적(謠的) 생활
2. 조선의 부녀와 지식계급
3. 여옥의 〈공후인〉
4. 신라 적녀(新羅績女)의 〈회소곡(會蘇曲)〉
5. 백제의 〈정읍사〉
6. 맹아도안가(盲兒禱眼歌)
7. 정몽주 모당(母堂)의 시조
8. 임벽당 김씨의 〈빈녀음(貧女吟)〉
9. 창암 김씨의 〈자경시(自警詩)〉

10. 송씨의 〈제신사시(題新舍詩)〉, 〈종미암공우종성적소시(從眉庵公于鐘城謫所詩)〉
11. 사임당 신씨의 〈유대관령망친정시(踰大關嶺望親庭詩)〉, 〈사친시(思親詩)〉
12. 김씨의 〈상사시(相思詩)〉
13. 난설헌(蘭雪軒) 허씨의 〈빈녀음(貧女吟)〉 3수, 〈강남곡(江南曲)〉

1. 여성(女性)과 요적(謠的) 생활

오인(吾人)은 감정적 동물인 고로 순역(順逆)의 경우를 짤아서 희비의 정(情)이 발현되나니, 그 희비의 정(情)이 표현됨에는 혹은 가요에 의하야 그 회포를 술(述)하며 혹은 시구(詩句)에 의하야 그 지취(志趣)를 언(言)하게 되는 것이다. 동서고금을 막론하고 남녀의 인류는 각각 그 총인구의 반수를 점(占)할 것과 희비의 정(情)에는 남녀의 차이가 업슬 것은 췌언할 필요가 없는 일이다. 그런즉 남자의 시가에 그 충후(忠厚)한 사조(詞藻)로 타인을 감동케 하며 기교한 문예로 일세(一世)를 풍미케 할 만한 작품이 만타 하면, 여자에게도 그만한 작품이 잇서야 인생의 취미상 유감이 업슬 것이다.

우리 조선 인구를 이천이백만으로 가정하면 여자의 수가 일천일백만인이 될 것은 의심업는 사실이니, 조선 유사 이래의 수천년 동안 간단 업시 그 생활을 충실히 영위하여 오던 존재처처(存在處處)의 수백만인의 여자사회에서 산출될 시가는 그 질의 여하함은 속단하기 어려우나 그 양의 많고 다대(多大)하얏실 것은 물론이다.

그러나 그네들의 작품으로서 전래하는 명구가작(名句佳作)은 얼마나 되며 쏘 어떠한 형식으로 집성되여 잇느냐 하면 사실은 약간의 작품이 약간의 문인의 기록에 산견되여 잇슬 뿐이요 태(殆)히 백지상태이다. 그런즉 우리 반도의 여성들은 고래로 감정의 표현도 업섯스며 따라서 시가의 취미도 알지 못하얏든가? 안이다.

사람의 심정이 입으로 발표되는 것이 언어가 되며, 언어의 절주(節奏) 잇는 것이 시가(詩歌)가 되나니 각 민족과 지방에 딸아서, 그 언어는 갓지 안이할 망정 언어를 할 줄 아는 사람이고 보면, 각각 그 언어를 절주하야 혹은 가요로 혹은 시구(詩句)로 발표할 수 잇슬 것이다. 특히 조선으로 말하면 구원한 성형문학(成形文學)의 자랑할 만한 것이 잇느냐 하면 좀 의문이라고 안이할 수 업다. 그러나 순전한 조선심(朝鮮心), 조선정조(朝鮮情調)로 조선문학의 본지(本地)를 발로하얏든 문학적 사실은 얼마든지 시인할 수 잇다.

문학의 소재국(素材國)인 조선에는 타의 예술적 충동에 만족할 기회를 엇지 못한이만큼 요곡(謠曲)과 시가(詩歌)에 그 부력(富力)을 가지게 되엿든 것이다. 그리하야 단군의 절정(絶頂)과 주몽·온조의 언덕, 혁거세의 고개 가튼 전설의 시대를 넘어서서부터는 요곡(謠曲)의 세계가 전개되엿든 것이다. 이것을 사실적(史實的)으로 고찰하야 보면 삼국지(三國誌)[1]에는 부여는 "幼皆歌通日聲不絶(어려서부터 모두 노래에 능통하여 매일 끊이지 않고 소리를 낸다)"이라 하얏고, 마한은 "通日嚾呼力作(온종일 떠들썩하게 부르며 힘써 일한다)"이라 하얏고, 진한은 "俗喜歌舞飮酒(풍속이, 기쁘게 노래하고 춤추며 술을 마신다)"라 하얏고, 후한서 동이전에는 "東夷率皆土着, 喜飮酒歌舞(동이족은 모두 토착민으로서, 음주와 가무를 즐긴다)"라 하얏고, 예(濊)는 "常用十月節祭天, 晝夜飮酒歌舞(늘 시월 명절에는 하늘에 제사 지내는데, 주야로 음주가무를 한다)"라 하얏스며, 위지(魏志)[2]에는 고구려는 "其民, 喜歌舞, 國中邑落, 暮夜男女群集, 相就歌戲(백성들은 노래부르고 춤추기를 좋아하여 나라 안의 촌락에서는 저문 밤에 남녀가 무리로 모

1 삼국지 위서 권 30 동이.
2 위와 같은 책, 같은 곳.

여 노래하며 즐겨 논다)"라 하얏스니, 조선민족의 운율적 생활과 시가
의 역사는 비교적 장구하고 다대하얏든 것이다.

그러나 이 시가 작품의 대부분이 흔이 그 시대시대의 인사 혹은 획
시기적 인사에게만 영가(詠歌)될 뿐이엇섯고 엇더한 형성문학으로 집
성되지 못한 이면(裡面)에는 여러 가지로 부득이한 환경과 필연적 이
유가 잠재하얏섯든 것이다.

조선의 문화적 사실을 광의로 말하자면 고석(古昔)으로부터 근세에
이르기까지 지나의 일부라고 보아도 큰 차이가 업슬 만하게 되엿섯다.
즉 지식계는 총(總)히 지나의 문자를 사용하고 지나의 문학을 독습(讀
習)하야 지나의 사상을 소유하얏든 까닭으로 과거의 역사에 잇서서
상당 그 문화의 지지자이엇던 지식계급이 모두 지나적 인물이엇던 이
상 조선의 문화도 대체로 지나적이 안이면 안이되엿슬 것이다. 그러므
로 조선에서는 국자가 멀리 후세에 와서야 겨우 창제된 것이다. 그 국
자를 창제할 필요와 그 기운만은 물론 오랜 고석(古昔)에서부터 잇섯
슬 터이지만, 지식계급에서는 국자의 창제가 그럿틋 통절하게 필요를
늣기지 안이하얏섯스니 국자가 업는 나라에 성형적 국민문학이 잘 발
달될 이유가 업다. 그러므로 조선문의 소설이 생긴 지가 겨우 이백여
년 전밧게 안이된 것도 이세(理勢)의 당연한 일이엇섯다.

2. 조선의 부녀와 지식계급

이러한 환경 중에서 살아오던 조선의 부녀와 지식 계급과의 관계는
어더 하얏든가. "종래의 세계사가 남성 일방의 세계사이며, 현재의 사
회제도가 남성 본위의 사회제도"라고 현대의 신여성 운동자들이 절실
히 통론하는 바와 같이, 일이(一二)의 선진국을 제한 외에는 현대에 잇
서서도 여성은 의연히 정치적 선거, 피선거의 자유도 업고 경제상으로

는 인처(人妻)로서의 재산의 소유권도 업스며 사회적으로는 까닭 업
는 모멸과 본의 아닌 존경을 받는 것이 여실한 현실세계의 현상이다.

각 방면으로 남보다 뒤쩌러진 조선 사회에서는 정치적, 경제적, 사
회적 각 방면으로 여성이 학대를 바다오든 것은 췌언(贅言)할 필요도
업거니와, 심지어 지식을 습득할 교육에까지도 막대한 제한과 불소한
학대를 오든 터이엇섯다. 그럼으로 종래의 조선의 부녀는 의례히 교육
을 밧지 못한 것이 보통적 사실이니 하고(何故)오 하면, "대저 부녀자
는 유주식시의(惟酒食是議)하며 의상시봉(衣裳是縫)하며 정구시역(井
臼是役)이면[3] 족한 터이니 문자는 알아서 무엇에 쓰리요, 만일 여자로
서 문자를 알고 보면 도로 규범(閨範)에 누가 될 우려가 잇다."하야 일
부러 교육하지 안이하엿던 것이다. 이조 정종(正宗)시의 유학자 이(李)
아정(雅亭) 덕무(德懋)의 저술한 〈유부의(有婦儀)〉에 운하엿스되, "婦人
은 當略讀書史, 論語, 毛詩, 小學書, 女四書하야 通其義하고 識百家姓,
先世譜系, 歷代國號, 聖賢名字而已요, 不可浪作詩詞하야 傳播人間이라
하엿스며, 주문위(周文煒)는 말하되, "寧可使人으로 稱其無才언정 不
可使人으로 稱其無德이라 世家大族의 一二詩詞가 不幸流傳하면 必列
於釋子之後, 娼妓之前하니 豈不可恥리요"[4] 운하얏스니, 이것이 조선의
소위 유식계급의 여자 교육에 대한 전통적 사상의 대표이엇섯다.

3 "오직 술 데우고 밥할 줄 알며, 옷을 지을 줄 알고, 물 긷기와 방아 찧는 일을 할 수
   있게 하면"
4 이덕무, 청장관전서(靑莊館全書) 제30, 사소절(士小節) 7 부의(婦儀) 사물(事物).
   "부인은 경서(經書)와 사서(史書), 《논어(論語)》·《시경(詩經)》·《소학(小
   學)》, 그리고 여사서(女四書)를 대강 읽어서 그 뜻을 통하고, 여러 집안의 성
   씨, 조상의 계보, 역대의 나라 이름, 성현의 이름자 등을 알아둘 뿐이요, 허랑
   하게 시사(詩詞)를 지어 외간에 퍼뜨려서는 안 된다. 주문위(周文煒)는 이렇
   게 말했다. '차라리 남이 나더러 재주가 없다고 칭하게 할지언정, 남이 나더러
   덕이 없다고 칭하게 해서는 안 된다. 유명한 집안 부인의 시장(詩章) 한두 편
   이 불행하게 유전하면, 반드시 승려(僧侶)의 시장 뒤에나 창기(娼妓)의 시장
   앞에 나열되니, 어찌 부끄럽지 않겠는가?'"(번역 ; 한국전번역원 사이트 DB
   에 의함.)

그럼으로 일부 세가(世家) 대족(大族)을 제한 외에는 여자의 교육이라는 것이 몽상 밧게 일이엇섯다. 그런 까닭에 사족 학자 가정의 규녀로서 사임당 신씨, 난설헌 허씨, 유몽인의 매씨, 윤광연(尹光演)의 부인 등과 같이 학식이 많은 이로 말하야도, 시속의 이른바 어께 넘어 글(肩外見學)이요, 직접으로 교육을 밧은 것은 안이며, 희처기녀(姬妻妓女)로서 시사가요를 지은 자가 비교적 만은 것은, 남의 첩실 되는 이로 말하면 대개 기방 출신인 동시에 그 남편들이 흔히 문식 잇는 이가 만은 까닭에 짜라서 배우게 되며, 기녀로 말하면 본래 재모잇는 자가 만을 뿐 안이라, 교방이나 혹은 서재에서 배우는 까닭에 문자를 알게 되는 것이다. 짜라서 그 시사의 우열을 계급적으로 논평하자면, 저간의 특별한 예외의 일도 불무하나 사족 부녀의 작품보다는 사족 첩실의 작품이 나으며, 사족 첩실의 작품보다도 교방 기녀의 작품이 나으니 그것은 소처(所處)한 경우가 상이한 까닭으로 감발되는 정경(情景)도 다르게 되는 까닭이라 하겠다.

상술한 이유 하에 우리 조선에는 고석(古昔)으로부터 여류의 시가적 생활이 흔이 성형문학화되지 못하얏고, 설혹 문자로 기술된 것이라도 규중 심장(深藏)되어 세상에 발표되지 못한 것이 만타. 지금에 그 요행히 사책(史冊)에 유전(遺傳)된 자에 취(就)하야 논평을 시(試)하야 보려 한다.

3. 여옥(麗玉)의 〈공후인(箜篌引)〉

여옥이라 하는 여자는 고조선 시대의 사공 곽리자고의 처니, 자고가 조기(早起)하야 진두(津頭)에 나아가 선(船)을 자(刺)하려 할 째에 홀연히 한 노인이 와서 수류(水流)의 심천도 불허하고 장차 건너가려 하는데, 기처(其妻)가 그 뒤를 짜라오면서 만류하다가 미치지 못하야 그

노인은 드디어 그 하수에 익사한지라. 그 처가 이에 공후를 당기며 노
래를 지어 처창(悽愴)하게 불으다가 곡조가 마치매, 쏘한 하수에 빠져
죽은지라. 자고가 이것을 보고 집에 돌아와서 여옥에게 이야기하얏드
니, 여옥이 그 이야기를 듣고 슬피 여겨서 이에 공후로써 그 소리를 서
사(敍寫)하니, 이것이 즉 공후의 가곡이 된 것이다.

┃ 공후인

　　公無渡河(님더러 물 건너지 말라했드니)

　　公竟渡河(님은 그에 저 물을 건너가누나)

　　墮河而死(그리하야 물 속으로 죽음의 길로)

　　將奈公何 (떠나가신 나의 님을 어찌할까나)

　백수 노인인 자기 남편이 정신의 이상으로 무단히 하중에 익사함
을 목도(目睹)한 그 처는 그 열렬한 정절과 애완(哀婉)한 정서를 모두
공후의 일곡(一曲)에 기탁(寄託)하야 최종의 결별사로 하고 그 남편
의 뒤를 짜라 죽는 비극을 연출한 데 대하야 심심한 동정을 표하는 여
옥여사(麗玉女史)는 그 사실의 진상을 수구(數句)의 공후인에 붓친
것이다.

4. 신라적녀(新羅績女)의 〈회소곡(會蘇曲)〉

　신라 유리왕 시(時)에 경내의 육부를 중분(中分)하야 양부(兩部)로
작(作)하고, 왕녀 2인이 각기 부하의 여자를 통솔하야 두레를 짜서 추
칠월 기망(旣望)으로부터 매일 조조(早朝)에 총작업소에 모여 마(麻)
를 적(績)하야 야심(夜深) 후에야 파하기를 상례로 하다가, 팔월 망일
(望日)에 지(至)하야, 그 여공(女功)의 다소를 고계(考計)하야 부편(負

便)에서 음식을 준비하고 가무 백희를 병진(竝陳)하야서 승편(勝便)을
초대하는 풍속이 잇었는데, 이것을 嘉俳(가배)라 하얏었다. 시시(是時)
에 부편의 일녀(一女)가 기무(起舞)하며 탄식하되, '會蘇會蘇(뫼소뫼
소)라 하니, 그 소리가 몹시도 애아(哀雅)하얏었다. 후인이 그 소리를
모방하야 노래를 지어서 〈회소곡(會蘇曲)〉이라 하니 그것이 인하야
국속(國俗)이 되엿든 것이다.

5. 백제의 〈정읍사〉

『고려사』〈속악지〉에 의하면 백제의 가요로 선운산, 무등산, 방등산,
지리산, 정읍사의 오장(五章)이 고구려 신라의 것과 함께 그 곡명만 적
혀 잇고, 정작 그 알맹이인 가사에는 '亦是俚語難解(또한 이것도 순우
리말이라 해석하기 어렵다."라는 이유하에 모두 게재되지 안이하얏스
나, 오직 이 〈정읍사〉 일장이 다행히 악학궤범 중에 일과(一顆)의 보주
(寶珠)처럼 잔존되여 잇는데, 순고(醇古)한 고어 그대로인 고로 현대의
언어로는 독해키 어려운 점이 만타.

▌〈정읍사(원문)〉

전강(前腔)	둘하노피곰도ᄃ사
	어긔야 머리곰비취오시라.
	어긔야 어강됴리
소엽(小葉)	아으다롱디리
후강(後腔)	全져재녀러시고요
	어긔야 즌대랄드듸올율라.
	어긔야 어강됴리
과편(過篇)	어느이다노코시라

전선조(全善調)	어긔야 내가논대 점그를세라.
	어긔야 어강됴리
소엽(小葉)	아으다롱디리.[5]

역문(譯文)

저달아 노피도다서

어긔야차 멀리 비춰다오.

어긔야차 어 간(肝) 조려라.

아이고달은지랴하네.

全쥬(州)재(峴)도 여럿이고요,

어긔야 즌대를 드듸실가 더욱 염녀라.

어긔야 어 간(肝) 조려라.

모든일 다 그만두고설랑.

어긔야차 나갈데 점글세라.

어긔야차 어 간(肝) 조려라.

아이고 달은지랴하네.

차가(此歌)는 상술한 바와 같이 순고한 고어인 고로, 고어에 소양잇
는 사람이 안이면 독해키 어려운 점이 만타. 예컨대 지금의 '全州'를
차가에는 '全겨'라고 기술하얏고 '山'을 '재'라고 기술하얏고, '여럿'을
'녀러시'라고 기술한 것이 그 일례이다. 그런데 '全겨'를 '全州(전쥬)'

---

5 『여지승람』〈정읍고적〉조에 의하면, "在縣北十里, 人爲行商久不至, 其妻登山石以
   望之, 恐其失夜行犯害, 托泥水之汚, 以作歌, 名其曲曰井邑, 世傳登岾望夫石, 足跡猶
   在云(현의 북쪽 10리에, 어떤 사람이 행상을 나가 오래도록 돌아오지 않자, 그 아
   내가 산의 돌 위에 올라가 바라보았다. 그 남편이 혹시라도 밤길에 해를 당하지는
   않을까, 진흙탕 물에 빠지지는 않을까 염려한 나머지 노래를 지었다. 그 노래에 제
   목을 붙이기를 〈정읍〉이라 하였다. 세상에 전해지기를, 고갯마루의 망부석에 올라
   갔던 것인데 그 발자국이 지금도 남아 있다고 한다.)"(原註)(필자 번역)

라고 해석하는 데는 전주라는 지명을 사적(史的)으로 고찰하야 본 후
가 안이고는 안가(安價)의 부회억측(附會臆測)으로는 그렇게 간단히
시인할 수가 업다.

첫째로, 지금의 '전주'는 백제시대에 '전져'라고 하얏었는지 어땠었
는지를 확증하야 보지 안이하면 안될 터이다. 『여지승람』에 거(據)하
야 조사하야 보면 '전주'는 본래 백제의 '완산(完山)'인데 일명은 '전져
벌(比斯伐)'이라 하며 쏘는 '전쟈불(比自火)'이라고도 하얏는데, 이것
을 이두식 쏘는 향찰식 독방(讀方)으로 독해하려면 비사벌이든지 비
쟈화이든지 모두 '전져벌'이다. 쏘 '完山'으로 말하드라도 '完'의 훈은
'全'과 같고 '산'의 훈은 '재'인즉, '完山'도 그때에는 '전져' 혹은 '전재'
라고 읽엇슬 것이다. 그후 신라 경덕왕 15년에 '全州'라고 개칭하고 쏘
기다(幾多)의 변개를 거듭하얏다가 고려 태조시에 지(至)하야 다시 전
주라고 칭하얏던즉, 전주는 백제 시대에 '전져'라고 하얏던 것이 의심
업는 사실이다. 쏘 전주는 고래로 그 부근의 대도회이엇던 까닭으로,
정읍 등지의 상인이 성히 상업하러 왕래하얏었다는 것도 상상하기 어
렵지 안타. 기타의 지금의 '山'을 '재'라고 한 것이라든지, '모든 일'을
'어느이'라고 한 것이든지, 기외의 온갖 말을 일제히 증거를 들어서 현
대어로 변천된 경로와 연혁을 설명하라면 너무도 번잡할 쑨 안이라,
고어의 변천을 설명하는 것이 본고의 주목적이 아닌 고로 여긔는 생략
하기로 한다. 여하간 〈정읍사〉 일편을 음미하야 보면, 고규(孤閨)에 공
방(空房)을 직히고 잇는 행상인의 처들이 독수공방의 비애를 못 이기
는 즛헤, 자기네의 낭군이 오래 돌아오지 안이하는 것을 심려하야, 잔
월(殘月)이 서산정(西山亭)에 넘어가려할 그 째에 산로(山路)에 나와
서 기다리다가 지체치 안이하는 저 달은 넘어가는데, 낭군의 그림자는
보이지 안이함으로 낙망의 심서(心緖)는 심곡(心曲)에 멧치고 맷치엿
든 상사(相思)의 정회와 결합하야 소박무위(素朴無僞)한 그 정서는 젊

은 부녀의 부드러운 후두로 넘쳐 나와서 '가사(歌詞)'로 된 것이다.

"全州재도 여럿이고요 즌대를 드듸실까 염녜라 모든일 다그만두고 설랑 나갈데점글세라 어긔야차 간조려라 저달은지랴하네" 구절에 지(至)하야는, 듣는 사람으로 하야금 얼마쯤 그 간절한 상사곡에 심금을 경주(傾注)하야 피등(彼等)의 정경이 안전에 방불할 것인가.

6. 〈맹아도안가(盲兒禱眼歌)〉
[신라 한기리 여(女) 희명(希明)의 '맹아(盲兒)' 작]

삼국유사 권3 〈분황사천수대비(芬皇寺千手大悲), 맹아득안(盲兒得眼)〉의 조에 거하면 "경덕왕대에 한기리 여자 희명의 아(兒)가 출생한 지 5임(稔 ; 歲)에 홀연히 폐맹(廢盲)이 되었거늘, 일일은 기모(其母)가 그 아해를 안고 분황사에 가서 좌전(左殿) 북벽화(北壁畵) 천수대비전(千手大悲前)에 나가 그 아희를 식혀 노래를 불러 기도하얏드니 드듸여 눈을 쓰게 되엇다"고 기재되엇는데, 기사(其詞)는 여좌(如左)함.

| 원문(향가)

무릅홀쇼소며두세 줌 모호쥐노라
膝肹古召彌二尸掌音毛乎支內良

천수관음 쩐,   아해빌오
千手觀音叱前, 良中祈以

틔허줍세 두눈 다
支白屋尸置內乎多

천 숫 천 눈흘하나들햇눈
千隱手叱千隱目肹一等下叱放

한아들도로굿쳐둘우만내라
一等除惡支二于萬隱吾羅

한아들산리이고지
一等沙隱賜以古只

눈 ᄯ 여 아야야
內乎叱等邪阿邪也

내라기안주려시들
吾良遺知支賜尸等

언논결의서줍세
焉放冬矣用屋尸

자비야브르고
慈悲也根古

현대어 역문

무릅 꿀코 두손을 모아 쥐고서

천수관음(千手觀音) 부처님 전(前) 비옵나이다

눈을 씌여 주십소서 두 먼 눈 모다

천수천(千手千)님 눈—을 이 내 먼 눈을

애병신을 도로 곳쳐 눈 다시 줍쇼

어린 몸을 살려 주소서 살려 주소서

먼 눈 씌여 주소서 어서 어서요

내라고 엇재 눈을 안 주시려오

어는 결에 어서 줍쇼 내 눈을 다시

자비(慈悲)하신 부처님만 나는 바라오

요컨대 이 노래는 기록되여 잇는 사실은 여하간에, 나는 이것을 5세 맹아의 작이라고 하는 것보다 그 모친 희명의 작으로서 기아(其兒)를 시켜서 부르기만 한 것이라고 해석하고 싶다.

죽마총생(竹馬葱笙)[6]으로 맥진(陌塵)[7]에 유희(遊戲)하던 겨우 5세쯤 된 유아가 돌연히 쌍안의 명(明)을 실(失)하고 폐맹이 되엇은즉, 그 애아(愛兒)의 신상을 가련히 여기는 기모의 상심이야 마땅히 어떠할 것인가.

불(佛)을 무조건으로 신앙하던 기모는 천사만려하던 슞혜 분황사로 안고 가서 천수대자비 불전에 전심지성하야 노래를 불러 기도한바, 기적적으로 맹안이 복명(復明)하게 되엇다는 전설적 기사이다. 여하간 부녀에게 전수된 사상이, 구취(口嘴)가 상황(尙黃)하고 구생유취(口生乳臭)하는 5세 유아의 구강을 통하야 표현된 노래인 고로 내용 형식이 공히 유치한 점을 미면(未免)한 것은 사실이라 하겟으나, 반복 음영할수록 그 천진난만하고 소박 무식(無飾)한 심정이 동심 그대로 발로된 점에 민요적 가치가 충분히 발견된다. 어린아이에게도 자기의 눈 먼 것을 깊히 슬퍼하는 동시에 눈쓰고 잇던 전일의 쾌락과 행복을 몹시도 회억하야, "무릎 꿇고 합장하고 천수관음님전 비나이다. 눈을 쓰여 주십소서. 자비하신 부처시여 어린 병신 살리소서."운 하는 노래를 어린 목소리로 애수를 씌운 곡조로 부르던 그 때의 기분을 상상하야 보면

6 대나무 말과 파 생황. 즉, 어릴 때 대나무로 말을 삼고 파를 생황 삼아 노는 것.
7 거리의 먼지.

부지중 그째의 아동심리를 여실히 찾아낼 듯하야 누적(淚滴)의 써러 짐을 불각(不覺)하게 된다.

7. 정몽주 모당(母堂)의 시조(詩調)

여말에 이태조가 회군한 후로 공업(功業)이 일성(日盛)하야 군하(群 下)가 귀심(歸心)하게 되므로, 마침내 여조(麗朝)를 대신하야 남면(南 面)할 계획을 세우고 장차 실행에 착수하려 하는데, 정포은이 김진양(金 震陽) 등 제충신으로부터 망신(忘身) 순국을 하야 여조의 사직을 붓들 어 보려 하므로, 태종이 포은의 심적을 시험하야 보려 하야 연회를 개설 하고 포은을 청한 까닭에 포은의 모친이 그 애자(愛子)인 포은의 신변을 염려하야 시조를 지어 풍자하야 그 연회에 감을 만류한 것이라 한다.

가마귀 싸호난골에 백로(白鷺)야 가지마라.
성낸 가마귀 흰빗츨 새울세라.
청강(淸江)에 조히씻은몸 더러일까 하노라.

실로 자애의 충정이 중심에서부터 나와서 노래로 발표된 선미(善 美)한 풍자이다.

8. 임벽당(林碧堂) 김씨의 〈빈녀음(貧女吟)〉

地僻人來少(땅이 幽僻하매 오는 사람이 적고)
山深俗事稀(산이 깊으니 時俗일 드물구나)
家貧無斗酒(가난한 집에 말술이 업으니)
宿客夜還歸(자러온 손이 밤으로 돌아가네)[8]

9. 창암(蒼巖) 김씨[9]의 〈자경시(自警詩)〉

據德懷仁可謂人(德에 의지하고 仁을 품어야 사람이라 하겟지)

華簪寶貝莫安身(화잠과 보패가 몸 편한 것이 안이라네)

脂膏榮祿吾還畏(지고와 영록을 나는 도리어 두려워하노니)

上有王章下有民(위로는 왕장이 잇고 아래 백성이 잇구나.)

10. 송씨[10]의 〈제신사시(題新舍詩)〉, 〈종미암공우종성적소시 (從眉庵公于鐘城謫所詩)〉

▌제신사시(題新舍詩)

天公爲宋三山壽(하나님은 날 위하야 삼산수를 내리시고)

靈鵲來通百世榮(까치는 와설랑은 백세영을 축원하네)

萬頃良田非我願(만경의 좋은 땅은 내 소원이 안이라네)

元央和樂過平生(원앙처럼 화락하게 일평생을 지내리라)

　이 시는 신축가옥에 드는 날 축복하는 시인데, 실로 그 시대의 상류 가정 여성들의 절실한 희망인 동시에 정직한 고백이라 하겟다. 삼종지 의를 손중히 여기던 그네들에게는 만경양전(萬頃良田)보다도 화락해

8　김씨는 김별좌 수천(壽千)의 여(女)요, 유현량(兪賢良) 여주(汝舟)의 부인이니 문 장에 공교하고 서법(書法)이 선미하며 문집 1권이 잇는데, 시는 열조시집에 기재 되여 잇다. 얼마나 솔직 순미한 시인가. 세태인정을 유감업시 화출(畵出)하면서도 말은 간단하고 뜻은 곡진하다 하겟다.(原註)

9　본은 광주(光州)요 병사 석진(石珍)의 딸이니 창암은 그 호이다. 옛날에 조선여자 들은 허영을 이럿케 경계하얏섯다. 역시 유교 전성시대의 시대색이라고 하겟지만 현대의 허영에 들뜨인 여성들의 좋은 교훈이라고 할 만하다.(原註)

10　송씨는 유미암 희춘의 부인이요, 신평(新平) 송준(宋駿)의 여(女)이니 능문선시(能 文善詩)하는 사람이엇섯다.(原註)

로(和樂偕老)가 유일의 희망이엇을 것이다. 금전지상주의 또는 정조자
유주의의 현대 신여성들에게는 환영밧지 못할 듯하나 다음 시와 종합
하야 보면 그 시대의 중류이상 여성들의 심리를 잘 알 수 잇슬 것이다.

▎ 종미암공우종성적소시(從眉庵公于鐘城謫所詩)

　　行行遂至摩天嶺(행하고 쏘 행하야 마천령에 이르니.)
　　東海無涯鏡面平(동해가 가이업는대 경면처럼 평편하고나.)
　　萬里婦人何事到(만리길에 부인이 무슨 일로 왔는고.)
　　三從義重一身輕(삼종의는 무겁고 일신은 가볍구나.)

인생행로난(人生行路難)이라고는 하얏지만은 현대처럼 교통이 발
달된 째에 안저서는 마천령쯤 가기가 그리 고통이라고는 할 수가 업슬
것이다. 그러나 교통이 미발달되엇던 석일(昔日)에 잇서서 섬섬약질
의 여자로서 호화롭지 못한 길, '말하자면 죄인의 몸이 된 그 남편의
적소길을 짜라서　험하고 험한 마천령까지' 가기는 실로 무상의 고통
이엇슬 것이다. 그러나 사신취의(捨身就義)하겟다는 취지하에서는 일
신의 생명까지라도 당연히 행할 의리보다는 경하다는 것이다. 종래에
도덕관으로 보면 심중한 교훈을 품은 걸작시라 하겟다.

11. 사임당 신씨[11]의 〈유대관령망친정시(踰大關嶺望親庭詩)〉, 〈사친시(思親詩)〉

▌유대관령망친정시(踰大關嶺望親庭詩)

慈親鶴髮在臨瀛(늙으신 어머님은 강릉 게신데)

身向長安獨去情(몸은 홀로 장안으로 향하야 가네.)

回首北坪時一望(머리 돌려 북평을 바라다보니)

白雲飛下暮山靑(흰 구름은 날녀가고 느진 뫼 풀으다.)

신씨가 강릉을 출발하야 경성으로 오는 길에 대관령을 나서서 그 모친을 생각하고 지은 글이다. 독자는 한번 자기를 그 처지에 두고 그 째의 정경을 사(思)하야 보면 그 시의 묘경(妙境)을 자연히 요해케 되려니와, 그의 효사(孝思)가 중정(中情)에 충만되여 자연히 시사(詩詞)에 발표된 것을 알 것이다. 신씨가 율곡 선생 갓흔 인재를 나아서 엄절히 교육한 결과 유수한 학자가 되여 성명을 후세에 유전케 한 것도 즉 사임당의 학덕으로부터 출발한 것이라고 볼 수 잇다.

▌사친시(思親詩)

千里家山萬疊峰(전리 밧 가산에는 만첩봉이 막혓는데)

歸心長在夢魂中(귀심이 길이 잇서 꿈속에만 뵈는고야.)

寒松亭畔雙輪月(한송정반 생각하면 쌍륜월이 두렷하고)

鏡浦臺前一陣風(경포대전 못 니즐사 일진풍이 시원코나.)

11 신씨는 진사 명화(命和)의 여(女)요 율곡 이이의 모(母)이니, 그의 고향은 강원도 강릉군 북평이라. 능히 경사를 통하며 겸하야 서화도 잘하는데 7세에 안견산수도를 모방하야 그렷스며 특히 포도를 잘 그렷다고 전하는데, 학문과 행겸이 족히 여자계(女子界)의 모범이 될 만하얏섯다.(原註)

沙上白鷗恒聚散(사상의 백구들은 언제든지 오락가락)
波頭漁艇每西東(파두의 어정들은 서에 번쩍 동에 가네)
何時重踏臨瀛路(어느 째나 다시 한번 강릉길을 밟아설랑)
綵舞斑衣膝下縫(채무와 반의로서 슬하에서 꿰매 볼꼬.)

12. 김씨의 〈상사시(相思詩)〉

向來消息問如何(향래 소식 어떠신고)
一夜相思鬢欲華(일야 상사에 머리 세겟네.)
獨倚雕欄眠不得(독의 조란 잠 못 드니)
隔林踈竹雨聲多(림임유죽에 빗소리라.)[12]

　참으로 얼마나 솔직 절실한 상사시이냐. 진실로 간절하게 상사한다
고 보면, 일야 동안에 머리도 셀 듯하며 독숙공방에 잠 못 들 째에는 빗
소리조차 더구나 슬프게 들릴 것이다.

13. 난설헌(蘭雪軒) 허씨의 〈빈녀음(貧女吟)〉 3수, 〈강남곡(江南曲)〉

豈是乏容色(얼굴이야 남만 못지 아니하지요)
工針復工織(바느질도 짜개질도 다 잘하건만)
少小長寒門(어려서 가난한 집 자라난 죄로)
良媒不相識(조흔 중매 누구인지 모른답니다)

---

12 김씨는 잠곡(潛谷) 육(堉)의 여(女)요, 감사 서문리(徐文履)의 부인이니, 시문에도
　능함.(原註)

夜久織未休(밤 늦도록 쉬지 않고 베 짜느라고)

軋軋鳴寒機(찬 베틀을 찔걱찔걱 울니고 잇네)

機中一匹練(베틀 속에 감겨잇는 한필 필육아)

終作阿誰衣(네 나종에 뉘 옷감이 되랴 하느냐)

手把金剪刀(손에다가 쇠가위를 쥐고 일하니)

夜寒十指直(밤이 추어 열 손가락 꼿꼿해지네.)

爲人作嫁衣(남 위하얀 시집갈 옷 지어주건만)

年年還獨宿(해해마다 나는요 혼자 잠자네.)[13]

　허씨는 그 부형이 다 문학 재예로 당시 조야에 유명하얏섯다. 그러한 과정에서 생장하얏슬 뿐만 안이라 재화(才華)가 비범하야 백옥루 상량문을 작하야 세인의 구두에 회자되엿섯다. 그 시가의 체격이 극히 염려(艶麗)하야 명작이라 위(謂)할 만한 것이 만앗섯는데, 허씨가 임사시(臨死時)에 자기 평생의 저술한 시문의 작품을 모두 소기(燒棄)하얏스나, 다행히 약간 편의 시집이 잔존되여서 그 시문의 구조와 의장(意匠)을 상상할 수 잇게 되엇다. 상기의 시구는 빈녀를 대신하야 그 정경을 서사(敍寫)한 것인데, 대저 가세가 빈한하므로 부지런히 노동을 하는데 용색(容色)과 재예는 남만 못지 안이하건만 양매(良媒)를 알지 못하야 늦도록 출가도 하시 못하고 밤이 늦도록 짜는 피륙은 필경 남의 옷감만 되고 말며, 겨울밤에 열 손가락이 꼿꼿하야 가지고 남의 시집갈 옷은 지어주건만, 자기는 해마다 독수공방으로 지낸다는 탄

13　허씨의 명은 경반(景攀)이니 이조 선조시의 초당(草堂) 허엽(許曄)의 여(女)요, 허성(許筬)·허봉(許篈)·허균(許筠)의 매(妹)이며 김성립(金誠立)의 처니, 연 27에 몰(沒)하얏는데, 문집 1권이 잇으며, 명(明) 전목재(錢牧齋) 겸익(謙益)이가 운하되, "금릉(金陵) 주태사(朱太史) 지번(之蕃)이가 동국(東國)에 사행(使行)하얏다가 그 시집을 얻어 가지고 와서 중화(中華)에 전파하얏다" 운운함.(原註)

식이다. 또 한 수 들어보자.

▎ 강남곡(江南曲)

人言江南樂(남은 다 강남이 조타하지만)
我見江南愁(나는 보니 강남이 걱정이로세)
年年沙浦口(해마다 해마다 모래 포구에)
腸斷望歸舟(귀주를 바라기에 창자 끈누나.)

강남 갓치 조흔 곳이라도 각각 경우를 딸아서 혹은 비관하는 자도 잇고 혹은 낙관하는 자도 잇슬 것이다. 그러나 차시(此詩)는 강남에 거주하는 상인의 부녀들이 해마다 남편이 배에다가 물화를 적재(積載)하고 타지방으로 장사하러 가면 그 남편의 상선이 하시(何時)에나 무양(無恙)히 귀래할는지를 알지 못하야 매일 강구(江口)를 망견(望見)하고 기다리는 정경을 서사(敍寫)한 것이다. (미완)[14]

---

14 원문 자체가 미완으로 되어 있음.

제3장

이원규, 조선 가요의 사적 고찰

자료 해설

이 글은 이원규(李源圭)의 〈조선가요의 사적 고찰〉(조선 134, 1928.
12)에 약간의 주석을 달고 읽기 쉽게 띄어쓰기를 하여 소개하는 것이
다. 이 글에서 이원규는 향가가 시조로 발전한다고 서술하는가 하면,
도솔가, 혜성가, 찬기파랑가, 헌화가를 해독해 보이는 등, 고전시가 연
구의 초기 성과인데도 그간 알려진 일이 없다. 고전시가 연구사를 온
전하게 서술하기 위해서는 반드시 포함해 다루어야 할 글이라 생각해
이 기회에 소개한다.

이 글의 필자인 이원규가 어떤 인물인지 아직 밝혀져 있지 않다. 하
지만 국문판 조선지에 발표한 이원규의 다른 글들까지 종합해 보건대,
전통 학문과 근대 학문을 겸했던 인물로 추정된다. 특히 조선문학의
개념에 대해 "조선사람이 쓴 문학을 의미하는 것이냐", "조선말(혹은
문자)로 된 문학을 의미하는 것이냐" 이 두 가지 입론이 있다고 하면서
"저 외국학자들의 해석하는 예에 의하야 의논한다면"이라는 언급을
하고 있는데, 이는 이원규의 독서 범위가 국문과 한문 및 일문을 넘어
외국 원서에까지 미쳐 있었음을 알게 해준다. 이원규의 글에 그 출신
지와 생업이 무엇인지 시사하는 대목이 있어 주목된다. 「농촌의 취미

와 오락」이라는 글에서 "도락산(道樂山) 밑에서 출생하야 농촌이 고향
인 나"라는 대목이 나오는 것으로 미루어, 도락산이 소재한 충북 단양
군 단성면 가산리가 출신지임을 알 수 있다. 아울러 「조선가요의 사적
(史的) 고찰(조선 134, 1928.12)」의 말미에는, "하층 노동자의 생활을
계속하는 나의 육신에는 공교히 제반환경의 지배와 구속을 받아서, 쓰
고 싶은 글을 쓸 만한 시간의 여유를 얻지 못한 것이 유감이다."라는
대목이 나오는바, 지식인이면서도 하층 노동자로 살아가면서 문필 활
동을 했던 것으로 보인다. 앞으로 이들 단서를 활용하여 이원규에 대
한 전기적인 고찰이 이루어져야 할 것이다.

이원규의 이 글은, 향가를 비롯한 우리 고전시가에 대한 이른 시기
의 성과이면서, 몇 가지 주목할 만한 것이 있다. 다음의 사항들이 그
것이다.

첫째, 이미 앞에서 언급하였듯이, 향가 해독 면에서 小倉進平의 것
(1929.2)보다 3개월 앞서 있다. 이는 기록상 가장 이른 시기의 해독이
므로, 향가 해독의 선편을 잡은 이는 小倉進平이 아니라 이원규라고
바로잡아야 할지도 모를 일이다. 이원규 이전의 향가 해독은 신채호의
「조선 고래의 문자와 시가의 변천」(1924.1.1. 동아일보, 개정판 단재
신채호전집 중, 1972, 단재신채호선생기념사업회. 434-435쪽) 이래
金澤庄三郎, 권덕규, 鮎貝房之進, 小倉進平 등 다섯 명의 학자에 의해
서 여섯 번이나 시도되었다.(금기창, 신라문학에 있어서의 향가론, 태
학사, 1993, 3쪽 참고) 하지만 모두가 '처용가' 해독에만 매달렸던 것
인데, 이원규에 와서 그 대상의 확대가 이루어지고 있어 주목된다. 어
구 분절과 해독 내용도 小倉進平과 구별되고 있어서 더욱 그렇다. 小
倉進平의 해독에 이원규의 해독이 영향을 끼쳤고, 해독 대상을 더욱
확대한 것이 소창진평의 성과라고 볼 수도 있는바, 앞으로 그 상관관
계에 대하여 면밀히 연구해 볼 필요가 있다.

둘째, 시조의 명칭이 지금과 동일하다. 1926년에 나온 손진태의 글에서만 해도 '詩調'라고 표기하고 있으나, 이원규는 時調로 표기하고 있다.

셋째, 향가의 체계가 일부는 시조로, 일부는 가사로 전환되었다고 주장하고 있어, 이른바 '시조의 향가기원설'의 초기 성과로서 평가받아 마땅하다.

넷째, 중국문학의 수입으로, 상층의 문학 담당층들은 더 이상 기록문학인 향가를 돌아보지 않게 되었지만, 향가를 이루는 정신과 생명은 하층의 민요로 계속 이어졌다는 시각을 견지하고 있다. 판소리 작품들을 위시하여 〈회심곡〉, 〈오륜가〉, 〈사친가〉, 〈장타령〉, 〈바위타령〉, 〈흥타령〉 등이 윤리·형식·도덕에 구애되지 아니하고 불교·도교의 초연 사상에도 빠지지 않고 일종의 낙천 사상을 기조로 삼아 민족정신을 수호했다면서, "조선인 본래의 사상 경향도 다만 가요에 의하야 규찰(窺察)할 수 잇스며, 조선 고유의 문학도 쏘한 향가리요(鄕歌俚謠)에서만 찾을 수 있다고 확언"하고 있다. 상층의 문학보다 하층의 우리말 문학 또는 구비문학이야말로 우리의 정체성을 파악하는 데 적절한 자료라는 사실은 누구도 부인할 수 없는 명제이니만큼 이원규의 견해는 타당하다 하겠다.

다섯째, 일본 녹아도(鹿兒島) 일치군(日置郡) 이집원촌(伊集院村) 묘대천(苗代川)에 거주하는 조신 이주민 사이에서 전해 내려오는 옥산신사례제(玉山神社例祭)의 민요적(民謠的) 축사(祝詞) 2편과 용가(踊歌)를 소개하고 있어 주목된다. 이 자료에 대해서는 정광 교수가 1990년에야 『薩摩苗代川傳來の朝鮮歌謠』, 京都, 中村印刷에서 '朝鮮歌'라 하여, 해설과 함께 영인해 소개한 바 있으나, 일본어 책이라 우리 말 번역문의 양상을 살피기 어려운데, 이원규는 1929년에 벌써 이 세 자료 모두를 원문은 물론, 우리말 해독까지 하여 보여주었던 것이다. 향가도 해독한 인물이었기에, 대부분 일본 문자로 표기되어 주문과도 같은 이 자료를 판독할 수 있었던 것이 아닌가 여겨진다. 이 자료를, 이원규는 "가요가 축사(祝詞)로 사용된" 사례로 평가하고 있다. 신사에서 축사(祝詞)로 쓰이고 있지만 본문을 독해해 보면 분명한 가요라는 것이다. 어쩌면 이원규의 이 축사 소개와 평가는 요즘 논의되는 디아스포라 문학에 대한 이른 시기의 연구 성과가 아닌가 싶다.

여기에서는 이원규의 글을, 띄어쓰기만 현행대로 바꾸었을 뿐 가능한 한 원형대로 소개하였으나, 명백한 오자는 바로 고쳤다. 원문은 한자 혼용이지만 여기에서는 한글로 바꾸되 필요한 것은 원래의 한자를 병기하였음을 밝혀 둔다.

조선 가요(歌謠)의 사적(史的) 고찰

이원규(李源圭)

가요(歌謠)는 세계 하국(何國)을 물론하고 문짜가 잇기 전부터 원시인의 서정형식으로 생겨난 것이니, 다시 말하자면 인류의 가요는 실로 유사 이전부터의 존재이다. 사람의 노래라는 것은 사람으로서의 엇던 간절한 사상을 서술하는 형식상의 명명(命名)이니, 이 명명부터도 물론 후대에 생겨난 것이고, 인생생활의 반영 즉 향토적 민족적 정신이 무위불식(無僞不飾)의 솔직한 그대로 표현되는 유일의 음률적 소리이다. 금일에 와서는 가(歌)니 요(謠)니 곡(曲)이니 하는 명칭이 붙어 잇스나 상고(上古)쩍에는 왕자(王者)도 서민도 동일한 소리로 사상을 상통하고 정서를 서술하엿섯는 고로 원시시대의 사람에게는 그것이 곳

생활의 본능이고 심정의 유로(流露)임에 불과하얏섯스나, 인류생활의
문화가 발달되고 예술적 별종의 활동이 작용됨을 딸아서 여기에 그 희
노애락(喜怒哀樂)의 감정을 표현할 어구의 형식이 생기면서부터 가요
의 서정시적 가치가 생긴 것이다. 그럼으로 가요에는 지방색이 표현되
는 동시에 반듯이 그 생활문화의 시대가 부수(附隨)하는 것이니 이것
이 곳 그 시대의 민성(民聲)이 노골로 표현되는 소이(所以)이다.

특히 조선과 갓치 시대문화와 지방색이 단순하지 아니한 곳에는 거
긔에 자연히 각색의 가요와 여러 가지 민성이 전하야 오는 것이다. 그
리하야 엇던 시대에는 은둔적·정돈적(停頓的) 사상이 표현되며, 엇던
째에는 애조적(哀調的)·감상적(感傷的)·원차(怨嗟)의 성(聲)이 발로되
며 엇던 째에는 주락적(酒落的)·골계적·무사기(無邪氣)한 경향이 발
견된다. 이것은 종교사상과 밋 경제조건에 의한 반영이고 엇던 시대
엇던 작품의 퇴폐적·음탕적인 것이 이 나라의 특색이며 민족의 특성
이라고는 할 수 업스나 하여간 각 시대를 통하야 상당히 그 향토색 민
족성을 발휘하는 동시에 그 시대 그 시대의 색채와 지방적 특징을 표
현하고 잇는 것은 사실이다.

내가 외국인을 만날 째와 내지인(內地人)[1]을 만날 째에 "조선에도
순전한 조선심(朝鮮心) 조선 정조(情調)를 조선어로 표현된 문학적 작
품이 잇느냐"고 묻는 이를 대할 째라든지, 혹시 어떤 일본인의 입에서
"조선은 어듸로 보는지 문예가 업는 나라"이라, 또는 "조선의 요곡(謠
曲)은 퇴폐적·정돈적·비애적·음탕적이라"고 하는 말을 들을 째는 나
는 부지중 가슴이 싸늘하야지며 고독의 비애를 늣기게 된다. 대테[2] 메
운 질그릇과 귀썰어진 헌 벼루도 세전지물(世傳之物)이라면 귀엽고도
앗겨지며, 쓴나물 뎃친 것과 초가집 좁은 쓸도 내 분수(分數)의 것이라

---

1 일본인.
2 대나무(竹) 테로.

면 입에 맞고 몸 편하며 외눈퉁이 들창코와 반벙어리 곰배팔이도 내 자식이고 보면 덜 미운 법이다. 엇지 우리 인류만 그러한 뿐이랴. 범도 제 자식 둔 골을 두남두며, 고슴도치도 제 삿기는 함함하다 하며, 가마 귀도 제 소리 구진 줄을 모른다 한다. 말하자면 우리는 누구든지 모다 자기 잘난 맛에 살며 자기를 발전시키고 사는 것이라 하겟다. 그러므 로 남이 내 흉을 볼 째에는 인격수양상 물론 반성할 필요가 잇고 또 개 선함에 주저치 말아야 하겟지만 사실은 여하간에 험담을 듣는 그 순간 에 불쾌한 감정이 생기는 것은 아마도 우리 인류의 공통성이라 하겟 다. 말이 넘우 기로(岐路)로 나가서 탈선된 듯한 감상이 불무(不無)하 다. 그러나 아마 조선의 문예는 어느 구석에서 신음하고 잇는가. 또는 조선에도 자랑할 만한 작품이 잇섯든가 업섯든가. 세계문학사상(世界 文學史上)에 자랑할 만한 고래의 성형문학(成形文學)은 무엇이며 청 구산하(靑邱山河)[3]에 광휘(光輝)를 더한 작품은 무엇인가. 특필(特筆) 할 소설·희곡 등의 걸작은 무엇이며 대서(大書)할 시문가요(詩文歌謠) 는 무엇인가. 엇더한 문예평론가가 유력한 문학론 사상론을 발표하여 문단을 유도(誘導)하고 사상계를 지도하였으며, 엇더한 선각자의 종 교론 사회론 문학론이 시대예술의 배경이 되여 민중을 계발하고 사회 를 진화식히엇든가. 문화성쇠(文化盛衰)의 쇄약(鎖鑰)[4]인 문예작품의 유물(遺物)은 과연 어듸서 여지업시 학대를 바드면서 그 잔명(殘命) 여흔(餘痕)[5]을 보존하는가. 숨은 것은 발로(發露)식히고 가리운 것을 제거하야 계술(繼述)도 하고 천명(闡明)도 하는 것은 우리의 천직이며 의무가 안인가. 이 의미 하에서 우리는 분연 궐기하여 광휘잇는 조국 문학의 명예를 옹호하고 현명한 대중의 열망과 기대에 수(需)케 해야

---

3 우리나라.
4 자물쇠와 열쇠.
5 남은 흔적.

만 되겟다. 그럼으로 연구의 박약한 나로서도 여상(如上)의 의미에서 이 미숙하고 불완전한 글이나마 쓰게 된 것이다. 그리하여 나는 천협(淺狹)하나마 나의 아는 범위 내에서 순조선심(純朝鮮心) 조선정조(朝鮮情調)의 가인(歌人) 시인(詩人)도 차저 보고 명음걸작(名吟傑作)[6]도 외어 보며 혹은 시대를 좌우하엿든 대론책(大論策)도 고찰하야 보고 혹은 작가의 생활과 풍격도 추억하야 보는 등 평면적으로 또는 입체적으로 순조선적 조선문학을 고심고구(苦心考究)해 보앗다. 그러나 내가 천견박식(淺見薄識)의 소치인지도 모르겟스나 오랫동안 순조선문학이 학대받아온 금일에 와서는 순조선문학적 사실을 풍부히 발로시키기는 실로 적지 아니한 의문이다.

문헌에 나타난 사실을 섭렵하야 보면 조선인의 작품으로는 국문학의 은인 설총(薛聰)의 풍자적 걸작인 〈화왕계(花王戒)〉와 시성(詩聖) 최치원(崔致遠)의 응징적(膺懲的) 명작인 〈토황소문(討黃巢文)〉과 간결한 가작(佳作)인 최간이(崔簡易)의 〈서양인화죽병서(西洋人畵竹屛序)〉 등이 잇스나 그 표현방식이 역시 중국풍이 구니(拘泥)[7]됨을 면치 못하얏다. 세계적 저술가 원효선사(元曉先師)의 천수십 권의 대저서가 잇스나 그것도 대개 불서(佛書)의 주석, 불학(佛學)의 요록(要錄)에 불과하며, 유학(儒學)에는 안유(安裕) 씨, 이율곡(李栗谷) 이(珥) 씨, 이퇴계(李退溪) 황(滉) 씨 등 제선생이 잇섯고, 사학(史學)에는 이문진(李文眞), 김부식(金富軾), 서거성(徐居正) 등 세씨가 잇섯고, 문호(文豪)로는 이규보(李奎報), 정지상(鄭知常), 이인로(李仁老), 이제현(李齊賢), 최유청(崔惟淸), 남효온(南孝溫), 유호인(兪好仁), 홍유손(洪裕孫), 차오산(車五山) 등 제씨가 잇섯고, 소설가(小說家)로는 박연암(朴燕巖) 지원(趾源), 임제(林悌), 김만중(金萬重), 김춘택(金春澤) 등 제씨가 잇

---

6 유명하여 읊조려지는 걸작.
7 어떤 일에 얽매임.

스나, 착상과 표현방식이 대개 지방풍의 모방문학됨을 면치 못하얏다. [정지상, 이규보 등의 문체와 여히 중국풍에 구니(拘泥)하지 아니하고, 국수(國粹)와 자립(自立)의 정신에 부(富)한 이도 간혹 잇섯스나]그러나 이것도 물론 전통과 환경의 사연(使然)함이요 그네들의 허물은 아니다. 수천년 내의 사실을 보라. 기자조선시대부터 한자가 반도에 유입된 후로 고구려에는 영양왕 11년부터 백제에는 근초고왕 30년부터, 신라에는 진흥왕 6년부터 문기(文記)가 시작되었으나 모두 순중국식 한문의 직수입에 불과하얏스며, 그 후에 설총의 이두(吏道)와 구결이 창제되어서 우리의 언어를 기록하게 되엇스나, 방언·가요·서간 등 이외에는 의연히 순중국한문만 숭배하얏스며, 이조 세종께서 훈민정음을 발명하셨으나 기천년간을 한학만 전용하야 오든 조선인의 두뇌에는 다만 한자가 잇쓸 뿐이엿섯다. 그럼으로 정음(正音)이 창제되던 당시에 이를 불가하다 하야 항소쟁변(抗疏爭辨)한 일까지 잇섯다. 그리하야 정음으로 기술된 것은 언해, 소설, 가요 등 외에는 서정산문작품으로는 허씨의 〈조침문(弔針文)〉 등이 잇슬 뿐이고 일청전역경(日清戰役頃)까지는 소위 지식계급인의 문예적 작품이라고는 순한문식에 국한되엿섯다. 우리의 정조(情調)를 우리의 글로 표현된 문예가 침미부진(浸微不振)하야 금일에 지(至)함이야 어찌 족히 괴이할 것이 잇스랴. 고래로 조선의 인물은 무적(武的), 실행적, 예술적 인물은 비교적 많으나 문학적 인물은 매우 적엇섯다. 순조선적 독특한 문호가 더욱 적엇섯다. 자기를 자랑하고 자기의 것을 찬미하는 것은 상술한 바와 같이 인류의 공통성이다. 그러나 변태적 심리를 가진 나로서는 어쩐 일인지 조선의 문학을 자랑할 수 없다. 천견박식(淺見薄識)의 나로서는 찬미하고 과장할 만한 문학적 사실을 발견할 수 없다. 그뿐만 아니라 근고(近古)와 현대조선인의 내구적 성격이 부족하고 계술적(繼述的) 정신이 결핍함이 얄밉다. 아무리 조흔 정신이라도 미구에 해이되고 귀신같이 기교하던 예술도 백년이 못되어 소지(掃地)되고 열화같이 성기하던 강력도 백년이 못되어 회신(灰燼)하얏다. 정금같이 순미하던 도덕도 미구에 형영(形影)이 없어졌으며 백화같이 난만하던 학예도 미구에 종적이 없어졌다. 어찌 그뿐이랴. 우리는 서양의 문물을 유입한 지 기백년에 지금까지 서양 공예품 일개를 철저히 학득치 못하얏고 일본 문명을 학습한 지 40여년에 하과학(何科學)의 대학자 기인(幾人)을 산출치 못하얏다. 그리하야 신라 진성왕 2년(서기 888)에 순조선적 일종 성형문학인 〈삼대목(三代目)〉이 칙선(勅選)되였엇스나 이것을 계술천명(繼述闡明)하는 이가 없엇스므로 지금 와서는 그 실물까지 찾을 수 없으며 삼국유사, 균여전 등에 산견된 향가의 기편도 조선인의 손으로 완전히 해석되지 못하얏다. 그리하면 순조선의 문예는 무엇이며 쏘는 어디서 찾아야 될까. 불교에서 찾아보아야 할까 쏘는 유교에서 찾아보아야 할까. 조선에는 민족적 종교도 잇섯스나 그 독특한 경전을 전하지 못하얏스며 민족적 철학도 잇섯스며 그 전통적 체계가 기록되지 못하얏다. 조선에서는 다른 예술적 충동에 만족될 만한 기회가 적었던이만큼 그 사상적 생활의 자취는 가요에 풍부하얏었다. 환언하면 조선의 가요는 조선문학적 사상사의 전내용이라 하겠다. 문학의 문학은 시(詩)요 시의 시는 가요(歌謠)이다. 기술된 성형문헌으로 보아서는 그 재료가 비록 비교적 빈약하나 순조선적 정조가 외국풍에 구애되지 아니한 독특한 표현법으로 기술된 짐으로 보아서 순조선적 문학은 어하간 향가이요(鄕歌俚謠)에서 찾아보아야 될 줄로 확신한다.

상술한 바와 같이 조선이 문학국인지 아닌지 쏘는 순조선적 문학사가 성립될지 어떨지는 파(頗)히 의문이다. 그러나 조선은 확실히 가요의 나라이다. 가요도 문학의 권속(眷屬)인즉 조선은 가요를 통하야 발달된 문학국이라고 말할 수 잇다.

조선인의 요적(謠的) 생활은 비교적 구원(久遠)한 기원과 정연한 형식을 가졌다. 〈고악부(古樂府)〉 고금주(古今注)에는 고조선 시대(혹은 고구려 초라고도 전함)의 사공 곽리자고(霍里子高)의 처 여옥(麗玉)의 작이라는 공후인 "公無渡河, 公竟渡河 墮河而死, 將奈公何"라는 역문 (譯文)이 기재되엿고, 삼국사기에는 고구려의 제2대 유리명왕(서기전 19년~17년)의 작품 "翩翩黃鳥, 雌雄相依, 念我之獨, 誰其與歸"의 연가 (戀歌)가 기재되엿고, 신라의 제3대 유리왕 5년(서기 28)조에 『是年, 民俗歡康, 始製兜率歌, 此歌樂之始也』[8]라고 기재되엿는데 적녀(績女) 의 『회소곡(會蘇曲)』 등은 차시부터 성행되어서 국속(國俗)이 되엿다 고 전하야 왓스며, 삼국유사 급(及) 균여전에는 일종의 성형문학(成形 文學)인 향가(鄕歌)에 관한 사실이 그 작품과 공히 기재되엿스며, 진성 왕 2년에 향가의 만엽집(萬葉集)이라고 칭할 만한 〈삼대목(三代目)〉이 칙찬(勅撰)되엿섯다. 그뿐만 아니라, 일본 추고시대(推古時代)에 백제 인 오(吳) 모가 기악(伎樂)을 일본에 전한 사실까지 일본가무음악사에 기재되어 잇다.

그러나 지나(支那)의 문학과 사상이 성히 수입됨을 딸아서 이 향가 는 형식·내용이 공히 점차 지나 정악(正樂) 등에 접근 유화(類化)되는 동시에 필경 고유의 민속에 멀어져서 향가에서 시조(時調)가 파생되 고 시조(時調)에서 다시 가사가 파생되엿다. 그리하야 고유의 향가의 체계는 다만 구설상(口舌上)으로만 상전하게 되고 문필자의 고견(顧 見)치 아니하는 바 된 이후로는 그 기술법은 계술되지 못하고 문화적 저층의 민요로 변화되어 각양으로 그 독특한 생명을 전하게 되엿스니 즉 민중의 윤리학이라 할 만한 〈심청가〉, 〈홍부가〉, 〈춘향가〉, 민중 경전 (經典)이라고 볼 만한 〈회심곡〉, 〈오륜가〉, 〈사친가〉, 민중지리서라고 할 만한 〈장타령〉, 〈바위타령〉, 주구자(誅求者)에 대한 풍자적 〈홍타령〉

---

8 "이 해에, 민속이 편안하여, 비로소 도솔가를 지었으니, 이것이 가악(歌樂)의 시작 이다."

등이 의연히 민족적 특질을 지지하야, 윤리·형식·도덕에도 구애되지 아니하고 불교·도교의 초연사상에도 빠지지 아니하고 간단없는 노력으로써 일종의 낙천사상을 기조로 삼아서 민족정신의 수호(守護) 발로를 불태(不怠)하얏스니 조선인 본래의 사상 경향도 다만 가요에 의하야 규찰(窺察)할 수 잇스며, 조선 고유의 문학도 쏘한 향가리요(鄕歌俚謠)에서만 찾을 수 있다고 확언함을 주저치 아니하는 바이다. 보라. 조선 고초(古初)시대부터 전하던 신교 즉 무속도 금일까지 다만 가무에만 의하야 전수되어 왓스며, 신라시대의 국선 즉 화랑의 유풍도 다만 향가에 의하야 그 진상의 기분을 추찰할 수 잇스며, 해외에 표랑되어 외토(外土)에 귀화된 부락민 즉 예컨대 녹아도(鹿兒島) 일치군(日置郡) 이집원촌(伊集院村) 묘대천(苗代川)의 고대 조선 이주민 유족의 특색도 다만 옥산신사례제(玉山神社例祭)의 요적(謠的) 축사(祝詞) 급 용패(踊唄) 등에 의하야 그 고사의 일단을 연상할 수 잇슬 뿐이다. 요컨대 조선의 가요는 조선인의 생활, 조선의 역사에 이만치 중대한 관계를 가지고 잇섯으므로 진실한 조선을 알려면 이 가요에 의하는 이외에 타도(他道)가 없으리라고 생각한다.

그러나 실제로 조선의 가요를 수집·연구하려 하는 인사에게는 불소(不少)한 곤란이 잇스니 그것은 무슨 까닭이었던가. 유교가 조선의 정치와 종교를 지배하게 된 후로 근고 부유(腐儒)의 한학숭배열이 국수와 자립 정신을 아무쪼록 감뇌시키고 매장식히려고 노력한 결과, 향가이요(俚謠) 등의 기록을 학대하얏을 뿐 아니라 이두식 기술까지 어느 특수 기록에만 국한되엇섯고, 언문 같은 것은 더욱 무학자의 사용할 극히 비속한 것이라고 배척하야, 간혹 한학에 소양잇는 조선인으로서 언문을 해독치 못한다는, 현대의 외국인으로서는 상상도 하기 어려운 기괴한 현상을 정(呈)하는 일도 잇섯으며, 혹은 문호시객(文豪詩客)이 순조선 정조의 시가의 걸작을 발표하더라도, 그 기술이 이도(吏道)[9]식혹 언문을 혼용한 까닭으로 그 문인과 자손 등이 그 전기에 재록(載錄) 함을 수치로 여겨서, 십중팔구는 기록되지 아니하얏스며, 간혹 기재된 것이라도 일부러 한시체로 역재(譯載)하므로, 그 작품의 진생명(眞生 命)을 죽여버리고 한문식에 유화(類化) 접근하게 하얏다. 그러나 기록 상에 존재된 양의 적은 것이 가요의 양이 빈약한 증거라고는 볼 수 없 는 것이다. 차라리 기록치 아니하고 구설상에 발랄한 생명을 전한 곳 에 별종의 흥미가 있다고도 볼 수 있다.

그러면 향가라는 것은 여하한 것인가. 그 내용이 조선 정조이었던 것은 물론이지만 조선에 국자가 없었던 째이므로 그 기술은 물론 한자 를 가차하야 미련한 이두식 즉 일본의 만엽가명식으로 기술한 것인 까 닭에 한문식으로 읽어서는 물론 그 의미를 알 수 없다. 쏘 언어도 고대 어와 현대어와는 현격히 상위한 점이 많으므로, 고어 그대로 유감없이 기술된 것이라도 지금 와서 알기 어려운 점이 불소하겠거든, 하물며 한자의 음 혹은 훈을 가차하야 불충분한 기술법으로 표현된 고어야 그 진의를 명확히 알기는 실로 용이치 못한 일이다. 그러나 조금 주의하 야 연구하면 그 대의는 규찰할 수 잇다.

향가를 독해하랴면 먼저 향찰 향가의 기법(記法)과 이도(吏道)의 기 법과를 대조비교하야 그 발음이 고어로 하어(何語)에 해당하다는 것 을 예증한 후에 고어로 번역하고, 다시 그 고어가 현대어로는 하어(何 語)라는 것을 예증한 후에 현대어로 표현해야만 되겟스나, 향가를 상 해하는 것이 본편의 목적이 아니며, 쏘 지면의 관계상 향가 전부를 게 재할 수 업슴으로 여기는 다만 향가의 한둘에 취(就)하야, 그 한자 옆 에 우리의 알 수 잇는 정도의 고어를 달아놓고 그 아래에 현대어로 씀 에 긋치고저 한다.

9 이두(吏讀).

█ 향가 월명사(도솔가)

今日此矣散花唱良
오날이라 이곳에서, 散花歌를 불너보세,

巴寶白乎花(巴寶白乎花) 良汝隱
푸른 하날 나라가는 나의 사랑 저 꽃들아

直等隱心音矣命叱使以
너는 고든, 내 마음의, 시킨 대로 몸을 바다

惡只彌勒座主陪立羅良
멀리 멀리 저긔 가서, 미륵 싀님 뫼셔 내려라.[10]

차가(此歌)는 신라 경덕왕 19년 경자 4월삭(朔)에 이일(二日)이 병현(並現)하야 협순불감(挾旬不減)하므로, 일관이 주청(奏請)하되 "연승(緣僧)을 마저서 산화공덕(散花功德)을 하면 그 재화(災禍)를 가히 면하리이다"함으로, 이에 제단(祭壇)을 조원전(朝元殿)에 수(修)하고, 청양루(靑陽樓)에 가행(駕行)하야 연승을 망(望)하더니, 이째 마침 월명사(月明師)라는 승이 있어서 천맥남로(阡陌南路)로 통과히거늘, 왕이 명소(命召)하야 단을 개(開)하고 계명(啓明)을 작하라 한 대, 월명사가 주운(奏云)하되, "신승(臣僧)은 다만 국선(國仙)의 도(徒)에 속함으로 향가(鄕歌)를 지해(只解)할 쑌이요 성범(聲梵)에는 불한(不閑)합니

10 小倉進平, 鄕歌及び吏讀の硏究(京城帝國大學, 1929.3)의 해독은 다음과 같다.
今日此矣散花唱良巴寶白乎隱花良汝隱 直等隱心音矣命叱使以惡只 彌勒座主陪
立羅良

다." 하거늘, 왕이 갈오사대, "연승을 기복(旣卜)하얏슨즉 비록 향가를 용(用)하야도 가하다." 하심으로 월명사가 이에 도솔가를 작하얏다 운운(삼국유사).

▌융천사 혜성가(融天師彗星歌)

골 동시 색 건달바 의
舊理東尸汀叱乾達婆矣
고을 東쪽 건달바의

노 오 는 켓 홀 여 바 라 고
遊烏隱城叱肹良望良古
노리터를 바라보고

왜 의 ㅅ군 두 왓 다
倭理叱軍置來叱多
日本軍도 구경왓다

봉 내 산 가 기 섭 어
烽燒邪隱邊也藪邪
蓬萊山 보고 십허

삼화의 뫼ㅅ봄 보 리 어 서 둘 고
三花岳音見賜爲尸聞古,　　,
三花郞의 구경가기, 어찌 참아 고만두랴

달 도 돌 절 이 쉬 어 지 네
月置入切爾數於將來
달도 질 째 쉬여지네,

새 바 의 길 ㅅ ㅅ 세
尸波衣道尸掃尸
새벽에 길, 쩌나세,

별 바라고
星利望良古
저 별, 바라보고,

혜 성 아 삷 펴 라
彗星也白反也
彗星아 삶펴봐라,

사람 이 엇 다
人是有叱多
사람이 여긔 잇다

후구(後句)

달 아 너 도 가 잿 든 냐
達阿羅浮去伊叱等耶
저 달아, 너도 가잿드냐

이 야 벗 모 되 봄
此也友物北所音
어화 벗님 되 구경 가세

헛 질 긔 엇 질 고
叱慧叱只有叱故
彗星도 상관말고[11]

---

11 小倉進平, 鄕歌及び吏讀の硏究(京城帝國大學, 1929.3)의 해독은 다음과 같다.
舊理東尸汀叱 乾達婆矣遊烏隱城叱肹良望良古
倭理叱軍置來叱多烽燒邪隱邊也藪邪
三花岳音見賜爲尸聞古, 月置八切爾數於將來尸波衣
道尸掃尸星利望良古 彗星也白反也人是有叱多
後句 達阿羅浮去伊叱等邪 此也友物北所音叱慧叱只有叱故

차가(此歌)는 진평왕 시대에 제5 거열랑(居烈郎), 제6 실처랑(實處郎. 일작 突處郎), 제7 보동랑(寶同郎) 등 삼화(三花)의 도(徒)가 풍악(楓岳)에 왕유(往遊)하려 하얏더니, 그 때 맛침 혜성이 있어서 심대성(心大星)을 범하거늘, 낭도(郎徒)가 의구(疑懼)하야 그 여행을 중지하려 하얏다. 그 때에 융천사(融天師)가 노래를 지어서 불넛드니, 성괴(星怪)가 곧 업서지고 일본병도 환국하야 도로혀 복경(福慶)을 이루엇는 고로 대왕이 환희하사 낭 등을 풍악에 보내서 유람케 하얏다 운운. (삼국유사)

▌충담사 찬기파랑가(忠談師 讚耆婆郎歌)

울 오 네 고 미 이 시 혀
咽 嗚 爾 處 米 露 曉
울이 언니 고음이시여,

사 ㄴ 달 이 힌 구 름 믈
邪 隱 月 羅 理 白 雲 音 逐
山에 소슨 저 달님이 힌구름을,

활 ㄷ 가 는 편인 줄
干 浮 去 隱 安 支
활작 쩌난 그 모양과, 다름없는 줄.

하 사 이 팔 랑 은 믈 이 잇 간
下 沙 是 八 陵 隱 汀 理 也 中
거룩하신 是八陵은 모르겟지만

기 랑 의 즛 이 올 사 놉 사
耆 郎 矣 貌 史 是 史 藪 邪
耆郎의 하는 짓이, 올코 놉하서.

逸烏川理叱磧惡希
이로 모두 일너낼 줄 모르겟네,

郎也持以支如賜烏隱
님에게 여러 가지로 사모되옵는

心未際叱肹逐內良齊
맘세 조차 알아보려 할작시면

阿耶, 栢史叱枝次高支好
아— 松柏갓치 놉지오, 만은

雪是毛冬乃乎尸花判也
눈 올 째도 여긔 오면, 곳밧과 갓희[12]

충담사는 신라 경덕왕시의 도승이니 경덕왕의 칙명(勅命)을 봉
(奉)하야 이국안민가(理國安民歌)를 작한 사(事)도 유(有)함.(삼국유
사 참조)

---

12 小倉進平의 해독은 다음과 같다.
咽嗚爾處米　露曉邪隱月羅理
白雲音逐干浮去隱安支下　沙是八陵隱汀理也中
耆郎矣貌史是史藪邪　逸烏川理叱磧惡希
郎也持以支如賜烏隱　心未際叱肹逐內良齊
阿耶 栢史叱枝次高支好　雪是毛冬乃乎尸花判也

▌노인 헌화가(老人獻花歌)

紫^저布^벼岩^람乎^가邊^회希
저 벼랑가희,

執^잡音^솔乎^은手^손
자시는 손님

母^암牛^소放^{노이}敎^시遣^길
끌고 가든 암소 놋코, 꽂 썩그라 시키시기

吾^날肹^흘不^엇喩^지慚^붓肹^믈伊^이賜^시等^든
나를 어찌 붓그리시든고,

花^곳肹^흘折^걱叱^거可獻^들乎^오理^립音^니如^다
그 꼿 썩거, 들리옵니다.[13]

차가(此歌)는 신라 성덕왕(聖德王)시에 순정공(純貞公)이 강릉 태수
가 되어 부임할 길에 도중 해정(海汀)에서 주찬(晝饌)을 먹을새, 기방
(其傍)에 고(高)가 천 장이나 되는 석장(石嶂)이 잇서서 병풍같이 바다
에 임하얏고, 기상(其上)에 척촉화(躑躅花)가 성개(盛開)하얏섯고, 공
의 부인 수로(水路)가 그것을 보고 좌우더러 갈오되, "저 꼿츨 썩거들

13 小倉進平의 해독은 다음과 같다.
   紫布岩乎^{붉은바회}邊希執音乎手^{꼿애잠 온손애}母牛放^{암쇼롤}敎遣^{노호이시고}
   吾肹不喩慚肹伊賜等^{날 아닌지붓글어워 이 샤 든}
   花肹折叱可獻乎理音如^{꼿울썩 거들이오리이다}

일 자가 그 누구인고" 한대 종자(從者)가 말하되, "인적(人跡)의 소도처(所到處)가 아니라" 하고, 다 불능하다고 사퇴하얏고, 맛참 그 겻흐로 노옹(老翁) 한 사람이 자우(牸牛)를 끌고 지나가다가 부인의 말을 듯고서, 그 꼿츨 썩고 쏘 가사(歌詞)까지 지어서 들엿는데 기옹(其翁)은 하허인(何許人)인지 부지(不知)한다 운운.

이상 수편(數篇)에 대하야 그 대의(大意)를 규찰(窺察)하야 봄에, 고대민(古代民)의 소박한 심정의 기교 없는 유성(幼聲)의 발로임에도 불구하고, 예술적 발작의 유로됨인 줄을 알 수 있다. 첫째, 도솔가에 대하야 보건대 "오날이 여기 散花불너"의 1구로 이일병현(二日並現)의 재(灾)를 제(除)하기 위하야 散花하는 취지를 표명하고, "푸른 하날 꼿아 너는 고든 마음 식힘으로 멀니 彌勒座主 모셔내라"의 간단한 수구(數句)로 "우리가 훗터 보내서 청천에 둥둥 써나가는 저 꼿들아 너는 誠心으로 식히는 내 마음을 몸바다서 멀니 계신 저 彌勒스님을 뫼셔내려다가 이 쌍일(雙日)이 병출(竝出)한 재화(災禍)를 제하게 하야라" 하는 뜻을 유감업시 쏘는 곡진하게 발표하얏스므로 반복영가(反復詠歌)할수록 온축(蘊蓄)이 무궁하고 여미(餘味)가 진진(津津)함을 감득(感得)하겟다.

기차(其次)에 〈彗星歌〉에 대하야 고찰하야 보자. "고을 東쪽 乾達婆 노리터를 바라보고 日本軍도 왓다"의 수구(數句)도 "우리나라 동편에 잇는 신경을 구경하고 십히서 일본군도 왓는데 허물며 선계인 풍악이 오작 보구 십흐랴" 하는 뜻을 절실하게 발표하얏을 뿐만 아니라, 일본군에 대하야는 그 침략적 행위에 대하야 당연히 적개심으로 증오의 의사를 발표하야야만 될 경우임에도 불구하고, 낙천적 풍자로 "일본인이 결코 우리에게 해로운 일을 허러 오지는 아니하얏스리라. 필경 금강산을 보고 십허서 왓스리라"고 적에게 대하야 웃는 낯으로 대하야는 관대한 도량으로 표시하는 동시에 일본군이 만일 유람하러 온 것이 아니고 침략을 목적으로 하고 왔거든 속히 퇴거하라는 의사를 충분히 암시하고, "봉래산 보고 십허 三花郎의 구경가기 어찌 참아 고만두랴"의 어구로 보고 싶은 봉래산의 구경가는 길은 차마 중지할 수 없다는 의사를 여실히 표시한 후 "달도 질 때 쉬여지네"의 일구로 "저 달도 질 때가 쉬여젓스니 彗星아 너도 고만 업서저라" 하는 의의를 암시하고 "새벽에 길 쩌나세 저 별 바라보고"의 어구로 "봉래산 가고 십흔 마음이 하도 간절하니 날이 발기를 기다릴 것도 없이 새벽에 속히 발도하자. 저 혜성은 아마 우리가 밤길 가기에 곤란할까 염녀하야 길을 빗처 주느라고 저럿케 나와 비춰주는 모양이니 고마운 저 별을 바라보면서 가자."는 의사를 표시하야, 증오하야야만 할 혜성에게 대하야서도 쪼 선의로 해석하야 감사히 생각하는 낙천적 태도를 표현하얏스며, "혜성(彗星)아 삶혀봐라 사람이 여기잇다"의 어구로 "혜성아 잘 삶혀 봐라 사람다운 사람이 여기잇스니 구태여 혜성 네가 염려하야 길을 빗춰줄 필요가 업다. 너는 지는 달을 따라서 업서저라. 네가 업서도 좃타"는 뜻을 은연중에 표시하고, 후구로, "저 달아 너도 가잿드냐 어화 벗님 뫼 구경가세 밤도 혜성(彗星)도 다 잇고"의 어구로 "다정한 저 달이 지금은 넘어가지만은 필경은 우리를 따라서 봉래산 구경을 오리라 벗님들아 뫼구경 가자 밤이든지 혜성이 잇든지 상관할 것도 없이 제반심려를 다 이저 버리고 어서 가자"는 의사를 유감없이 발표하얏다. 실로 말은 간단하나 뜻은 무궁하고 쪼 조선 민족성의 낙천적이고 풍자에 교묘한 특색을 잘 표현한 가요이다.

쪼 다시 〈충담사(忠談師) 찬기파랑가(讚耆婆郎歌)〉에 취하야 고찰하야 보자. "우리 언니 고음이시여 山에 소슨 저 달님이 힌 구름을 활작 써난 그 모양과 다름없는 줄"의 어구로 그 용모 위의의 탁월한 교결·고상·원만함을 충분히 발표하고, "거룩하신 是八陵(耆婆郎)은 모르겟지만 기랑(耆郎)의 하는 짓이 올코 놉하서 이로 모두 일너낼 줄 모르겟도다"의 어구로 "기파랑의 용모위의(容貌威儀)는 상술한 바와 갓거니와 그 덕행에 대하야서는 나의 범안(凡眼)으로는 그 천심(淺深)을 잘 알 수 업다. 그래서 그 덕행의 진선차고(盡善且高)함은 이로 모두 일너낼 수도 업고 쏘 감히 무엇이라고 평할수도 업다"는 의사를 발표하고, "님에게 여러 가지로 사모되는 맘세조차 알어 보랴 할작시면 아—송백(松柏)같이 놉지오만은 눈을 쩨도 여기 오면 꼿밧과 갓희"의 수구로 "기파랑은 용모와 덕행이 이러할 쑨 아니라 품격이 고상하고도 온량하야서 놉다고 보면 낙낙한 송백(松柏)과 갓해서 감히 나려다 볼 수 업스나 그럿케 놉고 엄하기만 하냐하면 그런 것도 아니다. 온화할 쩨에는 한량없이 온화하야서 엄동설한에라도 기파랑을 대하면 백화가 난만한 춘절(春節)을 당한 듯한 감상이 난다."는 뜻을 표현하얏다. 실로 진선진미한 찬가이다. 우리로서는 남의 인격, 용모, 덕행을 찬송할 쩨에 비록 수천어를 나열한다 하더라도 이 이상의 찬사를 표현할 수 없다. 어찌 선미(善美)한 걸작이라는 탄성을 금할 수 잇스랴.

마지막으로 〈노인헌화가(老人獻花歌)〉를 고찰하야 보자. "저 벼랑가희 자시는 손님 '쓸고 가든 암소 놋코 꼿썩그라시키시기' 나를 어찌 붓그리시든고"의 수어(數語)로 "저 벼랑가에서 주반(晝飯)을 자시는 저 손님은 아마 나더러 '쓸고 가든 소를 좀 놋코 저 꼿 한가지를 썩거달라나고' 시키고 십혼 마음이 간절하신 듯한데 나시키기를 어찌하야 늙은이라고 심부름 시키기를 미안히 넉일 것도 입소" 하는 뜻을 표시하고, "꼿츨 썩거드리옵니다"의 일구(一句)로 "저 손님께게서는 날더러 참아 심부럼해 달나고는 발표를 아니하실망정 그 의사를 안 나로서야 어찌 그만한 수고를 앗기겟소. 그럼으로 이 꼿츨 썩거 들이옵니다" 하는 뜻을 표시하얏다. 참 어간의진(語簡意盡)한 가작(佳作)이다. 이상 수편에 대하야 맛들여 보라. 수천백년 전의 조선의 가요는 실로 풍부한 문학적 소질을 가졌던 것이 아닌가. 그것이 쏘는 고대의 국풍(國風)이 되

여 제사(祭祀)에도 기도(祈禱)에도 내지(乃至) 군왕의 훈계에도 전우
(殿宇)의 낙성(落成)에도 보편적으로 쓰는 국교(國敎)이엇섯다. 지면
과 시간상 관계로 일일이 기(其) 예(例)를 예거할 수는 없으나, 말하자
면 혹은 선도(仙道)의 축사(祝詞)도 되고 무교의 기도문도 되고 문호
의 시편도 되고 성자의 찬미가도 된다. 즉 지나의 '아(雅)', '송(頌)',
'국풍(國風)' 등과 차이가 없던 줄로 생각한다.

　가요가 축사(祝詞)로 사용된 적례(適例)는 상술한 바 일본 녹아도
(鹿兒島)에 이주(移住)된 조선민족의 신앙하는 옥산신사(玉山神社)의
예제축사(例祭祝詞) 본문을 독해하야 보면 그것이 분명한 가요이었음
에 대하야 가요가 축사(祝詞)로도 사용되엿던 것을 증좌(證左)할 수
잇다.

┃ 옥산신사어신행축사(玉山神社御神幸祝詞)(1)[14]

一, タイ、　ハン　ホン　ソーシ
　　당이　韓　魂　昭視
　　神明은 다행히 昭視하시옵소서, 韓族을,

　　ソタイパンロツビントラ
　　昭代　八　路
　　우리는 소대(昭代)의 팔로(八路)(朝鮮)를 핑 돌아서

　　クイムルホロソンホロ

14　해설문에 나와 있듯, 정광 교수가 이 자료를 일본어로 처음 세상에 소개하였는데,
　　필자와의 통화에서, 우리말로 완전하게 해독하기에는 어려운 단계라고 하였다. 당
　　시의 우리말을 일본문자로 적어놓은 것이라 국어학자들도 접근하기가 쉽지 않음
　　을 알 수 있다. 앞으로 이원규의 해독문을 참고로 완전한 해독이 이루어지기를 희
　　망한다.

긔　　멀 허 러 손 흐 로
그 무엇을 허러, 타향(他鄕)의 손으로,

タ ニ ホ ロ ツ ソ ル ホ ロ ヅ ネ
다 님 호 로 줏 슬 허 로 지 내
길단김으로 업(業)을 삼게 되엿는지요,

ヘ イ モ ク イ ク ル ホ ン ゲ
해　먹 고 귀 이 굴 흔　게
벌어먹고, 귀(貴)히 굴도록,

コ エ ソ サ ル ア リ キ ソ サ ル
고 이 소 사　아 리 키 소 사
고이 소사, 가리처주소서,

ロクナンギ、セイチウムキベツチヤンチ
놉구 난 기 世 尊　께뵙 쟌 지
존비간(尊卑間)에 누구든지, 세존(世尊)께 빌잔다.

ム タ ム ホ イ ト ヒ ㄴ ヒ ト リ
멋이든 헛도 히고 히되 오릿가,

チ ビ ト ソ ネ ト
집 이 도 산 에 도
집에서든지, 산(山)에서든지,

ソ ク テ ン チ ヨ、ブ テ ン チ
속 돈 지 요 붙 든 지
속가내기도 하고, 씨 쑤리기도 하는 쌔에,

ヨクンツクブリアンガスミチヤンホ
요 담 두구부리 한 가슴이장 하 오
모두 장래(將來)길을 바라고 축원(祝願)함을 마지 못하오

イ コ ー ス ポ リ
이   곳 습 풀
아ー 이곳은 ル습풀이야요,

ナムトベコトム、トツトリトベコナ
나무도뵈거 든, 독 덜 도뵈고나
울창한 나무도 뵈고, 당집돌도 뵙니다.

オ、ウ リ ド ツ バ
오 우 리 돕 버
아ー, 우리를 도와주시오.

ト リ ス ル チ ン ダ ホ コ
도 리 술 盞 對 하 고
돌으리 술잔대해안서서

 ハ ル ナ ム デ モ チ ウ ナ
할 난 다 모 쥬 나

할난다, 모주나, (근심닛구서)

ム デ モ ヨ イ シ ナ
모 다 모 여 이 시 나
모두 먹읍시다 모주나.

イ ラ ン ダ イ キ ラ ン ダ イ
이 란 대 긔 란 대
이럿튼지 저럿튼지 間에

オ、ウ ナ ム セ イ ト ム キ ブ コ
오 우 난 새 도 집 부 고
아ー, 우는 새소리도 깃부고,

ソ ネ フ サ ム ト ラ ス コ
사 넷 샘 도 라 스 고
산(山)에는 단샘물이 소사납니다.

イ マ ハ ン ト リ コ ダ
이 만 돌 것 다
인제는 고만, 돌아단길가보다.

ヤ ボ マ ル ヤ セ、キ リ ヤ セ
여 보 말 세 긔 리 세
여보시오, 가지말세, 그리해보세,

ソネンカンドリ、チリカンドリ

山 에 간 들 질을 간 들

산(山)에 가든지, 길을 가든지 간(間)에,

オ、ヒキトムオノボリスボポイロニ

오 이고 턴 어느 벌 수 포러 냐

아ー, 이곳은, 어느 곳 벌이냐 숩히냐

サ ク サ ヘ モ ン ホ ウ セ ム ス タ ン

자구 새 연 허 서 머 시 단

자구 새면 무엇이든지 힘써 일하세.

テ ン チ ナ ン ブ ル ク、ロ エ、グ キ

田 地 는 불 구 누 에 고 기

전지(田地)는 늘고요, 누에와, 고기의,

セ キ チ ャ ク チ ャ ク

새 기 자 구 자 구

샛기를 기릅시다, 잣구잣구요.

ス ポ イ ロ ニ モ ノ

즈 퍼 이 로 니 면

슘혼 사정 比喩하야 일 너 내자면,

コ ナ ン ポ ン コ ナ ム ヂ

가 는 봄 곳 나 무 지

가는 봄을 아처하는, 꼿나무지요.

ナ ン ナ シ ト ロ シ, ロ コ ロ ノ ハ
난 나 시 도 노 세 노 고 노 노 와
제각기 놀아보세, 놀고 노노와.

二, シンダホコハルナムデモチウナ
심 다하고 할 난 다 모 주 나
마음놋코 해볼난다, 모주 먹기나,

ム デ モ ヨ イ シ ナ
모 다 모 여 이 시 네
우리네가, 모두 함께 모여서

ム デ モ ス ヂ ム ネ
모 다 모 쥬 질 네
함께 모주나, 먹세.

イ ラ ン ダ イ チ ラ ン ダ イ
이 란 대 지 란 내
이럿튼지 저럿튼지 간(間)에

ウ ナ ム セ イ ト ム チ ブ コ
우 난 세 도 집 부 고
우난 새 소리도 듯기 깃부고,

ソ ネ フ サ ン ム ト ラ ス コ
산 엣 샘　 도 라 스 고
산에는 단 샘물이 소사납니다.

イ マ ハ ン ト ル コ ダ
이 만　 돌 겟 다
인제는 고만 돌겟다.

ヤ ボ マ ル ヤ セ、 チ リ ヤ セ
여 보 말　 세 긔 리 하 세
여보시오, 돌지 말세, 긔리하세,

ソネンカンドリ、 チリカドリ
사 녯 간 돌　 질 간 들
산(山)에 가든지 길을 가든지 간에.

オ ノ ボ リ、 ス ポ イ ロ ニ
어 느 벌 숨 히 러 냐
여기는 어느곳 벌이냐, 숨히냐.

オノコナンコンコナムリ
어느거 는 곤 곳나무리
어느것은 고은 곳나무냐.

ナンナチドロシロコロノハ
낫 나치도노세노고노노와

　　제각기 놀아보세, 놀고 노노와

　　オ　ク　サ　ン　グ、ク　ン　バ　ン　チ
　　오 구 　살 구 　根 本 지 어
　　오구, 살구, 根據를 지어,

　　ソ　ン　ニ　ン　ブ　ン　テ　セ　ツ　ブ　ン
　　손 　이 　번 　듸 십 　흔
　　손이, 本土사람 된 듯 십회.

　　ソ　ン　パ　ン　ソ　ロ　イ　ロ　ニ
　　山 　밧 서 로 이 루 니
　　山과 밧흘, 서로서로, 널어내오니,

　　アイ ササ、フイカモンダケ
　　아, 이스소서　後 가 멀 다케
　　ー이어줍솟, 後孫이 永遠히,

　　タ、ブ リ フ イ ソ サ サ サ
　　다 불 　휘 소 사 소 사
　　다, 잘부려 주소사소사.

옥산신사축사(玉山神社祝祠)(2)

　一, オノリオノリラ、オノーリラ
　　오놀이오놀이라 오노ー르이라
　　오늘이라, 오날날은,

ナルノンチヨイムル

날 논 죠 이 물

날로서는, 마음 조리든

チエイムルドサイズル

제   물 됴 차 이 즐

祭物의 근심조차 이저버릴

オ ノ リ ラ ー

오 놀 이 라 −

오늘이라.

二, オ ノ ー リ ラ

　 오 놀 − 이 라

　 오늘이라 오날날은,

ヒヲオヌルイコダルイナ

희워오 놀 이고 눌 이나

손꼽아서 苦待하던 오날이라.

ムツノソイロ、ムツノソイロ

뭇 노 세 로 뭇 노 세 로

함께 한것놀세, 한것놀세.

オ ノ リ ラ ー

오 놀 이 라 −

오늘이야 말로,

三, イリドノサイ、イリドノサイ
　　이리도노 세　이리도노 세
　　이렇케도 놀고, 저렇케도 놀세

　　チエイリ、チエイリ、ウラパン
　　제 이리　제 이리　울아 반
　　제각기, 제각기, 우리 조상 생각하면서

　　ノサイナンギ、ノサイナンギ
　　노세 난니 노세 난니
　　노세, 난니나, 노세, 나누니,

四, ハ　ナ　ガ、ハ　イ　チ　ヤ　ナ
　　하 나 가 하 이 치 쟌 아
　　하나(先祖)가 하도 잇치지 안아,

　　ハ　ナ　ガ、ハ　イ　チ　ヤ　ナ
　　하 나 가 하 이 치 쟌 아
　　하나가, 하도, 잇치지 안아.

　　コ　ス　ラ　イ　ナ、コ　ス　ラ　イ　ナ
　　고 스 래 나 고 스 래 나
　　고스레나, 고스레나, 불너보세.

チヨナ、サイナ

죠 나　새 나

자나 깨나,

ハ ナ ガ ハ、イ チ ヤ ナ

하 나 가 하 이 치 쟌 아

하나가 하도 잇치지 안아.

▌옥산신사예제용가(玉山神社例祭踊歌)

一, ヲ ヲ ル ナ リ イ ヲ ノ リ ラ

올　　날 이 오 놀 이 라

來日도 오날같이,

マ イ ル ト ナ ヲ ノ リ ラ

마 일 되 나 오 놀 이 라

每日 장차, 오날 같이

ナ ル ソ ン チ エ ム ル ト

날　손 저 믈 어 도

날이사 저물어도,

サ イ ト ロ ク ヲ ノ リ ラ

새 도 록 오 놀 이 라

날이 새도록은 오날이라.

ヲノリラノルイコソルミヨム

오놀이라 늘 이갓 솔   연
오날이라, 항상 이갓흐량이면,

ムスンセイロカツライ
무 슨   새 로 갓 트   랴
어느 聖代에 譬喻하랴.

二,イリトノサイ、ノサイ
이 리 도 노   새   노   새
이러케도 놀아보세,

チエリチエリノサイノサイ
저 리 저리 노 새 노 새
저리저리도 놀아보세.

ウリイハンチフハソクイ
우 리   한 집 안   속 에
우리네 한집 안 속에,

ノサイナムキセツトンタ
노 새   남 기 샛   된 다
노세 남기 샛돼지네.

ハン カワ、イチヤコツライナ
함 께 예 쟈 고스래 나
함께 부르세, 고스레나,

ヤシヤチエムナサイノサイ

야 샤 저 무 나새나노 새

에-야, 저무나새나 노세.

三. ナムサンウイソルイハントル

남 산 우에 솔 이 한 들

남상 우에 솔이 한들.

ソルイマタハルハンウルカ

솔 마다 학 은 울 가

솔마다 鶴이 울가.

セイサンヌイ、ナリハントドル

西 山 에 날이 한 들

서산(西山)에 날이 한들,

ナル マ タ イ ラ ホ ロ イ

날 마 다 이 라 하 리

날마다 이러하랴,

ハ ヲ ム ル イ ミ ヨ ム ヒ ヤ

하 물 며 야

하물며야,

サル サン ケン ナ リ ロ リ

잘 산 긴 날 이 로 랴

잘살날리랴,

チ エ ム ナ サ イ ノ サ イ
져 무 나 새 노 새
저무나 새나 노세.

四, サンチエコムルチフヌコルイシラ
山 조코 물 존 골 이시라
山조코 물존곳이라,

サンヌルサハコンチヤアンサ
盞을 잡 곤 안 저서
잔(盞)을 잡고 안저설낭.

チ エ ト コ コ イ ボ ロ ニ
제 도 괴 여 보 노 니
저 곳을 바라보니,

チエサンタイチヨフンコイシラ
저 산 도조혼 곳이라
저 山도 조흔 곳이라.

チエサンタイチヨフンゴルイ
저 山 도조혼 골이
저 山도 조흔 골이라.

ア ニ リ ル コ、ヲ シ タ ハ リ
아 니 놀 고 엇 지 하 리
아니 놀고 어이하리.

우기(右記)[15]한 축사와 가요는 조선의 고어를 일본의 가명(假名)[16]으로 표현한 것이므로 금일에 와서는 실로 독해하기 어렵다. 하고(何故)뇨 하면 조선의 언어는 시대에 의하야 변천이 심하얏섯던 고로, 조선 언문으로 표현된 고어까지도 고어에 소양이 없는 현대인에게는 의의(意義) 불통(不通)의 점이 불소(不少)하거든, 하물며 가명(假名)은 본래부터 이것으로써 조선어를 충분히 표현할 수 없는 일인 고로 가명(假名)으로 표현된 조선의 고어가 금일에 난해하게 된 것은 차라리 당연한 일이라고 생각한다.

그 표제는 비록 축사라고 하나 그 작품은 형식이든지 내용이든지 공히 순연한 축사로는 파히 불비(不備)한 점이 많다고 생각한다. 그 내용의 개요로 말하면 "이향(離鄕)의 비애(悲哀)에 반(伴)하는 원정(怨情)과 신명(神明)에게 신뢰하는 전통적 정신과, 고향을 언제나까지 연모하야도 지금 와서는 어찌할 수가 없으니 차라리 단념하고 현재의 처지에 만족히 여겨서 차(此)에 토착하야 발표하야 보리라"는 등 애조(哀調)를 띤 솔직한 감정의 발로인 준민요적(準民謠的) 언조(言調)이다. 즉 연마되지 못한 귀화인(歸化人)의 탄성이다. 말하자면 축사로 보든지 가요로 보든지 물론 그렇게 잘된 작품은 아닌 줄로 생각되는 고로, 해석함에도 준직역적으로 현대어로써 놓음에 그치고 미문으로 만들기 위하야 수식함을 그만두는 바이다.

그러나 이주민의 유물로는 다만 이 노래가 남아잇다는 점으로 보아

15 여기에서는 '상기(上記)'
16 가타카나(일본 문자).

서 그 시대의 가(歌)의 가치가 어느 정도까지 민족 실생활에 중대한 관계를 가지고 잇섯던 것을 상상할 수 잇다.

이상은 향가의 이삼(二三)에 취하야 그 유래와 개요를 간단히 말하고, 그 체계가 일부는 시조(時調)로, 일부는 이요(俚謠)로 되어서 일종의 낙천사상을 기조삼은 조선인 본래의 사상경향은 오직 차(此) 이요(俚謠)에서 찾아볼 수 잇다는 것을 말하야 둔다. 처음에 붓을 잡을 째의 생각한 바는 "첫째로 향가에 대한 관념을 약술하야 조선의 문예와 민요와의 관계를 명료하게 하고 이에서 민요에 대한 종별, 체계, 작품과 및 차에 현(現)한 민족성의 제상과 및 시대색, 향토색"을 말하야 볼 예정이엇섯스나, 하층 노동자의 생활을 계속하는 나의 육신에는 공교히 제반환경의 지배와 구속을 바다서, 쓰고 십흔 글을 쓸 만한 시간의 여유를 엇지 못한 것이 유감이다. 그러나 다음날 다시 엇더한 기회를 엇을 수가 잇다면, 오날날 시간의 자유를 얻지 못한 비애로 끗친 붓을 다시 계속하야 잡아볼가 한다.

국문판『조선』지 연구

제 4 장

이원규, 조선 가요사상으로 본 시조의 기원과 변천

　이 글은 이원규의 〈조선 가요사상으로 본 시조의 기원과 변천〉(조선 136~138호, 1929.2~4)에 약간의 해설과 주석을 붙이고 읽기 쉽게 띄어쓰기를 하여 소개하는 것이다. 내가 과문한 탓인지는 모르나, 시조의 기원 문제와 시대별 변화 양상을 다룬 것은 손진태, 「詩調와 詩調에 표현된 조선사람」, 『신민』 1926년 7월회[이태극, 시조연구논총, 을유문화사, 1965, 22~47 재수록]가 있는데, 이원규의 글은 그 뒤를 이은 것으로, 말하자면 시조사(時調史)의 초기를 장식하고 있는 성과인 셈이다. 이원규가 손진태의 영향을 받았다는 것을 글의 일부에서 확인할 수 있기는 하나, 전반적으로 보아, 이원규는 우리 시가사 전체의 전개 과정에 대한 나름대로의 구도와 관점을 가지고 시조 문제를 다루었음을 알 수 있다. 그럼에도 불구하고 지금까지 시조와 관련된 어떤 논저에서도 이원규의 글은 언급되어 있지 않다. 시조연구사를 온전하게 서술하기 위해서는 반드시 포함시켜 다루어야 할 글이라 생각해 이 기회에 소개한다.

　이원규의 이 글은 시조에 대한 이른 시기의 성과이면서 몇 가지 주목할 만한 것이 있다. 다음의 사항들이 그것이다.

첫째, 시조의 기원과 관련하여 한시 기원설, 즉 외래 기원설을 비판하고 향가 기원설, 즉 국내 기원설을 주장하였다. 뒷날의 향가 기원설 또는 국내 기원설의 초기 성과라 하겠다.

둘째, 기록문학 가운데에서 조선 사람을 가장 잘 표현한 갈래는 시조라고 평가하였다. 시조와 소설을 제외하면 이렇다 하고 내어놓을 만한 것이 없는데, 시조가 소설보다 먼저 나왔을뿐더러 그 가치로 보아서도 그렇다고 하였다. 이는 훗날 도남 조윤제 선생이나 나손 김동욱 선생이 시조를 '국민문학'으로까지 높이 평가한 것과 상통한다 하겠다.

셋째, '成形문학', '不成形문학', '구비문학'이라는 용어를 구사하고 있다. 전후 문맥으로 보아, 성형문학은 '기록문학', 불성형문학은 '구비문학'을 지칭하는 용어로 여겨진다. 글로 적혀야만 더 이상 변화하지 않고 일정한 형태를 갖출 수 있기에, 기록문학을 '성형문학'이라 하고, 구전되는 문학은 그러지 못해 계속 변화하므로 '불성형문학'이라 규정했다고 보인다. '구비문학'이라는 용어를 1929년 당시에 이미 썼다는 사실도 놀랍다. 1970년 초반 첫 입문서인『구비문학개설』이 등장하고 나서도 한동안 '구전문학', '민속문학', '구비문학' 등 다양한 어휘가 혼용되다가 이제야 거의 '구비문학'으로 정리되었다는 사실을 고려할 때 이원규가 '구비문학'으로 명명한 것은 퍽 인상적이다.

넷째, 향가 작품명이 오늘날과 다르다. 〈제망매가〉를 '사망매가(思亡妹歌)', 〈도천수관음가〉를 '맹아도안가(盲兒禱眼歌)'로 명명하고 있다. 같은 시대의 학자인 안자산(安自山)이 '鄕歌'와 '개안가(開眼歌)'(『조선문학사』, 한일서점, 1922)로, 小倉進平이 '월명사위망매영재가(月明師爲亡妹營齋歌)'와 '맹아득안가(盲兒得眼歌)'(『鄕歌及び吏讀の硏究』, 경성제국대학, 1929.2)로 각각 부르는 것과는 다른 명칭이다.

따라서 지금 우리가 부르는 향가 명칭이 처음에는 여러 의견들이 제기되어 조정되면서 오늘에 이르러 어느 정도(적어도 남한에서는) 통일되었다는 사실을 확인하게 해준다.

다섯째, 두 향가 작품의 해독이, 小倉進平의 것(1929.2)과 거의 같은 시기(1929.3)에 나왔으면서도 내용이 달라 주목된다.

여섯째, 시조의 명칭이 지금과 동일하다. 1926년에 나온 손진태의 글에서만 해도 '詩調'라고 표기하고 있으나, 이원규는 時調로 표기하고 있다.

일곱째, 시조의 최초 작품이 무엇이냐와 관련하여 백제 을파소의 작품을 드는 데 대하여 의문시하고 있다. 이 점은 손진태와 견해를 같이 한다.

여덟째, 이 글에서 민요 두 편((강강술래) 및 전남 보성의 (부요))을 소개하였는데, 근대 시기의 채록 민요로서 현재까지 확인되는 첫 사례가 1930년에 발표된 김지연 채록본(국제어문 45집에 실린 필자의 자료 소개 글 참고)임을 고려할 때, 이보다도 앞선 사례이다.

여기에서는 이원규의 글을, 띄어쓰기만 현행대로 바꾸었을 뿐 가능한 한 원형대로 소개하였으나 명백한 오자는 바로 고쳤음을 밝혀둔다. 예컨대 '口牌'는 '口碑'로, '圖鑑국사'는 '圓鑑국사' 등으로 바로잡았다. 더러 '참고'라 하여 본문에 적은 것은 오늘날의 각주에 해당하는 내용이라 각주로 옮기고 '原註'임을 밝혀 놓았으며, 징과 절을 표시하는 기호가 원래는 한자로 표기되어 있었으나 로마자와 아라비아숫자로 바꾸었다. 원문에는 목차가 제시되어 있지 않지만 독자의 편의를 위해 따로 정리해 앞에 두었다는 것도 일러둔다.

조선 가요사상(朝鮮歌謠史上)으로 본 시조(時調)의 기원과 변천

이원규(李源圭)

- 차 례 -

Ⅰ. 조선가요의 발달과 그 환경
Ⅱ. 조선가요의 종별
Ⅲ. 시조의 기원
Ⅳ. 시조의 변천
Ⅴ. 시조의 발달과 향가의 폐기
Ⅵ. 시조의 민중화와 곡조의 정리
Ⅶ. 시조의 민중화와 장우벽 선생 부자
Ⅷ. 시조에 표현된 시대색

나는 본지 전호[1]에 「조선가요의 사적 고찰」이라는 제하(題下)에 향가 약간 편에 취(就)하야 해석을 시(試)하는 동시에 그 유래와 개요를 간단히 말하고 坯 향가의 체계가 일부는 시조로 일부는 이요(俚謠)로 되엿스며 "조선인의 전래사상(傳來思想)의 경향은 오직 이 이요에서만 차저볼 수 잇다."는 관견을 서술하얏섯다. 그러나 이 가요에 대하야서는 아직도 연구할 문제와 해결되지 못한 문제가 한두 가지가 아니므로 다시 사실(史實)에 현(現)한 바 가요의 약간 작품에 취(就)하야 그 변천과 밋 시대색을 고찰하야 보랴 한다.

---

1 조선 134(1928.12).

Ⅰ. 조선가요의 발달과 그 환경

대범(大凡) 가요의 원시적 관조(觀照)로 말하면 그 소재인 지각표상 (知覺表象) 내지 순수한 사상에는 공통점이 만아서 민족성의 차이에 의하야 하등의 변화도 없는 것이다. 구체적으로 말하자면 미화(美花) 를 보고 곱다 하며 명월(明月)을 보고 아름답다 하며 고통을 당한 때에 상탄(傷歎)하며 실연(失戀)한 때에 비애(悲哀)하며 연인을 이별하면 상사(相思)하는 것은 민족의 여하(如何)와 고금의 차이를 물론하고 전 연(全然)히 상동(相同)한 감정일 것이다. 그러나 그 표현상 수사(修辭) 선율(旋律) 등에 잇서서는 언어족(言語族)의 상이생활문화(相異生活 文化)의 시대에 쌀아서 차이가 생기는 것이다.

조선의 가요도 유사(有史) 이전에 잇서는 물론 원시인류의 음율적 표현 즉 서정(敍情)형식으로 순진한 감정을 허식도 업고 기교도 업시 다만 심정에서 유로 되는 대로 입에서 나와서 귀에 전하야 그 사상을 상통하고 그 정서를 서술하얏섯던 것이다. 이것은 가요의 원시적 관조 의 공통성에 의하야 우리 조선뿐만 아니라 상고시대의 가요는 전세계 의 하민족을 물론하고 모두 그러하얏슬 것이다. 그러나 인류생활의 문 화가 발달되고 예술적 별종(別種)의 활동이 작용됨에 쌀아서 감정을 표현하는 어구의 형식 즉 운율 선율 압운 등 사음적(寫音的) 방법에 의 하야 개념화하는 동시에 그 민족의 특수성에 쌀아서 독특한 방향에서 발달되고 변천되는 것이다.

조선의 가요는 그 점점 발달됨에 쌀아서 물론 자기네의 민족심을 기 초로 삼아 타민족과 상이한 그 언어의 특수한 표현상 약속 등에 지배 되여서 부절(不絶)히 민족정신을 발로시키고 민족예술을 수호하기에 불태(不怠)하얏든 것이다. 그리하야 국문을 가지지 못하얏든 동시대 의 사람들은 지나(支那)의 문자가 수입됨에 쌀아서 그것을 향찰식 이

두식 기술에 의하야 일종의 성형문학(成形文學)으로 된 것이 곳 삼국
유사 중에 산견(散見)하는 향가이다.

그러나 외래(지나)문화의 점차 이입 유행함을 짤아서 조선인의 생
활면에는 절연(截然)한 일대단층(一大斷層)을 이루게 되여서 가요상
에도 필경 생활기조를 다르게 하는 이대계급(二大階級)의 대립이 되
엿섯다. 그리하야 소위 지식계급인 상류사회에서는 시(詩)와 부(賦)를
송독(誦讀)하고 한위(漢魏)의 고시(古詩)도 배우며 당송(唐宋)의 근체
(近體)도 모방하는 동안에 조선의 가요를 대표하든 차(此) 향가는 부
지불식간에 형식과 내용이 공히 지나의 정악류(正樂流)에 접근 유화
(類化)되며 지나의 풍격(風格)을 모방하며 한당(漢唐)의 시형(詩形)을
인용하게 되여서 점차로 조선 고유의 민속과 멀어지게 되엿섯다. 그럼
으로 전통적 정신을 지지하는 전책임(全責任)을 부담한 민요는 문화
적 저층에 있는 평민 서민 계급의 구비전승(口碑傳承)에 의하야 부절
히 민족성과 밋 향토정신을 발로 수호하고 잇섯든 것이다.

II. 조선가요의 종별

조선가요를 문헌에 나타난 사실과 밋 민간의 구비로 전승하야 오는
것 중에 세간에 보통 인식되여 잇는 대표적인 것에 취하야 대별하야
보면.

1. 고가(古歌)(史實에 現한 것)

가. 고조선시대의 가(歌). 〈공후인〉

나. 기자(箕子)시대의 가. 〈서경곡〉, 〈대동강곡〉

다. 고구려시대의 가. 〈황조가〉(유리명왕 작)

라. 백제시대의 가. 〈서동요〉(무왕 작), 〈정읍사〉(백제의 가곡에는

〈선운산〉, 〈방등산〉, 〈지리산〉 곡이 곡명만 남아 잇스나 그 가사
는 발견할 수 업슴)

마. 신라시대의 가. (삼국사기 삼국유사 등에 산견하는 곡명만 있고
가사의 업는 것은 총히 생략함)

1) 회소곡

2) 향가. 〈모죽지랑가〉, 〈노인헌화가〉, 〈안민가〉, 〈찬기파랑가〉,
〈처용가〉, 〈타라니(陁羅尼)〉, 〈맹아도안가(盲兒禱眼歌)〉, 〈광덕
염불가〉, 〈풍요래여가(風謠來如歌)〉, 〈월명사도솔가〉, 〈사망매
가(思亡妹歌)〉, 〈융천사혜성가〉, 〈영재우적가〉, 〈신충원가〉

3) 풍요(風謠). 〈몰가부(沒柯斧)〉(원효 작)

바. 고려시대의 가

1) 원통양중대사균여 원왕가(문종시), 〈예경제불가〉, 〈칭찬여래
가〉, 〈광수공양가〉, 〈후회업장가〉, 〈수회공덕가〉, 〈청전법륜
가〉, 〈제불왕세가〉, 〈상수불학가〉, 〈항순중생가〉, 〈보개회향
가〉, 〈총결무진가〉

2) 원감국사(충지) 가송 일책(고종시). 가곡명은 생략함.
관동별곡(안축), 죽계별곡(안축)

3) 풍요(風謠). 〈삼장사리(三藏寺裡)〉, 〈유사함룡미(有蛇含龍尾)〉
(충열왕시), 〈아야마(阿也麻)〉(충혜왕시)

4) 동요. 〈놋다리〉(공민왕시), 〈이원수가(李元帥歌)〉(廢主禑時)

사. 이조 초기 급(及) 중기의 가.

1) 사곡서류(詞曲書類). 〈용비어천가〉(세종시), 〈월인천강곡〉, 〈태
평악장〉(세조시), 〈악학궤범〉(성종시), 〈해동악부〉(인조시), 〈서
애악부(西崖樂府)〉(선조시), 〈국조악장〉(영조시), 〈국조악가〉,
〈관예악장(觀刈樂章)〉(영조시), 〈자궁악장(慈宮樂章)〉(정조시),
〈강남악부〉(정조시), 〈가곡원류〉, 〈권선징악가〉, 〈고악가보(古

樂歌補)〉, 〈율곡신가〉(선조시), 〈영남악부〉(正廟時, 이학규 저)

2) 문헌에 현한 가곡. 〈고산구곡가〉(이율곡 저), 〈관동별곡〉(정송
강 저), 〈성산별곡〉, 〈곡미인곡(曲美人曲)〉, 〈속미인곡〉(동상),
〈장진주〉(동상), 〈도동곡(道東曲)구장〉, 〈육현가〉, 〈엄연곡(儼
然曲)칠장〉, 〈군자가〉, 〈학이가(學而歌)〉, 〈문진가(問津歌)〉,
〈춘풍가〉, 〈지선가(至善歌)〉, 〈효제가〉, 〈정양음(靜養吟)〉, 〈동
찰음(動察吟)〉, 〈태평곡오장〉, 〈향랑원가(香郞怨歌)〉, 〈제망부
사(祭亡夫詞)〉(안귀손 처 작), 〈애강상신부사(哀江上新婦詞)〉,
〈관서악부〉(신광수 찬), 〈청파교농요(靑坡郊農謠)〉(이덕형 역),
이하 생략.

2. 현행가요

가. 時調(고려 이후로 근대에 至하기까지 작품에 심다함으로 다만
그 調名만 記함)

1) 우조(초중대엽, 이중대엽, 삼중대엽, 초수대엽, 이수대엽, 삼
수대엽)

2) 계면(초중대엽, 이중대엽, 삼중대엽, 초수대엽, 이수대엽, 삼
수대엽)

3) 우평조(長數대엽, 重數대엽, 促數대엽, 衰數대엽, 반기)

4) 계평조(長數대엽, 重數대엽, 促數대엽, 衰數대엽)

5) 후정화, 二후정화

6) 소용이(搔聳伊), 編搔聳. 蔓橫.

7) 弄歌(羽弄, 界弄, 於叱弄)

8) 악시조(우악, 계악, 於叱樂)

9) 평지름

나. 편(編)

   1) 편악. 2. 편수엽. 3. 편대(編臺)

다. 가사(歌詞)

   1) 장진주. 2. 권주가. 3. 파연곡(罷讌曲). 4. 태평송

   2) 죽지사. 백구사, 황계사, 어부사, 화류사(花柳詞), 석춘사(惜春詞), 격양사, 진정록, 단장사.

라. 단가(短歌)

   1) 상사별곡, 古상사별곡, 화전별곡, 춘면곡, 추풍감별곡, 규수상사곡, 회심곡, 봉황곡, 원부곡, 소상팔경, 관동팔경.

   2) 양양가, 처사가, 왕소군원가, 노처녀가, 과부가, 십장가, 유산가, 적벽가, 연가(燕歌), 선유가(船遊歌), 小춘향가, 집장가, 형장가, 방물가, 탄금가, 몽유가, 관산융마.

마. 잡가

   1) 제1류. 육자박이, 수심가, 수심가역금, 이팔청춘가, 나무아미타불가, 배따라기, 개고리타령, 곰보타령, 바위타령, 길군악, 신식권학가, 학생가, 산보가, 운동가, 공명가(孔明歌), 영변가, 강남달가.

   2) 제2류. 방아타령, 홍타령, 난봉가, 숙천(肅川)난봉가, 아리랑타령, 개타령, 몽금이타령, 산염불, 판염불, 양산도, 도라지타령, 세월타령, 고개타령, 오호다령, 별조영변가, 농부가, 사타령, 담바귀타령, 새타령.

   3) 제3류(立唱). 사시풍경가, 몽유가, 초한가, 강호별곡, 단가별조, 사친가, 토끼타령, 제초가, 모내기타령.

   4) 제4류. 성주푸리, 제석푸리, 넉두리, 맹인덕담가, 압산타령, 뒷산타령, 벼틀타령, 산대타령.

바. 동요

1) 제1류. 달아달아, 가장가, 강강수월래, 가이업다파랑새, 가락
지노래, 약캐기, 할미꽃, 꽃타령, 소리개타령, 쌀강새, 쌩아쌩
아, 쌈지리동동, 아가아가우지마라, 형님형님사촌형님, 엽집
처녀, 달딸아가세, 마나리캐기, 기럭아기럭아, 돗자리말기,
호박따기, 숨박굼질노래, 술네잡기노래, 풀무타령, 담쒸여넘
기노래, 줄다리기노래, 놋다리노래, 망건쓰기노래, 깽쌈질노
래, 외따기노래, 동무챗기, 망아지찾기, 버들썩기노래, 쥐노
름노래, 새노름노래, 말타기노래, 거북노름, 편쌈노래, 홰쌈
노래, 엇개동무노래, 별하나나하나, 감사노름노래, 수벽치기,
공기놀기노래, 경복궁타령, 울어머니.

2) 제2류. 갑진(甲辰)전쟁, 일월성신가, 계모가, 산아산아, 보리
바테분홍새, 달을모아, 언문풀이, 솟적새, 청개고리, 호랑
나븨.

이상에 열거한 외에 각 지방의 특유한 민요와 동요도 잇스나 그것은
가요의 지방색을 논구할 때에 열거하랴 한다.

III. 시조의 기원

시조는 민요에 비교하야 고전적 시가로서 훌륭한 형성문학을 구성
한 것임으로 조선가요사상에 매우 주의할 작품이다. 그런데 그 기원에
취하야는 상술한 바와 같이 향가에서 파생된 것이라고 상상할 수 잇슬
뿐이고 매우 힘써서 문헌을 섭렵하야 차저 보아도 그 기원에 관한 명
확한 사실을 엇기 어려울 뿐만 아니라 시조라는 명명까지도 근대에서
생긴 까닭으로 '시조(詩調)', '시조(時調)'의 두 가지로 기술하는 동시

에 차에 대한 학자들의 논구도 구구불일(區區不一)함을 면치 못하는 터이다.

고인의 기술한 바 『소문쇄록』, 『지봉유설』, 『송강가사』, 『노릉지』, 『용천담적기』, 『패관잡기』, 『상촌집』, 『고산집』, 『낙하생고』 등에는 현금의 시조를 단가(短歌) 혹은 가사(歌詞) 쏘는 곡(曲), 요(謠) 등으로 쓰여 잇고, 구전으로는 시절가, 시조라고 불러오다가 심지어 무녀의 넉드리하는 데까지 만이 부르게 되어 '노래가락'이라는 특별한 명칭까지 생기게 되엿다.

전설상으로는 고구려 고국천왕시(서기 179~197)의 국상 을파소(乙巴素)의 작이라는 좌(左)[2]의 시조.

> 월상국범소백(越相國范少伯)이 명수공성(名遂功成) 못한 전(前)에
> 오호연월(五湖煙月)이 조흔 줄 알건마는
> 서시(西施)를 실노라 하야 느저 돌아가니라

가 최고(最古)의 작품이라 한다. 그러나 을파소가 과연 시조의 창시자인지 아닌지 쏘는 을파소 이전에도 시도의 형식이 을파소의 작이라는 우기(右記)[3] 형식으로 존재하였는지 쏘 혹은 을파소의 작이라는 것이 전연히 공허한 전설에 지나지 못하는 것인지 이러한 의문은 가사(歌詞) 연구자 특히 시조를 과학적으로 연구히러 하는 사람에게 무엇보다도 먼저 이러나는 큰 의문일 것이다.

그러나 삼국사기에 거(據)하면 고구려에서는 소수림왕 2년(서기 372년)에 비로소 지나로부터 불교가 수입되는 동시에 승려와 불경(한

2　원전에서는 세로쓰기이므로 '좌'라고 표현하는 것이 맞으나, 여기에서는 '아래' 또는 '다음'의 의미임. 이하 같음.

3　여기에서는 '상기(上記)' 또는 '앞의'. 이하 같음.

문으로 된 것)도 왓스며, 한문을 가르치는 학교를 창설하얏다고 쓰여 잇다. 그런즉 을파소의 시대는 고구려에 한문이 수입되기 전 약 이백 년 가량이다. 더구나 이 가사 내용의 대상이 범소백과 서시인즉 을파 소로서 오월의 역사를 독파하고 또 그 사실에 동경까지 하였다는 것은 암만하야도 큰 의문이다.

그뿐만이 아니라 고구려사라는 것은 을파소의 시대는 말할 것도 업 고 4세기 이전의 사실은 겨우 지나의 고전에 의하야 알 수 잇슬 쑨이 오, 고구려의 기록이라고는 극히 애매한 것에 불과하다. 국가의 역사 적 기록도 분명치 못하든 시대의 일인데, 그렇게 걸작도 아닌 을파소 의 시조 한 수가 어찌하야 지금까지 세상에 전하야 오게 된 것인가가 자못 의문이다. 그뿐만이 아니라 그 기록을 이두식 문기에서 발견할 수 업는 일과 또 그 작풍(作風)이 근고식(近古式)인 사(事) 등을 고찰하 면, 우(右) 작품을 을파소의 것이라는 것은 실로 부회적 전설에 불과하 는 것이라고 단언함을 주저하지 아니한다.

그 다음에 가장 연대의 오래된 백제말(7세기)의 성충(의자왕시의 좌평)의 작품이라고 일러오는바.

> 뭇노라 골라수(汨羅水)야 굴원이 어이 죽다더니
> 참소에 더러인 몸 죽어 뭇칠 쌍이 업서
> 창파에 골육을 씻어 어복(魚腹)에 장(葬)하니라

에는 백제 말기의 기분이 농후한 듯하며, 기후(其後) 신라 경덕왕 19년 (8세기)에 지은 월명사의 도솔가(향가)(전회에 게재하얏슴으로 본문 을 생략함.)

> 오날이라 이곳에서 산화가를 불너보세

푸른하날 날나라가는 나의사랑 저 솟들아

고든 내맘 몸을 바다 멀니 미륵석님 뫼셔내라.

라는 것과 그후 헌강왕 시대 (9세기)의 처용가(처용 작)

동경 밝은 달에 (東京明期月良)

밤드도록 노니다가(夜入伊遊行如何)

들어와서 자릴보니(入良沙寢矣見毘)

다리가 녯이로다(脚烏伊四是良羅)

둘은 님의 것이지만 (二肹隱吾下於叱古)

쏘 둘은 뉘해인고(二肹隱誰支下焉古)

두어라 님도 본디 내해다만은(本矣吾下是如馬於隱)

아인들 엇더리오.(奪叱良乙如何爲理古)[4]

우(右)의 향가 2장(차외에도 작풍의 유사한 것이 유함)의 작풍으로 미루어 보아서, 향가의 작풍이 시조와 매우 유사한 것과 고려의 초기 (11세기초)에는 최충(崔沖)의 작, 12세기 초기에는 곽여(郭輿)의 작과 연(連)하야 우탁(禹倬), 이조년(李兆年) 등의 작품이 전하야 잇는 것들을 종합하야 보면, 백제말 성충의 작품이라는 시조에는 다시 의심할 여지가 없다고 생각한다.

4 차가는 신라 헌강왕시에 왕이 개운포(금 울산 학성 서남)에 행행(幸行)하얏다가 동해용자 처용을 득하야 그 미녀로 처를 삼게 하고 급간의 직을 사하야 왕정을 보좌케 하드니, 역신이 기처의 미모를 흠모하야 일야(一夜)는 무인(無人)한 기회를 타서 가만이 기실(其室)에 들어가서 기처(其妻)와 동숙하더니, 처용이 외출하얏다가 귀래하야 그 침소에서 2인이 동금(同衾)함을 보고, 차가를 지어 부르면서 태연히 퇴출하니, 역신이 현형(現形)하야 처용의 압헤 궤좌(跪坐)하야 크게 그 관대함을 사례하고 금후로는 "공의 화상만 보아도 기문(其門)에 불입하겟다."고 선언함으로 그후부터는 국인이 처용의 화상을 문에 부처서 벽사(辟邪)의 부(符)를 삼앗다 운함(原註)

상술한 바와 같이 시조에는 신라말부터 생긴 것이라고, 단언할 수가 잇다. 그 다음에 이러나는 문제는 시조의 형식과 및 조자(調子) 즉 운율이다. 시조의 형식 급 운율은 전혀 조선고유의 민요의 위에 그 기초를 둔 것이라고 말하지 아니하면 안될 터인데,『청구영언』,『가곡원류』,『남훈태평가』,『대동악부』,『여창유취』 등에 실려 잇는 작품에 의하야 보면, 그 형식과 내용이 공히 혹은 한토(漢土)의 시형을 인용하며, 혹은 지나의 풍격을 모방한 말하자면 한시 냄새 나는 특히 당시 냄새 나는 곳이 만으며, 심한 자는 당시에 조선어 조사만 부친 것도 잇서서, 너무 문자의 중개(仲介)에 의하야, 그 의미를 이해하지 아니하면 안될 혐의가 잇슬 뿐만 아니라, 시조 중에 소위 평조(平調)라고 하는 단형시조(短形時調)는 대체로 칠칠조(七七調)의 운율을 가진 것이 만아서, 지나의 칠언고시, 칠언칠구, 칠언배율 등에 유사한 관계상, 종래의 여러 사람들은 시조를 "지나시의 감화를 바다서 생긴 것"이라고 암암리에 인정하고 잇섯다. 그러나 그것은 비과학적의 고찰이다. 칠칠조라는 것이 반드시 지나인의 독특이 발견한 조자도 아닐 것이오, 시조는 반드시 한자의 매개에 의하야서만 구성되는 것도 아니며, 쏘 본래 유식계급의 사람만이 부르든 노래도 아닐 줄로 생각한다. 좌(左)의 이삼(二三)의 작품에 취하야 관찰하야 보면, 고려말 길재(吉再. 호 冶隱. 공양왕시의 注書)의 회고작.

> 오백년 도읍지를 필마로 돌아드니
> 산천은 의구(依舊)호대 인걸은 간대 엄네
> 어즈버 태평연월이 꿈이런가 하노라.

라는 것과 무명씨의 작(유교를 배경으로 하야 교훈을 가미한 것)의

태산이 놉다 하되 하늘알에 메이로다
오르고 쏘 오르면 못오를 리 업건만은
사람이 안 오르고 산만 놉다 하더라라.

하는 것과 형식 내용 공히 한시를 모방한(무명씨의 작)

　창외삼경세우시(窓外三更細雨時)에 양인심사양인지(兩人心事
兩人知)라
　신정(新情)이 미흡하야 하날 장차 밝아오니
　다시금 나삼을 뷔여잡고 후기(後期)를 뭇노라.

와 같은 것들은 지나의 시형도 인용하며 한토의 풍격에 유화된 것 같
으나, 좌기(左記)의 예와 여(如)한 것은 재래의 속요와 대차가 업슬 만
치 감정을 그대로 토로된 속적(俗的)의 것도 불소하다. 예컨대

　개를 열아문 기르되 요 개가치 얄뮈우리
　미운님 오량이면 쏘리를 회회치며 반기워 내닷고 고흔님 오량
이면 물으락나으락 쾅쾅 지저 도로 가게 하니 요 죄오리 암캐
　문 밧게 개장사 외치거든 찬찬 동여 주리라.(작자 미상)

라는 것이든지 쏘는

　재우에 웃쑥 서 잇는 소나무 바람불 째마다 흔들흔들
　개울에 섯는 버들은 무음일 좃차서 흔들흔들흔들흔들 님 그려
우는 눈물은 올커니와 입하고 코는
　어이 무음일 좃차서 후두룩 빗쑥이는고. (작자 미상)

라는 것이라든지 坯는

　가삼에 궁[5] 둥실하게 뚤코 왼샛기를 눈 길게 느슬느슬 뷔여내여
　그 궁게 그 샛기를 너허두고 두놈이 마조 서서 흘근흘근 홀나
　드릴제면 나남즉남대도[6] 그는 아못조록내 견대려니와
　할이나 님 쩌러나 살나 하면 그는 그리 못하리라.

라는 것 짜위는 한학(漢學)에 소양이 적은 야인이라도 충분히 노래할 수 잇스며 坯 듯고 이해할 수도 잇스며 심지어 그 노래에 심감되여서 수무족도(手舞足蹈)의 경지에 들어갈 수도 잇슬 것이다.

　坯 그뿐만 아니라 시조가 신라의 향가에서 파생된 것이라고 보면, 이두문으로 기재된 향가가 본래 한시는 아닌 것은 누구든지 아는 바인 즉, 시조의 변천발달의 도정(道程)으로 그것이 지나문학의 감화를 받은 인사의 손에 들어가서부터 형식과 내용이 공히 지나식에 접근유화 되여서 필경 조선고유의 민속에 멀어지게 된 것은 엄폐(掩蔽)하지 못할 사실이지만, 기 기원까지를 지나의 감화를 바다서 생긴 것이라고는 추인할 수 업는 줄로 생각한다.

Ⅳ. 시조의 변천

　요컨대, 조선가요사상에 표현된 시조는, 무학자의 입에서 나온 산물 즉 천연적 민성(民聲) 대중적 가요가 아니고, 말하자면 적이 교양이 있다고 말할 만한 유한계급인 귀족 坯는 국왕, 관사, 학자, 가인, 기생, 광대 등이 부르던 가요이다.

5 '궁글'의 결자(缺字)
6 나, 남 할 것 없이 남 하는 대로야.

이 점으로 보아서 현재의 각종 가곡서류(歌曲書類) 등에 실려 잇는 시조의 작품은 민요의 자연적 변천발달이 아니요 확실히 모종 계획하에 의식적으로 개혁시킨 것인 듯하다. 하고(何故)오 하면, 우리 선민의 성대를 통하야 나온 재래의 민요는 민중의 소박한 심정이 순진한 그대로 야인의 후두(喉頭)를 지나 넘쳐 나와서 인구에 회자되는 동시에, 그 문구 형식 등에 너무 조잡한 곳은 자연히 부지불식중 조금씩 세련된 것이고 결코 처음부터 윤색이라든지 수식이라든지 격조를 본다든지 한 것은 안이엿섯다. 그럼으로 엇더한 조야비속(粗野鄙俗)한 언어이든지 엇더한 황당무계한 전설이든지 거릿김 업시 가요에 석겨서 발로되엿든 것이엿섯다.

그 시대의 지나문화의 감화를 바든 지식계급인 상류사회의 인사들은 찬연한 당시(唐詩)에 심취 감탄하는 동시에, 재래의 가요가 너무도 단순하고 비속적임에 불만을 품게 되여서 필경 새로운 시가에 그네들의 사상과 감정을 옮겨 담아서 그 쮜노는 생명력을 채우라고 이 시조의 위에 형식적 운율을 고정 통일시키며 그 내용에도 얼마쯤 새로운 색채를 씌우게 되여 가요에 혁신운동이 일어난 이래로 이 시조만이 훌륭한 성형문학을 구성하는 동시에 짤아서 지식계급의 전유물이 되엿다. 조선문학이라고 하면 "조선사람이 쓴 문학을 의미하는 것이냐" "조선말(혹은 문자)로 된 문학을 의미하는 것이냐" 하는 입지(立地)의 상위(相違)로 인하야 다소의 상위가 잇겟으나, 일반 지 외국학자들외 해석하는 예에 의하야 의논한다면, 문자로나 말로나 간에 조선의 성형문학(成形文學)에는 가요 특히 시조와 소설을 제하면 아모것도 이렷타고 내여놀 만한 것이 업는 듯하다. 문학의 영역을 훨신 넓혀서 불성형문학에까지 미친다면 소위 구비문학인 신화전설, 동화 등의 민간설화, 민요, 동요, 부요, 속요 등과 심지어 무녀맹인들의 종교적 축사(祝詞), 원시극에 쓰는 대사 기타 여러 가지를 다 너어서 생각할 수도 잇

슬 것이다. 그러나 문자로 남아잇는 성형문학만을 문학이라고 볼 때에
는 시조는 소설보다도 근 천년이나 장구한 역사를 가졌을 뿐 아니라,
문학적 가치로 보아서도 소설보다 훨신 발달되여서 일관하야 흐르는
생명력이 쒸놀아 흥국적(興國的) 기분과 낙천적 특성이 충일풍윤(充
溢豊潤)하얏슴을 생각할 때에, 우리는 이 시조의 위대한 공적을 새삼
스럽게 깨닷는 동시에 정말 조선사람을 잘 표현한 것은 시조(기타 가
요도 그럿치만)인가 생각한다.

　가요는 이것을 기록함에 다수한 문자를 필요치 안이하는 까닭에 국
문이 업섯든 천수백년 전부터 이두식 기법을 빌어서 표현하얏섯다. 그
러나 소설은 훈민정음이 창제된 지 백년을 경과한 후에 비로소 시작되
엿다. 그럼으로 겨우 수백년의 역사밖에 가지지 못하고 짤아서 그렇게
발달도 되지 못한 것이다. 숙사(熟思)하야 보라. 이 시조 외에 우리가
세계적으로 자랑할 만한 무슨 문학을 가졌는가.

V. 시조의 발달과 향가의 폐기

　우리 반도의 인사가 요적(謠的) 생활을 영위한 지는 비교적 구원(久
遠)한 기원을 가지고 잇스나, 기록상에 잔존한 양으로 말하면 시조 이
외에는 그 유물(遺物)이 적음으로 환호역작(歡呼力作)하든 마한인(馬
韓人)의 노래와 회소회소(會蘇會蘇)하든 신라 육부(六部) 군희(群姬)
의 노래와 낙랑구(樂浪丘) 환도성에서 부드러운 상사곡을 화답하든
구려(句麗) 남녀의 노래와 〈무등산〉, 〈방등산〉 등 곡(曲)을 부르던 백제
인의 노래가 과연 엇더한 내용을 가졋든 것인지 오늘날 징빙할 길이
업스되 다만 그네들이 무엇을 할 때이면 항상 이 가튼 가요를 불너서
힘든 일을 할 때에도 유쾌하게 미화하얏슴은 우리 선민의 성악적(聲樂
的) 특성이 안전(眼前)에 방불히 약여(躍如)함을 볼 수 잇는 동시에, 이

가요로 말미암아 그 생활이 얼마나 풍윤(豊潤)한 색채를 더하엿겟는
가함을 돌이켜 생각할 때에 우리는 가요의 감화력이 새삼스레 이 위대
함을 깨닷게 된다. 이처럼 가요를 애호하는 민족 사이에 잇서서 시조
이외에는 완전한 가집 한 권도 후세에 전하지 못함을 보면 누가 그 모
순적 현상에 놀내지 안이하랴. 이 모순적 사실이야말로 실로 천추의
한사(恨事)이다. 그러나 그 유물의 전하지 못한 소이(所以)는 역시 시
대적 추향(趨向)의 사연(使然)함인 동시에 시조발달의 부작용이 잇든
것이다.

대저 가요는 국민성의 발로인 까닭으로 이것을 문자로 유감업시 묘
사하기는 심히 곤란한 일이다. 특히 국문이 아닌 한문으로 기술하면
그 진의를 잘 표현하기는 극난한 까닭으로, 국문을 가지지 못한 당시
의 사람들은 흔히 이것을 문자로 기록하지 안이하고 다만 구설(口舌)
로 호상(互相) 전수하얏스며, 그 기록된 것은 여하한 한문 숭배자의 작
품이라도 이두식 차자(借字)에 의하야 각종의 품사를 연결하야 한 완
전한 사상을 표현하얏든 것이엇섯다. 삼국사기에 거(據)하면, "新羅 眞
聖王 二年 王素與角干魏弘通 至是常入內用事 仍命與大矩和尙 修集鄕
歌 謂之三代目"이라는 기사가 잇은즉 이째에 『삼대목』이라는 『일본만
엽집』과 가튼 가집편찬의 거(據)가 잇섯든 것이 명백한 사실이다. 그
러나 지나문화의 이입 유행은 조선인의 생활면에 일대 변동을 일으게
되여 '시(詩)'를 송녹하고 '부(賦)'를 학습하며, 한당(漢唐)의 고시와
근체를 모방하야 시조라는 형식의 노래가 생기는 동안에, 우리 민족정
신의 발로엿던 향가는 '이어난해(俚語難解)'라는 일언지하(一言之下)
에 반도(半島) 문사의 손에서 말살되여버리고 차(此)를 주석하며 차를
독해할 줄 아는 이까지 차차 업서지게 되여서 필경 인멸함에 귀(歸)하
게 되엿다. (그러나 다행히 차등 향가와 밋 俚謠의 기십 편이 기적적으
로 금일까지 유전되여서 근일에 와서는 반도사적 가요의 암흑면에 일

조의 광명을 주는 동시에 겸하야 반도사학 급 언어학을 연구하랴 하는
이에게 귀중한 재료를 주게 되엿스나 그 양으로 말하면 근소함에 불과
하다. 그리하야 향가가 반도문사의 손에서 말살된 후부터는 시조가 오
직 유식계급의 대표적 가요로 되는 동시에 쏘한 동계급의 전유물이 되
엿든 것이다.)

VI. 시조의 민중화와 곡조의 정리

이렇게 자국정신을 몰각하고 조선고유의 향가를 말살한 고려중엽
후의 조선 문사들은 근 천년간을 소중화백(小中華魄)에 혹취(惑醉)하
야 한문 한시만 시숭(是崇)하고 조선의 수(粹)인 국문(國文)과 민예(民
藝)는 자비자기(自卑自棄)하는 노예성을 자감자작(自甘自作)한 까닭
으로 시조에까지 완전히 지나의 것만 모방하야 그것에 동화됨에 진췌
(盡瘁)하랴 하야(간혹 吳景化[7], 鄭松江 등 제씨의 가요 명인도 잇섯지
만) 조선 문예계에 참담한 역사를 비저내게 되엿다. 그리하야 그 여류
(餘流)의 폐(弊)는 심지어 조선의 역사를 편수함에도 각 시대 각 지방
의 가요를 모두 말소시켜서 그 곡명만 남기고 가요는 쌔버렸으니, 삼
국사기(김부식 저), 고려사(정인지 저), 동국통감(서거정 편), 동사강
목(안정복 편) 등에 알들살들이도 향토색 잇는 가요를 쏩아버렷스며,
개인의 문집, 전기 등으로 볼지라도 각 시대의 굴지하는 문호로서 특
히 노래를 잘하얏다는 인사의 전기에도 순조선식 가요는 쌔어버렷스
며, 설혹 기재하드래도 한시식(漢詩式)으로 역재(譯載)할 쑨만 아니라,
소위 '사곡(詞曲)' 서류(書類)를 차저 보아도, 그 십중팔구는 거개 한시
식일 쑨이다. 근고의 조선 부유배(腐儒輩)의 모화숙(慕華熟)과 자비적

---

7 오경화(吳景化) : 慶華 또는 擎華로도 썼음. 자는 자형(子衡). 호 경수(瓊叟). 시조 3
    수가 전한다.

(自卑的) 노예성에야 엇지 놀나지 안이할 수 잇스랴.

　그쑨만 아니라 시조의 창법 즉 곡조로 말하야도 이조 세종대왕쎄서 고려초의 황풍악(皇風樂)에 의하야 여민악, 취풍형(醉豊亭)[8], 치화평(致和平)의 삼법(三法)을 정리하야 주신 것이엇슬 쑨이더니 그것조차 어언간에 망실하야 버리고 혹시 대내(大內)에서 문학사(文學士)들을 초치(招致)하야 시조를 짓게도 하고 쏘 창(唱)케도 할 째가 잇슬 쩍에도, 시조의 자수(字數)가 각이(各異)하고 그 창법에도 즉흥적으로 일정한 법측이 업섯든 고로(自菴集[9] 참조), 후인이 배우기도 어렵고 쏘 가리치기도 극난하얏든 것이엇섯다. 슬프다. 순조선의 문학은 이러한 노예적 가화인(假華人)의 손에서 영영 멸실되고 만 것이냐? 안이다. "천운이 순환하매 무왕불복(無往不復)이라"는 철훈(哲訓)이 엇지 허언으로 되고 말랴. 동지가 되면 일양(一陽)이 부생(復生)하고, 침침한 검은 밤이 지나면 초생달이 다시 생기는 법이다. 지금까지 기백년간을 비참한 학대와 유린을 바다가면서 여지업시 장차 절명될려는 마지막 숨을 모으느라고 어느 구석에서 신음하는 듯한 조선의 민중문학계에는 천우신조하야 다행히 기적적으로 기사회생하는 주사침(注射針)을 주어서 잔명여흔(殘命餘痕)을 보우케 하는 몃 분의 은인이 잇섯든 것이다. 그리하야 혹은 고래의 시조도 취집하며 혹은 각곡의 조자(調子)도 정리하며, 쏘는 한시가(漢詩歌)와 귀족적 문학을 배척하는 동시에 민중적 가요 건설에 진력한 이가 잇섯으니 그네들은 누구누구이엇섯든가. 그 기초(基礎)를 창시하기는 실로 죽헌(竹軒) 장우벽(張友壁)[10] 선생이 엿섯고 이것을 계술하야 완성하기는 그 아들 장혼(張混) 선생(호는 而

8　조선 세종 때에 《용비어천가(龍飛御天歌)》에 맞추어 연주하기 위해 작곡된 아악의 곡명.
9　조선 중기의 문신 김구[金絿, 1488~1534]의 문집.
10　조선 영조 때(1735~1809)의 가객. 본관은 결성(結成)이고, 호는 죽헌(竹軒). 위항 시인인 장혼(張混)의 아버지.

巳厂)[11]이엇섯스며 더 수정하야 지금 잇는 책자로 만들기는 대원군이
박효관, 안민영 2인을 다리고 증보하얏든 것이다.

VII. 시조의 민중화와 장우벽 선생 부자

장우벽씨는 엇더한 원인과 환경에 잇서서 민중문학의 필요와 조선
가요의 혁신을 절규하는 선각적 기초를 건설하게 되엿던가. 선생의 가
정은 원래 조선의 무명문장(無名文章)의 세가(世家)로서, 그 누대의 문
학은 비록 환로(宦路)와 소단(騷壇)에서 그러케 양명(揚名)은 하지 못
하얏스나 무오사화시에 유찬(流竄)생활을 맛보던 노은(蘆隱) 장효충
(張孝忠) 씨로부터 선생의 현손 옥천(玉泉) 장효무(張孝懋)까지 십수
대(十數代)의 은일 문장가이엇섯다. 가계대대로 불평(不平)문장가로
서 언제든지 일관적으로 충동적 사상이 창일하야 표현되드니, 누대(累
代)를 자아내려오던 불평의 결정은 선생에게 이르러서 필경 평등사상
을 고취하며 민중문학 건설의 기초가 잡히게 되고 그 감화를 바더서
그 아들 장혼 씨에게 이르러 그 건설을 완성하야 천고탁파(千古濁波)
의 근본정신을 구제(救濟)하게 된 것이다.

씨(氏)는 항상 말하기를, "조선인으로서 조선시가를 숭상치 안이하
고 한시가만 일삼는 것은 크게 불가하다." 하고 훈계도 시(示)하며, 민
중시가를 건설하기 위하야 고래의 시가를 널리 수집하며, 쏘 각곡의
조자(調子)를 정리하기 위하야 특히 음악의 원리를 강구하야 구래의
불규칙한 조자를 교정하야 매화점법(梅花點法)을 창설하얏스니, 매화
점법이라는 것은 4박자 5박자의 절(節)로, 歌의 보조(步調)를 재정(裁
正)하야 창음(唱音)의 장단과 억양을 통일하얏섯스니 이 매화점설(梅

---

11 장혼[張混, 1759~1828]. 일명 장륜(張淪). 본관 결성(結成). 자 원일(元一). 호 이이
엄(而巳厂)·공공자(空空子). 서울 출신의 중인인 우벽(友璧)의 아들.

花點說)은 우봉집(又峰集), 장씨가장(張氏家狀), 호산외사(壺山外史) 등서에 기재되여 잇다.

(참고)

우봉집에 거(據)하면, "人於歌曲長短 每患敎之者未暢學之者亦曉 張友壁創出梅花點法 數其點而中於長短 較其長短而中於點數 周而復始 毫末不錯 演而著說 曲暢旁通 使人瞭然易知 世之謂者皆 遵而行云云."

또 시조의 자수가 각이하든 것을 씨(氏)가 유감으로 생각하야 그 자수도 규정하야 작법과 가법(歌法)을 정리한 고로 시조가 조선의 정돈된 형식문학으로 된 것이다.

VIII. 시조에 표현된 시대색

1. 신라통일 이후부터 고려중엽까지

가요는 전술한 바와 갓치 원시시대에 잇서서는 그것이 곧 그 종족의 생활본능이엇다. 환언하면 그 생활보호상 인간자연의 생리적 본능이엇고 결코 처음부터 향락의 욕망과 예술의 사모로 조차 생긴 것은 아니엇지만, 그 생활문화가 발달되여서 예술적 별종 활동이 작용하게 뒤을 쌀아서 비로소 희로애락의 감정을 표현하는 말의 형식으로 된 것이다. 그럼으로 쌀아서 가요에는 지방색 외에 반드시 생활문화의 시대색이 부수되는 것이다. 특히 조선과 갓치 시대문화가 단순하지 아니한 곳에는 가요에 나타난 시대정조도 역시 복잡하얏든 터이다. 그리하야 고구려의 가요에는 고구려의 시대색, 백제의 가요에는 백제의 시대색, 신라의 가요에는 신라의 시대색이 표현되여 잇다. 그러나 시조가 생기기 전에 잇든 모든 가요와 및 시조와 동시대에 유행하든 모든 가요에 취하야 그 시대적 색채를 논구함은 본고의 목적이 아니므로 여기서는 다만 시조작품에 취하야 그 시대적 태도를 비교하야 보랴 한다.

신라가 여제(麗濟)를 통일한(668년) 이후로부터 고려중엽에 이르기 까지 약 반천년간은 대체로 반도의 평화한 시대엿다. 삼국시대의 중엽에 유입된 불교는 동시대에 유입된 유학에 비하야 대체로 우세이엇섯다. 삼국시대부터 그러하얏섯지만 고려중엽까지에도 역연하얏섯다. 유학이 머리를 들기 시작한 것은 고려중엽 이후엿스며 불교를 압도한 것은 이조엿섯다. 불교가 전성한 그 시대엿스므로 그 가풍도 그 시대부터 둔세주의, 염세주의엿스리라고 생각하는 이도 잇슬 듯하나 그것은 큰 오견이다. 신라의 향가는 신라인의 감정 그것의 결정이 그째 사람의 성대를 통하야 다시 일단 생활상에 끼친바 영향이 심대하얏다.

원효선사 가튼 이도 천촌만락을 불화(佛化)식힘에 잇서서 오즉 이 노래의 힘을 빌엇다 하며 현금까지 유전되여 오는 향가로 말할지라도, 삼국유사에 실려 잇는 14수의 향가도 그 대부분이 불교관계이며, 고려 문종시에 혁련정의 저(著)한바, 〈대화엄수좌원통양중대사균여전(大華嚴首座圓通兩重大師均如傳)에 쓰여 잇는 11수의 향가도 전부가 모불염불(慕佛念佛)의 노래엿스며, 심지어 고려 충렬왕 째에 창기와 무녀 등이 부르는 시조 비슷한 민요 〈점등거(點燈去)〉에까지 삼장사 사주, 사와 상좌 등 신불(信佛) 관계의 어구로 노래하얏슴을 보면, 그 시대의 가요와 불교와는 쩌나지 못한 관계를 가졋든 것이 분명하다.

▌점등거(點燈去)

三臧寺裡點燈去(등불을 잡고 삼장사 들어가니)

有社主兮執吾手 (기다리든 스님이 내손 잡누나)

儻此言兮出寺外 (만일에 이 소문이 절 밧게 날 양이면)

謂上座兮是汝語 (상좌야 이건 네가 전함인가 하리라)

　불교 전성시대의 가요가 불교와 써나지 못할 관계를 가젓든 것은 상술한 바와 갓거니와, 그 가요에 나타난 기분은 어써하얏느냐 하면, 그네들은 느진 봄날의 화창한 공기와 갓치 유창한 마음으로 순진한 감정으로 회로애락간에 언제든지 부처님을 시인하고 부처의 위대한 힘에 의지하야 만사를 해결하랴고 나무아미타불을 차젓든 것이엇섯다. 그리하야 거긔에 흘너쮜노는 일관한 생명력은 어디싸지든지 희망이 충만하얏든 것이다.

　먼저 가요에서 일이(一二)의 예를 들어보자. 여긔서 들려 하는 가요는 그 체계가 시조의 전신(全身)이엇든지 그럿치 안이한지 확실한 증거를 들기는 자못 곤란하나, 그 작풍이 시조와 비스름한 점도 만코 쏘 그 노래의 태도가 하기(下記)의 무명씨 작의 시조와 가튼 점이 잇슴으로 여기에 들랴 하는 바이다.

　(1) 월명사 사망매가(思亡妹歌) (삼국유사에 據함)

　월명사는 신라 경덕왕 째의 명승(名僧)이니 국선(國仙)의 도(徒)이엿엇슴으로 향가를 선작(善作)하얏섯는데, 그 망매(亡妹)를 위하야 영재(營齋)할 째에 차(此) 향가를 지어서 불넛는데, 이 노래를 부르매 홀연히 경표(驚飇)이 일어나서 지전을 불너디가 서향(西向)하야 날녀다가 업서젓다고 운(云)함. 월명사는 쏘 경덕왕 19년 경자 4월에 왕명을 바다서 〈도솔가〉를 지은 일도 유(有)함.

生死路隱此矣有阿 (나고 죽긴 녜로부터 예사이지만,)

米次肹伊遣五隱去內 (살려고 이 세상에 태여낫거든,)

다섯　도　못다하견　가나닛고
如辭叱都毛如云遣去內尼叱古 (다단섯도 못다살고 간단 말이냐)
늦안갈철　일온 바람에
於內秋察早隱風來 (느진 갈철 모진 바람 불어올 째면,)
여의저의　　찌러저서
此矣彼矣浮良落尸 (여긔저긔 어지럽게 쑥쑥 떨어저)
닙 다한들은　가지라남고
葉如一等隱枝良出古 (입은 다 업서져도 가지는 남것만)
간누는 곳　모도온저
去奴隱處毛冬乎丁 (아주 간 내 누의는 못 오는구나)
에야　미타찰아
阿也彌陁刹良 (에아 미타찰야 저승에서나)
만날온　내길　닥가　기달일이다
逢乎吾道修良待是古如 (만날 길을 내가 닦아 기다려볼까)[12]

(2) 맹아기안가(盲兒祈眼歌) (삼국유사에 거함)

경덕왕시에 한기리(漢岐里)의 여자 희명(希明)의 아해가 출생한 지 5세에 홀연히 맹인이 된 고로, 일일은 기모(其母)가 그 아해를 안고 분황사에 가서 좌전(坐殿) 북벽에 잇는 화천수대비전(畵千手大悲殿)에서 아해를 시켜서 노래를 지어 부르면서 기도를 하엿더니 필경 눈을 쓰게 되엿다 운함.

무릎을모소며　　두세줌모호쥐노라
膝肹古召彌 二尸掌音毛乎支內良 (무릎쓸코 두손 모고,)
천수관음쩐 아해빌오
千手觀音叱前良中祈以 (千手觀音前 비는 아희의)
뷔혀줄세두눈다
支白屋尸置內乎多 (씌여줍쇼 두 먼 눈을.)
천 숫 천은눈흘　　한 아들을도로굿
千隱手叱千隱目肹 一等下叱放 (천숫 천눈을 이 아해 눈을,)

12 小倉進平, 『鄕歌及び吏讀の硏究』(경성제국대학, 1929.2)의 풀이는 다음과 같다.
生死
生死路隱　此矣有阿米次肹伊遣　吾隱去內如辭叱都　毛如云遣去內尼叱古
於內秋察早隱風未 此矣彼矣浮良落尸葉如　一等隱枝良出古　去奴隱處毛冬乎丁
彌陀刹
阿也 彌陀刹良逢乎吾道修良待是古如

한 아 들 산 리 이 고 자　　처 둘 우 만 내 라
一等肹除惡支 二于萬隱吾羅 (도로 곳처 눈 씌여주소.)

한 아 들 산 리 이 고 자
一等沙隱賜以古只 (이 어린 아해 살리소서.)

눈 쓰 여 아 야 야
內乎叱等邪阿邪也 (눈 씌여 주소이서　〃〃)

내 라 기 안 주 려 시 들
內良遺知支賜尸等 (내라고 엇재 눈 안주려오,)

언 논 결 의 씌 줄 세
焉放冬矣用屋尸 (어는 결에 눈 씌여줍소,)

자 비 야 볼르 오
慈悲也根古 (慈悲쎄만 바라오.)[13]

이상 2수의 향가에 의하야 고찰하야 보면, 그 시대의 인사들은 동기(同氣)를 영별한 비애라든지, 양안(兩眼)이 폐맹(廢盲)된 고통을 부르짖을 째에도, 어디까지든지 적극적이요 낙천적이엇섯다. 죽은 누이를 애도해서 노래함에도 오히려 해학이 잇스며, 쏘 후세에 상봉하리라는 희망이 가득하며, 자기의 폐안(廢眼)됨을 슬퍼하야 노래할 째에도 무조건으로 불(佛)에게만 귀의하면 다시 눈을 쓰게 되리라는 희망이 가득하얏든 것이다. 그러한 낙천적 적극적 태도는 중고(中古)에 잇서서는 차라리 상례라고도 볼 만하니, 전설이 소설화한 심청의 부친 심봉사의 이야기도 그 일례라 하겟다.

다음에는 시조에서 예를 들어보자. 오래된 시조일수록 그 작자가 미상하며 무명씨의 작일수록 그 작풍과 시대색 등으로 고찰하야 보아서, 그 대부분을 고려 중엽 이전 즉 중고(中古)의 작품이라고 가정하랴 한다.

13　小倉進平의 해독은 다음과 같다

　　　　무릎을꿇으리며　　　　무人손바닥을모오아퍼여　　千手觀音　　　人압헤　　　　빌어숣오어두오다
　　膝肹古召彌　二尸掌音毛乎支內良　千手觀音叱前良中　祈以支白屋尸置內乎多

　　즈믄손　　　　즈믄즈믄눈을　　　　한무리흘노하한무리흘버리이　　　　두 만 내 라 은
　　千隱手　叱千隱目肹　一等下叱放　一等肹除惡支　二于萬隱吾羅

　　한무리산주서고티을더라　　　　　　　　　　　　　　　나 애 쎄 티 살 은
　　一等沙隱賜以古只內乎叱等邪　阿邪也　內良遺知支賜尸等　焉

　　노흔들쓰오아야　　慈悲　이른고
　　放冬矣用屋尸　慈悲也根古

조선 중고의 사람 즉 고려 중엽 이전의 사람들은 불교 신앙 정도는 어느 지경까지 이르럿든가하는 것은 다음의 노래가 잘 그것을 말하야 줄 듯하다.

팔만대장(八萬大藏) 부처님게 비나이다

나와 님을 다시 보게 하옵소서. 여래보살(如來菩薩) 지장보살(地藏菩薩) 문수보살(文殊菩薩) 보현보살(普賢菩薩) 오백나한(五百羅漢) 팔만가람(八萬伽藍) 서방정토(西方淨土) 극락세계(極樂世界) 관음보살(觀音菩薩) 남무아미타불(南無阿彌陀佛) 후세(後世)에 환도상봉(還道相逢)하야 방연(芳緣)을 닛게 하면

보살(菩薩)님 은혜를 사신보시(捨身普施)하오리다.

라는 것과

"솔아래에 굽은 길로 셋가는듸 맨末재 중아

인간이별(人間離別) 독수공방(獨守空房) 삼기신 부체 어늬 절 법당탁자(法堂卓子) 우희

감중련(坎中連)하고 안젓드냐. 뭇노라 맨末재 중아."

"소승은 모릅숩거니와 상좌노시(上座老偲) 아녀이다."

라는 것과

화과산(花果山) 수렴동중(水簾洞中)에 천년묵은 잽납이 나서

신통(神通) 거록하야 용궁에 출입타가 신진철(神眞鐵) 어든 후에 대료천궁(大鬧天宮)하고

천제(天帝_쩨 득죄(得罪)하야 오행산(五行山)에 지줄럿다가 부

처님 경계(警戒)로 발원제중(發願濟衆)하는 금선자(金仙子)의 제
자(弟子)되여 팔융사승(八戒沙僧) 거느리고 서역(西域)에 들어갈
제 만수천산(萬水千山)이 십만팔천리(十萬八千里)라. 요얼자(妖薛
子)을 소청(掃淸)하고
　　대뢰음사(大雷音寺) 들어가서 팔만대장경을 다 내여 오단 말가.
　　아마도 비인비귀역비선(非人鬼亦非仙)은 손오공(孫悟空)인가
하노라.

라는 것과 쏘 하나 근고의 소설 재료가 되여잇는 좌(左)의 노래

　　천하명산오악지중(天下名山五岳之中)에 형산(衡山)이 가장 좃턴지
육관대사(六觀大師)의 설법제중(說法濟衆)할제 상좌(上佐)중 통
령자(通靈者)로 용궁(龍宮에) 봉명(奉命)할제 석교상(石橋上)에
팔선녀(八仙女) 만나 희롱한 죄로 환생인간(幻生人間)하야
　　용문(龍門)에 놉히 올나 출장입상(出將入相)타가 태사당(太史
堂) 돌아들어 난양공주(蘭陽公主) 이숙화(李蕭和) 영양공주(英陽
公主) 정경패(鄭瓊貝)며 가춘운(賈春雲) 진채봉(陳彩鳳)과 계섬월
(桂蟾月) 적경홍(翟驚鴻) 심요연(沈裊烟) 백능파(白凌波)로 슬카
장 노니다가 산종일성(山鐘一聲)에 자던 꿈을 다 쌔엿고나.
　　세상에 부귀공명(富貴功名)이. 이러힌가 하노라.

등에 취(就)하야 고찰하야 보면, 보처님이란 그들의 결혼의 신이나 연
애의 신일 쑨만 안이라, 실연도 시키고 이별도 시키는 신이며 쏘는 하
나님께 득죄한 자라도 부처께만 귀의하야 발원하면 소원을 성취할 수
잇스며, 불교를 신앙하든 자라도 그 훈계를 준봉치 못하면 꼭 그 벌을
닙을 줄로 시인하고 그 위대한 힘에 의지하고자 한 곳에, 중세인들의

단순하고 소박천진한 감정을 추측할 수 잇다. 그러나 소극적 은둔적도 안이오 흥분적도 아니고 평화스럽고 유창한 감정의 표현이엇다. 쑌만 안이라 그 감정 중에는 일종의 독특한 속되지 아니한 해학이 만햇섯다. 이것이 고려 중엽 이전의 작풍인가 한다. 생활의 표현인 시대색인가 한다. 죽은 님을 애도하야 부르는 노래에도 "후세에 환도상봉하리라"는 희망을 일치 안는 동시에 팔만대장 부처님께만 귀의하면 꼭 그 소원을 성취하리라고 밋고 "보살님 은혜를 사신보시하오리다."라고 해학까지 하엿스며, 이별의 고통을 불으지짐에도 이별 맛트신 부처님이 어느 부처님이냐고 물어서 그 이별을 업서지도록 발원하야 보겟다는 희망을 일치 안앗스며 "옥제께 득죄하야 오행산에 지즐럿든 몸"도 부처님 경계(警戒)로 발원제중하는 금선자의 형제되엿다는 것과 통령한 상좌중으로 불(佛)의 훈계를 저버리고 "선녀를 희롱한 죄로 환생인간하얏다"는 것 등을 종합하야 보면 그 시대의 사람들은 가위 신불만능(神佛萬能)이엇섯다. 쏘 관등회의 성황이든 것을 노래한 좌(左)의 작품을 보면,

> 하사월(夏四月) 여드랫날에 관등(觀燈)하러 임고대(臨高臺)하니
> 원근고저(遠近高低)에 석양(夕陽)은 빗겻는데 어룡등(魚龍燈)
> 봉학등(鳳鶴燈)과 두루미 남성이며 연꽂속에 선동(仙童)이오 난
> 봉(鸞鳳) 우에 천녀(天女)로다. 종경등(鐘磬燈) 선등 북등이며 수
> 박등 마늘등과 배등 집등 산대등(山臺燈)과 영등(影燈) 알등 병등
> (瓶燈) 벽장등 가마등 난간등(欄于燈)과 사자(獅子) 탄 체괄이며
> 호랑(虎狼) 탄 오랑캐며 발로 툭 차 구을 등(燈)에 칠성등(七星燈)
> 버려 잇고 일월(日月)등 밝앗는데 동령(東嶺)에 월상(月上)하고
> 곳곳이 불을 혀니 어언간(於焉間)에 찬란(燦爛)도 한저이고
> 이윽고 월명등(月明燈) 명천지명(明天地明)하니 대계광명(大界光明)하여라.

이렇게 등의 종류가 복잡한 것을 보면, 이조시대에 남아잇든 사월 초파일의 관등회보다 얼마나 성황이엇던가를 추상할 수 잇는 동시에, 그 중에 "체말이라든지 오랑캐라든지" 하는 어구를 보면 체괄이라는 민족이 엇던 시대에조선과 접촉하엿섯는가 하는 의문도 일어난다. 그러나 그 작풍의 광명하고 해학적인 것이 이조의 작풍과 다름을 알 수 잇다.

또 중고인들은 무심한 동물이나 목석에 대하야서도 그것을 해학화할 천진난만한 감정을 가젓섯다. 원감국사(圓鑑國師)가 고양(高陽) 도상(道上)에서 주금령(酒禁令)이 잇는 째 제호조(提壺鳥)의 우는 소리를 듯고 부른 노래를 한 예로 들어보자.

> 己敎陶令爲茶侶하니 無復高陽會酒徒라.
> 숩풀 속의 저 山鳥는 禁酒令(금주령)도 모른 양하야
> 뉘게 슐 勸하노라 提壺提壺하는고 -원감국사(圓鑑國師)-

여유작작(餘裕綽綽)한 중세사람들의 생활을 표현한 예를 다시 하나 들면,

> 귓도리 저 귓도리 어엿부다 저 귓도리 어린 귓도리
> 지는 달 새는 밤에 긴 소래 저른 소래 절절(節節)이 슬흔 소래
> 제 홈자 우러내여 사창(紗窓) 여윈 잠을 살뜰이도 깨오는제고
> 두어라 제 비록 미물(微物)이나
> 무인동방(無人洞房)에 내 뜻 알리는
> 저쌘인가 하노라. -무명씨-

임간에서 우는 제호조의 소리를 듯든지, 벽간에서 우는 귓도리 소리를 들을 째든지, 그것을 해학화할 여유와 자기의 뜻을 알리라고 스스로 위로하는 천진스러운 감정을 가졋든 것이다.

그네들은 연애를 할 째에도 결코 고생스러운 연애가 아니고, 열과 생명이 잇고 청춘의 향락이 잇섯으며, 실연을 할 째든지 또는 이별을 할 째에든지 재봉(再逢)의 희망과 적극적 기분이엇섯다.

　　벽사창(碧紗窓)이 어른어른커날 님만 녁여 펄쩍 쮜여 쑥 나서 보니
　　님은 안이오고 명월(明月)이 만정(滿庭)한대 벽오동 저즌 닙헤 봉황(鳳凰)이 와서 긴목을 휘여다가 깃다듬는 그림재ㅣ로다.
　　맛초아 밤일세망정 행혜 나지런들 남 우일번하야라. ―무명씨―

라는 것이든지

　　콩밧헤 들어 콩닙 쓰더 먹는 감은 암소를
　　암만 쏘츤들 그 콩닙 바리고 저 어듸 가며 니불 아래 자는 님을 발로 툭차서 미적미적하며
　　어서 나가소 한들 이 안인 밤에 날 바리고 저 어듸로 가리
　　아마도 싸호고 못 마를쓴 님이신가 하노라. 　　　―무명씨―

라는 것이든지

　　저 건너 검어 무투룸한 바위 정(錠) 대여 째 두드려
　　털 돗치고 쏠을 박아서 홍성 드뭇것게 맹글녀라 감운 암소 오 오우오오우 우우우오오 두엇다가

님 이별하고 가오실제 것구루 태여 보내리라.　　　－무명씨－

라는 것이든지

　　나는 님 혀기를 엄동설한에 맹상군(孟嘗君)의 호백구(狐白裘)
　밋듯 님을 날 녁이기를 삼각산(三角山) 중흥사(重興寺)에 니 빠진
　늙은 중놈의 살 성귄 얼례빗이로다
　　명천(明天)이 뜻즐 아오사 돌녀 사랑하게 하소서.　－무명씨－

라는 것에 취하야 보면, 중세인들의 연애에 대한 태도는 향락과 여유
가 잇스며 실연과 이별에 임하야서도 낙천적이요 실망이 업섯다. 이것
이 일반적 시대색이엇섯든 듯하다. 그리하야 고통중에도 실망을 가지
지 안이하고 "웃고 자미잇게 지내자"는 귀중한 '유－모아'를 잇지 안
이하얏섯다. 공규(空閨)에 안저잇는 여성의 작품인 듯한 것을 쏘 하나
들어보자.

　　청천에 써서 울고가는 외기럭이 나지 말고 내말 들어
　　한양성내(漢陽城內)에 잠간들너 부대 내말 닛지 말고 웨처 불
　너 일으기를 "月黃昏 계워갈제
　　적막공규(寂寞空閨)에 더진 듯 홀로 안저 님 그려 참아 못 살네
　라" 하고 부대 한 말을 전하여 주렴
　　"우리도 님 보러 밧비 가읍는 길이오매 전할똥 말똥 하여라"

　기러기의 대답을 통하야 표현된 중세여성의 정적 생활도 역시 전술
한 예의 시대색과 일반인 듯하다.
　다시 여성의 노래를 하나 더 인례(引例)하면,

우레갓치 소래난 님을 번개갓치 번적 맛나

비갓치 오락가락 구름갓치 헤여지니

흉중에 바람갓흔 한숨이 나서 안개 피듯 하여라.

기교의 교묘함도 상탄할 바이겟지만 담담한 가삼을 남에게 내여 보일 쌔도, 너도 웃고 나도 웃고 실망하지 말자는 그들의 인생관이 마치 눈압헤 보이는 듯하다. 사랑하는 애인과 영구히 동락하고 십흔 것은 사람의 상정이며, 그런 경우에 주위의 사정과 환경 등으로 인하야 그 목적을 달하지 못할 쌔는 참 고통일 것이다. 다음의 노래는 그러한 방면을 잘 표현한 민중화한 노래이다.

각씨(閣氏)네 후남편(後男便)이 되옵거나 쏫 본 나뷔요 물 본 기럭이

줄에 조츤 거 뭐요 고기 본 가마오지 가자(茄子)에 젓이요 수박에 쪽술이로다 각씨네 하나 수철장(水鐵匠)의 딸년이요 저 하나 담장(匠)이라

솟 디고 남은 쇠로 촌촌 가마나 딜까 하노라.   ─무명씨─

이렇게 타는 듯한 정열의 쓸알니는 감정을 표현하면서도 그들은 그 노래를 듯는 자에게 조곰도 압흔 늣김을 주지 안이하얏다. 이 점이 중세적 시대색이다.

자기의 애인이 너무 미인인 것은 누구에게든지 상당히 근심이 될 것이다. 왜 그러냐 하면 첫재 타인이 거저 보지를 안이하고 항상 욕심낼 것이요 미인자신도 마음이 항상 동요하기 쉬운 까닭이다. 그러나 중세인들은 이러한 불안을 노래할 쌔에도 남을 웃기지 안코는 말지안이하얏다.

약산동대(藥山東臺) 이즈러진 바위틈에
왜척촉(倭躑躅) 갓흔 저 내 님이 내 눈에 덜뭘거든
새 만코 쥐 꼬인 동산(東山)애 오조간듯 하여라.

위의 노래와 갓치 미인의 애인을 둔 것도 걱정이지만, 아래 노래와 갓치 감정이 너무 예민한 신경질의 애인을 둔 것도 딱한 째가 만은 법이다. 중세의 사람들은 감상적인 애인을 이렇게 노래하얏다.

이 님을 다리고는 山에 가도 못갈 것이
촉백성(蜀魄聲)에 애끈는 듯 물가에 가도 못살 것이 물우흿 사공과 물아랫 사공이 밤중만 배쩌날 제 지국총 어이와 어이와 닷채는 소래에 한숨지고 도라눕네.
이후란 산도 물도 말고 들에 나가 살니라.

중세사람들의 감정에는 이지(理智)의 구속이 업는 것만치 그 감정은 소박하며 천진하며 단순하며 정직하얏다. 나는 그들의 가식업는 정적(情的) 생활을 찬상(讚賞)하고 십다. 그들의 노래한 연애에는 향락적 색채가 농후히 보이면서도 결코 비속한 점이 적으며 점잔흔 태도를 일치 안이하얏다. 이러한 점이 조선 중고인의 시대색의 하나가 안인가 한다.

상술한 바와 갓치 신라의 반도통일 이후 고려중엽에 이르기까지 약 500여년 동안의 반도는 대체로 평화한 시대엿섯다. 신라말에 지(至)하야 견훤과 궁예의 각각 건국한 일시적 내란이 잇섯으나, 신라와 고려 사이의 왕조 수수는 극히 평화리에 수행되엇슬 뿐만 안이라, 고려왕조는 구신라인이나 후백제인에게 하등의 박해를 하지 안이하얏다. 그럼으로 고려초기의 민중들은 정치적으로 별로 불평이 업섯스며 경제적으로도 그 생활의 보증이 되엿스며 내란외구의 환도 적엇슴으로 평화리에서 염불을 하엿스며 극락의 길을 찾으려 하얏다. 쏘 승려라는 유식계급을 먹여낼 만큼 그들의 생활에는 여유가 잇섯든 까닭으로 승려를 우대함을 따라 일하기 싫은 자들이 모두 가짜 승려로 되여 유식(遊食)계급이 발호하는 악현상이 일어나기 시작하얏다. 그리하야 연애의 향락은 음일(淫逸)로 변하고, 해학의 기분은 허위로 화하야지는 동시에, 외적의 침략도 연속적으로 일어나게 되여 민중생활에 경제적 박해까지 생기게 되엿슴으로, 불교에 귀의하든 인사 사이에는 점점 염세은둔적 경향이 농후하게 되여 배불흥유(排佛興儒)의 전제가 되게 되엿섯다.

불교가 퇴폐된 그 시대에는 인민의 사표라고 할 만한 지도계급인 승려배가 먼저 음일방탕의 대상이 되엿던 것이다. 좌의 노래로 예증하랴 한다. 남승여승이 산간에서 야합함을 노래한,

> 예로는 승과 승이 만첩산중(萬疊山中)에 만나
> "어드러로 가오" "어드러로 오시느니" "산 조코 물 조흔데 곳깔
> 씨름 하야 보세." 두 꼿깔이 한데 다하 넙푼넙푼 넘노는 냥은 백
> 목단(白牧丹) 두포귀가 춘풍(春風)에 흥(興)을 계워 흔들흔들 휘
> 드러저 넘노는 듯
> 아마도 산중(山中)씨름은 이쑨인가 하노라.

성적 교합을 도외시하는 승려로서, 더구나 조선불교의 체계에는 남녀의 성적교합을 먼저 엄금함으로 유일의 신조를 삼아오던 승려로서, 산간도중에서 야합하얏다는 거슬 노래함은 불교의 쇠하기 시작함을 잘 말하야 주는 한 증거이다. 그러나 그러한 사실을 말함에도 노골화야비화하지 안이하고, 어디까지든지 향락적 해학적 기분이 보이는 것

은 중세적 시대색을 일치 안이한 줄로 아는 터이다.

　　"어흠아 긔 뉘오신고" "건넌 불당(佛堂)에 동냥승이의러니
　　홀거사(居士)의 호을로 자시는 방(房)에 뫼싀것 하라 와계오
신고" 오오우 오오우 우우오오
　　"홀거사님의 노감락이 버서 거는 말 겻테 내 곳깔 버서 걸나 왓
슴네."　　　　　　　　　　　　　　　　　　　　　　－무명씨－

　이 노래는 가튼 절에 잇는 남승이 자기의 애인이던 여승이 그 사랑
을 다른 곳으로 옴겨서 밤에 연적인 거사의 방에서 동침함을 투기하
야, 그것을 좀 방해하야 보랴고 차저 가서 문답한 사실을 노래함인 듯
하다. 그러나 여기도 역시 노골화, 야비화하지 안이하고 여유가 잇고
해학적인 것에 중세말적 기분이 농후히 보인다.

　　"창밧게 긔뉘오신고" "소승이올소ㅣ이다
　　어젯 저녁에 노비(老嬶) 보라 왓든 중이외러니 각씨네 자는방
　　족도리(簇道里) 버서 거든 말 겟테 이내 송락(松絡)을 걸고 가자
　　왓네"
　　"저 중아 걸기는 걸고 갈지라도 뒷말 업시 하시오." －무명씨－

　이 노래는 승려와 속인의 부녀가 연애의 관계를 매저두고 밤이면 남
의 눈을 긔여가며 회합하든 사실을 노래한 것인 듯한데 역시 노골화하
지 안이하고 쏘 해학의 여유와 향락이 잇는 곳에 중세적 기분이 농후
하다.

　　중놈이 젊은 사당을 어더 시부모(媤父母)의 효도를 무엇으로

하야 갈고

  송기(松起)쩍 콩좌반(佐飯)호로 뫼 치다라[14] 싱검초 삽주 고사리며 들밧호로 나리다라. 곰달늬 물쑥 게우목 꼿다지 잔다귀 고들쌕이 두루 캐야 바랑국게 너허 가세

  상좌야 암쇠 등에 언티노아 새삿갓 모시 장삼 곳쌀에 염주 밧처 어울 타고 가리라.　　　　　　　　　　　　　　－무명씨－

라는 노래를 보면 승려가 연애생활에 몰두하야 위대한 불에 귀의하는 신념이 매우 희박하고 그 애인만을 위하야 주야로 급급히 지내는 태도를 여실히 말하엿스며,

  장삼(長衫) 쓰더 치마 적삼 짓고 염주 끌너 당나귀 밀터 하새

  석왕세계(釋王世界) 극락세계 관세음보살 나무아미타불 10년 한 공부도 너갈데로 이게[15]

  밤중만 암커사의 품에 들면 염불경(念佛景)이 업세라.

  이 노래는 승려의 연애생활이 아주 심각화하야 십년간이나 신앙하고 부르던 나무아미타불도 영영 허사가 되어 버리고 퇴폐적, 타락적 생활로 들어감을 노래한 일례이다.

  그리하야 지금까지의 해학적 태도는 필경은 무한저한 허위의 농담으로 변한 것이다.

  중놈은 승년의 머리털 손에 츤츤 휘감아 쥐고

  승년은 중놈의 상토 풀처잡고 이외고 뎌외다[16] 작자공이 텻는

---

14 ‘뫼치다라’는 ‘산중에 올나가’의 의(意)(原註).
15 ‘이게’는 ‘가거라’의 의(意)(原註)

데 뭇소경놈들은 굿보는고야
그겻혜 귀먹은 벙어리는 외다 올타라더라.   —무명씨—

라는 노래와

소경이 맹관(盲觀)이를 두룻처 업고
굽 써러진 편격지 맨발에 신고 외나무 석은 다리[17]로 막대 업시
앙감장감[18] 건너가니
그 아래 돌붓처 서 잇다가 앙천대소(仰天大笑)하더라.—무명씨—

라는 노래는 그 시대의 일반 민도(民度)에 허위가 만고, 은둔적이라는 새로운 경향을 말 한 것이다. 환언하면 무언중에 이 세상에는 신뢰할 만한 것이 업고 "불타도 허무"하다는 사상이 농후하얏든 것이다.

　이러케 밋음이 적은 시대엿섯던 고로 사랑하는 애인 간에도 항상 서로 의심하고 있지 안이하면 안되는 불안상태이엿섯다.

옥(玉)에는 틔나 잇지 말곳하면 다 서방(書房)인가
내 안 뒤혀 남 못 뵈고 이런 답답한 일이 쏘 어듸 잇나 아아 아 아 아아 아아 하아아
열놈이 백말을 할지라도 님 짐작하시오.

라는 노래는 그 시대의 애인 간에도 항상 서로 의심하고 지내는 불안의 상태를 잘 보여준 것이다. 속담에 말하기를 "도적의 째는 벗어도 환

16　'이외다 뎌의다'는 '이 사람이 그르다 저 사람이 그르다'의 의(意).(原註)
17　'석은다리'는 '썩은다리'.(原註)
18　'앙감장감'은 '외발로 겻는 깽깜질'의 의(意).(原註)

양의 째는 못 벗는다"고 한 것과 갓치 참으로 아모 결점 업시 대단치 안은 일에 깊은 의심을 밧는 것은 진정 애석한 일이다.

이와 근사한 노래는 동사강목 고려 충렬왕 기묘년 11월조에도 적혀 잇다.

有蛇含龍尾
聞過太山嶺
萬人各一語
斟酌在兩心[19]

오른쪽 노래(右歌)에 의하야 고찰하야 보면, 그 시대에 얼마나 허언(虛言)이 만앗섯던 것과 그 허언으로 인하야 서로 사랑하는 애인 간에도 불안을 느끼고 잇섯든 것이 잘 보인다.

2. 고려말기의 시대색

전술한 바와 갓치 불교의 여폐가 퇴폐적 염세 은둔적 경향으로 변하

---

19 동사강목12상편 충렬왕 기묘 선주군 창기 충교방조에 「王狃昵群小好宴樂 承旨吳祁 內 侍金元詳 內僚石天補 天卿等爲嬖倖 務以聲色容悅 謂管絃坊 大樂才人不足 分遺倖臣選諸道妓有色藝者 又選京都巫及官婢善歌舞籍置官中 衣羅綺戴馬厚笠別作一隊稱男粧敎以新聲 其詞云(中略) 又云 有蛇含龍尾云云(중략)」(原註) 왕은 여러 군소배와 가까이하며 연회와 향락을 즐겼다. 승지(承旨) 오기(吳祁), 내시(內侍) 김원상(金元祥), 내료(內僚) 석천보(石天補)·천경(天卿) 등이 측근에서 사랑을 받으며 음악과 미인을 제공하여 왕의 환심을 사고 있었다. 그들은, "관현방(管絃坊)과 대악(大樂)에 재인(才人)이 부족하다."하여 왕측근의 신하를 나누어 파견하여 여러 도에서 기생으로 예쁘고 기예가 있는 자들을 뽑으며, 또 서울에 있는 무당과 관비(官婢) 중에서 노래와 춤을 잘하는 자들의 명부를 작성하여 궁중에 두고, 비단옷을 입히고 말총모자를 씌워서 따로 한 악대를 편성하여 그들을 남장(男粧)이라 하고 새로운 음악을 가르쳤는데, 그 가사에 이런 것이 있다. (중략) 또 "뱀이 용 꼬리 물고…"라는 내용도 있다.(하략)(한국고전번역원 DB의 번역문에 의함.)

는 동시에 외구와 내란이 연속부절하게 되여서 반도 민중의 생활은 매우 혼란하게 되엿섯다.

고려중세에 윤관과 밋 그 부하에게 격퇴되엿든 여진족은 그후에 만주와 지나의 북부를 점령하야 금(金)이라는 대국을 건설한 후로부터 북방의 유목민들이 세력을 가질 째마다 조선을 침략하지 안이한 째는 업섯다. 발해·거란·요·몽고 등이 모두 적어도 몃 번씩은 침입하얏다. 또 지나도 각 왕조를 통하야 적어도 몃 번씩은 조선을 먹겟노라고 침략하야 보았으니, 한무제 이래로 위·수·당·원·청 등이 모두 그러하얏다. 그런 중에도 금과 명과의 관계는 매우 화평하엿스니 금과 고려의 화평하얏든 것은 금의 선조가 고려의 사람이엇섯다는 혈족적 관계이엇섯지만, 명과 조선의 관계는 이태조의 정책이 좋았을 뿐만 안이라 명의 내정 형편도 잇섯든 것이다.

반도는 지리적으로 3면 강적의 사이에 잇서서 역사적으로 외민족의 침략을 계속적으로 밧엇지마는 신라통일 이후 고려초기까지는 전술한 이유로 평화하얏섯고, 고려중엽에는 황해도(평산)의 일(一) 승려 김씨(金國의 선조)의 덕택으로 무사하얏섯다. 그리하야 그 시대의 사람들은 태평의 향락을 누리는 동시에 위대한 불타에 귀의하야 낙천적 유창한 감정을 가졋든 것이다.

그러나 고려의 말기가 시작되는 13세기로부터는 민중생활도 혼란하게 되는 동시에 신불(信佛)의 여페도 퇴폐 은둔의 경향을 정(呈)하게 되여, 배불숭유의 사조가 맹아되엿섯다. 권신(權臣)계급의 수괴이엇든 최충헌이 왕위의 계폐(繼廢)를 임의로 하는 동시에, 삼천여 인의 부랑식객을 양성하기 위하야 막대한 사유토지·재산을 점탈하야 일종의 왕자와 가튼 세력을 가지게 되매, 토지의 사유가 발기(勃起)되여서 권력계급은 민중적 토지를 백방의 수단으로 점탈겸병하기 시작하얏다. 뿐만 안이라 배불숭유의 사조가 생기면서 승려 대 유도(儒道)의 반목은 날로 심하야서, 국내적으로 이러케 정치가 타락하야슬 째에 북방의 몽고족은 약 60년에 긍한 계속적 침입을 하얏다. 당시의 몽고인은 전아세아와 구라파의 일부를 그들의 마제(馬蹄)하에 유린한 강포한 민족이엇섯다. 고려와 몽고(원)의 사이에 강화가 성립하자마자 몽고인은 즉시 고려에 향하야 일본 원정을 강요하얏슴으로 고려는 전국의 곡물과 전국의 민력을 경(傾)하야 그것을 몽고인에게 희생하얏다. 정부가 경제적으로 파산하는 동시에 민중도 쌀아서 가혹한 세금에 착취되여서 생활의 보증을 잃어 버렷다. 그러므로 고려가 일본 원정으로 인하야 바든 바 경제적 문화적 타격은 실로 막대하야서, 말하자만 고려멸망의 원인(遠因)을 짓게 되엿스니 고려의 토지국유제도가 근본적으로 파괴된 것도 그 원인이 실로 일본출정에 잇섯다고 할 수 잇다. 반도인은 전쟁으로 이익을 취한 사실은 별로 업섯스니 전쟁의 백해무일리(百害無一利)라는 것을 그째부터 반도인들이 절실히 늣기엿든 것이다. 그리하야 그째 사람들은 이러케 노래하얏다.

> 것거진[20] 활 부러진 창(鎗) 째인 동로구(銅爐口) 메고
> 원(怨)하나니 황제헌원씨(黃帝軒轅氏)를
> 상탈야(相奪也) 안한 제도
> 만팔천세(萬八千歲)를 누렷거든
> 엇지타 습용간과(習用干戈)하야
> 후생(後生)을 곤(困)케 하신고.

경제가 파멸되는 동시에 소박·순진하든 인심까지도 극도로 효박(淆薄)하야졋던 것이다. 그러므로 그째의 시사를 개탄하는 인사들은 이러

---

20 '것거진'은 '썩거진'의 의(意).(原註)

케 노래하얏섯다.

> 칠년지한(七年之旱)과 구년지수(九年之水)에도
> 인심이 순후터니
> 시화연풍하고 국태민안하되
> 인정은 험섭천리랑(險涉千里浪)이요
> 세사는 위등백천간(危登百千竿)이로다
> 고금의 인심이 부동(不同)함을 못내 슬허하노라.

　이 노래와 근사한 시사를 개탄한 노래는 고려중엽 이전 문종시에 해
동공자라고 일컫던 최충(崔沖)의 작에도 잇스나, 최충의 작은 태고적
인심의 순후함을 선모하는 사상 즉 "是古非今"하는 유자의 전통적 사
상에서 나옴이요, 그 시대(고려중세 이전)의 인심이 실상 그러케 효박
하얏든 것은 아닌 듯하다.

> 일생에 한(恨)하기를
> 희황(羲皇)제 못난 줄이
> 초의(草衣)를 무릅고
> 목실(木實)을 먹을망정
> 인심이 순후하던 줄은
> 못내 불허 하노라

　원려(元麗)의 연합군이 일본원정에 실패한 후로부터 고려는 경제의
회복을 운동하얏섯다. 그리하야 말년에 지(至)하야 조준 등 정치가들
이 열렬히 사유토지엄금제를 주장하야 공양왕 말년에 전국의 사유토
지문권을 개성에 모아노코 산갓치 퇴적한 그 토지문권을 단연(斷然)

히 소화(燒火)하고, 토지국유제도를 확립한 화평리(和平裡)의 경제적
혁명이엇섯다. 그러나 그 흑막에는 이태조가 잇섯슴으로, 그째의 민심
은 공양왕에게로 가지 안이하고 이태조에게로 기울어지기 시작하얏
섯는데, 그 시대의 외교문제로 말하야도, 원과 명과의 문제도 적지 안
이한 두통거리엿스며, 해안에는 맹렬히 침입하든 일본연해의 구적(寇
賊)과 함경도 방면에는 여진 잔족의 침략이 연속부절하얏섯던 고로,
고려는 이러한 경제적 정치적 모든 이유하에 극도로 쇠약하야졋던 것
이다. 그리하야 이태조는 용이히 공양왕을 밀쳐버리고 필경 왕위를 쌔
앗게 되엿든 것이다. 그러나 이조에 와서 불교를 압도하든 유학은 고
려 중엽 이후부터 머리를 들기 시작하야 고려말에는 매우 융성하얏섯
다. 그러므로 굴지할 만한 거유도 배출하엿거니와 쌀아서 그 시대의
노래는 유교도덕을 내용으로 한 유학 냄새 나는 작품이 만이 생기엿든
것이다. 이제 그 약간의 예를 들건대,

> 내해 조타 하고 남 실흔 일 하지 말며
> 남이 한다 하고 의(義) 아녀든 좃지 마라
> 우리는 천성(天性)을 직히여 생긴 대로 하리라.　　　－변계량－

라는 것과 쏘 하나.

> 명명덕(明明德) 실은 수레 어드메나 가더닛고
> 물격치(物格峙) 넘어드러 치지(致知)고개 지나더라
> 가기야 가더라마는 성의관(誠意館)을 못갈네라.　　　－무명씨－

라는 것과 쏘하나.

운담풍경근오천(雲淡風輕近午天)에 소거(小車)에 술을 실고
방화수류(訪花隨柳)하야 전천(前川)을 지나가니
어듸서 모로는 벗님네는 학소년(學少年)을 한다네.

라는 것 등. 유교의 사상 혹은 송유(宋儒)의 시가를 내용으로 삼아서
노래하든 것은, 이 시대부터 시작되여서 이조에 와서 더욱 이와 유사
한 작품이 만은 것이 잇섯다. 그러나 이 시대의 가요는 전혀 유학사상
을 제재로 한 것뿐이냐 하면 그런 것도 안이라 물론 하기(下記)의 예와
여(如)히,

한손에 막대 잡고 한손에 가시 쥐고
늙는 길 가시로 막고 오는 백발 막대로 치려터니
백발이 제 몬저 알고 즈름길로 오더라.

라는 것과 갓치 인생의 무상함을 노래한 것과

춘산(春山)에 눈녹인 바람 건듯 불고 간듸업네
저건듯 비러다가 쑤리쌔저 머리 우희
귀밋혜 해묵은 서리를 불녀 볼가 하노라.

라는 것과 갓치, 인생의 무상함을 노래하면서도 해학적이요 낙천적인
것과

이화(梨花)에 월백(月白)하고 은한(銀漢)이 삼경(三更)인제
일지춘심(一枝春心)을 자규(子規)야 알랴마는
다정(多情)도 병(病)인 양하야 잠못들어 하노라.

라는 것과 갓치 월야미경(月夜美景)을 당하야 유회(幽懷)를 노래한
것과

　　구름이 무심(無心)탄 말이 아마도 허랑(虛浪)하다
　　중천(中天)에 쩌잇서 임의(任意)로 단이면서
　　구타여 광명(光明)한 날빗츨 덥허 무삼하리요

　　라는 것과 갓치 구름에 탁의(托意)하야 풍자한 것과

　　오장원(五丈原) 추야월(秋夜月)에 어엿블손 제갈무후(諸葛武候)
　　갈충보국(竭忠報國)타가 장성(將星)이 썰어지니
　　지금(至今)에 양표충언(兩表忠言)을 못내 슬허하노라

라는 것과 갓치 국가의 쇠약하야짐을 우려하야 노래한 것도 잇다. 하
야간 고려말에는 유학자가 만은 동시에, 당대 무장들도 쌀아서 시가
등에 유학적 색채를 만이 표현하엿스며, 가요를 쏘한 건국의 예언, 민
심 향배의 여론표시 혹은 풍자의 이기(利器)로 삼아 위대한 권력의 발
휘자로 되여 잇섯든 것이다. '木子得國'이라는 이조 건국의 예언적 민
요라든지 이태조가 위화도 회군시에 민심 향배와 기운전역(機運轉易)
에 크게 이용되엿든 좌기(左記)의 〈이원수가(李元帥歌)〉는 일종의 혁
명수단으로 이상한 능률(能率)을 거(擧)하엿스며,

　　서경문(西京門) 밧게 불이 나니(西京門外火光)
　　안주성(安州城) 밧까지 연기 끼네(安州城外煙光)
　　그 사이에 왕래하는 이원수야 쌀니와서(往來其間李元帥)
　　우리 창생(蒼生) 구제(救濟)하소(願言救濟蒼生)[21]

정포은(鄭圃隱)의 모(母)가 그 애자(愛子)의 신변이 위험함을 염려하야 좌기의 노래로 풍자하야 포은의 의사를 만류하는 동시 그 자중하기를 권고한,

가마귀 싸호는 골에 백로(白鷺)야 가지 마라
성낸 가마귀 흰빗츨 새오나니
창파(滄波)에 조히 씻은 몸 더러일가 하노라.

라는 것과 이태종이 정포은을 살해하랴는 계획을 세우기 전에 그 의사를 확탐(確探)하기 위하야 좌기의 노래로 풍자한,

이런들 엇더하며 저런들 엇더하리
만수산(萬壽山) 드렁츩이 얽어진들 그 엇쩌하리
우리도 이가치 얽어저서 백년까지 하리라.

라는 어구로 "자기가 왕조를 대(代)하야 건국하랴는데 그대도 우리를 도와서 잘 지내려 하느냐"고 은근히 풍자함에 대하야 정포은은,

이몸 죽어 죽어 일백 번 고쳐죽어
백골이 진토(塵土)되여 넉시라도 잇고 업고
임 향한 일편단심이야 가실 줄이 잇시랴.

라고 화답하는 그 순간에 이미 선죽교상의 참해(慘害)를 미리부터 각오하얏든 것이엇섯다. 이 노래야말로 충군애국하는 동양의 도덕의 진

---

21 동사강목 권16 하편 〈太祖以諸軍還自威化島〉)조에 운(云)하엿스되, "先是童謠 有李元帥救濟蒼生之語"(중략)"軍中皆歌之"라 운(云)함.(原註)

수인 동시에 포은의 충절이 일월과 갓치 천고에 빛나는 소이이다. 쏘
이것이 유교진흥시대의 대표적 시대색이라고도 할 만하다.

쏘 이 시대의 유자들은 필연적인 환경의 시킴으로 인하야 회고적 노
래를 만이 불럿으니, 예컨대,

> 흥망(興亡)이 유수(有數)하니 만월대(滿月臺)도 추초(秋草)로다
> 오백년(五百年) 왕업(王業)이 목적(牧笛)에 부쳣스니
> 석양에 지나는 객이 눈물겨워 하노라.

라는 것과

> 백설이 자자진 골에 구름이 머흐레라
> 반가운 매화는 어늬 곳에 픠엿는고
> 석양에 홀로 서서 갈곳 몰라 하노라.

라는 것과

> 오백년(五百年) 도읍지(都邑地)를 필마(匹馬)로 돌아드니
> 산천은 의구(依舊)호대 인걸(人傑)은 간대업네
> 어즈버 태평연월(太平烟月)이 꿈이런가 하노라.

라는 것들은 모두 개혁된 고국을 못 잊어서 맥수(麥穗)의 감(感)을 못
이기어 부른 노래이다. 그러나 그 당시에도 충렬 비장한 개성을 여실
히 표현한 사람도 아주 업는 것은 안이다. 예컨대,

> 녹이상제(綠駬霜蹄)를 살지게 먹여 시내물에 싯겨 타고

용천설악(龍泉雪鍔)을 들게 갈아 두러메고
장부(丈夫)의 위국충절(爲國忠節)을 세워볼가 하노라.

라는 노래도 잇섯스나, 대체로 보면, 고려말기의 노래에는 민중의 소
리로는 "인방(隣邦)과의 전쟁고와 토지겸병으로 인하야 생긴" 경제파
멸의 생활난을 부르지즌 것이 대표적 시대상이엇으며, 유식계급에 잇
서서는 시고비금(是古非今)의 유자전통적(儒者傳統的) 사상과 윤리도
덕을 제재 혹은 내용으로 한 교훈적 가요와 국가위난을 우한(憂恨)하
는 충분(忠憤)의 부르지짐과 차(此)에 연속하야 멸망한 고국을 추억하
는 회고의 노래 등으로 일관한 것이 그 시대와 환경의 사연(使然)한 시
대색이라고 하는 동시에, 그 시대의 가요는 매우 광범한 범위로 각 방
면에 활용되여서, 긴절한 의사의 표시, 희로, 애락, 우(憂), 탄(歎) 등의
감정표현 우(又)는 민심향배와 기운전역(機運轉易)에 이용하든 혁명
수단 등에까지 위대한 작용과 능률을 나타내엿든 것이다. 환언하면 고
려말기의 가요는 보통언어와 일반으로 제반의 사상·감정·의사 등을
표현함에 널리 사용하면서도 위대한 세력과 능률을 가젓든 것이라 하
겟다.

3. 이조중엽 이전의 시대색

이조초기에는 고려말에 개혁된 토지국유제도를 답습하야 비교적
평화리(平和裡)에 문화사업을 만이 하얏섯다. 말하자면 국문의 창제,
주자(鑄字)의 발명 등을 위시하야 각 방면의 기록사업에 노력하얏다.
그러나 벌써 고려말기에 몹시 쪼들려오든 반도 인사들은 너무도 인생
의 신산함을 만이 겪어 오든 짜닭으로 이조초기의 소강에도 만족히 안
락히 여기지 못하고, 점점 현실생활을 부인하며 이기적으로 되기 시작
하얏섯다. 뿐만 안이라 세조조(1455~1457)의 왕위계승문제로 인하

야 일어난 소위 육신의 화변(禍變)을 위시하야 사신(史臣) 유자(儒者)들이 계속적으로 너무 완강고집하야 국왕의 말을 잘 듯지 안이한 까닭으로 일어난 사화(史禍)·사화(士禍), 이어서 정치상으로 동서·노소·남북 분당 등이 일어나 불필요하고도 무의미한 분요(紛擾)와 권력쟁탈만을 일삼는 동안에 민중들은 정치에 염증이 나게 되고 성실한 정치가들까지도 은둔하야 무사주의(無事主義)를 시상(是尙)하게 되엿섯다. 이러케 내정이 문란한 틈을 타서 교활한 권력계급배들은 토지를 겸병하기 시작하야 민중의 경제는 다시 파멸에 갓가왓섯다.

그러할 때에 일본의 강병이 아모 방비도 업는 조선에 물밀 듯 건너왓스니 그때의 조선의 운명이야 엇지 기정적(旣定的)인 사실의 실현이라 안이할 수 잇섯스랴? 회상하야 보라. 상하 기천년간 반도 역사상에 이 임진란처럼 참혹한 기록을 남겨두고 간 시대가 다시 쏘 언제 잇섯든가? 그러나 이것도 기백년래의 무원려(無遠慮)·무훈련·무예비함으로 인하야 초래한 자망자멸의 귀결이요, 결코 우연한 돌발사항은 안이엿섯다.

임진란(1592~1598)이 끗나자마자 쏘다시 새로운 대화근이 쏘 생겼으니, 임진란시에 조선의 구원과 내란으로 인하야 쇠약하야진 명조(明朝)의 약점을 타서 만주의 노아합적(奴兒哈赤)이 일어난 것이엿섯다. 유목민인 만주족의 추장 누르하치는 1616년에 만주에서 왕국을 건설하고 점점 지나 본토를 침략하야 가면서 1620년에는 반도에까지 침범하엿스니 그것은 지나를 경영함에는 먼저 조선을 요동치 못하도록 하야둘 필요가 잇섯든 것이다. 그리하야 청조는 조선을 협박하엿스나, 조선에서는 임진란 당시의 은혜가 잇섯슴으로, 명조를 참아 저버리지 못할 경우이다. 그런데다가 명은 쏘 조선에 구원을 청하얏다. 그러므로 조선의 처지는 난처하얏슴으로 필경 1627년에 청군의 침입이 잇섯고, 소위 병자호란(1636~1637)에는 반도가 다시 참혹한 전장으로 화하고 말앗섯다.

이러한 대전역(大戰役)을 지낸 뒤에는 경제회복이 무엇보다도 급무이다. 조선에 잇서서는 문란한 토지정책을 정돈함이 최대 급무이엿서야 할 것이다. 그러나 그째 조선의 소위 위정자들은 이러한 아량이 업섯섯고, 종시(終是) 정권쟁탈에만 눈이 어둡고 왈 서인, 왈 남인의 호상 반목과 왈 노론, 왈 소론의 충돌로 세월을 보내엇섯다. 이러한 충돌과 반목이야말로 진정한 국가를 위하며 혹은 민중을 위한 투쟁 갓햇든들 존경할 바이겟지마는, 실로 무의미한 지나식의 유학적 도덕률로 사소한 일을 엉터리로 삼아 거기다가 각각 진부한 해석을 가하야서, 그것을 구실로 삼아 정권쟁탈의 방편으로 한 것이엇섯다. 이러한 점으로 보면 유교의 문화는 조선에 대하야만은 공헌이 잇섯든 것도 엄폐치 못할 사실인 동시에 경제 기타에 막대한 치명상을 남겨준 것도 부정치 못할 일이라 하겟다. 그뿐만 안이라 이러한 공기(空氣) 중에서 자라난 예술도 짤어서 옛날 유모어와 소박한 향락적 작품을 지지(支持)치 못하얏슬 것은 췌언할 여지도 업다. 특히 가요에 대하야는 그째 유학자들이 아모쪼록 한시체에 접근 유화(類化)함을 힘쓰는 동시에, 재래의 향토색과 민족성이 농후히 포함되여 잇는 가요는 아모쪼록 배척하랴 하엿스며, 전술한 바와 갓치 이두(吏道) 향찰식 기술의 향과와 이요(俚謠) 가튼 것은 "俚語難解"라는 일언하에 반도문화의 손에서 말살되여 필경 그 대부분이 인멸되고 말앗스니 엇지 천추의 힌시(恨事)가 안이랴? 송유혼(宋儒魂)에 침닉(沈溺)한 가명인(假明人)이라고 볼 만한 이조 부유(腐儒)들의 죄는 실로 크다 하겟다.

이러한 짓을 하는 동안에 토지는 근본적으로 지방호족과 권력계급에게 점탈되여 버리고, 반상(班常)의 계급은 그 차별이 점점 맹렬하야져서 임진란후 3백여년 동안에 국민생활의 보증은 근본적으로 파괴하야 세태는 날로 이기적으로 개인주의로 되고 말게 된 것이다.

일언으로 폐지하면, 이조시대는 자초지종으로 일관하야 신산한 세상이엇섯다. 다음의 노래는 당시의 시대상을 잘 표현한 것이다.

> 초당(草堂)에 일이 업시
> 거문고를 베고 누어
> 태평성대(太平聖代)를
> 꿈에나 보렷더니
> 문전(門前)에 수성어적(數聲漁笛)이
> 날을 깨와라.　　　　　　　　　　　　　　　－유성원－

라는 것과

> 오동(梧桐)에 듯는 빗발 무심(無心)이 듯건마는
> 내 시름하니[22] 닙닙히 추성(秋聲)이로다
> 이 후(後)야 닙 넓은 나무를 심을쥴이 이시리.　　　－유성원－

라는 것과 쏘하나,

> 말하면 잡류(雜類)라 하고 말 안이하면 어리다네
> 빈한(貧寒)을 남이 웃고 부귀(富貴)를 새오나니
> 아마도 이 하날 알에 사올 일이 어려워라　　　　　－김상용－

라는 것과

---

22 '하니'는 '만은니'의 의(意). (原註)

옥(玉)을 돌이라 하니 그려도 애닯고야
박물군자(博物君子)는 아는 법이 잇것마는
알고도 모르는 체하니 그를 슬허하노라.   −홍섬−

라는 노래들을 종합하야 보면, 당시의 인심과 세태를 잘 표현하엿는
데, "泰平聖代를 꿈에 보랴 한다"든지 "오동에 듯는 빗발까지 닙닙히
추성(秋聲)이라"든지 "이 하날 밋헤서 살기 어렵다"든지 "옥을 돌이라
하니 애달프다"든지, 어느 것이나 다 그 시대에서 살 길이 어렵다는 의
미이다. 이러한 예는 이 밖에도 불소하다. 말하자면,

천지도 당우(唐虞)쩍 천지 일월도 당우쩍 일월
천지일월은 고금에 당우ㅣ로되
엇지타 세상 인사(人事)는 나날이 달나가나니.   −이제신−

라는 것과

놉흐나 놉흔 남게 날 권(勸)하야 올녀두고
이 보오 벗님네야 흔드지나 말넘우나
나려 저 죽기는 섭지 안이하되 님 못 뵐까 하노라.   −이양원−

라는 것들로 역시 세태와 인심의 효박(淆薄)함을 부르지즘이엇섯다.
이러케 살기 어려운 세상을 이조 사람들은 엇더한 태도로 지내려 하얏
든가? 이조의 중엽 이전 사람들은 두 가지 견해로 태도를 취하얏섯던
것이다. 한편에는 산중에 들어가서 은둔생활을 하자는 소극파이엇섯
고, 다른 한편에는 "은둔은 비겁한 짓이니 어듸까지든지 세상과 싸워
보리라"고 눈을 부릅쓰고 칼을 빼어 쥔 적극파가 생겻섯다. 그러나 일

부분의 군인계급쑌이 적극파이엇섯고 기여(其餘)는 모두 세상을 단념하고 저주하는 편이엇섯다. 그리하야 술이나 먹고 세상을 소견(消遣)하자는 것이 일반적 태도인 듯하다. 다음의 노래는 그 경향을 말하야 준 것이다.

> 술먹고 노는 일은 나도 외 ᄂ 줄 알것마는
> 신릉군(信陵君) 무덤 우희 밧가는 쥴 못 보신가
> 백년이 역초초(亦草草)하니 안이 놀고 어이허리 　　　－무명씨－

라는 것과

> 드른 말 즉시 잇고 본 일 못 본 듯이
> 내 인사(人事) 이러하니 남의 시비(是非) 모를노라
> 다만 지손이 성하니 잔(盞)잡기만 하노라. 　　　－송인－

라는 것과

> 주인이 술 부으니 객(客)으란 노래하소
> 한잔 술 한 곡조씩 새도록 즑이다가
> 새거든 새술 새노래로 니여 놀녀 하노라. 　　　－이상두－

라는 것과

> 인생이 쑴인 쥴을 저마다 아노라네
> 아노라 하오시나 아나니를 못볼네라
> 우리는 진실로 아오매 취(醉)코 놀녀하노라. 　　　－송종원－

라는 것과

> 매암이 맵다 울고 쓰르람이 쓰다 우니
> 산채(山菜)를 맵다는가 박주(薄酒)를 쓰다는가
> 우리는 초야(草野)에 뭇쳣스니 맵고 쓴 줄 몰내라. —이정신—

는 것들의 모든 노래를 종합하야 고찰하야 보면, 사회생활에 실망한
사람들에게는 술이나 먹고 취하야 근심을 모르고 세상을 보내랴는 생
각을 가질 수밖에는 도리가 업섯슬 것이다. 또 다음의 노래와 갓치,

> 뇌정(雷霆)이 파산(破山)하되 농자(聾者)는 못 듯나니
> 백일(白日)이 도천(到天)하야도 고자(瞽者)는 못 보나니
> 우리는 이목총명(耳目聰明)한 남자로대 농고(聾瞽) 갓치 하리라.
> —이황—

라는 노래와 갓치 도무지 세상사에 간섭하지 안이하리라는 것과

> 산촌에 눈이 오니 돌길이 무첫세라
> 시비(柴扉)를 여지 말아 날 차즐 이 뉘 잇스리
> 밤중만 일편명월(一片明月)이 그 벗인가 하노라. —신흠—

라는 것이라든지

> 유벽(幽僻)을 차자가니 구름 속에 집이로다
> 산채(山菜)에 맛 드리니 세미(世味)를 니즐노라
> 이몸이 강산풍월(江山風月)과 함께 늙자 하노라. —조립—

라는 것과 갓치 "산꼴에서 산채나 먹어가며 자연과 함께 늙으리라" 노
래는 그 예가 이로 승수(勝數)할 수 업슬 만큼 허다하며,

> 풍파에 놀난 사공 배 팔아 말을 사니
> 구절양장(九折羊腸)이 물도곤[23] 어려워라.
> 이후란 배도 말고 밧갈기나 하리라.　　　　　－장만－

라는 노래에는 여러 가지로 세상과 싸워보앗스나, 필경은 실패하얏다.
말하자면 현실사회는 그를 이해하지 안이하고 도리어 사회의 견기아
(見棄兒)가 되고 말았다는 것을 정직히 고백하얏스며,

> 노인이 섭흘 지고 원(怨)하나니 수인씨(燧人氏)를
> 식목실(食木實)하올 제도 만팔천세를 하얏거든
> 엇지타 교인화식(敎人火食)하야 후생을 곤(困)케 하신고.

라는 노래를 보면 경제파멸, 생활곤란으로 인하야 노인이 근력(筋力)
쇠진한 몸에 무거운 나무짐을 지며 고생하지 안이하면 안될 형편임을
호소함이엇섯다. 그러나 그 시절이라고 아주 타락퇴폐적 분위기쑌이
엇섯는가 하면 결코 그런 것은 안이엇섯다.

> 선(善)으로 패(敗)한 일 보며 악(惡)으로 일운 일 본다
> 이 두 즈음에 취사(取捨) ㅣ 안이 명백한가
> 평생에 악(惡)된 일 안이하면 자연위선(自然爲善)하리라.
> 　　　　　　　　　　　　　　　　　　　　　　　－엄흔－

23　'도곤'은 '보다'의 의(意). (原註)

라는 노래와 갓치, 유학 냄새 나는 것도 만은 동시에 다음 노래와 갓치,

> 청춘에 보든 거울 백발에 고쳐보니
> 청춘은 간데업고 백발만 뵈는고나
> 백발아 청춘이 제 갓시랴 네 쪼친가 하노라.

라는 것과 갓치 인생의 무상함으로 비탄하면서도 해학적인 것과

> 곳이[24] 진다 하고 새들아 슬허 마라
> 바람에 흔날리니 곳의 탓이 안이로다
> 가노라 희짓는 봄을 새와[25] 무삼하리요

라는 것과 갓치 세월의 여류함을 슬퍼하면서도 어듸싸지든지 낙천적인 것과

> 술을 대취(大醉)하고 오다가 공산(空山)에 자니
> 뉘 날을 깨오리 천지즉금침(天地卽衾枕)이로다
> 동풍(東風)이 세우(細雨)를 모라다가 잠든 나를 깨오도다.
>
> ㅡ조준ㅡ

라는 것과 여(如)히, 음주의 향락을 누리면서 세상사를 모두 선의로만 해석하고 제반 시름을 이저버리고자 하는 이도 잇섯는 동시에 상술한 바와 갓치 타락퇴폐의 사조를 타파하고 상무정신과 애국열을 고취하랴 하야 나약한 유자들을 매도하는 맹렬한 반동운동도 잇섯스니, 그

---

24 '곳이'는 '꽃이'(原註)
25 '새와'는 '가라서 탄한다'는 의(意).(原註)

약간의 예를 들면,

초산(楚山)에 우는 범과 패택(沛澤)에 잠긴 용이
토운생풍(吐雲生風)하야 기세도 장(壯)할시고
진(秦)나라 외로온 사슴이 갈 길 몰나 하돗다.   ―이지란―

라는 것과

장백산(長白山)에 기(旗)를 곳고 두만강(豆滿江)에 말 씨기니
썩은 저 선배야 우리 안이 사나희냐
엇지타 능연각상(凌煙閣上)에 뉘 얼골을 그릴고.   ―김종서―

라는 것과

적토마(赤免馬) 살지게 먹여 두만강에 씻겨세고
용천검(龍泉劍) 드는 칼을 선뜻 쌧처 드러메고
장부(丈夫)의 입신양명을 시험할까 하노라.   ―남이―

라는 것과

벽상(壁上)에 칼이 울고 흉중(胸中)에 피가 뛴다
살 오른 두 팔둑이 밤낫에 들먹인다
시절(時節)아 너 돌아오거든 왓소 말만 하야라.

라는 것과

한산섬 달 밝은밤에 수루(戍樓)에 혼쟈 안저
큰칼 녑헤 챠고 깁흔 실음 하는 차에
어듸서 일성호가(一聲胡笳)는 단아장(斷我腸)을 하나니.
　　　　　　　　　　　　　　　　　　　　　－이순신－

라는 것과

군산(君山)을 삭평(削平)턴들 동정호(洞定湖)ㅣ 널을낫다
계수(桂樹)를 버히던들 달이 더욱 밝을 것을
쯧 두고 이루지못하니 그를 슬허 하노라.

라는 노래에 낫타난 그네들은 남성적이요 상무적·애국적인 동시에 침
략적으로 혹은 반역적으로 보이기도 쉽다. 그러나 반도에서는 고려말
과 이조중엽에 두 번 자발적으로 지나 원정을 계획한 일은 잇섯스나,
결코 그러케 침략적 정신을 가젓든 것은 안이요, 그들의 참된 이상은
다음의 노래와 여(如)히 항상 평화에 잇섯든 것이다.

천하비수검(天下匕首劍)을 한데 모아 비를 매여
남만북적(南蠻北狄)을 다 쓰러바린 후에
그 쇠로 호믜 맹그러 강상전(江上田)을 매오리라.

라는 노래와 갓치, 호전적인 모든 침략민족을 다 정복한 뒤에 인류사
회를 모두 농원화(農園化)코자 하는 것이 그들의 이상이엿섯다. 그러
나 냉정한 현실사회는 그들의 부르지즘에 일고(一顧)도 주지 안이하
얏다. 평화의 세계란 것은 꿈에도 보기 어려웟든 것이다. 그리하야 어
떤 사람은 이러케 노래하얏섯다.

간밤에 대취(大醉)하고 북평루(北平樓)에 올나서 큰꿈을 꾸니
칠척검(七尺劍) 천리마(千里馬)로 요해(遼海)를 건너가서 천교(天
驕)를 항복밧고 북관(北闕)에 돌아드러 고궐성공(告厥成功)하야
뵌다
아해야 강개(慷慨)한 마음이 흉중(胸中)에 울울(鬱鬱)하야 꿈에
시험(試驗)하도다.   ─무명씨─

그 통쾌하고 강개한 뜻을 펴볼 길이 업서, 이러한 노래를 읊흔 것이
다. 천교(天驕)란 것은 어떤 나라를 지칭함인지 모르겟으나, 아마 지나
를 가리킴인 듯하다. 반도에서는 계속적으로 지나에게 압박과 침략을
당하얏섯던 고로, 한번이나마 지나라는 노회강녕(老獪强獰)한 나라를
굴실시켜 보겟다는 솔직한 표현이다.

4. 이조중엽 이후의 시대색

전술한 바와 여(如)히 이조중엽경부터 외구내란으로 인하여 생령
(生靈)은 도탄에 빠지기 시작한 후로 정치의 문란, 경제의 파멸 등은
날로 심하야 왔엇다. 그리하야 그들의 평화 이상을 무여지(無餘地)하
야 분쇄하고 사회생활을 영구히 위혁(威嚇)할 뿐이엇섯다. 그러므
로 이 시대의 민족성은 퇴영적, 은둔적, 퇴폐적으로 되던 경향은 심
각화하는 동시에 일방에는 비분강개한 애국적 색채도 의연히 계속
되엿섯다.

네라이러하면
이몸이기럿스랴
수심(愁心)이실이되야
구뷔구뷔맷치이서

아모리푸르려하야도

싯간듸를몰내라.[26]

이 노래는 사회생활의 신산함을 노래한 정직한 고백이다. 생의 고독과 비애를 호소하는 동시에 필경 현실을 부정하고 낙망된 폐퇴적 기분이 농후하다.

그리하야 그때 사람들은 세상사를 관계할 것 업시 농촌으로 나돌아가서 인류사회를 농촌화하는 동시에 순박한 우정이나 보존하야 보자는 사람 이외에는 거개 음주의 쾌락으로 비분강개의 정회를 위로하야 보자는 것이엇다. 그래서 어떤 사람은 다음과 갓치 노래하얏섯다.

가로지나세지낫中에

죽은후면뉘알던가

나죽은무덤우에

밧츨갈지논을풀지

주부도유령분상토(酒不到劉伶墳上土)하니

안이놀고어이리   ─무명씨─

라는 것과 쏘하나

---

26 『약파만록(藥坡漫錄)』 선조 31년 무술조에 거(據)하면, "선시(先是)에 양경리(楊經理)(名 鎬)가 유경(留京)할 때에, 행거(行거)하야 청파교(靑坡郊)를 지날새 전중(田中) 남녀가 서운(鋤耘)하면서 제성이가(齊聲而歌)하는지라. 경리가 통역관더러 물어 가로되, "피가(彼歌)도 역시 강조(腔調)가 잇나뇨?" 하거늘, 대답해 가로되, "다 강조(腔調)가 잇다." 한대, 가로되, "가히 엇어 듯겟느냐?" 하거늘, 대답해 가로되, "이어(俚語)로서 곡조를 삼은 것이요 문자는 안이라." 한대, 가로되, "접반관 이덕형을 시켜서 써 나오게 하라." 하엿는데, 기가(其歌)에 가로되, "석일약여차(昔日若如此)린들 차신(此身)을 안가지(安可持)아 수심(愁心)이 화위사(化爲絲)하야 곡곡개상결(曲曲皆相結)이라 욕해부욕해(欲解復欲解)하나 부지단거처(不知端去處)라."운운(原註).

술이몃가지요
탁주(濁酒)와청주(淸酒)로다
먹고취할썬정
청탁(淸濁)이관계(關係)하랴
월명(月明)코풍청(風淸)한밤이여니
안이샌들엇더리

—신흠—

이러케 그들은 놀기를 좋아하얏섯다. 그러나 그것은 조선 술맛이 그러
케 좋아서 그런 것도 안이요 쏘는 술이 몸에 이(利)해서 그런 것도 안
이엇섯다. 다음의 노래와 갓치 어떤 시인의 고백한 바와 마찬가지로
그들에게는 천만(千萬) 시름이 잇섯슴으로 그것을 잊고자 한 까닭이
엇섯다.

술을내즑이더냐
광약(狂藥)인줄알건마는
일촌흉장(一寸胸臟)에
만단(萬端)스름실허두고
진실(眞實)로술곳안이면
스름풀것업세라.

이것이 조선사람의 술먹는 이유를 정직하게 고백한 것이다. 이러케
생의 고독과 비애를 호소하는 한편 향촌으로 돌아가서 인리간(隣里間)
의 우정과 인류애 속에서 살아보자는 것이 조선 유사 이래의 변함업는
귀중한 민족성의 하나이엇섯다.

곡구롱(谷口哢)우는소래에

낫잠째여널어보니

적은아들글이르고

며늘아기뵈쨔는데

어린손자(孫子)는꼿노리한다.

맛초아지엄이술걸으며

맛보라고하더라.　　　　　　　　　　　　　　　－오경화－

라는 것과

저건너명당(明堂)을어더

명당(明堂)안에집을짓고

밧갈고논맹그러

지붕우에박(朴)올니고

장(醬)독에더덕넛코

백주황계(白酒黃鷄)로

남린북촌(南隣北村)다청(請)하야

회호동락(熙皞同樂)하오리라.

아마도 농가홍미(農家興味)는

이쏜인가하노라.

이러한 향락은 결코 퇴폐적도 안이요 개인적도 안이다. 순진무구한 농민의 가족적, 촌락적, 우정적 향락이엇다.

그네들은 쏘 구차한 것이 결코 치욕이 안이엇섯다. 쏟만 안이라 옛날부터 빈한한 조선인인 짜닭에 우인(友人)을 접대함에도 결코 산해(山海)의 진미나 고가(高價)의 좌석을 요(要)치 안이하얏섯다. 조선 사람들은 자고로 인위적인 모든 귀중품보다도 대자연의 주신 보물을 사랑하엿스며, 그들의 우정은 진실로 마음의 결합된 우정이엇섯다.

　　집방석(方席)내지마라
　　낙엽(落葉)에란못안즈랴
　　솔불혀지마라
　　어제진달이도다온다
　　아희야 산채(山菜)와탁주(濁酒)일망정
　　업다말고내여라

　쑨만 안이라 빈한한 짜닭에 더욱 깊이 남보다 우정을 알게 되엇는지도 모르겟으나, 그들은 헌옷을 잡혀서라도 친구에게 탁주 대접을 하랴고 하얏섯다.

　　비즌술다먹으니
　　먼데서손이왓다
　　술집은제언마는
　　헌옷에얼마나하리
　　아희야 석이지말고서[27]
　　주는대로바다라.

　　이좌수는검은암소를타고
　　김약정(金約正)은장고(長鼓)두루처메고
　　손권농(孫勸農)조당장(趙堂掌)은취(醉)하야뷔거르며
　　장고(長鼓)더더럭무고(巫鼓)둥둥치는대춤추는고나

───────────
27 ‘석이지말고’는 ‘분량을 만이 밧고저 하야 물을 석게 하지 말고’의 의(意).

협리우맹(狹裡愚氓)의질박(質朴)천진태고순풍(天眞太古淳風)은
이뿐인가하노라.   －무명씨－

이것도 역시 우정의 발로이다. 이와 갓치 물적인 것보다 정적(情的)
인 것을 사랑한 그들은 필연히 농촌의 생활을 찬미하며 사람의 마음의
순후(淳厚)하기를 열망하얏다.

니고진저늙으니
짐버서나를주소
우리는젊엇거니
돌인들무거우랴
늙기도설웨라커늘
짐을조차지실가.   －정철－

그들은 노인의 짐지고 가는 것을 보고 그것을 무심히 지나치지는 못
하얏다. 노인을 존경하든 그들의 노래에는 역시 인류애가 발로되엿다.
향촌생활에는 농촌의 취미뿐만이 안이라 조어(釣魚)의 향락도 쏘한
자미(滋味)잇든 것이엇섯다.

세(細)버들 가시것거
낙은고기쎄여들고
술집을차즈랴하고
단교(斷橋)로건너가니
그곳에행화(杏花)저날리니
아모덴줄몰내라라.   －무명씨－

는 것은 조옹(釣翁)의 취미를 말한 것이오.

> 강촌(江村)에일모(日暮)하니
> 곳곳이어화(漁火)로다.
> 만강선자(滿江船子)들은
> 북치며고사(告祀)한다
> 밤중만의내일성(疑乃一聲)에
> 산갱명(山更鳴)을하더라.　　　　　　-임의직(任義直)-

와 가튼 것은 어부의 생활을 노래한 것이다. 이러한 향촌에서 폐문독
서(閉門讀書)하든 유자(儒子)의 생활을 어쩌하얏든가. 다음의 노래는
유자(儒子)의 생활을 잘 표현한 것이다.

> 문(門)닷고글닐넌지
> 몃세월(歲月)이되엿관대
> 정반(庭畔)에심은솔이
> 노룡린(老龍鱗)을일우엇다
> 명원(名園)에뛰여진도리(桃李)야
> 몃번(番)인줄알니요.　　　　　　-이정개(李廷蓋)-

상기한 바 약간의 노래는 그 시대의 향촌생활의 一二의 예를 말한
것이어니와 여하간 이조 중엽 이후의 일반가요가 현저히 소극적으로
쏘는 한시에 접근 유화(類化)된 것은 엄폐히 못할 사실이다. 다음에 그
약간의 예를 들면,

> 백마(白馬)는욕거장시(欲去長嘶)하고

청아(靑蛾)는서별견의(惜別牽衣)로다
석양(夕陽)은이경서령(已傾西嶺)이요
거로(去路)는장정단정(長程短程)이로다
아마도 설운이별(離別)은
백년삼만육천일(百年三萬六千日)에
오날인가하노라.

라는 것과 쏘는 다음 노래와 갓치,

극목천애(極目天涯)에 한고홍지실려(恨孤鴻之失侶)하고
회모양상(回眸樑上)에 선쌍연지동소(羨雙燕之同巢)로다
원산(遠山)은무정(無情)하야 능차천지지망안(能遮千里之望眼)이요
명월(明月)은유의(有意)하야 상조양향지사심(相照兩鄕之思心)이로다.
화부대일삼지월(花不待二三之月)에 뇌발어금중(蕾發於衾中)하고
월부당삼오지야(月不當三五之夜)에 원명어침상(圓明於枕上)이로다.

라는 것과 갓치, 조선가요 고유의 특색은 거의 다 업서지고 한문 냄새
만 나는 시가 비슷은 하나 그리 잘되지 못한 노래와

월일편등삼경(月一片燈三更)인제
나간님을헤여하니
청루서사(靑樓酒肆)에 새님을걸어두고
불승탕정(不勝蕩情)하야
화간맥상춘장만(花間陌上春將晚)한듸
주마투계상미반(走馬鬪鷄尙未返)이로다
삼시출망(三時出望) 무소식(無消息)하니

　　진일난두(盡日欄頭)에공단장(空斷腸)하소라.

라는 것들을 보면 몹시도 한시취(漢詩臭)가 나는 동시에, 거의 소극적
이요 은둔적이다. 정치적으로 경제적으로 고생스러운 생활을 한 그 시
대 사람의 감정이 그러하얏슬 것은 당연한 일이요, 한문을 극도로 숭
상하든 그 시대의 가요에 한자를 다용(多用)하며 한시를 모방 혹은 이
용하얏슬 것도 쏘한 괴상히 여길 수 업는 일이다.

　쏜만 안이라 이조 중엽 이후에는 중류 이상 계급의 인사들이 가사
(歌詞) 혹은 요(謠)를 지으매, 반드시 한시식(漢詩式)으로 번역하는 것
이 상례이엇으며, 쏘는 적당한 한시에 토만 달고 쏘는 잣 구절(句節)만
조선말로 번(飜)하든지 혹은 한마디 말을 더 붓이든지 하야서 시조(時
調)로 썼던 것이다. 예컨대,

　　고울사월하보(月下步)에
　　집샤매바람이라
　　곳앏해섯는태도(態度)
　　님의정(情)을마젓세라
　　아모도 무중최애(舞中最愛)는
　　춘앵전(春鶯囀)인가하노라.

　이 노래는 익종왕(翼宗王)쎄서 동궁에 계실 쌔에 순원(純元)왕후쎄
올린 바 〈진찬춘앵무사(進饌春鶯舞詞)〉인데 좌(左)의 역문(譯文)이 잇
스며,

　　선연월하보(嬋娟月下步)
　　나삼무풍경(羅衫舞風輕)

완전화전태(婉轉花前態)
군왕임다정(君王任多情)

상술(上述)한바 청파교(靑坡郊) 농요(農謠)에도 이덕형 씨의 석문(釋文)이 잇스며, 율곡선생의 항상 탄금(彈琴)하시며 노래하시던 좌기(左記) 〈고산구곡가(高山九曲歌)〉에도 송시열 선생의 번문(飜文)이 잇스며,

고산구곡담(高山九曲潭)을
사람이모르더니
주무래복거(誅茅來卜居)하니
벗님내 다오신다
무이(武夷)[28]를상상(想像)하고
학주자(學朱子)하오리라.

일곡(一曲)은어드멘고
관암(冠岩)에해빗췬다
평무(平蕪)에내거드니
원산(遠山)이그림일다
송간(松間)에록준(綠樽)을노코
벗오난양보노라.

이곡(二曲)은어드멘고
화암(花岩)에꽃츨씌워

---

28 武夷支那朱子卜居地名(무이는 중국 주자가 살았던 지명)(原註)

야외(野外)로보내노라
사람이승지(勝地)를모로니
알게한들엇더하리.

삼곡(三曲)은어드멘고
취병(翠屛)에닙퍼졋다
녹수(綠樹)에산조(山鳥)잇서
상하기음(上下其音)하는쌔에
반송(盤松)에청풍(淸風)오니
녀름경(景)이업세라.

사곡(四曲)은어드멘고
송애(松崖)에해넘는다
담심(潭心)에암영(暗影)드니
온갓빗잠겻세라
흥(興)을겨워하노라

오곡(五曲)은어드멘고
은병(隱屛)이보기조희
수변(水邊)에정사(精舍)잇서
소쇄(瀟灑)홈도가히업다
이중(中)에강학(講學)하고
영일음풍(詠日吟風)하오리라.

육곡(六曲)은어드멘고
조협(釣峽)에물이넓다

못알괘라 나와고기
뉘더욱즐기는고
황혼(黃昏)에낙대를메고
대월귀(帶月歸)하노라.

칠곡(七曲)은어드멘고
풍암(楓岩)에추색(秋色)조타
청상(淸霜)에엷게치니
절벽(絶壁)이금수(錦繡)로다
한암(寒岩)에혼자안저
집을잇고잇노라.

팔곡(八曲)은어드멘고
금탄(琴灘)에달이밝다
옥진(玉軫)과금휘(金徽)로[29]
수삼곡(數三曲)을노론말이
고조(古調)를알리업서
혼자즐겨하노라.

구곡(九曲)은어드멘고
문산(文山)에세모(歲暮)커라
기암(奇岩)과괴석(怪石)들은
눈속에뭇처세라
유인(遊人)이오지안코

---

29 軫은 琴木板이요, 徽는 거문고의 琴系節이라(原註)

볼것업다하더라.

　율곡전서 권2, 제21혈 이하 〈부고산구곡가(附高山九曲歌)〉에 거(據)
하면, "本諺錄, 係宋時烈飜文"[30]이라고 적혀 잇고, 좌기의 역문(譯文)
이 게재되여 잇다.

　　高山九曲潭 世人尚未知
　　誅茅來卜居 朋友皆會之
　　武夷仍想像 所願學朱子

　　一曲何處是 冠岩日色照
　　平蕪烟斂後 遠山眞如畵
　　松間置綠樽 延佇友人來

　　二曲何處是 花岩春景晚
　　碧波泛山花 野外流出去
　　勝地人不知 使人知如何

　　三曲何處是 翠屏葉已敷
　　綠樹有山鳥 上下其音時
　　盤松受淸風 頓無夏炎熱

　　四曲何處是 松崖日西沈
　　潭心岩影倒 色皆蘸之林

30　이 노래의 한글 기록은 송시열의 한문 번역문에 연결되어 있음(필자 번역)

泉深更好幽 興自難其勝

五曲何處是 隱屛最好看
水邊精舍在 瀟灑意無極
皆中常講學 咏月且吟風

六曲何處是 釣溪水固闊
不知人與魚 其樂熟爲多
黃昏荷釣竿 聊且帶月歸

七曲何處是 楓岩秋色鮮
淸霜薄言打 絶壁眞錦繡
寒岩獨坐時 聊亦且忘家

八曲何處是 琴灘月正明
玉軫與金徽 聊奏數三曲
古調無知者 何妨獨其樂.

九曲何處是 文山歲暮時
奇岩與怪石 雪裏埋其形
遊人自不來 漫謂無佳景.

　상기한 것은 가요(歌謠)를 한역(漢譯)한 예이거니와 한시를 그대로 가요에 이용하야 쓰던 예를 들면,

　삼곡한창(三曲恨唱)하니가성열(歌聲咽)이요

수변(愁飜)하니무수지(舞袖遲)라
가성열무수지(歌聲咽舞袖遲)는
님그린탓이로다
서릉(西陵)에일욕모(日欲暮)하니
애긋는듯하야라.

라는 것이든지

세사(世事)는금삼척(琴三尺)이요
생애(生涯)는주일배(酒一盃)라
서정강상월(西亭江上月)이
두렷이밝앗는대
동각(東閣)에설중매(雪中梅)다리고
완월장취(玩月長醉)하리라.

라는 것이라든지

공수래공수거(空手來空手去)하니
세상사(世上事)ㅣ여부운(如浮雲)을
성분묘인진귀(成墳墓人盡歸)면
월황혼산적적(月黃昏山寂寂)이로다
저마다이러할인생(人生)이
안이놀고어이리.

라는 것이든지

穿魚換酒柳橋邊을
客來問我興亡事여늘
笑指蘆花月一船이로다
술醉코江湖에저이시니
節가는줄모를내라.

라는 것이라든지

故人無復洛城東이요
今人還對落花風을
年年歲歲花相似여늘
歲歲年年人不同이로다
花相似人不同하니
그를슬허하노라.

라는 것이라든지

遠上寒山石逕斜하니
白雲深處有人家라
停車坐愛楓林晚하니
霜葉이紅於二月花로다
아마도無限淸景은
이뿐인가하노라.

라는 것 등은 모두 한시를 그대로 시조에 인용한 것인데 여사(如斯)한
종류는 이루 매거(枚擧)할 수 업슬 만치 과다(夥多)하며 심지어 '주

(酒)'와 '색(色)'을 비교하야 말한 노래에싸지도 좌기의 예와 갓치 한 자투성이를 하야 놓앗스며,

금준(金樽)에주적성(酒滴聲)과
옥녀(玉女)의해군성(解裙聲)이
양성지중(兩聲之中)에
어늬소래더조흔고
아마도월침삼경(月沈三更)에
해군성(解裙聲)인가하노라

이러케 형식이든지 내용이든지 한시를 모방하야 차(此)에 접근 유화(類化)하도록 힘쓴 것이 이조 중엽 이후의 작풍(作風) 즉 시대색이라 하겟다. 시조뿐만 안이라 사곡(詞曲), 악부류(樂府類)도 총(總)히 부(賦), 표(表)식으로 되엿스며, 심지어 〈관산융마(關山戎馬)〉라는 노래는 한시를 그대로 일종의 곡조만 붙여서 읊으면서 역시 조선노래라고 한다. 개괄적으로 말하자면, 소극적·은둔적이요 쏘 한시식(漢詩式)이 엿든 것이 이조 시대 가요의 특색 즉 시대색이다. 그러나 어떤 개인의 작품에 한하야서는 그 개성의 발로가 있으므로 그때의 시대색을 초월한 작품도 역시 불소(不少)하니 좌기의 예와 갓치,

가마귀눈비마자
회는듯검노매라
야광명월(夜光明月)이
밤인들어두오랴
님향한일편단심
변할줄이시랴.   －박팽년－

라는 것이든지

　　내마음버혀내여
　　저달을멘들고저
　　구만리장천에
　　번듯이걸니여서
　　고혼님계신곳에
　　비최여나보리라.

라는 노래는 다갓치 유학(儒學) 계통의 사람이므로 성격·전통·사상
등이 상사한 관계도 있겟으나, 그 내용·형식이 공히 좌기의 고려말 작
품과 근사(近似)하다.

　　눈마자회여진대를
　　뉘라서굽다던고
　　굽을절(節)이면
　　눈속풀를소냐
　　세한고절(歲寒高節)은
　　대뿐인가하노라.　　　　　　　　　　　　　　－원천석－

　쏘 좌기의 '애인을 추도'하는 노래와 갓치,

　　청초(靑草)욱어진골에
　　자는가누엇는가
　　홍안(紅顔)은어듸가고
　　백골(白骨)만뭇첫는고

> 잔(盞)잡아권(勸)할듸업스니
> 그를슬허하노라.   −임제−

라는 것은 한시취(漢詩臭)는 면(免)하엿스나, 역시 소극적인 것은 사실이다. 좌기의 노래와 갓치,

> 물아래그림자지니
> 다리우희즁이간다
> 저즁아거긔섯거라
> 너어듸가노말물어보자
> 손으로백운(白雲)을가르치며
> 말안이코가더라.

라는 것이든지

> 됴으다가낙시대를일코
> 춤추다가되롱을닐희
> 늙으니망녕으란
> 백구야웃지마라
> 십리에도화발(桃花發)하니
> 춘흥(春興)을겨워하노라.

라는 것들은 중세작품과 별로 차이가 업는 듯하며 다음 노래와 갓치,

> 늙엇다 물녀가자
> 마음과의론(議論)하니

「이님바리고」
어대러로가자하리
마음아 너는잇거라
몸이몬저가리라.   −무명씨−

라는 것은 몸은 늙어서 님의 사랑이라든지 나라의 정사(政事)라든지
를 감당치 못하겟으나, 마음은 아직도 임금에게 또는 고운 임금에게
있다는 것이, 소극적이 안이요 적극적이며,

국화야 너는어이
삼월동풍스려한다
성긘울찬비뒤에
찰알히얼지언정
반다시군화(群花)로더부러
한봄말녀하노라   −안민영−

라는 것은 명리(名利)에 급급치 안이하고 기절(氣節)을 존중히 여기는
기풍이 농후하다. 붓을 잡은 김에 이조 여성의 노래를 조금 더 써보랴
한다.

솔이라솔이라하니
무삼솔만녁이는가
천인절벽(千仞絶壁)에
낙락장송(落落長松)내긔로다
길아래초동(樵童)의접낫시야
걸어볼줄잇스랴.   −송이(松伊)−

조선의 여성들은 이조에 와서 특히 정조를 존중히 여겼엇다. 그리하야 화류계에서 놀던 기생들까지도 이러케 노래한 것이다. 이러케 정조를 노래한 것은 〈춘향가〉에서든지 〈황진이의 노래〉에서든지 기타 김부용(金芙蓉), 죽서(竹西), 금원(錦園), 이소홍(李少紅) 등 명성 잇는 여류의 작품에서 만이 볼 수 잇스나, 시간과 지면의 관계상 생략하기로 하고, 사실(史實)에 나타난 바 일반 부녀의 가사(歌詞)에 취(就)하야 그 생활의 표현을 고찰하야 보면.

┃ 제망부사(祭亡夫詞)

鳳과風이맛나서날나단길쎈(鳳凰于飛)

和答하야울면서질겨했드니(和鳴樂只)

鳳이날아가고서 오지안아서(鳳飛不下)

凰은혼자울면서 지내가누나(凰獨哭止)

머리긁어하나님쎄물어보아도(搖首問天)

저하날은잠잣고 대답이업네(天黙黙只)

하날이놉고요 바다넓대도(天長海闊)

이내맘의한처럼 限量업슬가(恨無極只)

　　　　　　　　　　　　　　　—안귀손(安貴孫) 처 작—[31]

┃ 애강상신부사(哀江上新婦詞)

問爾江上水上船하노니

古往今來에

載得幾個成親少年新嫁娘이러냐

31 『여지승람』「문경현」조에 거(據)하면, "司直安貴孫妻, 居加恩縣, 其父敎以詩書, 貴孫死, 作文祭之云云"이라 하얏다.(原註) "사직 안귀손의 아내는 가은현에 살았는데, 그 아비가 시서를 가르쳐, 귀손이 죽자, 글을 지어 제사하였다고 한다."(필자 역)

從未聞丹旌在前 素轎隨後에

紅顔新婦白骨郞이로다.

江上船아 歸莫遲하라

聞有十年孀闈에 辛苦孤兒之萱堂□

江上船아歸莫遲하라

小郞兒魂靈이 猶自倚東床이로다.

侍婢는船頭哭且語호대

彼洲渚에有鴛鴦하야

烟雨裏에

兩兩飛去飛來 山之北水之陽이로구나.

－영향당 한씨(影響堂 韓氏)－

이와 가튼 작품도 쏘한 불소(不少)하나 모두 청상(靑孀)의 비애를 부르짖으면서도 정조(貞操)를 존중히 여긴 표현이다. 쏘 이조 시대의 중류 이상의 부녀들은 일부종사를 못하고 보면 일부종사를 못하고 보면, 환언하면 처음 시집간 그 집에서 용납되지 못하면 오직 죽는 길밖에는 다른 도리가 업는 불쌍하고도 고생스러운 생활이엇섯다. 다음의 노래에 就하야 고찰하야 보자.

▍춘랑원가(春娘怨歌)

하날은엇지하야놉고멀고요(天何高遠)

쌍은쏘무엇하러넓엇든가요(地何廣邈)

텬디가얼마만치크다하야도(天地雖大)

붓칠곳바이업는 이내一身은(一身靡托)

차라리이못에 던저버려서(寧投此淵)

고기배에 葬事를지내볼가나(葬於漁腹)　　　　　－향랑(香娘)－[32]

이 노래도 역시 정조지상주의의 표현이다. 차외(此外)에도 정조를 노래한 작품에는 한시식(漢詩式)으로 된 것을 열거하랴면 허난설헌, 이옥봉(李玉峰) 등을 위시하야 그 작품을 역시 매거키 어렵다. 여하간 이조의 가요는 여류의 작에까지 한문식 색채가 농후한 동시에 남자보다도 일층 더 고생스러운 생활이엿든 것이 어디로 보든지 잘 표현되여 잇는 줄로 밋는다.

끗트로 중류 이하의 부녀생활을 노래한 〈부요(婦謠)〉를 한두 개 소개하고 붓을 놓으려 한다.

▎강강술래

일즉자고일즉쌔여
머리를곱게빗고
세수하고쌀내한후
달과갓흔우리솟헤
국쓰리고밥지엿네.
싀아번님조반(朝飯)잡소

32 만록(漫錄)에 거(據)하면, "此歌李朝肅宗時, 香娘善山荊谷良家女子也. 自幼性質貞淑孝順, 其後母甚罵, 娘嘗承順其志及嫁夫又不良嫉之如仇, 娘旣不得於繼母, 又爲夫之所迫, 其叔父與舅憐之勸之他適, 娘牢拒, 乞托身於夫家之側則舅亦不許, 娘於是無所歸, 遂決死, 行至砥柱碑(洛東江上峻坂上有吉冶隱先生之表節砥柱)下, 遇樵女解髻, 贈而且語曰, 持此遺我父母, 以證我死, 時年二十云云."(原註) 이 노래는, 조선조 숙종 때 향랑이 선산 형곡 양갓집 여자였는데, 어려서부터 바탕이 정숙하고 효성스러웠다. 그 계모가 매우 꾸짖어도 향랑은 그 계모의 뜻을 순종하였다. 시집가게 되었는데 그 남편도 좋지 못한 사람이라 미워하기를 원수같이 하였다. 향랑이 계모한테서도 버림받고 지아비로부터도 구박받자, 그 숙부와 시아버지가 불쌍히 여겨 다른 데로 가도록 권하였다. 하지만 향랑은 한사코 거절하면서 지아비 집 옆에 몸을 맡기게 해달라고 요청했으나 시아버지가 허락하지 않았다. 향랑은 이에 아무 데도 돌아갈 데가 없자, 마침내 죽기를 결심하고, 지주비(낙동강 상류 준판 위에 있는, 야은 길재 선생의 절개를 드러내기 위해 세운 기둥) 아래로 갔는데, 마침 나무하는 여자를 만나 머리를 풀어 주면서 이렇게 말하였다. "이것을 가지고 가서 우리 부모님께 드리고 내가 죽었다는 것을 증명하세요." 그때의 나이가 20세였다고 한다.(필자 역)

싀어머님진지잡소

시자번님 조반(朝飯)잡소

반(班)벼수건(手巾)머리에감고

호밀랑은억개에메고

이냇밧헤나가설랑

풀한골을매고나서

친정에서편지(片紙)왓네

압문에서바다들고

뒷문에가보고나니

엇지하나우리부모(父母)

돌아가신訃音일세

머리풀어산발(散髮)하고

당기풀어남게걸고

가락지쌔여동무주고

버선버서짐에넛코

신발버서손에들고

은비녀는품에품고

한모퉁이돌아드니

곡성이진동햇네

뒤에안즌아저씨들

압헤안즌오라비들

엇그제는엇지하야

편지한장못햇든가

올적에는닭이울고

갈적에는개가짓네

개를사게닭을사게

　　　　돈한량으로개를사고
　　　　엿돈으로닭을사게
　　　　거긔저긔저사공아
　　　　배건닐줄왜몰으냐.

　　이것은 기분간(幾分間) 야비(野鄙)한 색채를 띄운 야부(野婦)의 실
생활을 표현한 노래이며,

　　　　가이업다
　　　　가이업다가이업다
　　　　이방(吏房)의짤가이업다
　　　　저녁밥을얼는먹고
　　　　대문밧게썩나서서
　　　　단장(短墻)을훌적넘어
　　　　잡혓네야잡혓네야
　　　　분(粉)결갓흔이내팔이
　　　　방자(房子)손에잡혓네
　　　　감겻네감겻네
　　　　삼단갓흔이내머리
　　　　사령관노(使令官奴)끌어들여
　　　　올나가기실흔형(刑)을
　　　　사령관노(使令官奴)끌어올녀
　　　　볼기세개짜린다
　　　　서마그럿케 짜릴줄을
　　　　돈서돈만갓다가서
　　　　장흥(長興)장물두돈엇치

보성(寶城)비상한돈엇치
나를가만이사다주게.　　　　　　　　　　　　　−전남 보성 지방−

　이 노래는 규중(閨中)에 심거(深居)하는 처녀의 유장천혈(踰墻穿穴)
등 음분(淫奔)의 행위를 경계(警誡)함과 여(如)하나 여자로서 치욕을
당한 때는 죽으려고 하는 것이 이조 여자의 상례엿섯다.

　이상을 종합적으로 일언(一言)하야, 나는 이 편(篇)의 결론을 맺으
려고 한다. 중세의 조선인들은 비교적 평화한 생활을 하엿스며, 해학
적이요 소박한 감정과 순후한 마음을 가졌으나 고려말부터는 그들의
생활이 점점 이기적으로 물질적으로 되는 동시에 경제생활에 동요가
생겼으며, 이조 초기에 소강(小康)이 잇섯스나, 중엽 이후에는 그들의
생활을 구제하지 못할 만큼 파괴되엿섯다. 그래서 광명의 희망이 넘치
는 민족성은 점점 침울하게 절망적으로 되고 은둔적으로 되엿다. 그래
서 세상을 버리고 자연의 세계로 들어가서 자연을 노래하며 자연과 함
께 늙고자 하얏섯다. 그러나 그러할수록 인간의 사회가 그리우며 약한
동포를 차마 저버릴 수 업섯다. 그래서 그들 중의 어떤 사람들은 강개
(慷慨)한 노래를 부르기도 하고, 국민의 원기(元氣)를 다시 진작(振作)
코자 애도 썼던 것이다. 그래서 근세의 사람들은 강개비창(慷慨悲愴)
한 민족이 된 것이 가요에 표현된 시대색이라고 밋는다. −(완)−

국문판 『조선』지 연구

제 5 장

김태준, 조선 고대 가곡의 일련

「조선 고대 가곡의 일련(一臠)」은 『조선한문학사』(1931)와 『조선소설사』(1933)의 저자 천태산인(天台山人) 김태준(金台俊)이 1932년 5월에 국문판 『조선』에 발표한 글이다. 김태준 스스로가 그 서두에서 밝히고 있듯이, 김태준은 그 4개월 전에 동아일보에 「별곡의 연구」라는 제목으로 13차에 걸쳐 별곡(別曲)에 대한 글을 실은 바 있는데, 그곳에서 별곡의 남상(濫觴)인 〈한림별곡〉을 언급치 못한 것을 아쉬워하여 이 글을 작성했음을 알 수 있다. 글의 제목을 보면 '조선 고대 가곡의 일련'이라 하여 어려운 한자를 구사하였는데, '臠'은 '저민 고기 련'이니, '조선 고대의 노래 문학 가운데에서 저민 고기와도 같이 잘 만들어진 작품'이라는 뜻으로 해석되는바, 문맥상 〈한림별곡〉에 대한 긍정적인 평가를 드러낸 제목으로 보인다.

김태준은 이 글에서 '별곡(別曲)'의 개념을 다음과 같이 규정하였다. 첫째, 별곡은 종래의 악곡과는 형식을 달리하는 별다른 곡조이다. 둘째, 별곡은 악부(樂府)라는 구조에 대립하는 신조(新調)이다. 이 같은 견해를 펴고 있다. 김태준에 따르면, 종래의 순한문으로 쓰인 것과는 다르게 '반동적으로' 선한혼용체(鮮漢混用體), 즉 한문에 우리말을 섞

어 쓴 별다른 곡조가 별곡이라는 주장이다. 민요와도 구별되며 한시나 한문과도 구별된다고 한 것은, 오늘날의 개념으로 말하면, 기록문학이 되 한문과 국문을 혼용한 갈래라고 인식한 듯하다. 고려사 악지에서 언급한 우리말 노래 〈동동〉이나 〈처용〉 등은 별곡이 아니라고 단언하는 데서 김태준의 그 같은 생각을 엿볼 수 있다. 이 같은 개념 규정 아래, 김태준은 현전하는 별곡 가운데에서 어떤 작품이 그 효시일까 하는 문제를 내걸고 나름대로 추적하였다. 그 결과, 〈한림별곡〉이 별곡의 최초 작품임을 조심스럽게 논증하고 있다.

필자의 과문 탓인지는 몰라도, 이 글은 '별곡'에 대한 개념 규정, 〈한림별곡〉의 문학사적 위상 등을 다룬, 이른 시기의 연구 성과라고 보이는데, 국제어문 29호에 실린 필자의 글(「조선총독부 기관지 국문판 조선지(1924.1~1934.3) 수록 문학작품 및 민속·국문학 관련 논문들에 대하여」)에서 지적한 것처럼, 그간 알려지지 않았다. 『김태준전집』(보고사, 1990)에도 누락되어 있다. 이번 기회에 주석을 달아 학계에 소개하되, 한자 표기를 한글로 고치고, 띄어쓰기와 일부 문장부호만 현대화하였을 뿐 다른 표기는 원문대로 하는 것을 원칙으로 하였다. 한글 표기로 바꾸었으나 필요한 경우에는 한자를 괄호 안에 병기하였고 명백히 오자(誤字)로 보이는 경우라든가 설명이 필요할 때는 주석을 달았으며, '廿五首' 같은 숫자는 '25수'처럼 아라비아숫자로 고쳤다는 것을 밝혀 둔다.

「조선 고대 가곡의 일련(一聯)」
—한림별곡(翰林別曲)을 독(讀)함—

김태준(金台俊)

1. 서언

필자가 일즉 「별곡(別曲)의 연구」라는 논고를 다른 지면에 발표[1]하였섯다. 그 때에 가장 요긴한 〈한림별곡(翰林別曲)〉에 논급치 못한 것은 화룡점정(畵龍點睛)의 감(感)이 없지 아니하다. 다시 말하면 조선의 속악(俗樂) 신조(新調)의 역사적 의의에서 그 가장 남상(濫觴)이 되리라고 보는 〈한림별곡〉을 뺀 것은 '머리' 없는 인간을 그려놓은 것과도 같다는 말이다. 잠간 귀중한 지면을 빌려 나의 사족(蛇足)을 보(補)하여 둔다.

2. '별곡(別曲)'의 源流略釵[2]

멀리 삼국시대에 〈처용가〉, 〈도솔가〉 같은 가요가 유행한 것은 오늘날 삼국유사와 균여전에 나타난 향가 25수와 삼국사(三國史)[3]에 올은 수종(數種)의 가곡으로써 알 수 있으며, 또 여조(麗朝)[4]에 들어서는 모든 악곡을 벌서 아악(雅樂), 당악(唐樂), 속악(俗樂)의 3종에 난호아 말하고 속악은 조선말로 된 것이여서 비리(鄙俚)하다는 것이 여사(麗史)[5] 편자(編者)의 망담(妄談)이다.

---

1 김태준은 이 글을 발표하기 4개월 전, 「별곡의 연구」란 제목의 글을 동아일보 1932년 1월 15일자에서부터 13차례에 걸쳐 연재하였음.
2 源流略叙(원류약서)의 오식(誤植).
3 삼국사기(三國史記).
4 고려조(高麗朝).
5 고려사(高麗史).

그런데 여사(麗史)에 실린 속악[6] 속에 조선말(俚語)로 씌였다는 것을 들면,

동동(動動)	무애(無㝵)
서경(西京)	대동강(大同江)
오관산(五冠山)	양주(楊州)
월정화(月精花)	장단(長端)[7]
정산(定山)	벌곡조(伐谷鳥)
원흥(元興)	금강성(金剛城)
장생포(長生浦)	총석정(叢石亭)
거사련(居士戀)	처용(處容)
사리화(沙里花)	장암(長巖)
제위보(濟危寶)	안동자청(安東紫靑)
송산(松山)	예성강(禮成江)
동백목(冬柏木)	한송정(寒松亭)
정과정(鄭瓜亭)	한림별곡(翰林別曲)

등이 있다. 그러나 이들은 보도(普道)[8]의 노래뿐이요 내가 말하고자 하는 별곡은 아니다. 내가 「별곡」이라는 어구에서 생각하기는 이제현(李齊賢. 益齋)의 소악부(小樂府)[9]라는 시편(詩篇) 해제(解題) 속에, 「閔及菴, 取別曲之感於意者, 翻爲新詞, 可也」[10] 라는 일절이 있는 것이

---

6 高麗史 권71 志 제25 樂2 '俗樂' 조.
7 '長湍'의 오식.
8 직역하면 '보통으로 일컫는'으로 풀이할 수 있는데, 사전에는 나오지 않는 말임.
9 우리 민요를 한시로 번역한 것을 소악부(小樂府)라 한다. 소악부는 益齋 이제현 (1288~1368)의 〈익재난고(益齋亂藁)〉 권 4에 11편, 민사평(閔思平, 1295~1359)의 〈급암선생시고(及庵先生詩藁)〉 권 3에 6편이 실려 있다. 『고려사 악지』에도 소개되어 있으나 현재 우리말 가사로 전하는 작품은 7편이다.

다. 그러면 별곡이라는 의미는 무엇이냐고 묻는 이가 있을 것이다. 나는 이에 천단적(擅斷的)으로[11] 정의를 내려 말하되,

1. 별곡은 종래의 악곡(樂曲)과는 형식을 달리하는 별(別)달은 곡조라는 것
2. 별곡은 악부(樂府)라는 구조(舊調)에 대립하는 신조(新調)라는 것

그러면 이익재보담 조금 전인 충렬왕(忠烈王) 15년에 김원상(金元祥)이 태평곡(太平曲)을 지엿는데 신조(新調) 혹은 시조(詩調)라고도 하였다고 하니, 이 태평곡도 또한 별곡은 아니엿는지, 신조(新調) 시조(詩調)라는 것이 오늘 날의 시조(時調)처럼

3434, 3444, 3543

의 거의 정형(定型)을 일운 것은 아닌지? 이와 같은 것은 아직도 전단(專斷)[12]하기에 시기상조(時機尙早)하다. 그러나 별곡과 시조(時調)가 구래(舊來)의 순한문으로 쓰인 아악, 당악에 대해서 반동적으로 선한 혼용체(鮮漢混用體)인 별(別)다른 곡조라는 데서 공통하다.

그러면 이익재의 별곡 이후 오늘까지 어떠한 별곡이 있었는가를 보자!

작자미상	서경별곡(西京別曲)
안축(安軸 ; 1282-1348)	관동별곡(關東別曲) 8수

---

10 "급암(及菴) 민사평(閔思平)이 별곡(別曲)에서 느낀 것을 취하여 신사(新詞)로 번역하여 지으면 그만일 것이다."
11 내 마음대로.
12 혼자 마음대로 결정하고 단행함.

동(同)	죽계별곡(竹溪別曲) 5수 (關東瓦注)
권근(權近 ; 1302-1409)	상대별곡(霜臺別曲)
변계량(卞季良 ; 1309-1430)	화산별곡(華山別曲. 일명 華陽別曲?)
정극인(丁克仁 ; 1401-1472)	불우헌곡(不憂軒曲)
이현보(李賢輔 ; 1407-1555)	어부가(漁父歌), 효빈가(效嚬歌) 등
김구(金絿 ; 1488-1535)	화전별곡(花田別曲)
주세붕(周世鵬 ; 1495-1544)	도동곡(道東曲), 육현가(六賢歌), 엄연곡(儼然曲), 태평곡(太平曲)
이혼(李混 ; ?)	환산별곡(還山別曲)
정철(鄭澈 ; 1536-1593)	관동별곡(關東別曲), 성산별곡(星山別曲), 사미인곡(思美人曲) 등
윤선도(尹善道 ; 1587-1671)	산중신곡(山中新曲), 산중속신곡(山中續新曲), 어부사시사(漁父四時詞)
백광훈(白光勳 ; 1537-1564)	관서별곡(關西別曲)

....

....

근세(近世)에 유행한 것 혹은 유행하는 것으로는

　추풍감별곡(秋風感別曲)　고상사별곡(古相思別曲)
　강호별곡(江湖別曲)　　　상사별곡(相思別曲)

등이다.
　모든 별곡의 남상(濫觴)이 되는 한림별곡.

　여사(麗史) 악지(樂志)를 보면 한림별곡이라는 조목 아래에 다음과 같이 실려있다. 이하 한림별곡 전문(全文) 전사(轉寫) —

A. 원순문(元淳文)·인로시(仁老詩)·공로사육(公老四六)·이정언
(李正言)·진한림(陳翰林)·쌍운주필(雙韻走筆)·충기대책(沖基
對策)·광균경의(光鈞經義)·良鏡詩賦[13]·위(偉)·시장경하여(試
場景何如).
옥순문생(玉笋門生) 운운(云云). (俚語凡歌詞中以俚語不載者
倣此)

B. 당한서(唐漢書)·장노자(莊老子)·한류문집(韓柳文集)·이두집
(李杜集)·난대집(蘭臺集)·백낙천집(白樂天集)·모시상서(毛詩
尙書)·주역춘추(周易春秋)·주대예기(周戴禮記) 운운 (俚語)
태평광기(太平廣記)·400여권·위(偉)·역람경하여(歷覽景何如)

C. 直卿書[14]·비백서(飛白書)·행서초서(行書草書)·전주서(篆籀
書)·蝌斗書[15]·서수필(鼠鬚筆)·우세남서(虞世南書)·羊鬚筆[16]·
서수필(鼠鬚筆) 운운. (俚語)
오생유생(吳生劉生) 양선생(兩先生)·위(偉)·주필경하여(走筆
景何如)

D. 황금주(黃金酒)·백자주(柏子酒)·송주예주(松酒醴酒)·죽엽주
(竹葉酒)·이화주(梨花酒)·오가피주(五加皮酒)·앵무잔(鸚鵡
盞)·호박배(琥珀盃) 운운. (俚語)
유령(劉伶) 잠(潛)[17]·양선옹(兩仙翁) 운운. (俚語)

E. 홍모란(紅牡丹) 백모란(白牡丹)·정홍모란(丁紅牡丹) 홍작약(紅

13　良鏡詩賦의 오식.
14　'眞卿書(진경서)'의 오식.
15　'蝌蚪書(과두서)'의 오식.
16　'羊鬚筆(양수필)'의 오식.
17　陶潛.

芍藥)·백작약(白芍藥)·정홍작약(丁紅芍藥)·어류옥매(御榴玉梅)·
황자장미(黃紫薔薇)·지지동백(芷芝冬柏)·위(偉) 간발경하여(間發景何如).

합죽도화(合竹桃花) 운운. (俚語) 위(偉)·상영경하여(相映景何如).

F. 아양금(阿陽琴)·文卓琴[18]·종무중금(宗武中琴)·대어향(帶御香)·옥기향(玉肌香)·쌍가야금(雙伽倻琴)·금선비파(金善琵琶)·종지혜금(宗智嵇琴)·설원장고(薛原杖鼓)·위(偉)·과야경하여(過夜景何如). 일지홍(一枝紅) 운운. (俚語)

G. 봉래산(蓬萊山)·방장산(方丈山)·영주삼산(瀛洲三山)·차삼산(此三山)·홍루각(紅樓閣)·작약선자(綽約仙子)·녹발액자(綠髮額子)·금앵장리(錦鶯帳裏)·주렴반권(珠簾半捲)·위(偉)·등망오호경하여(登望五湖景何如). 녹양녹죽(綠楊綠竹)·재정반(裁亭畔)·위(偉)·황앵경하여(黃鶯景何如).

H. 당당당(唐唐唐)·당추자(唐楸子)·조협자(皂莢子) 운운. (俚語) 삭옥섬섬(削玉纖纖) 운운 (俚語) 위(偉)·휴수동유경하여(攜手同遊景何如).

이 8수 속의 완전히 실려있는 것은 「G」 1수뿐이며 이것을 닒는 데는 '위'는 '에헤야'의 '에?'[19]에 상당한 것이며, '경하여(景何如)'는 '경기(景幾) 어떠하니잇고'라고 색음으로 노래되엿을 것이니 운운(俚語)라고 쓴 것은 모다 '경하여(景何如)'의 부분 따름인 듯하다. 이로 인하야 그 형식은

18 '文卓笛(문탁적)'의 오식.
19 왜 물음표가 찍혀 있는지 미상. '에헤'의 오식이 아닌가 함.

"334·334·444·위(偉)·2(4)하는 경기어떠하니잇고
43·위2(4)하는경기어떠하니잇고"

이엿든 것 같다. 그런데 이것을 관동별곡의 1수

"해천중(海千重)·산만첩(山萬疊)·관동별경(關東別境)·벽유당(碧
油幢)·홍련막(紅蓮幕)·병마영주(兵馬營主)·옥대경개(玉帶傾盖)·
黑朔紅旗[20]·명사로위순찰경기하여(鳴沙路爲巡察景何如).
　삭방민물(朔方民物)·慕義超風[21]·爲 王者中興 景幾何如[22] (安謹齋
集[23])"

에 비하면 형식에 있어서 다소 출입이 있으나 대동소이(大同小異)하
다. 이로써 고려 때에 벌서 막연히 별곡의 형식이 완전히 성립되엿든
것을 알겟다.
　그러면 이에서 문제되는 것은 현존한 별곡 중 혹은 문헌한 별곡 중
에서 어떠한 것이 별곡의 효시(嚆矢)가 되엿슬가 억단(臆斷)이라도 하
여보자!
　고려시대의 별곡는 안근재(安謹齋)[24]의 〈관동별곡(關東別曲)〉과 〈죽
계별곡(竹溪別曲)〉이 되기 전에 벌써 별곡이 상당히 많았던 것은 이익
재 기록(上述)으로도 알 수 있으나 그는 어떠한 별곡이엿는지 알 수 없
고 〈한림별곡(翰林別曲)〉과 〈서경별곡(西京別曲)〉이 남어있을 뿐인데,
서경별곡(西京別曲).

20 '黑槊紅旗(흑삭홍기)'의 오식.
21 '慕義趣風(모의추풍)'의 오식.
22 '爲 王化中興 景幾何如'의 오식.
23 안축의 문집『근재집(謹齋集)』.
24 근재(謹齋) 안축(安軸).

"成宗 18年 下敎曰 宗廟之樂·如保太平·定大業則善矣·其餘俗樂·
如西京別曲·男女相悅之詞·甚不可也·樂譜則不可卒改·宜依其曲
調·別製曲調……"25

라고 하고, 여사(麗史)에 전하는 서경곡(西京曲).

"箕子之民·習於禮讓·知尊君親上之義·作此歌·言仁恩充暢·以及草
木·雖折敗之柳·亦有生意也"26

라는 취지가 너무나 달으다. 즉, 〈서경별곡(西京別曲)〉은 고려사 악지
에 올은 〈서경곡(西京曲)〉과는 별물(別物)인 동시에, 성종(成宗) 전 이
조초(李朝初)의 생산인지도 알 수도 없다. 이에 반해서 한림별곡은 여
사(麗史)에도(이수광의 『芝峰類說』에 인용),

"高麗 高宗時 翰林諸儒 所撰"27

이라고 하고, 지봉유설에는,

"自高麗時 最重翰林·人望之若登瀛洲·觀於翰林別曲·可想翰林宴·

---

25 조선왕조실록 성종 19년(1488) 4월 4일(정유)조.
"전교(傳敎)하기를, '종묘악(宗廟樂)의 보태평(保太平)·정대업(定大業)과 같은 것
은 좋지만 그 나머지 속악(俗樂)의 서경별곡(西京別曲)과 같은 것은 남녀(男女)가
서로 좋아하는 가사(歌詞)이니, 매우 불가(不可)하다. 악보(樂譜)는 갑자기 고칠
수 없으니, 곡조(曲調)에 의하여 따로 가사(歌詞)를 짓는 것이…….'"
26 "서경은 옛 조선의 땅인데 여기의 백성들은 예절과 사양하는 성품을 배웠으며 임
금과 어버이, 어른을 존경하는 도리를 알고 있었다. 그래서 이 노래를 지어 '인자
스럽고 은혜로운 것이 가득하여 초목에까지 미쳤으니 비록 꺾이고 넘어진 버들가
지에도 또한 새싹이 날 뜻이 보인다'는 뜻을 말했다."
27 "고려 고종 때 한림원의 여러 선비가 지은 것이다."

　　至我朝尤甚……"28

　이라고 하엿스며, 또 한림별곡에 올은 사람은 유원순(兪元淳)·이인로(李仁老)·이공로(李公老)·이규보(李奎報)·진화(陳澕)·유충기(劉沖基)·민광균(閔光鈞)·김양경(金良鏡)·금의(琴儀) 등 모다 고종 이후의 인물은 하나도 없음으로 보아 확실히 고종 당시의 희작(戲作)이라고 보는 것이 타당할 듯하다. 그뿐 아니라 黃徹錫29이 지은 정극인(丁克仁)의 행장(行狀)에,

　　"公… 高麗翰林別曲音節·作不憂軒曲"30

　이라고 하며, 그 여(餘) 이농암(李聾巖)31·이퇴계(李退溪)의 어부사(漁父詞) 증답(贈答)과 같은 것도 모다 한림별곡의 곡조에 의하였다는 것으로 보아, 한림별곡은 상당히 사림(士林)에 전송(傳誦)되어 내려오고 또 모든 별곡의 권여(權輿)32와 모범이 되엿섯다는 것을 알 수가 있다. 이런 의미에서 〈한림별곡〉은 여러 별곡의 기원(起原)이 아닌가고 억단(臆斷)하여둔다. (完)

28 "고려 때부터 한림이 되는 것을 최고로 중시하여 마치 신선의 산인 영주산에 올라간 것처럼 사람들이 선망하였다. 한림별곡을 보면 가히 한림이 된 것을 축하하던 잔치를 연상할 만하니, 조선시대에 이르러서는 더 심해졌다."
29 '黃胤錫(황윤석)'의 오식.
30 "선생이 고려 한림별곡의 음절(音節)을 따라 불우헌곡을 지었다." 이 대목에서 '음절'이란 한림별곡 중의 순우리말 표현인 '위'나 '엇더하니잇고' 등을 가리키는 것으로, 정극인이 그 영향을 받아 불우헌곡에서 '에헤', '어듸삿다' 등의 표현을 했다고 볼 수 있다.
31 농암(聾巖) 이현보(李賢輔).
32 사물의 시초를 이르는 말.

국문판『조선』지 연구

제 6 장

김태흡, 세종대왕의 신불과 월인천강곡

자료 해설

이 글은 김태흡(金泰洽 ; 1889 ~ 1989)의 〈세종대왕의 신불과 월인 천강곡〉(조선 188~192호, 1933.6~10)에 약간의 해설과 주석을 붙이 고 읽기 쉽게 띄어쓰기를 하여 소개하는 것이다. 편자가 과문한 탓인 지는 모르나, 〈월인천강지곡〉을 연구한 그간의 어떤 논문이나 저서보 다도 일찍 작성된 것인데 아직 거론된 바 없다. 김태흡은 ≪암야(暗夜) 의 등명(燈明)≫(학해사, 1939)을 비롯해 불교 관련 저술을 많이 남긴 인물이라 불교계에는 널리 알려져 있고, 이 글도 이 책에 수록되어 있 으나, 국문학계에서는 낯선 편이다. 〈월인천강지곡〉 연구사를 온전하 게 서술하기 위해서는 반드시 다루어야 할 글이라 생각해 여기에 소 개한다.

김태흡의 이 글은 〈월인천강지곡〉에 대한 가장 이른 시기(아마도 처 음)의 연구 성과이자, 일반 대중에게 이 작품을 소개한 글이다. 이 글 이 지닌 의의를 몇 가지 적시하면 다음과 같다.

첫째, 불교에 대한 해박한 지식을 토대로 〈월인천강지곡〉 제1권 중 의 1·2·3·4·5·6·7·8·9·11·12·13·14·15·16·17·18, 제2권 중의 19·2 0·21·22·23·24·25·26·27·28·29·30·31, 제21권 중의 418·419·420·

421·422·423·424·425·426·427·428·429를 대상으로, 현대어화하고 주석을 달아 설명함으로써 그 의의와 가치를 드러내었다. 김태흡은 이들 〈월인천강지곡〉의 본문을 "그대로 써 노코, 그 밋테는 현대어로 고치어서 읽게 하며, 석보상절을 현대어로 고치어서 주석으로 대용하야 월인천강곡을 해석케 하얏"다고 하였으나, 이 글을 살펴보면 단순한 번역이 아님을 알 수 있다. 불교에 대한 식견이 있어야만 내놓을 수 있는 설명과 해석이 곳곳에 드러나 있기 때문이다. 예컨대, 전해지지 않는 제3권 이후의 내용과 관련해, "3권에서부터는 지나의 불교가 조선까지 수입된 역사를 종합하야 노래한 것이 잇슬 줄로 상상하나"라고 하여 일정한 추리도 보태고 있다. 〈기 418〉의 주석 부분에서 불상(佛像)의 기원과 관련해 "이교도는 불상을 보고 우상숭배라 하야 배척들을 하지만은 불교도는 우전왕과 갓이 파사닉왕과 갓이 세존이 그리워서 근심이 되고 병이 되는지라 가상이라도 진신처럼 모시고 대하려는 신앙심에서 우러나는 정서를 금치 못하야 불상을 사원마다 조성하야 모시게 된 것입니다."라고 한 것을 볼 때, 김태흡은 이 논문을 통해 단순히 한 작품을 현대어로 옮겨 소개하는 데서 그치지 않고, 그 배경을 이루는 불교에 대한 올바른 이해까지 의도하고 있었던 것으로 보인다.

둘째, 세종대왕의 국문 창제를 불교 신앙과 관련지어 해석하고 있다. "세종대왕은 신라 고려의 역대제왕의 신불과 고(故) 태조대왕의 신불에 감(鑑)하야 자기도 불법을 깁히 신앙하고 불법을 천하에 홍포하려고 무한히 고심하시엿다. 그래서 인도 범자(梵字)를 연구하시며 각국 석덕(碩德)의 진강(進講)을 의뢰하야 조선국문의 자음을 창작하사 훈민정음을 지어서 국내에 반포하시고 차(此) 국문으로써 불경을 번역하야 인도불교로 하야금 조선 불교화를 시키려고 노력하시엿다."는 언급이 그것이다.

셋째, 그 당시까지 이 작품의 판본을 소장한 곳이 세 곳[경북 영주군 희방사, 안동군 광흥사, 은진군 쌍계사임을 밝히고 있다. 그중 희방사 소장 제1권과 제2권을 인출해 와, 그 원문을 현대어로 번역해 세상에 처음 소개한 것이 이 글임을 알 수 있다. 김태흡의 글에 따르면, 도진호라는 분의 수고로 희방사본 월인천강곡을 인출해 오고 나서 〈중외일보(中外日報)〉에 월인천강지곡의 인행(印行)에 대한 기행문이 발표되어 사람들이 비로소 〈월인천강지곡〉의 이름을 알게 되었으나 원문 내용에 대한 궁금증은 여전하였는데, 마침 서울의 각황사 합창대가 이 노래를 합창하고자 하기에, 이를 위해 자신이 이 노래를 현대어로 옮기고 주석하는 일에 나섰다고 하였다.

　여기에서는 김태흡의 글을, 띄어쓰기를 현행대로 바꾸고 한자를 한글로 바꾸었을 뿐 가능한 한 원형대로 소개하였다. 다만 명백한 오자는 바로잡았다. 그간 〈월인천강지곡〉에 대해, 불교적인 측면에서 그 저경(底經)을 밝히는 것을 비롯하여 문학적·어학적 분석 등이 꾸준히 이루어졌지만, 어디에서도 김태흡의 이 글에 대해서는 말하고 있지 않다. 권상로와 더불어 친일적인 행태를 보인 인물이라서 그런 것일 수도 있다. 하지만 권상로가 저술한 《조선문학사》를 친일과는 별도로 그대로 인정하고 평가하는 것처럼, 김태흡의 이 성과에 대해서도 정당한 평가가 이루어져야 하리라고 본다. 이를 계기로, 불교적인 접근 또는 번역과 주석에서 김태흡의 이 글이 과연 어떤 위상과 가치를 지니는지 이 방면 학자들이 나서서 밝혀 주기를 기대한다.

세종대왕의 신불(信佛)과
월인천강곡(月印千江曲)

김태흡(金泰洽)

　어느 종교를 물론하고 역대 제왕의 힘을 빌지 아니하면 전파하기가 어려웟스며 쏘는 역대 제왕이 신앙하게 되여야만 비로소 공인한 종교가 되엿나니, 기독교를 보드래도 기독(基督)이 생존시에는 제왕이 도라보지 아니하엿슴으로 배척을 밧고 참담한 일생을 마치엿더니 후에 다시 제왕들의 신앙에 인(因)하야 그 세력이 팽창하게 되야 서양 각국의 국교가 되엿스며, 유교를 보드래도 공자의 생존시에는 위미부진(萎微不振)하엿더니, 부자(夫子)가 도라간 뒤로부터 제왕의 귀신(歸信)에 인(因)하야 엄연히 지나(支那) 국교를 형성하게 되엿섯다. 그러나 아모리 국왕이 신앙하는 종교라도 민중이 신앙치 아니하면 쏘한 전파하기 어려운 것이니, 예(例)하면 특수한 황실 보호의 고유한 국신(國神)을 제왕이 숭배하야도 민중이 신앙치 아니함으로 그것은 민중공인의 국교가 되지 못하고 만다. 그러므로 종교는 민중과 제왕이 일치 합력하야 신앙치 아니하면 그 종교의 생명이 오래가지 못하는 것이다.

　그런데 불교는 어쩌한가? 석가세존이 생존하실 쌔에도 인도 오천축(五天竺)의 제왕(帝王)이 귀의치 아니한 자가 업스며 민중이 신앙치 아니한 자가 업서서, 인도 제국(諸國)의 공인한 국교가 되엿섯지만은 세존이 도라가신 뒤에는 더욱이 제왕의 귀신(歸信)과 민중의 추앙을 끌게 하엿다. 그럼으로 세존이 입멸하신 지 200년을 지내서 인도에 아수가(阿輸迦) 대왕이 나서 불교를 깁히 숭신하고 크게 불법을 홍포(弘布)코저 경영(經營)하야 불교를 각국에 선전한지라. 그 쌔에 불교 선교관

(宣敎官) 혹은 포교사가 북으로는 지금 야라간의 북부와 동으로는 네 팔로부터 면전(緬甸)¹의 해안까지 이르며, 남으로는 바다를 건너서 석란(錫蘭)²과 서로는 멀리 지중해의 연안까지 이르게 하엿다. 그리고 그 뒤로부터 쏘 250년을 지내서 월씨국(月氏國)에 가니색가(迦膩色迦)³라는 대왕이 나서 크게 불교를 숭신하고, 월씨국 즉 중앙아세아의 지방을 근거로 하야 동양 각국에 불교를 선전하얏스니, 강거(康居) 즉 사마루간도⁴ 지방으로부터 안식(安息) 즉 페루샤 지방에 이르며, 쏘는 신강(新疆)의 지(地)까지 만연케 되고, 쏘는 서역 지방으로 범람하야 서장(西藏)⁵ 구자(龜玆)⁶ 돈황(燉煌) 지방에 이르게 되엿다. 그리하야 이 불교가 몃 백 년 뒤에 몽고, 지나, 조선, 일본에까지 전파되야 엄연히 동양 각국에 국교를 이루게 하엿다. 그리하야 수천 수백 년간에 뿌리 깁게 내려오면서 민중이나 제왕이나 존비귀천을 물론하고 만흔 감화를 주고 깁흔 신앙을 이르키게 하엿다.

○

인도에서나 지나(支那)에서나 일본의 역대 제왕도 불교를 숭봉(崇奉)하야 불교 흥융(興隆)에 대하야 만흔 노력이 잇엇지만은 조선에 잇서서도 그러하엿으니, 신라의 법흥왕도 그 하나요, 고려의 공민왕도 그 하나이다. 이제로부터 487년 전에 세종대왕은 신라 고려의 역대제

1 미얀마(Myanmar).
2 실론(Ceylon).
3 고대 인도 쿠샤나(kuṣana) 왕조의 제3세 왕인 카니슈카의 음역.
4 사마르칸트. 우즈베키스탄 중동부에 있는 도시. 실크로드의 기지로 번영하였으며, 14~15세기에는 티무르 제국의 수도였음. 현재 우즈베키스탄 제2의 도시로, 목화의 집산지이며 기계·화학·목화·피혁 등의 공업이 발달함.
5 티베트.
6 구자국(龜玆國), 지금의 신장 웨이우얼 자치구 쿠차에 있던 불교 왕국.

왕의 신불과 고(故) 태조대왕의 신불에 감(鑑)하야 자기도 불법을 깁히 신앙하고 불법을 천하에 홍포하려고 무한히 고심하시엿다. 그래서 인도 범자(梵字)를 연구하시며 각국 석덕(碩德)의 진강(進講)을 의뢰하야 조선 국문의 자음(字音)을 창작하사 훈민정음을 지어서 국내에 반포하시고, 차(此) 국문으로써 불경을 번역하야 인도 불교로 하야금 조선 불교화를 시키려고 노력하시엿다. 그래서 그 후에 영가집(永嘉集)이라든지, 은중경(恩重經)이라든지, 능엄경(楞嚴經), 법화경, 금강경, 원각경, 칠대만법(七大萬法), 대비주(大悲呪) 등을 번역하야 엇더한 우부우부(愚夫愚婦)에게까지라도 불교를 이해케 하시엿다. 그런 가운데도 불교의 노래를 지어서 천하 인민으로 하야금 누구든지 다 부르게 하려 하야, 먼저 그 아드님 되는 세조가 수양대군으로 잇슬 때에 세종에게[7] 석보상절을 지으라고 하시엿다. 종교라는 것은 어느 종교를 물론하고 현세 행복과 미래 안락을 비는 것이 목적이닛가 세종대왕도 불교를 신앙하실 제 현세 행복과 미래 안락을 비러서 자기도 이(利)하고 천하도 이득케 하도록 하야 세조로 하야곰 석보상절을 제작케 하되, 이 세상을 쩌나간 세종대왕의 비전하(妃殿下)[8] 소헌(昭憲) 왕비의 명복을 빌기 위하야, 네가 먼저 석보상절을 지으라고 하시엿다. 그래서 수양대군이 불교의 여러 경전을 참고하고 지나(支那)의 승우(僧祐) 율사와 도선(道宣) 율사가 지어 노은 석보를 의거하야 석보상절을 지어 노흐셧스니, 석보상절이라 함은 석가세존의 족보와 그 일대의 전기를 알기 쉽게 훈민정음으로 해석해 노은 것이다. 수양대군은 이것을 지어노코 정통(正統) 12년 7월 25일(거금 486년 전)에 석보상절의 서(序)를 지어 붓첫스니 그 서의 전문(全文)은 아래와 갓다.

---

7 문맥상 '세종께서'의 잘못으로 보임.
8 '비(妃)'를 높여 이르는 말.

석보상절서

불(佛)이 위삼계지존(爲三界之尊)하사 홍도군생(弘渡群生)하시
나니 무량공덕(無量功德)이 인천불능진찬(人天不能盡讚)이시니
라. 세지학불자(世之學佛者)ㅣ 선유지출처시종(鮮有知出處始終)
하나니 수욕지자(雖欲知者)ㅣ라도 역불과팔상이지(亦不過八相而
止)하나니라. 경(頃)에 인추천(因追薦)하사와 원채제경(爰采諸經)
하야 별위일서(別爲一書)하야 명지왈(名之曰) 석보상절이라 하고
기거소차(旣據所次)하야   회성세존성도지적(繪成世尊成道之迹)
하옵고 우이정음(又以正音)으로 취여역해(就如譯解)하노니 서기
인인(庶幾人人)이 역효(易曉)하야 이귀의삼보언(而歸依三寶焉)
이니라.
정통(正統) 12년 7월 25일에 수양군 휘서(諱序)하노라.[9]

세조대왕은 이와 가티 석보상절을 지어서 세종대왕께 올리시니 세
종대왕께서는 차(此)를 하람(下覽)하시고 칭찬하신 뒤에, 문득 붓을
드러서 석보상절의 대의(大意)를 거두어서 찬송을 지으시고 명령하시
되 월인천강지곡이라 하시어 천하에 발표하시엿다. 이것을 보면 세종
대왕의 불교신앙이 어쩌함을 알 수가 잇는 동시에 세조대왕의 신불이
여하(如何)함도 알 수가 잇나니, 세조대왕은 단종대왕을 그렇게 참혹

---

9 부처님이 3계의 존엄하신 분이 되시어 뭇 중생을 널리 제도하시나니, 그 무량한
공덕을 사람과 하늘이 이루 다 찬양할 수 없다. 세상에서 부처님에 대해 배우고자
하는 자들이 그 출처와 시종을 알게 되는 경우가 드무니, 더 알고자 하는 자가 있
더라도 팔상(八相)에서 지나지 않은 채 그친다. 마침 영혼을 위해 추천(追薦)해야
함을 인하여 여러 불경을 모아 별도로 한 책을 만들어 그 이름을 석보상절이라 하
고, 이 책의 차례를 근거로 하여 세존께서 성도(成道)하신 자취를 그림으로 완성하
고, 도 훈민정음으로 번역했으니, 사람마다 쉽게 깨쳐 삼보에 귀의하기를 바랄 따
름이다. 정통 12년 7월 25일 수양대군은 삼가 머리말을 씀.

한 최후를 마치게 한 뒤에 보위를 누렷스나 모후(母后)를 사별하시고 쏘 왕자 애아(愛兒)를 실(失)하시고 전신에 불치의 창질로 고통하며 인생을 비관할 째에, 대왕은 다만 불교를 밋고 불교를 연구하는 신념 으로써 위안을 바드시엇다. 석보상절을 지은 것도 세종의 부촉(咐囑) 에 인(因)할 뿐더러 쏘는 이러한 신앙심에서 하신 것이다. 월인석보서 에 볼 것 가트면 "소헌왕후 엄기영양(奄棄榮養)하야시늘 통언재구(痛 言在疚)하야 망지유조(罔知攸措)러니 세종 위자(謂子)하사대 천발무 여전경(薦拔無如轉經)이니 여의찬역석보(汝宜撰譯釋譜)하라시거늘 자 수자명(子受慈命)하사와 익용담사(益用覃思)하야 득견우선이율사편 보(得見祐宣二律師編譜)하고 찬성석보상절(撰成釋譜詳節)하고 취역 이정음(就譯以正音)하야 비인인(俾人人)이 이효(易曉)"라 하엿으며, 쏘 "폐침망식(廢寢忘食)하야 궁년계일(窮年繼日)하야 상위부모선가 (上爲父母仙駕)하옵고 겸위망아(兼爲亡兒)해서 내강마연정어구권(乃 講劘硏精於舊卷)하며 은괄경첨어신편(檃括更添於新編)"이라 하엿으 니, 차간(此間)의 소식을 엿볼 수 잇는 것이다. 세조대왕 가튼 이에게 만일 불교를 맛나지 못하엿을 것 가트면 종시 쾌(快)한 날을 보시지 못 하고 우수번민의 회루(悔淚)로써 일생을 마치엇으리라고 생각한다. 세조대왕의 불교에 대한 숙렬(熟烈)한 신앙은 어제월인석보서(御製月 印釋譜序)를 보지 아니하면 알기가 어려운 고로 거금(距今) 474년 전 (前) 천순(天順) 3년 기묘 7월 7일에 지은 월인석보서의 전문을 소개 (紹介)할 것 가트면 아래와 갓다.

▌어제월인석보서

부진원요확(夫眞源廖廓)하고 성지담적(性智湛寂)하며 영광독요 (靈光獨曜)하고 법신상주(法身常住)하야 색상일민(色相一泯)하 며 능서도망(能序都亡)[10]하니 기무생멸(旣無生滅)커니 언유거래

(焉有去來)리요. 지연망심(只緣妄心)이 별기(瞥起)하면 식경경동
(識境競動)하거든 반연취착(攀緣取著)하야 항계업보(恒繫業報)
하야 수매진각어장야(遂昧眞覺於長夜)하며 고지안어영겁(瞽智眼
於永劫)하야 윤회육도이불잠정(輪廻六道而不暫停)하며 초전팔고
이불능탈(焦煎八苦而不能脫)할새 아불여래수묘진정신(我佛如來
雖妙眞淨身)이 거상적광토(居常寂光土)하시나 이본비원(以本悲
願)으로 운무연자(運無緣慈)하사 현신통력(現神通力)하사 강탄
염부(降誕閻浮)하사 시성정각(示成正覺)하사 호천인사(號天人師)
시며 칭일체지(稱一切智)하사 방대위광(放大威光)하사 파마병중
(破魔兵衆)하시고 대계삼승(大啓三乘)하시며 광연팔교(廣演八敎)
하사 윤지육합(潤之六合)하시며 첨지시방(沾之十方)하사 언언섭
무량묘의(言言攝無量妙義)하시고 구구(句句) 함항사법문(含恒沙
法門)하사 개해탈문(開解脫門)하사 납정법해(納淨法海)하시니 기
로녹인천(其撈摝人天)하시며 증제사생(拯濟四生)하신 공덕을 가
승찬재(可勝讚哉)아. 천룡소서원이유통(天龍所誓願以流通)이시며
국왕소수촉이옹호(國王所受囑以擁護)니 석재병인(昔在丙寅)하야
소헌왕후 엄기영양(奄棄榮養)하야시늘 통언재구(痛言在疚)하야
망지유조(罔知攸措)하더니 세종(世宗) 위여(謂予)하시대 천발무
여전경(薦拔無如轉經)이니 여의찬역석보(汝宜撰譯釋譜)하라 하
야시늘 여수자명(予受慈命)하시외 익용담사(益用覃思)하야 득견
우선이율사(得見祐宣二律師) 우(祐)는 남제율사승우대사(南齊律
師僧祐大師)요 선(宣)은 당율사도선대사(唐律師道宣大師)라. 각
유편보(各有編譜)하되 이상략부동(而詳略不同)커늘 원합양서(爰
合兩書)하야 찬성석보상절(撰成釋譜詳節)하고 취역이정음(就譯

10　能所都亡의 오기.

以正音)하야 비인인(俾人人)이 이효(易曉)케 하야 내진(乃進)하사
오니 사람(賜覽)하시고 첩제찬송(輒製讚頌)하사 명왈월인천강
(名曰月印天江)이라하시니 기재우금(其在于今)하야 숭봉(崇奉)
을 같이(曷弛)리요. 경정가액(頃丁家戹)하야 장사요망(長嗣夭亡)
하니 부모지정(父母之情)은 본평천성(本平天性)이라 애척지감(哀
慼之感)이 영수구근(寧殊久近)이리요. 여유욕계삼도지고(予惟欲
啓三途之苦)하며 요구출리지도(要求出離之道)인대 사차하의(捨
此何依)리요. 전성요의(轉成了義)호대 수즉기다(雖則旣多)하나
염차월인석보(念此月印釋譜)는 선고소제(先考所製)시니 의연상
로(依然霜露)에 개증처창(慨增悽愴)하노라. 앙사율추(仰思聿追)
컨대 필선술사(必先述事)니 만기종활(萬幾縱活)하나 기무한가(豈
無閑暇)리요. 폐침망식(廢寢忘食)하야 궁년계일(窮年繼日)하야
상위부모선가(上爲父母仙駕)하옵고 겸무망아(兼無亡兒)하야 속
승혜운(速乘慧雲)하사 형출제진(逈出諸塵)하사 직요자성(直了自
性)하사 돈증각지(頓證覺地)하시게 하야 내강마연정어구권(乃講
劘硏精於舊卷)하며 은괄경첨어신편(檃括更添於新編)하야 출입십
이부지수다라(出入十二部之修多羅)호대 증미유력(曾靡遺力)하
며 증감일양구지거취(增減一兩句之去取)호대 기치진심(期致盡
心)하야 유소의처(有所疑處)어든 필자박문(必資博問)하야 서기
수척현근(庶幾搜剔玄根)하야 부구일승지묘지(敷究一乘之妙旨)하
며 마농리굴(磨礱理窟)하야 소달만법지심원(疏達萬法之深原)하
노니 개문비위경(盖文非爲經)이며 경비위불(經非爲佛)이라 전도
자시경(詮道者是經)이며 체도자시불(體道者是佛)이시니 독시전
자(讀是典者)는 소귀회광이자조(所貴廻光以自照)요 절기집지이
유전(切忌執指而留筌)이니라. 오호범축(嗚呼梵軸)이 숭적(崇積)
이어든 관자(觀者) | 유난어독송(猶難於讀誦)커니와 방언(方言)

이 등포(謄布)하면 문자(聞者)ㅣ 실득이경앙(悉得以景仰)하리니
사여종재동척백관사중(肆與宗宰動戚百官四衆)과　결원진어불후
(結願軫於不朽)하며　식덕본어무궁(植德本於無窮)하야 기신안민
락경정조고(冀神安民樂境靜祚固)하며　시태이세유(時泰而歲有)하
며　복진이재소(福臻而災消)하노니　이향소수공덕(以向所修功德)
으로 회향실제(廻向實際)하야 원공일절유정(願共一切有情)과 속
지보리피안(速至菩提彼岸)하노라.

▌천순(天順) 3년 기묘 7월 7일 서(序)[11]

이제로부터는 월인천강곡과 석보상절의 내용을 소개하고자한다.
그러면 월인천강곡이란 무엇인가? 차(此)는 불타(佛陀)께서 백억
세계에 화신하야 중생을 교화하심이 월광이 일천 강에 인(印)치
는 것과 갓다는 뜻을 취하야 노래한 것이며, 석보상절은 전에 말
한 바와 갓티 석존의 족보와 전기를 드러서 정음으로 번역한 것
이다. 그런데 세조대왕이 이 월인천강곡은 먼저 가사로 뚜렷하게
크게 써서 판각하고, 석보상절은 조고마케 주석처럼 판각하야 한
데 합각해서 판본을 각처 사원에 두게 하엿는데 그 판각이 다 업
서지고 지금 남아잇는 곳은 경북영주군 희방사에 제1권, 제2권이

11　어제 월인석보 서
　　진실의 근원은 空(공)하고 性智(성지)는 맑고 고요하며 부처님의 신령스녀운 팡명
　　은 유독 빛나고 법신은 항상 상주하여도 색상을 능히 없이 하여 이미 生滅(생멸)이
　　없으니 어찌 가고 옴이 있으리요. 다만 망령스러운 마음이 문득 일어나 의식이 경
　　거망동하여 무량한 경계를 일으켜 인연을 만들고 있느니라. 집착은 業報(업보)에
　　매이어 진실의 覺(각)은 늘 긴밤처럼 어둡고 지혜의 눈은 永劫(영겁)에 멀어 六道
　　(육도)의 윤회에서 잠시도 머물지 못하고 八苦(팔고)에서 능히 벗어나지 못하고
　　있으나 우리 如來(여래)님의 미묘한 眞身(진신)은 맑고 깨끗하여 항상 상적광토에
　　상주하시느니라. 본래 無緣慈(무연자)하시나 悲願(비원)의 신통력을 나타내시며
　　하늘의 염부에서 내려 오시어 正覺(정각)을 이루는 법을 보여 주셨느니라. 석가모
　　니 부처님의 이름이 毘盧蔗那(비로자나)이시고 부처님께서 상주하시는 땅의 이름
　　을 常寂光土(상적광토)라 하며 명호는 天人師(천인사)라 하며 일체지라 칭하셨느

남아 잇고, 안동군 광흥사에 제22권이 남아 잇고, 은진군 쌍계사에 몃 장이 남아잇슬 뿐이다. 그럼으로 월인천강지곡이 총 몃 권 짜지나 작성되엿는지도 알 수 업스며 쏘는 현금(現今)에 존재한 희방사 판본과 광흥사 판본도 좀처럼 어더 볼 수가 없다. 그런데 연전에 도진호(都鎭鎬) 군이 몃 분 동지의 예약(豫約)을 모아 가지고 2차나 희방사에 출장하야 월인천강곡의 제1권, 제2권을 박혀 오고 그 당시의 중외일보(中外日報)에 월인천강 인행(印行)의 기행문을 내게 되엿슴으로 세간에서 월인천강곡을 이름만이라도 만히 듣게 되고, 따라서 그것을 구하며 내용을 알아보앗스면 하는 자가 만히 생기게 되엿다. 그리고 경성 각황사 교당에서 월인(月印)코러스의 합창대가 조직되야 될 수 잇는 대로 월인천강곡을 현대어로 번역하야 가사를 지어서 노래하겠다는 요구가 나오게 되엿다.

나라. 큰 위엄으로 광명의 빛을 펼쳐 악마의 군사를 물리치시고 三乘(삼승)을 크게 열으시여 八敎(팔교)를 널리 강연하시니 말씀마다 미묘한 뜻이며 설법하시는 구절마다 항하사 법문으로 해탈에 이르는 문을 열으시어 淸淨法海(청정법해)에 들게 하셨느니라. 인간과 天人(천인)을 구제하시고 四生(사생)을 구제하시여 제도하신 공덕을 어찌 다 기릴수 있으리요. 天龍(천룡)의 서원을 유통하시고 국왕들이 부탁하고 위촉을 받들어 옹호하여 주셨던 것이니라. 옛 丙寅(병인)년에 昭憲王后(소헌왕후)께서 영양을 일찍 잃어버리시고는 서러워 슬퍼하시며 할 바를 알지 못하고 있을 적에 세종대왕께서 나에게 말씀하시기를 "죽은 아이에게 명복을 빌어 주는 데는 불경을 만드는 것보다 더 큰 공덕은 없을 것이니 네가 釋譜(석보)를 번역하여 만드는 것이 마땅할 것이니라."라고 말씀하셨다. 내가 慈命(자명)을 받고서 더욱 생각이 넓어져 僧祐(승우)와 道宣(도선) 두 律師(율사)가 각각 釋譜(석보)를 만들어 놓은 것을 읽어 보았더니 간략하고 상세하지 못하기에 두 책을 아울러서 釋譜詳節(석보상절)을 만들고 正音(정음)으로 번역하여 사람마다 쉽게 알수 있도록 만들어 세종대왕에게 進上(진상)하였더니 읽어 보시고 찬송하시며 月印千江之曲(월인천강지곡)이라 이름 하셨다. 이제 와서 세존님을 받들게 되었으니 어찌 늦지 않으리요. 근간은 가정에 재앙을 만나 맏아들이 일찍 죽고 없으니 부모의 정은 天性(천성)에 근원한지라 슬픈 마음은 오래 가져 편안하지 못하였다. 내가 생각하여 보니 三途(삼도)의 受苦(수고)를 열고 괴로움에서 벗어나고자 한다면 이 佛道(불도)를 버리고 어디에 의지하리요. 轉法(전법)의 뜻을 해설한 책은 비록 많이 있으나 이 月印釋譜(월인석보)를 생각하면 우리 先考(세종)님이 지으신 것이라. 오랜 세월이 흘러 지나도 낙엽이 지는 가을이 되면 더욱 애닯고 슬퍼지노라. 우러러

그런 까닭으로 필자ㅣ 비재천학(菲才淺學)을 불고(不顧)하고 넓
니[12] 대방가(大方家)에 무러서 사숙(私淑)하면서 월인천강곡의
본문을 그대로 써 노코, 그 밋테는 현대어로 고치어서 읽게 하며,
석보상절을 현대어로 고치어서 주석으로 대용하야 월인천강곡을
해석케 하얏스니, 독자는 차(此)를 보시고 월인천강곡의 내용이
여하함을 알기를 바라는 동시에 해석 자구의 미의(未意)함을 양
해하야 주기 바란다. 위선(爲先) 제1권을 소개하고 제2권은 차호
(次號)에 소개코자 한다.

존경하였던 상왕님을 추모하면서 생각하여 보면 이 일을 먼저 하는 것이 부모님에
게 효도하는 일이라. 만 가지의 政事(정사)도 비록 많았으나 먼저 책으로 저술하는
것이 우선하는 것이라 생각하고 어찌나 한가한 시간도 없이 寢食(침식)도 잊으면
서 밤낮도 없이 연일 궁리하였느니라. 위로는 돌아가신 부모님을 위하고 겸하여
죽은 아들을 위하여 지혜의 구름을 타고 모두는 번뇌에서 속히 나와 곧 바로 自性
(자성)을 깨달아 覺地(각지)를 證(증)하기 위하여 옛 舊卷(구권)에서 정성껏 연구
하고 강론하여 잘못된 것은 고쳐서 가다듬고 첨가하여 새로 편집하여 12부의 修
多羅(수다라)에서 넣고 빼고 하되 같은 내용의 양 구절은 버리고 가려서 취하고 온
마음을 다하여 의심나는 곳이 있으면 반드시 博識(박식)한 사람에게 資問(자문)
하였느니라. 현묘한 근원을 탐구하여 가다듬어 놓았으니 一乘(일승)의 미묘한 뜻
을 살펴 연구하고 도리를 수행하여 만법의 근원을 疏達(소달)하여 주기 바라노라.
문자의 글이 經(경)이 아니며 경이 부처가 아니다, 도리를 말씀하신 것이 경이며
도리로 몸 삼으신 것이 부처님인 것이니라. 이 경전을 읽는 사람은 광명의 빛이 자
연히 돌아와 귀하게 될 것이니라. 목적을 이루기 위한 방편으로 비유하여 말씀하
시기를, 물고기를 잡고 나서는 그 물고기에 마음이 쏠리면 통발을 잊는다는 뜻과
목적을 이룬 뒤에 그것을 위하여 공이 있던 것을 잊어 버린다는 뜻으로 得魚忘筌
(득어망전)이란 문자도 있느니라. 손가락에 집념을 두면 달을 가리키는 손가락만
쳐다보고 달은 볼 수가 없다는 뜻이 있듯이 이것을 이름하니 모두 다 경문에 붙들
린 병이라 하셨다. 西天(서천)의 글자로 만든 경전이 높이 쌓여 있어도 보고 싶은
사람이 독송하려면 오히려 어렵게 여겨서 우리나라 글로 번역하여 널리 배포하노
니 사람마다 듣고 얻어서 읽고 외워 우러러 존중하기를 앙망하노라. 고로 종친과
재상과 공신과 아울러 백관과 四衆(사중)은 발원하여 전법이 썩지 않도록 바라며
본성의 덕을 무량히 심어 신의 가호로 국가는 확고히 안정되고 백성은 안락하여
태평하고 해마다 풍년이 들어와 복이 되어 재앙은 소멸되고 廻向(회향)하여 수행
의 공덕을 실제로 이루어 일체의 有情(유정:중생)은 속히 菩提(보리)의 깨달음을
얻어 저 피안의 언덕으로 속히 들기를 원하노라. 천순3년(1459) 기묘 7월 7일 머
리말을 씀.

12　널리.

▎월인천강지곡 제1(세종대왕 어제)
석보상절 제1(세조대왕 어제)

〈기 1〉

巍巍釋迦佛 無量無邊功德을 劫劫에 어느 다 술ᄫ리

(巍巍釋迦佛의 無量無邊功德을 劫劫에 엇지 다 살우오릿가)

(한 자(字)를 낮춰 쓴 것은 필자의 현대어역)

〈기 2〉

世尊ㅅ 일 술ᄫ오리니 萬里外ㅅ 일이시나 눈에 보논가 너기ᅀᆞᄫ소서

(世尊의 일을 살우오리니 萬里 밧게 일이시나 눈에 보는다시 녀기옵소서)

世尊ㅅ말삼 술ᄫ오리니 千載上ㅅ 말이시나 귀에 듣는가 녀기ᅀᆞᄫ소서

(世尊의 말삼을 살우오리니 千載 우에 말이시나 귀에 듣는 다시 녀기옵소서)

〈기 3〉

阿僧祇前世劫에 님금位ㄹ ᄇ리샤 精舍애 안잿더시니

(阿僧祇前世劫에 님금 位를 버리사 精舍에 안젓더시니)

五百前世 怨讎ㅣ 나랏쳔 일버아 精舍롤 디나아가니

(五百前世怨讎ㅣ가 나라돈을 빼아서 精舍를 지나가니)

〈기 4〉

兄님을모롤씨 발바칠 바다 남기 뼈여 性命을 ᄆᆞ츠시니

(兄님을 모를새 발자취를 짜라가서 나무에 씨여 性命을 마치시니)

子息업스실썬 몸앳 필 뫼화 그르세 담아 男女를 내ᅀᆞᆸ니
(子息이 업스실새 몸에 피를 모아 그릇에 담아 男女를 냇으니)

〈기 5〉
어엿부신 命終에 甘蔗氏 니ᅀᅡ샤몰 大瞿曇이 일우니이다
(가엽게 命終하심에 甘蔗氏 니으심을 大瞿曇이 말삼하시엿나이다)

아득한 後世에 釋迦佛 ᄃᆞ외실 둘 普光佛이 니ᄅᆞ시니이다
(아득한 後世에 釋迦佛 되오실 줄을 普光佛이 이르시엿나이다)

〈기 6〉
外道人五百이 善慧 德 닙ᅀᆞᄫᅡ 弟子ㅣ ᄃᆞ외야 銀돈올 받자ᄫᅡ니
(外道人 五百이 善慧의 德을 입사와 弟子되야 銀錢돈을 바치시니)

賣花女 俱夷 善慧ㅅ 뜯 아ᅀᆞᄫᅡ 夫妻願으로 고줄 받ᄌᆞᄫᅡ시니
(賣花女 俱夷가 善慧의 뜻을 아사와 夫妻될 願으로 곳을 바치시니)

〈기 7〉
다숫곳 두 고지 空中에 머물어늘 天龍八部ㅣ 讚嘆ᄒᆞᅀᆞᄫᅡ니
(다섯 송이 꼿과 두 송이 꼿이 空中에 머물거늘 天龍八部 讚嘆하
옵시니)

옷과 마리를 路中에 펴아시놀 普光佛이 쏘 授記ᄒᆞ시니
(옷과 머리를 길바닥에 펴시거늘 普光佛이 쏘 授記하시니)

〈기 8〉

닐굽 고줄 因하야 信誓 기프실씬 世世예 妻眷이 드외시니

(일곱 송이 꽃을 因하야 信誓 깁프실새 世世에 妻眷이 되오시니)

다슷 꿈을 因하야 授記 몰ㄱ실씬 今日에 世尊이 드외시니

(다섯 꿈을 因하야 授記를 어드시사 今日에 世尊이 되오시니)

주석 (석보상절의 본문을 초역(抄譯)하야 주석으로 함)

〈기 1〉: 1과 2는 서곡(序曲)이요 3으로부터는 본곡(本曲)이니 일과 이를 해석할 것 갓으면 높고 높은 부처님의 만혼 덕을 겹겹에 어찌 다 사뢰오리까? 부처님의 공덕은 여러 만겁을 두고 사뢰더라도 다할 수가 없습니다.

〈기 2〉: 부처님의 일을 말할 터이니 만리 밖에 인도(印度) 일이지만은 여러 독자는 눈에 보는 것 갓이 여기며 부처님의 말씀을 할 터이니 천 년 전의 말씀이지만은 여러분은 귀에 듣는 것처럼 여기심을 바랍니다.

〈기 3〉: 차하(此下)로부터는 본곡이니 이것은 부처님의 본생담입니다. 옛날 아승기겁시절에 한 보살이 왕이 되야서 계시더니 왕위를 버리고 도를 배우기 위하야 가만히 산으로 갔습니다. 그래서 그 보살의 아우되는 제 이 왕자가 임금이 되엿습니다. 그런데 이 보살은 산에 가서 구담파라문을 만나서 자기의 옷을 벗고 구담의 옷을 입은 뒤에 심산에 드러가서 초근(草根)과 목과(木果)를 먹으며 좌선하더니 다시 나라로 걸식하러 왔습니다. 그러나 역중(域中)에서 보살을 아는 자가 없었습니다. 다만 보살은 소구담이라고 하엿을 뿐입니다. 그럼으로 보살은 성외(城外) 감자원에서 정사를 짓고 계시었는데 그 째에 마침 보살과 전생에 원수엿던 오백 도적이 나라의 돈을 빼앗아 가지고 보살이 계시는 정사로 지나갔습니다.

〈기 4〉: 이째에 나라에서는 도적의 자취를 따라서 정사로 갔더니 도적은 없고 보살만이 잇는 지라 그 보살이 나라 임금의 형인 줄도 모르고 꼼짝 못하게 나무 사이에 끼어놓고 왔습니다. 그런데 이째에 보살이 입산사에 만났던 대구담이 천안

(天眼)으로 보고 공중에 내려와서 물으되 "그대는 자식이 업스니 무슨 죄이뇨?" 하거늘 보살이 대답하되 "이미 죽은 나인데 어찌 자손을 의논하리요." 하엿습니다. 이째에 왕은 자기 형인 줄도 모르고 사람을 보내서 화살로 쏘아 죽이니 보살은 가엽게도 성명(性命)을 마치게 되엿습니다. 그래서 대구담이 보살의 자식 없음을 슬퍼하야 정사에 도라와서 좌우혈토(左右血土)를 가려서 그릇에 담아 놓고 이르되 이 도사ㅣ 정성이 지극하면 하늘이 마땅히 이 피로 하야금 사람이 되게 하리라 하더니 십일을 지나서 그 말과 갓이 좌혈은 남자가 되고 우혈은 여자가 되엿습니다. 그래서 이 남자를 구담씨라고 하엿습니다.

〈기 5〉: 이렇게 무참하게 도라가신 보살의 성은 본시 감자씨엿는데 이 보살이 가엽게도 명종(命終)하신 뒤에 그 피로부터 남자가 나서 감자씨를 이은 모양이나 성을 고쳐서 구담족이 되야 대흥(大興)하게 되엿습니다. 아득한 후세 운운(云云)은 이것은 쏘 다시 세존의 본생보를 드러서 노래한 것이니 세존이 무량겁전(無量劫前)에 선혜선인으로 계실 째에 보광불이 수기하시기를 네가 무량겁을 지내서 석가불이 되리라 예언하신 것입니다.

〈기 6〉: 세존이 전세에 선혜선인으로 계실 째에 오백외도의 그른 일을 가르쳐서 고쳐주시니 오백인이 다 제자가 되야 지다하고 은전을 바치었습니다. 매화녀 운운(云云)은 그째에 등소왕이라는 이가 잇서서 보광불을 청하야 공양하리라 하고 국내에 출령(出令)하되 화공양(花供養)을 할 터이니 좋은 꽃을 팔지 말고 왕께로 가져오라 한지라 선혜 듣고 즐거워하야 꽃잇는 지방을 찾아 가다가 매화녀 구이라는 처녀를 만나니 그 여자는 칠경화를 가졌으되 왕의 출령을 알고 병 속에 감추어 두었으니 선혜의 정성이 지극함으로 꽃이 솟아 나왔습니다. 그래서 선혜가 구이를 보고 그 꽃을 나에게 팔라고 하니 구이 대답하되 "이 꽃은 대궐에 보내서 부처님께 바칠 꽃이라 팔지 못 하겠습니다." 선혜 다시 말하되 "오백 은전의 중금(重金)으로 사고자하니 팔기를 바랍니다." 구이 놀라서 물으되 "이 꽃을 무엇에 쓰시려고 그렇게 중금으로 사려 하나이까?" 선혜, "일겁종종(一劫種種)의 지혜를 이루어서 중생을 제도하고자 합니다." 구이 생각하되 "남자의 정성이 지극하야

보배를 아끼지 않는구나." 하고 말하되, "이 꽃을 당신께 드리겠으니 원컨대 세세
생생(世世生生)에 우리 두 사람이 부처(夫妻)가 되기를 바랍니다." 선혜 대답하되,
"나는 좋은 행적을 닦아서 무위도(無爲道)를 구하고자 하는지라 생사의 인연 맺
기를 허락하지 못하겠습니다." 구이, "내 원을 좇아주지 아니하면 이 꽃을 팔지 못
하겠습니다." 선혜, "그러면 내가 그대의 원을 좇으리다. 그러나 나는 보시하기를
즐겨 해서 사람의 뜻을 거스르지 않는 지라 아무든지 나의 머리며 눈이며 골수며
애처(愛妻)며 자식을 달라고 하더라도 다 주고자 하니 그대도 그것을 뜻하야 나의
보시(布施)하는 마음을 방해하지 않겠습니까? 만일 이것을 드러주지 않으면 그대
의 원을 좇을 수가 없습니다." 구이, "그런 일은 내가 다 좇아서 거역하지 않을 터
이니 염려마소서 나는 여자라 꽃을 가지고 부처님께 가지 못하겠으므로 당신에게
이 두 송이 꽃까지 마저 바치니 이것을 가지고 부처님께 바치어서 세세생생에 내
원을 잃지 않게 하소서." 하엿습니다.

〈기 7〉: 이때에 등소왕이 신하와 백성을 거느리고 종종(種種)의 공양구(供養具)
를 가지고 성외에 나가서 부처님을 맞아들여서 모시고 명화(名花)를 바치니 여러
사람도 따라서 화공양을 올리었습니다. 그런데 이때에 선혜가 다섯 송이 꽃을 바
치니 공중에 머물러서 화대(花臺)가 됩니다. 그래서 다시 구이가 준 두 송이 꽃을
바치니 다시 공중에 머물러 잇는 지라 이러한 기적을 본 왕과 천룡팔부는 모두 찬탄
하며 미증유(未曾有)한 일이라고 하엿습니다. 그런데 이때에 보광불은 선혜를 찬탄
하야 가라사대, "선재(善哉)라 선혜여 네가 아승기겁(阿僧祇劫)을 지내서 성불하면
호를 석가모니라 하리라." 하시고 수기(授記)주기를 마치시고 쩌나시는 지라 선혜
ㅣ 감격하야 부처님가시는 길에 자기 입었던 녹비(鹿皮) 옷을 벗어서 땅에 깔고
머리를 풀어서 땅에 펴고 그 위로 밟고 가심을 청하니 부처님께서 그것을 밟고 지나
가시며 다시 수기를 하시되, "네가 후세에 성불하야 오탁악세(五濁惡世)에 인천(人
天)을 제도하되 싫어하지 아니함이 마땅히 나와 갓으리라." 하시엿습니다.

〈기 8〉: 선혜는 오백금으로 구이에게 산 오지화와 또 구이가 준 이지화를 합하
야 칠경화를 보광불께 바치고 굳게 맺은 신서를 인하야 부처가 되야 살더니 선혜

가 어느 날에 문득 발심출가(發心出家)하야 보광불께 사르되, "제자가 작야(昨夜)에 오몽(五夢)을 얻으니 일은 해수(海水)에 누었으며, 이는 수미산을 베개하엿으며, 삼은 중생들이 내 몸 가운데로 드러왔으며, 사는 손으로 해를 잡아 보았으며, 오는 손으로 달을 잡아 보았으니 세존께서는 나를 위하야 일러주소서." 하엿습니다. 그리한즉 부처님께서 해설하시되, "해중(海中)에 누운 것은 생사대해인간고해(生死大海人間苦海)에 잠겨 잇슬 징조요, 수미산을 베개해 본 것은 생사대해를 뛰어 날 징조요, 중생이 신중(身中)에 든 것은 중생이 귀의(歸依)할 징조요, 태양을 잡아 본 것은 너의 지혜가 널리 비칠 징조요, 월구(月球)를 잡아 본 것은 맑고 간단한 도로(道路)로 중생을 제도하야 뜨거운 번뇌를 여의게 할 징조이니, 이 꿈의 인연을 인하야 네가 장차 성불할 것이니라." 하엿습니다. 선혜는 이러한 수기를 입고 기뻐하더니 후에 보광불이 입멸하시거늘 선혜 비구(比丘) ㅣ 정법을 호지(護持)하사 이만 년 간에 무량한 중생을 제도하고 명종하야 사천왕이 되야서 천중을 교화하시다가 인연이 다함에 다시 인간에 내리시어 전륜왕이 되야서 사천하를 다스리시었으며 명종함에 다시 인리천에 나서 천중을 교화하시더니 쏘 인간에 내려와서 전륜왕이 되시었으며 쏘 범천(梵天)에 올라가서 천제가 되셨더니 다시 내려와서 성왕이 되야 명명(名名) 삼십육차를 오르내리시니 그 사이에는 혹(或) 선인도 되시며 외도육사(外道六師)도 되시며 파라문도 되시며 소왕(小王)도 되시어서 여러 가지로 중생교화에 힘쓰시더니 금일에는 세존이 되시었습니다.

〈기 9〉
名賢劫이 엻 제 後ㅅ 일올 뵈요리라 一千靑蓮이 도다 펫더니
四禪天이 보고 디나건 일로 혜야 一千世尊이 나싧 둘 아니

名賢劫이 엻제 後人일올 뵈요리라 一千靑蓮이 도다 펫더니
(名賢劫이 열릴제 後世의 일을 뵈히려고 일천 靑蓮이 도다 피엿더니)

四禪이 보고 디나건 일로 헤야 일천 세존이 나싫 둘 아니
(四禪天이 보고 지내다가 이것으로 因하야 一千世尊이 나실 줄을
아니)

주석 불교에서 과거, 현재, 미래, 삼대겁을 잡아놓고 과거는 장엄겁(莊嚴
劫)인데 장엄겁의 천불(千佛)이 잇고, 현재는 명현겁(名賢劫)인데 명현겁의
천불이 잇고, 미래는 성숙겁(星宿劫)인데 성숙겁의 천불이 잇다고 하엿는데
석가세존은 명현겁의 천불 가운데 제 사불(四佛)로 출현케 되엿습니다. 그런
데 부처님이 나시기 전에 명현겁이 열릴 적에 앞으로 천불겁 나오실 서상(瑞
相)으로 일천청연화가 다 피엿는데 색계십팔천(色界十八天)을 통솔한 사선천
주가 지내다가 이것을 보고 일천세존이 나가실 줄 알았다는 것입니다.

〈기 10〉 [결판(缺板)을 인하야 미상(未詳)함으로 궐(闕)함]

〈기 11〉
長生인 不肖홀식 눔이 나아간둘 百姓둘히 눔올 다 조츠니
(長生이가 不肖할새 다른 이가 나감으로 百姓들이 그들을 다 ―
조츠니)

尼樓는 賢홀새 나아간둘 아바님이 나롤 올타 하시니
(尼樓는 賢할새 내가 나아가도 아버님이 나를 올타고 하시리)

주석 이것을 해석하자면 석존의 혈족 계통을 들지 아니하면 아니되겟슴니
다. 차(此)를 대략 말할 것 가트면 제일 최초에 마가삼마다(摩訶三摩多)라는 대
왕이 잇섯는데 그 밋흐로 삼십이대가 내려왔고 그 제 삼십이대 왕 선사왕(善思
王) 밋헤 10 형제가 벌어저 잇스며, 그 제 10 왕 밋흐로 7대 제왕이 나시니 그

최하(最下) 대왕이 정반왕(淨飯王)입니다. 이제 차를 도시(圖示)할 것 가트면.

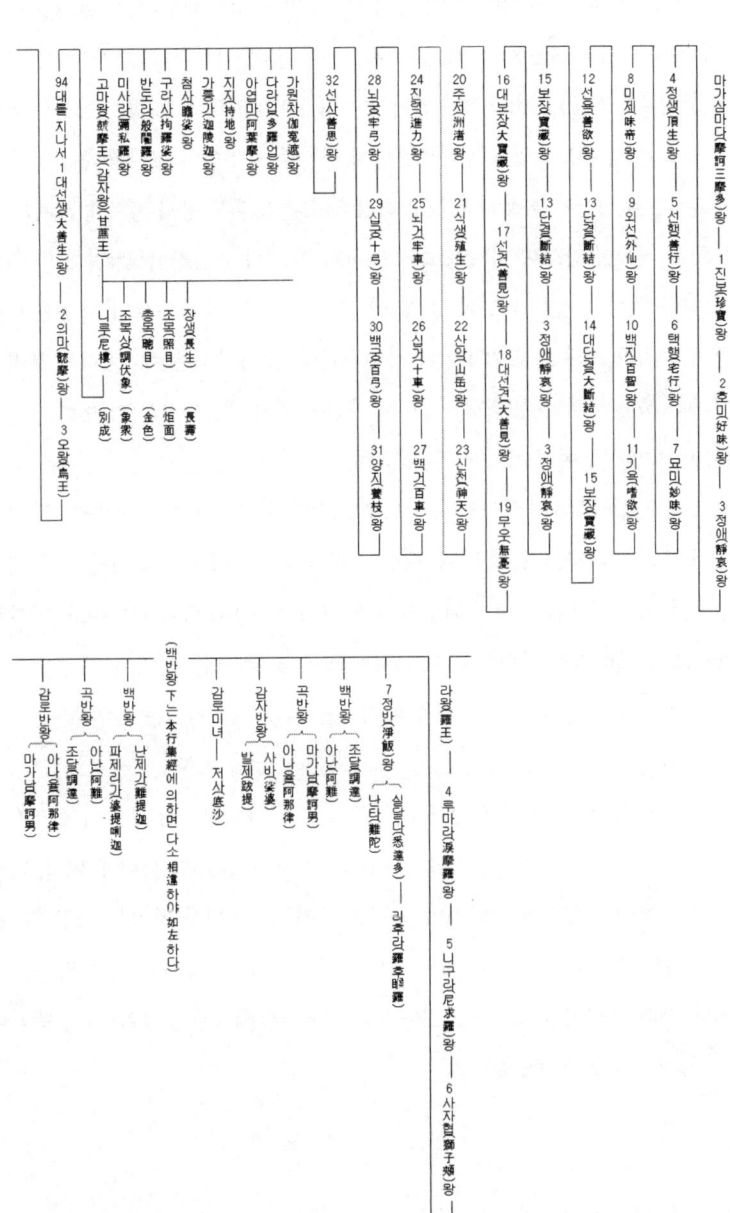

일종(日種)의 감자왕 즉 고마왕이 이비(二妃)를 두시었는데, 제1 부인의 소생장자는 명(名)이 장생(장수)이시고 제2 부인의 소생자는 4인인데, 1은 소목(거면), 2는 총목, 3은 복조상(상중), 4는 니루(별성)이심니다. 그런데 제2 부인의 소생 4자(四子)는 어질기가 짝이 업스나 제1 부인의 소생 장자 장생은 어질지 못함으로, 제1 부인이 제2 부인의 소생자를 질투하야 고마왕쩨 참소하되, 제2 부인의 사생자를 쪼차 달라고 하엿슴니다. 그래서 왕이 가로대 사자가 효도하고 허물이 업스니 어찌 쪼츠리요 하니, 부인이 대답하되 4왕자가 인자(仁慈)하야 백성이 마음을 모아 당(黨)이 되야 잇스니, 서로 다토아 싸우면 나라가 생길지라, 그곳으로 가리이다 하엿슴니다. 그래서 대왕이 4왕자를 불러서 나가라 하야 쪼겨 가게 되니 4자의 어머님(대왕의 제2 부인)이며 누의며 역사(力士)며 백성들이 조차가게 되엿슴니다.

그럼으로 4왕자는 설산의 북방으로 드러가니 땅이 훤하고 좋은지라. 그곳에서 생남 생녀하고 살게 되니, 백성이 겨자가티 모히는 지라. 4년 만에 대국을 이루어서 자유롭게 살게 되엿슴니다. 그래서 고마대왕이 뒤에 뉘치고 다시 불럿스나 드러가지 아니하고 이 나라에 굿게 잇는데, 4왕자가 천성이 어진 고로 석가종(釋迦種)이라고 종족의 이름을 가랏스니 석가는 능인(能仁)이란 뜻임니다.

다시 한 번 11의 노래를 알기 쉽게 해석할 것 가트면, 제1 부인의 소생자가 불초(不肖)함으로 제2 부인의 소생자 인자한 사자(四子)가 쩌나게 되니, 백성들이 이들을 조차가게 되엿스며, 4자 중 계자(季子) 니루 왕자는 가장 현(賢)한 군자엿는 고로, 아버님이 제1 부인의 질투에 이기지 못하야 나를 쪼기는 쪼츠나 그래도 속마음으로는 쪼겨나가는 나를 올타고 하실 것이다 한 뜻임니다.(월인천강곡 제1 권 종)

〈기 12〉

補處ㅣ ᄃᆞ외샤 兜率天에겨샤 十方世界예 法을니ᄅᆞ시니

(補處(佛의 候補者)되오사 兜率天에 게시사 十方世界에 法을 니
르시더니)

釋種이盛할새 迦夷國에 ᄂᆞ리샤 十方世界예法을펴려ᄒᆞ시니

(釋種이 盛할새 迦夷國(迦毗羅國)에 나리사 十方世界에 法을 펴려
하시니)

〈기 13〉

五衰五瑞ᄅᆞᆯ뵈샤 閻浮提 나시릴씨 諸天이다츠기너기니

(五衰와 五瑞를 뵈오사 閻浮提에 誕生하실새 諸天이 다— 슬퍼하
드니)

法幢法會ᄅᆞᆯ세샤 天人이 모ᄃᆞ릴씨 諸天이다깃ᄉᆞ바니

(法幢街會를 세워 開催하사 天人이 集合할새 諸天이 다 깃버하더
니)

주석 〈기 12〉: 석가여래께서 탄생하시기 전에는 선혜라는 이름으로써 설
산에서 공부하다가 ᄭᅮᆷ을 ᄭᅮ고 세상에 나뎌와서, 구이선녀에게 꽃을 사서 보
광여래의게 공양하고 그 여래로부터 "네가 후세에 성불하면 호를 석가모니
라 하리라." 하는 이와 가튼 수기(授記 : 예언)를 바닷슴니다.

　그러더니 선자가 공덕이 차서 보처(補處 : 보처는 불타의 후보자라는 뜻)가
되야서 도솔천에 계실 ᄯᅢ에는 성선(聖善) 혹은 호명대사(護明大士)라는 이름
으로 계시며, 천상에서 모든 천신을 위하야 설법하시되 시방세계에 몸을 나투
사 법을 설하셧슴니다.

후구(後句) 석종(釋種) 운운……호명대사는 천상에서 그와 가티 설법하시는 가운데 어느듯 시절은 그 대사(大士)로 하야곰 세상에 탄생하셔서 부텨를 이루는 시절을 배태하게 되엿습니다. 이째에 16억의 천신들은 모두 의논하되, "호명대사가 세상으로 나려가신다면 엇더한 나라로 가실 것인가. 물론 세계의 중앙인 인도로 하강하실 것인데, 인도의 각국 중에도 마갈타국(摩竭陀國)은 왕이 바르지 못하고, 구살나대국(拘薩那大國)은 부모 종족이 바르지 못하고, 화사대국(和沙大國)은 왕이 위엄이 업서서 남의 수중에 쥐여 지내고, 유나리국(維那離國)은 호전국이 되여 좋지 못하고, 차발수국(此鐵樹國)은 거동이 망량(妄量)되고 추솔(麤率)하니 그곳에도 가서 나시지 못할 것이니, 어느 곳에 가서 나시려는고?" 이와 가티 의논이 분분하엿습니다. 이째에 당영(幢英)이라는 천신이 생각다 못하야 호명대사께 무르되, "어느 나라에 가서 나시렵니까?" 한즉 대사 말슴하시되, "이제 석종(석가의 종족)이 성할 쑨더러 하절(夏節)이 되여서 쾌락이 가이없고 백성도 만흐며, 유덕한 석가 종족들이 다 불법을 숭앙하며, 쏘는 석종의 왕도 어질고 부인도 어질며, 전생에 오백세나 모친을 삼은 일이 잇스니, 그 나라에 가서 나으리라. 쏘는 그 나라의 중생이 발심이 성숙하야 청정한 법을 잘 배울 것이며, 가비라국이 이 염부제(閻浮提 : 세계를 指함) 가운데 중앙이 되며, 그 가운데 석씨가 제일 깨끗하고 조흐니, 그 나라에 가서 나으리라. 그리하야 시방세계의 세상 중생을 위하야 법을 펴리라."고 대답하엿습니다. 그런즉 후구는 이런 의미를 종합하야 노래한 것입니다.

〈기 13〉: 호명대사는 이러케 모든 인연을 관찰하고 인간에 하생코저 한즉 천상의 대중들은 하생치 못하게 붓들기를 마지 아니함니다. 그래서 대사는 인간에 하생치 안으면 아니될 오쇠상(五衰相)을 나투시엿스니, 오쇠상이라 함은, 1은 대사의 눈이 쌈작쌈작하야짐이요, 2는 대사의 두상(頭上) 화관의 꽃이 말라지는 것이요, 3은 천의(天衣)에 째가 뭇게 되는 것이요, 4는 액하(腋下)에 쌈이 나는 것이요, 5는 본좌(本座)가 질겁지 못한 것이니, 천상인이 수복(受福)이 다하야 인간으로 하락하려면 필연적으로 이와 가튼 오쇠상이 나타나는 것입니다. 대사의 오쇠상을 본 천인들은 비루체읍(悲淚涕泣)하야 엇지할 줄을 모릅니다. 그래서 대사는 다시 오서상(五瑞相)을 나투셧스니, 오서상(五瑞相)이라 함은, 1은 대광명을 방(放)하야 삼천대천세계에 보조(普照)함이요, 2는 대지에 18상이 동하야 제천(諸天)의 궁전을 진요(震搖)케 함이요, 3은 모든 마궁(魔宮)이 은폐(隱蔽)하야 불현(不現)함이요, 4는 일월성신이 다시 광명을 일케 됨이요, 5는 천인팔부(天人八部)가 몸이 썰니되 스스로 금할 수가 업는 것입니다.

그런데 오서상은 대사(大士)가 인간에 하생하되, 복진(福盡) 타락이 아니라 중생제도의 원력(願力)으로 내려오신다는 것을 암시하신 것입니다. 그러나 이러한 상서를 본 천인들은 환희용약(歡喜踊躍)하면서도 비루체읍하며 대사의 하생을 슬퍼하시니, 대사는 여러 가지로 대승의 법문을 설하신 뒤에, "제행(諸行)이 무상하야 이 생하고 멸하는 법이라. 생자필멸(生者必滅)하고 회자필리(會者必離)하나니 생멸멸기(生滅滅己)하야 적멸위락(寂滅爲樂)하리라." 이렇게 설법하셧습니다.

후구 법당(法幢) 법회 운운……이러한 설법을 하시고 다시 말삼하시되, "그런즉 내가 석종(釋種)에 나아가서 출가하야 성불한 후에, 여러 중생을 위하야 큰 법당(法幢)을 세우고 큰 법회를 열 째에 천인을 다 청하리니, 너히도 그 법식(法食)을 먹으리라." 하시니 제천의 모든 신도 이 말삼을 듯고 모다 깃버하기를 마지 아니하엿습니다.

⟨기 14⟩
沸星 도틀 제 白象 틔시고 힛 光明을 틔시니이다
(沸星(星名) 도들 제 백상을 타시고 다시 일광을 타시엿나이다)

天樂올 奏커늘 諸天이 조쫍고 하눐 고지 드르니이다
(天樂을 아뢰거늘 諸天이 따르삽고 天花가 디리웁니다)

〈기 15〉

摩耶ㅅ 쑴 안해 右脇으로 드르시니 밧긧 그르메 瑠璃 곧더시니

(摩耶夫人 꿈에 大士가 우협으로 드시니 밧(外)게 그림자 유리와
가트시더니)

淨飯이 무러시날 占者ㅣ 判ᄒᆞᆸ오디 聖子ㅣ 나샤 正覺 일우시리

(정반왕이 무르시거늘 점자 판하야 아뢰오대 성자를 나으사 정각
을 일우시리다)

주석 〈기 14〉 : 비성 운운은 천상에 잇던 호명대사가 백상을 타시고 세상에
하강하는 모양을 노래한 것이니, 7월 15일 비성(沸星 : 西天語로 弗沙 혹은 富
沙, 勃沙라고 하는데 沸는 성하다는 뜻이다)이 돋아오를 제, 육아(六牙)를 가
진 백상을 타시고 또는 일광을 겸하야 타신 뒤에 도솔궁으로부터 나려오실 째
에 광명을 노으시니, 제천의 천자(天子)도 허공에 가득히 차서 천악을 주하니
천화가 우수수하며 호명대사의 하강하시는 길에 드리엇슴니다.

〈기 15〉 : 이 노래는 석존의 모후인 마야성모의 태몽을 말한 것이니, 4천여
세를 훨씬 지난 마야부인께서 7월 15일 경에 전국민들이 '아사다(阿沙茶)'라
는 월제(月祭)를 거국적으로 거행하며 질기고 쒸노는 것을 보신바, 그 가운데
수천 수백의 소년 아동이 석겨서 질겨함을 보시엇슴니다. 연만(年晩)토록 무
자(無子)하신 부인은 차(此)를 보고 근심하며 슬퍼하든 차에, 난간에 비겨 안
저서 한 꿈을 어드니, 하늘이 갈라지며 일위 보살이 백상을 타고 하강하야 부
인의 우협으로 드시는데, 수천 백만의 천인 권속이 다 한가지 그 보살을 싸라
서 다 부인의 복중으로 드러갑니다. 그럿드니 곳 뱃속에서 보살은 자리를 펴
고 안저 설법하고, 무수한 권속은 그 엽해 안저서 청법(聽法)을 하는데, 뱃가
죽이 유리와 가태서 그와 가티 이상한 일을 다 드려다 보게 되엿슴니다.

부인은 이 꿈을 얻은 뒤에 이런 이야기를 낫낫치 드러서 정반왕께 아뢰럿

드니, 대왕은 점치는 지자(知者)를 청해서 부인의 몽조를 무럿슴니다. 그러한 즉 지자(知者)는 해몽하야 아뢰되, "장차 성자(聖子)가 탄생하시여서 전륜왕이 되실 터인데, 만일 출가수도하시면 정각(正覺)을 이루시리다." 하고 대답하엿슴니다. 그런데 이째에 도솔타제천(兜率陀諸天)의 천자(天子)들이 이르되, "우리도 호명대사의 권속이 되야서 인간에 하강하야 장차 대사의게 법을 배우리라." 하고 99억 명의 천인이 인간에 내리며 또 다시 타화천인(他化天人)으로 하강한 이도 한이 업스며, 색계 제천의 천인으로 하강한 이도 무수하엿는데, 호명대사가 실달태자로 탄생하야 후일에 성도하야 석가여래로 계실 째에 수천 수십만의 불자로서 석존의 설법을 듯고 오도(悟道)한 이는 다 전세 천상사람으로 내려온 이라고 이름니다.

〈기 16〉
三千大千이 불ㄱ며 樓殿이 일어늘 안좀것뇨매 어마님 모르시니
(삼천대천 세계가 발그며 누각과 궁전이 이러나거늘 안지나 거르나 어머님 모르시니)

諸佛菩薩이 오시며 天과 鬼 왜 즘들거늘 밤과 낮과 法을 니라시니
(제불과 보살이 오시며 천신과 귀신이 와서 듯거늘 밤과 낫과 주야에 법을 설하시니)

주석 이 노래는 마야부인께서 임신중에 계시는 태내의 일을 서설(敍說)한 것이니, 호명대사가 부인의 배에 드러 계실 째 부인이 육도(보시, 지계, 인욕, 정진, 선정, 지혜)를 수행하시더니, 천상에서 자연히 음식이 나려와서 부인께 올려서 잡수게 함으로, 그 뒤에 부인은 인간의 음식을 취하지 안케 되시며, 또는 이러한 상서로 삼천 대천 세계(우주를 가리키는 말)가 항상 밝아 잇는지라. 병자가 업스며 삼독(탐, 진, 치)이 업스며, 호명대사의 상호가 구족(具足)

하며, 부인의 복중에 보루(寶樓)와 궁전이 이러나매, 마치 천궁과 가튼데, 호명대사가 그 궁전에서 단이시며 서 기시며 안즈시며 누어계시되, 부인은 아무러한 줄도 모르고 계시엿습니다.

후구 제불 운운……이째에 날마다 세 번씩 시방제불이 드러오시어서 대사에게 안부하시고 설법하시며, 시방에서 대사와 이미 가티 수행하던 보살들이 다 차자 드러와서 안부하시고, 대사에게 법을 청문하엿습니다. 그런데 호명대사는 매일 세번씩 제천을 위하야 법을 설하시엿스니, 아침에는 색계(欲을 여의고 色으로만 사는 천신) 제천을 위하야 설법하시고, 정오에는 욕계 제천을 위하야 설법하시고 저녁에는 귀신들을 위하야 법을 설하셧습니다.

〈기 17〉
날돌이 차거늘 어마님이 毘藍園을 보라 가시니
(태자를 탄생할 만삭이 되거늘 어마님(마야부인)이 비람원을 보러 가시니)

祥瑞하거늘 아바님이 無憂樹에 쪼 가시니
(상서하거늘 아버님(정반대왕)이 무수 쪼 가시니)

주석 이 노래는 마야부인께서 만삭이 되셔서 '룸비니원'이라는 동산으로 가신 것을 묘사한 것임니다. 부인이 산삭(産朔)이 갓가워짐으로 태자 나키 위하야 천비성(天臂城)이라는 친정으로 가시는 길에 동산(東山)을 구경하시겟다 함으로, 대왕께서는 룸비니원을 쑤미라고 유사에게 명령하시니, 쏫과 과실과 못(池)과 샘(泉井)을 쑤미되, 난간과 계체(階砌)를 칠보로써 쑤미고 난조(鸞鳥)며 봉조(鳳鳥)며 종종 잡색의 기조(奇鳥)가 넘놀아 들게 하며, 쏘는 번(幡)과 개(盖)와 풍류화향(風流花香)을 가추가추 느러노케 한 후 팔만사천의 동녀들이 화향(花香)을 잡고 잇스며, 쏘는 십만인의 사병(四兵)이 보연(寶輦)

을 싸고 잇스며, 팔만사천 채녀(婇女)와 신하들이 모두 부인을 시위하야 동산으로 향하야 떠나시엿습니다.

후상서(後祥瑞) 운운……부인 일행이 동산에 다다르니, 허공 팔부천룡이 가득히 차서 조차 것는데, 때마츰 동산에 열가지 상서가 나타나니 (1) 좁던 동산이 넓어지며 (2) 흙과 돌이 다 금강으로 변해지며 (3) 보수(寶樹)가 늘어서며 (4) 침향가루로 가지가지 장엄하며 (5) 화환(花鬘)이 가득하며 (6) 보수(寶水)가 흘러 나리며 (7) 지중(池中)에서 부용이 소사나며 (8) 천룡야차가 합장하야 잇스며 (9) 천녀도 와서 합장하고 잇스며 (10) 시방에 일체제불이 방광(放光)하사 이 동산에 비추시난지라 이런 상서를 가추가추 드러서 대왕께 긔별하엿더니 대왕이 깃버하시고 곳 무수(無憂樹) 미트로 가시엿습니다.

〈기 18〉

本來하신 吉慶에 지옥도 뷔며 沸星별도 ᄂᆞ리니이다

(본래하신 길경에 지옥도 공하며 비성별도 상서로 나리나이다)

本來 발ᄀᆞᆫ 光明에 諸佛도 비취시며 明月珠도 ᄃᆞᅀᆞᄫᆞ니이다

(본래 발근 광명에 제불도 비취시며 명월주도 달렷나이다)

주석 이 노래는 석존께서 탄생하시기 전에 본래 가지고 잇는 모든 경사를 드러서 노래한 것이니, 실달대지가 나오시려한즉 천제석과 타화자재천(他化自在天)이 각각 천궁에 가서 화향이며 풍악이며 음식을 가져다가 부인께 공양하시며, 병든 사람이 잇스면 부인이 그 사람의 머리를 만지매 병이 다 나아케 된 기적이 잇섯습니다.

그런데 이보다도 길경(吉慶)과 상서가 여러 가지로 나타낫스니, 동산나무에 자연히 과실이 만히 열니며, 지면이나 수면이나 석면(石面)에도 청련화(青蓮花)가 피여 잇스며, 마른나무에도 꼿이 피며 니상의 신령들이 칠보거(七寶

車)를 끌고 오며, 지중(地中)에서 보패(寶貝)가 자연히 나며, 미향(美香)과 가향(佳香)의 향취가 두루두루 퍼지며, 설산의 오백 사자가 와서 벌여 잇스며, 백상이 와서 벌여 서 잇스며, 천상에서 가는 화우(花雨)와 향우(香雨)가 나리며, 궁중으로부터 자연히 도래한 음식이 주린 사람을 먹이며, 용궁의 옥녀들이 허공에 반신을 내어 노코 잇스며, 천상의 일만 옥녀는 공작(孔雀) 불자(拂子)를 잡고 잇으며, 일만 옥녀는 금병에 감로를 담고 잇스며, 일만 옥녀는 향수를 담고 허공에 둘러 잇스며, 일만 옥녀는 당(幢)과 개(盖)를 잡아 모시고 잇스며, 쏘는 옥녀들이 허공에서 온갓 풍류를 하고 잇스니, 큰 강물이 말고[13] 흩어지지 아니하며, 일월궁전이 머무러 잇서 나아가지 아니하며, 비성(沸星)이 나려와 시위하거든 여느 별들이 위요하야 조차오며, 보장(寶帳)이 왕궁을 더푸며, 명월신주(明月神珠)가 궁중에 달리니, 광명이 말그며, 귀한 영락(瓔珞)과 일체 보배가 자연히 나며, 모진 벌레(妻蟲)은 다 숨고 길경(吉慶)의 새가 노닐며, 지옥이 다 정침(停寢)하니 슬픈 일이 업스며, 땅이 놉고 나진 곳이 업스며, 화우가 나리며, 모든 중생이 함께 자심(慈心)을 가지며, 아기를 나으 리는다- 아들을 나흐며, 온갓 병든 사람이 다- 나흐며, 일체 신령이 다- 시위하엿슴니다. 이것을 거두어서 노래한 것이 기 18의 노래임니다.

▌월인천강지곡 제2(세종대왕 어제)
석보상절 제2(세조대왕 어제)

〈기 19〉
無憂樹ㅅ가지 굽거늘 어마님 자ᄇᆞ샤 右脇誕生이 사월팔일이시니
(무우수의 나무가지가 굽어 늘어졌거늘 마야부인이 잡으사 우협으로 탄생하심이 사월팔일이시니)

13 맑고.

蓮花ㅅ고지 나거늘 世尊이 드듸샤 四方向하샤 周行七步하시니
(연화꽃이 되여나거늘 세존께서 발로 드듸사 사방으로 향하사 주
행칠보하시니)

〈기 20〉
右手左手로 천지 ᄀᆞᄅ치샤 ᄒᆞ오ᅀᅡ 내 尊호라 ᄒᆞ시니
(우수와 좌수로 천지를 가르치사 말씀하시되 내가 홀로 높다하시니)

온수냉수로 좌우에 ᄂᆞ리와 구룡이 모다 싯기ᅀᆞ니
(온수와 냉수로 좌우에 나리사 구룡이 모두 태자의 몸을 씻기시니)

〈기 21〉
三界受苦ㅣ라 ᄒᆞ샤 仁慈ㅣ 기프실ᄊᆡ 하늘짜히 ᄀᆞ장 진동ᄒᆞ니
(삼계「속계·색계·무색계」의 중생이 고를 받는다 하사 인자한 마
음이 깁으실새 하늘과 짜히 상서로써 가장 진동하니)

삼계 편안케 호리라 발원이 기프실ᄊᆡ 大千世界 ᄀᆞ장 볼ᄀᆞ니
(삼계의 중생을 편안케 도와주리라 하신 발원이 깁으실새 대천세
계가 가장 밝으시니)

주석 〈기 19〉 : 성모(聖母) 마야부인은 임의 남비니원(藍毘尼園)이란 동산
을 가시엿거니와 동산에서 산기(産氣)가 기서서 무우수(無憂樹)라는 꼿나무
를 붓잡고 서서 기시매, 별안간에 우협(右脇)이 터지시며 태자를 나으신 때는
곧 사월 팔일 정오엿습니다. 그런데 태자는 땅에 떨어져서 서시자마자, 태자
의 족하(足下)로 연화꼿이 피여오르니, 태자는 그 꼿을 발부시며 동서남북 사
방으로 일곱 거름식을 거르시였습니다. 그런데 이때에 3천 국토(國土)에 6종

[동(動), 기(起), 용(湧), 진(震), 후(吼), 격(擊)]이 진동하고 사천왕이 모여드러서 무우수를 휩싸고 잇섯다 합니다. 그리고 태자께서는 무한한 광명을 노섯다고 합니다.

〈기 20〉 : 태자는 사방으로 거름하시기를 마치시고 좌수로는 하늘을 가르치시고 우수로는 땅을 가르치시며, 낭랑한 옥음으로써 부르지즈시되, "천상천하에 내가 홀로 놉흐니라." 외치시니 천상으로부터서는 아홉 마리의 용이 나타나서 온수와 냉수를 토하야 태자의 몸을 씨처 드럿슴니다.

〈기 21〉 : 태자께서는 다시 생각을 거듭하시되, "삼계의 중생이 다 고(苦)를 밧고 잇스니, 내가 다─ 편안케 하리라." 이와 가티 생각하시니 삼계의 제천(諸天)은 태자의 인자하신 마음이 깁흐시고 발원하심이 깁흔 것을 감격하야, 천지의 아름다운 상서로 진동을 놉히 하며 광명이 널리 밝게 비췌게 되엿슴니다.

〈기 22〉

천룡팔부ㅣ 큰덕을 ᄉ랑ᄒ△바 놀애롤 불러 깃거ᄒ더니
(천룡과 팔부 신장이 태자의 큰덕을 사랑하시와 노래를 불러 기뻐하더니)

마왕 파순이 큰덕을 세오△바 앉디 몯ᄒ야 시름하더니
(마왕 파순(파순은 마왕의 명)이 태자의 큰덕을 시샘하야서 안질부절(앉지도 못하고 서지도 못하는 모양)을 못하야 근심하더니)

〈기 23〉

채녀ㅣ 기베 안△바 어마넚긔 오ᅀᆸ더니 大神돌히 뫼시△ᄫᅵ니
(채녀들이 비단에 태자를 싸서 안아 모시고 마야부인께 오압더니 대신들이 공경하야 모시니)

靑衣 긔별을 술바눌 아바님 깃그시니 종친돌홀 드려가시니

(청의(청의를 입은 채녀) 기별을 궁중에 사뢰거늘 정반왕(태자의

부왕)이 듣고 기뻐하시니 종친과 권속들이 모시어 데리고 가시니)

주석 〈기 22〉 : 태자께서 삼십이상(32相)과 팔십종호(80種好)의 거룩한 덕

상(德相)을 가지고 이 세계에 군림하샤 대천(大千)세계에 광명을 놓으시니 천

룡팔부(天龍八部)가 공중에서 풍류하며 불덕(佛德)을 찬양하야 노래 부르며

향을 피우고 영락(瓔珞)과 천의(天衣)를 바치고 차제(次第)로 위요(圍繞)하며

우리와 갓은 중생을 제도하야 주소서 하고 기뻐하기를 마지 않거늘 오직 마왕

(魔王) 파순(波旬)이가 불덕을 시기하고 샘을 하야 제자리에서 편안케 앉지를

못하고 근심하기를 마지 아니하엿습니다.

〈기 23〉 : 채녀들이 천상의 비단으로 태자를 싸서 끌어안고 마야부인께 모시

고 오니 이십팔천의 대신들도 시위공경하기를 마지 아니하엿습니다. 그런데

청의를입은 채녀가 태자의 탄생하신 연유를 궁중에 전달하야 고하니 부왕이

들으시고 대단히 기뻐하사 사병을 출동시켜서 석가의 종족인 종친과 권속에

게 명령하야 람비니원 동산을 향해서 태자를 모시어 데리고 오게 하엿습니다.

〈기 24〉

諸王과 청의와 장자ㅣ 아둘 나ᄒ며 諸釋아돌도 ᄯ 나니이다

(제왕과 청의와 장사들이 다 이쌔에 아들을 낳으시며 모든 석종

(釋種)들도 ᄯ한 아들을 낳으시었습니다)

象과 쇼와 羊와 厩馬ㅣ 삿기 나하며 蹇特이 ᄯ 나니이다.

(코끼리와 소와 염소와 말도 이쌔에 새끼를 낳았으며 건특(태자

께서 타시던 애마의 명)이도 ᄯ 낳았습니다)

〈기 25〉

梵志外道ㅣ 부텻 덕을 아ᅀᆞ바 만세롤 브르ᅀᆞᄫᅡ니

(범지와 외도가 부텨님 덕을 알아서 만세를 부르사오니)

優曇鉢羅ㅣ 부텨 나샤몰 나토아 金고지 퍼디ᅀᆞᄫᅡ니

(우담바라(청연화)가 부처님의 출현을 상징하야 금꽃이 펴지오니)

〈기 26〉

祥瑞도 하시며 광명도 하시나 ᄀᆞᆺ업스실씩 오늘 몯 숣뇌

(상서도 하시며 광명도 하시나 가이 업스실새 그 일을 오늘 다 사뢰옵지 못하겟네)

天龍도 해모ᄃᆞ며 人鬼도 하나 수 업슬씩 오늘 몯숣니

(천룡도 모아오며 인간과 귀신도 왔으나 그 수효가 헤아릴 수 없을새 오늘 다 사뢰옵지 못하겠네)

주석 〈기 24〉 : 석가세존께서 탄생하실 때에 석존만 나신 것이 아니라 석가 종족의 여러 왕국 제왕이 모다 5백 아들 낳으며, 5천 청의(靑衣)와 5천 역사(力士)를 낳으며, 코끼리와 말과 염소들도 오색 새끼를 낳으며, 백마건특(白馬蹇特)이도 낳았으며, 땅에 묻혔던 보배도 저절로 나타났으며, 해중(海中)에 잇던 5백 가지의 보배도 저절로 나서 태자에게 바쳤습니다. 그리고 국중(國中)에 8만 4천의 장자(長者)도 다 아들을 낳았으며, 마구에 8만 4천 말들이 새끼를 낳았습니다.

〈기 25〉 : 이러한 길경(吉慶)을 본 범지(梵志; 인도 수학자)와 외도(外道; 이단자)들도 자연히 부처님의 높고 큰 덕을 깁이깁이 감격하고 인식하야 천지가

무너질 만큼 만세를 높이 부르니 3천년만에 한번씩 핀다는 또는 성인이 나야만 핀다는 우담바라화도 부처님의 탄생을 상징으로 하야 혹은 전비(前非)로 하야 금꽃이 피게 되엿습니다.

〈기 26〉: 이 노래는 인도 가비라국 왕궁에서 석가세존이 탄생하신 사실을 거두어서 종곡(終曲)과 갓이 결미(結尾)로써 노래한 것입니다. 그럼으로 그 의미를 거두어서 해석할 것 갓으면 태자가 탄생하실 시에 상서도 하며 광명도 하시나 그 상서와 광명이 무량무변할새 그 거룩한 일을 오늘날에 다 드러서 사뢸 수가 업스며 태자가 탄생하실 째에 천신도 오고 용신도 오고 인간의 모든 상하 신민이 모이고 귀신도 모이고 하야 천상과 인간에서 모인 그 천(天)과 인(人)의 수를 다 헤아릴 수가 없을새 오늘날에 그것을 다 드러서 사뢸 수가 없습니다 하는 뜻입니다.

〈기 27〉
周 昭王 嘉瑞롤 蘇由ㅣ 아라 술바뇰 南郊에 돌홀 무드시니
(주 소왕 째에 가서를 소유가 알고서 사르거늘 남부에 돌을 묻으시니)

漢 明帝 八吉夢올 傳毅 아라 술바뇰 西天에 使者 보내시니
(한 명제 째에 제의 길몽을 전의가 알아서 사르거늘 서천(서역)으로 불법을 구하러 사자를보내시니)

〈기 28〉
여윈 못 가온디 몸 커 그울닐 용을 현맛벌에 비늘을 샌라뇨
(학갈(涸渴)한 못 가운데 대신(大身)으로 거니는 용을 만만의 벌레가 그의 비늘 가운데 드러 덤벼서 피를 빨고요)

五色雲ㅅ 가온딕 瑞相 뵈시는 如來ㅅ긔 현맛 즁생이 머리 좃ㅅ바뇨
(오색구름 가운데 서상이 뵈시는 여래께 만만 중생이 머리를 숙
이고녀)

〈기 29〉

世尊 오샤몰 아숩고 소사 뵈ᅀᆞᆸ니 녯 ᄠᅳ들 고티라 ᄒᆞ시니
(세존께서 오심을 아옵고 스사 뵈오니 옛날 뜻을 고치라 하시니)

世尊ㅅ 말올 듣ᄌᆞᆸ고 도라보아 ᄒᆞ니 제 몸이 고텨 ᄃᆞ외니
(세존의 말씀을 듣삽고 도라보아(반성) 제몸(자신)이 고쳐서 되
오니)

주석 〈기 27〉 : 이 노래에서부터는 석존께서 인도에서 탄생하심을 그 시절
부터 지나(支那)에서 아랏다는 기적을 노래하고, 짜라서 불교가 지나로 전래
된 것을 노래한 것입니다. 석존께서 인도에 출생하실 그째에 동방 지나에는
주(周) 소왕(昭王)이 서기섯는데, 주 소왕 26년(갑인) 사월초팔일에 이 나라에
서는 강하가 범창(泛漲)하고, 천정(泉井)이 용출하고, 천지가 진동하고, 오색
광명이 허공에서 서편으로부터 ᄶᅥ들더니 태미궁을 관철케 되엿습니다 그래
서 왕이 군신에게 하문하시되, "이게 무슨 상서냐?"라고 한즉, 아무도 대답하
는사람이 업는데, 오즉 태사관으로 잇는 소유(蘇由)가 주하야 가로대, "서방
에 성인 나시느라고 그러합니다." 이와 가티 고하엿습니다. 그러한즉 왕쩨서
다시 말삼하시되, "그러면 우리나라와는 엇더한 영향이 잇겟느뇨?"하니, 소유
대답하되, "금일은 아무 일이 업겟사오니, 천년 후를 지나면 그 성인의 정교
(靜敎)가 우리나라에 미쳐서, 상지천자(上至天子) 하지서민(下至庶民)하야 무
상(無上)한 복음(福音)을 주겟습니다." 이러케 사루엇습니다. 그래서 왕은 이
가서(嘉瑞)의 전말을 돌에 삭여서 남교(南郊)에 뭇게 하엿습니다. 그런데 이

일이 잇슨 뒤에 천유년(千有年)을 지나서, 동한(東漢) 명제(明帝) 영평 10년 정묘에 서역 불법이 동방 중국으로 드러오게 되엿습니다. 그러나 이보다 몬저 어느 째에, 명제가 꿈을 어드니, 일장육척이나 되는 금인(金人)이 비행하야 전정(殿庭)에서 서잇슴을 보앗습니다. 그럼으로 명제가 여러 신하에게 이 몽사를 하문한바 한 사람도 아는 사람이 업는데, 태사 전의가 사루되, "주 소왕 시절에 서천에서 부처님이라는 성인이 나시니 키가 장육이요 신광(身光)이 금색이로소이다. 그러한즉 폐하의 꿈은 차(此) 성인의 성교(聲敎)가 동방으로 점래할 징조로이다." 이와 가티 사루웠습니다. 그래서 명제는 이 말삼을 듯고 곧 중랑(中郎) 채암(蔡暗)과 박사 내경(奈景)을 서역으로 보내서 불교를 영래(迎來)하라고 명령하엿습니다. 그런 고로 채암 등이 천축(인도)을 드러가는 길에 천축까지 다 가지 못하고 월지국(月支國)이라는 서역 지방을 드러가자, 천축에서 동방 지나를 향하야 포교차로 나오는 범승(梵僧) 섭마등(攝摩騰)과 축법란(竺法蘭)을 만났습니다. 그래서 채암 등은 그네들과 가티 불상과 사리를 백마에 실고 동방진(東方辰) 구한토(舊漢土)를 향하야 나왓습니다.

〈기 30〉[14] : 이 노래는 도교에서 불교로 귀화한 흔적을 서술한 전설이니, 옛날에 도가의 신으로 숭배를 받는 재동제군(梓潼帝君)이라는 천제가 잇엇습니다. 이는 도가의 27대 천존으로 억조창생에게 매우 숭배를 받던 인데, 이 재동제군이 아래와 갓은 자기 전생사를 말하엿다고 합니다. 이것이 신화라면 신화요 전설이라면 전설에 그치고 말 것이나, 지나에 불교가 드러가자, 도교와의 경쟁이 어간이 아니었습니다. 도교는 지나의 국민성으로부터 일어난 국교로, 불교는 인도 외국으로부터 드러간 박래교(舶來敎)라는 주객불합(主客不合)의 종교사상으로 그 반목질시와 알력경쟁과 상호간에 배척이 잇슴은 자연의 수(數)엿습니다. 따라서 불교측에서는 어찌하든지 도교를 귀화시키도록 무한히 애를 썼습니다. 그런 가운데에서 이러한 전설이 생긴 모양인데, 이 전설이

14　노랫말 인용은 없이 해설과 주석만 제시하였음.

부지불각에 도가류를 불교에 포용케 되야, 말경에는 도관과 사원이 혼합한 상
태로 변케 되야, 지금도 지나 각처에 잇는 도관을 가서 보면 천제의 제상(諸像)
과 불교의 불상을 병렬하야 모셔 노앗습니다. 이것을 보면 전설의 힘이 얼마나
위대한가를 짐작할 수가 잇습니다. 이제로부터는 그 전설을 소개하겟습니다.

넷날에 재동제군이 일러 말하되, "내가 전생에 죄업으로 과보를 입어서 공
지(邛池)라는 못에 큰 용이 되야 깁흔 물밋헤 잇섯더니, 한천(旱天)이 계속하
야 물이 밧작밧작 말느기를 시작하엿다. 그래서 말라가는 물에 몸을 숨길 수
가 업슴으로, 저절로 사장(沙場)에 나타난즉 만만의 벌레들이 비눌 밋흐로 파
고 드러와서 나의 피를 빠라먹는 고로 그 고통이 비할 데가 업섯다. 내가 이와
가티 고통을 이기지 못하야 무한히 고민할 쌔에, 어느 아침에 바람이 서늘하
야지며 천광이 밝게 비치며 오색구름이 허공으로 지나가는데, 그 가운데 서상
(瑞相)이 나타나며 금색이 찬란하며 여래의 상이 나타나는지라. 만만 신령이
며 만만 중생들이 모두 계수(稽首)하고 절하는 것을 보게 되엿다. 따라서 그
네들이 부처님을 찬미하는 노래 소리가 하늘 가에 사무침을 듣고 천□이 만지
(滿地)함을 맛게 되엿다."고 말하엿습니다.

〈기 31〉[15] : 그런데 대룡(大龍)이 다시 공중으로부터 외치는 소리를 드른즉,
그것은 여러 만령(萬靈)과 제성(諸聖)이 이구동음으로 이르사대, "대룡아, 서
방의 대성이신 정각세존 석가문불이 계신데 이제 그 교법이 동토에 퍼지게 되
매 화신이 동토로 가시나니라. 그런데 네가 임의 그 화신 부처님을 만낫스니,
네의 전생 죄업을 다 녹이리라." 할새, 대룡이 깃버하야 부처님 세존께서 오심
을 아옵고, 용의 몸이 자연히 소사서 하눌 광명 가운데 드러가서 세존을 뵈오
니, 세존께서 말삼하시되, "네가 전생에 부모에게 효도하며 임금에게 충정(忠
貞)하고 또 세간의 중생을 불쌍히 여겨서 호지(護持)할 마음을 내엿스되 어느
쌔에 원수와 다투워서 마음을 인아상(人我相)에 머무르기 쌔문에 그쌔에 염

15 노랫말 인용은 없이 주석만 제시하였음.

노심(怒心)을 이르켰을새 그 죄보의 값으로 대룡이 되야 고통을 받게 되엿스니, 지금이라도 네 뜻을 고치라." 이렇게 말슴을 하셨습니다. 그래서 대룡이 뉘우치고 개심하야 도라보니 마음이 말가 안지서 내외가 훤하야 허공 갓더니, 곧 용신(龍身)을 버리고 남자가 되야서 관정지(灌頂智)를 득하야 부처님께 귀의하게 되엿습니다. 후구(後句) 중에, "제 몸이 고처 되오니" 하는 뜻은 용의 몸이 인간의 남신(男身)으로 고처 되엿다는 뜻입니다. 월인천강지곡 제2권 종

부기(附記) : 월인천강지곡 제3권에서부터는 지나의 불교가 조선까지 수입된 역사를 종합하야 노래한 것이 잇슬 줄로 상상하나, 불행하야 제3권부터는 궐판(闕板)되야 얻어볼 길이 막연한 고로 소개하지 못합니다. 이상 제1권에서부터 제2권까지가 융경(隆慶) 2년 무진 시월에 경상도 풍기군 소백산 희방사에서 개판(開板)된 것입니다.

▌월인천강지곡 제21(세종대왕 어제)
석보상절 제21(세조대왕 어제)

(전(前) 10매가 낙정(落丁)한 고로 기 415·416·417의 노래가 잇엇는 듯하나 알 수가 없습니다. 그러나 노래가 잇엇다면 석가세존께서 도리천에 올라가시어서 성모 마야부인을 위하야 설법한 정경을 노래한 듯합니다. 그리고 지장경의 모든 내용을 거두어서 노래한 듯합니다. 그것은 석보상절에 남아 잇는 기사를 보아서 짐작하겟습니다.)

〈기 418〉
世尊이 아니오실씨 優填王 波斯匿王이 檀香紫金像올 이르ᅀᆞ니
(세존이 위모설법차(爲母說法次)로 천상에 가신 후 아니 도라오실새 우전왕과 파사닉왕이 전단향목으로 불신의 자금상을 조성하시니)

世尊이 오시릴씨 帝釋이 鬼神으로 七寶黃金階를 밍ᄀᆞᅀᄫᅡ니
(세존이 천상으로부터 오실새 제석이 귀신으로 하야금 칠보황금
계를 만드시니)

〈기 419〉
ᄂᆞ려오싫 부텨는 寶階를 타오거시놀 大王이 조ᄍᆞᄫᅡ니
(내려오실 부처님은 보계를 타고 오시거늘 대왕들이 좇으시니)

마조 가싫 부텨는 白象을 타 가거시놀 國王이 조ᄍᆞᄫᅡ니
(迎接하러 마중가실 부처님(香木佛)은 백상을 타고 가시거늘 국
왕들이 뒤를 좇아가시니)

〈기 420〉
忉利天 四衆이 모다오ᅀᆞᆸ거늘 부텨 우희 곳비 오더니
(도리천의 천룡사부중이 모두 따라오거늘 부처님의 머리 위에 꽃
비(散花)하더니)

閻浮提 四衆이 모다 잇거늘 부텨 아래 쪼 곳비 오니
(염부제(사바세계-감인고해) 사중(비구, 비구니, 우바새, 우바
이)이 모여 다 잇거늘 부처님 족하에 꽃비(산화)하니)

〈기 421〉
金像이 禮數커시놀 世尊이 合掌하신대 百千化佛이 쪼 合掌하시니
(목상과 금상이 진불석존께 예배하시거늘 세존이 합장하신대 백
천화불이 쪼 합장하고 대하시니)

金像이 佛事하싫돌 世尊이 讚嘆하신대 百千化佛이 쏘 讚嘆하시니
(석존이 도라가신 후 미래에는 가불금상이 일체 불사를 지으리라
고 세존이 찬탄하신대 백천화불이 쏘 다시 따라서 찬탄하시니)

〈기 422〉
건달바이 아둘이 놀애롤 블라 七寶金을 노더니이다.
(건달바(풍류를 맡은 신)의 아들이 노래를 부르고 칠보금으로써
놀더이다)

世尊ㅅ三昧力에 苦, 空, 無常을 닐아 大千界 드르니이다.
(세존께서는 삼매 가운데 드사 고, 공, 무상의 법문을 일러서 대천
세계에 들리게 하나이다.)

〈기 423〉
聲聞 辟支佛이 즐겨 춤을 추며 十方衆生이 孝養올 아ᅀᆞᆸ니
(성문과 벽지불이 기뻐하야 춤을 추며 시방중생이 효양할 줄을
아오니)

須彌山이 즐겨 줍ᄋᆞ며 소ᄉᆞ며 十方衆生이 大會에 오ᅀᆞᆸ니
(수미산이 즐겨서 대해에 잠겨서 솟으며 시방중생이 대회에 모여
오니)

〈기 424〉
寶塔이 소ᄉᆞ시니 七寶ㅣ ᄀᆞ더시니 彌勒이 묻ᄌᆞᆸ시니
(보탑이 솟으니 칠보 갓은지라 이 연유를 미륵이 묻자오니)

寶塔因緣을 衆心이 疑心터니 世尊이 니르시니
(보탑의 인연을 대중이 마음에 의심터니 세존께서 일러주시니)

주석 〈기 418〉 : 석가세존께서는 누구에게 말슴도 하시지 안코 도라가신 모친을 위하야 설법하실 차로 도리천이라는 천상으로 올라가시고 마랐습니다. 그리하야 몟 달이 되도록 내려오시지를 아니하엿습니다. 그럼으로 제자 대목건연(大目揵連)이 신통력이 제일이로되 신력을 다 써서 시방(十方)에 구하야 보아도 알 길이 업섯스며, 제자 아나율타는 천안(天眼)이 제일이로되 천안으로써 삼천대천 세계를 둘러보앗스나 알 수가 업섯스며, 오백 대제자가 각기 세존의 가신 곳을 아랴고 하야도 알 수 업고, 보려 하야도 볼 수가 업서서 모다 근심하더니 우전왕(優塡王)도 근심하야 제자 아난에게 세존의 자취를 무럿습니다. 그러나 아난도 모른다고 함으로, 왕이 세존을 그리워하다 못해서 병이 낫습니다. 그럼으로 왕은 천하에 이름놉흔 조각사를 불러서 전단향목으로써 석가세존의 존상을 싹가 조성하야 탁자에 모시고 공양하더니, 파사닉(波斯匿)왕이 이 불상을 보고 자기도 세존의 존안을 그리워하야 자마금(紫磨金)으로써 여래의 존상을 각(刻)하야 모셧습니다. 그러고 본즉 동양의 미술로 제1위를 점하는 각종 불상의 기원도 이째부터 시작되고 선남선녀가 진불(眞佛)로 알고 예배공양하며 수복을 빌게 된 불상도 이째부터 조성된 것입니다. 이교도(異敎徒)는 불상을 보고 우상숭배라 하야 啡척들을 하지만은, 불교도는 우전왕과 가티 파사닉왕과 가티, 세존이 그리워서 근심이 되고 병이 되는지라 가상(假像)이라도 진신처럼 모시고 대하려는 신앙심에서 우러나는 정서를 금치 못하야 불상을 사원마다 조성하야 모시게 된 것입니다.

후구(後句)의 노래는 세존이 도리천서 설법을 다 마치시고 인간으로 내려오실새, 제석이 귀신으로 하야금 칠보황금계(七寶黃金階)를 맨드러서 세존으로 하야곰 드듸시고 걸어오시게 하엿다는 뜻입니다.

〈기 419〉 : 천상에서 나려오실 석가세존께서는 보계(寶階)를 타시고 걸어오시니, 이를 보고 여러 대왕들이 다투어서 나아가서 세존의 뒤를 짜라오거늘, 탁자 위에 노혓든 금불과 목불이 안젓다가 이러서드니 목으로 맨든 백상(白象)을 탄 채로 비행하야, 허공 가운데서 진불을 영접합니다. 그럼으로 우전왕과 파사닉왕 등의 국왕은 그 불상의 뒤를 짜라가서 세존을 영접하엿습니다. 이 금상과 목상이 이러낫다는 것은 무엇보다도 우전, 파사닉의 두 왕의 신심이 목석이라도 감동식힐 만큼 이 열렬하고 간절하엿다는 것을 증명할 수 잇습니다.

〈기 420〉: 세존이 도리천으로부터 나려오시매 그 곳에 잇든 천룡사부중(天龍四部衆)이 짜라와서 불상에 산화하며 염부제사중(閻浮提四衆)이 기다리고 모다 잇는 곳에는 불신(佛身) 족하에(足下) 산화(散花)하엿다는 뜻입니다.

사중은 이상에서 도시한 바와 가트니 보통 속가에서 승려를 가르쳐서 '중'이라고 함은 이상의 중(衆) 즉 사중의 대명사이니, 중이라 함은 곧 교단단체라는 뜻입니다. 중을 승이라 함은 인도의 원어를 지(指)함이니, 원어에는 승가란 말이 잇으니 승가는 중이라고 번역합니다. 그런데 승자(僧字)만 쓰는 것은 가자(伽字)를 약(略)한 소이입니다.

〈기 421〉: 가상(假像) 목불상(木佛像)과 금불상이 쪼차 나와서 진신불인 세존을 보고 예배하거늘 세존도 그를 위하사 합장하시니 세존의 그림자처럼 화상(化想)한 백천화불(百千化佛)도 합장하엿스며 세존께서 가상목불과 금불을 보시고 말삼하사대, "내가 도라간 후 미래세에는 오직 그대가 세상에 오래 머물러서 중생을 제도식힐 것"이라고 예언하시고 찬탄하시니 백천화불도 짜라서 한가지 찬탄하엿습니다.

〈기 422〉: 천상에서 풍악을 마튼 신인 건달바[세상에서 놀기 좋아하는 사람을 '건달'이라 함은 그 출처가 이 건달바에서 나간 것이다.] 그 자제들이 세존께서 강천하심을 경축하기 위하야 노래를 부르고 칠보의 거문고를 타고 노니, 세존께서는 삼매(선정－일심불란의 경지)에 드사 세상은 고(苦)요 인생은 필경 공(空)이요 우주는 무상한 것이라고 설법하시니, 그 법음(法音)이 삼천대천세계(三千大千世界)에 듯기엿습니다. 삼천대천세계라 함은 소천세계, 중천세계, 대천세계 이와 가티 삼천세계(三天世界)를 가르친 것인데, 소천세계라 함은 동서남북사대주(즉 우주공간의 4방위)와 일월천과 수미산과 욕계육천과 색계십팔천의 각 일천이 각 일소천세계요, 소천세계의 천배가 중천세계요, 중천세계의 천배가 대천세계니, 삼천대천세계라 함은 천상천하의 공간의 존재를 다 잡아서 보는 불교의 우주관입니다. 불교에서는 흔히 삼계라는 문자로 우주관을 설명하나니, 삼계라 함은 욕계, 색계, 무색계 이러한 것인데 도시하면 아래와 갓습니다.

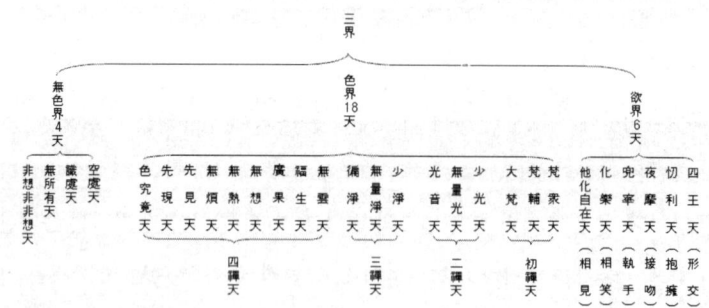

*무색계라 함은 욕정은 물론 색신(色身)까지 벗어나서 오직 심식(心識)으로만 사는 곳이란 말이다.

*색계라 함은 욕정은 떨어졌으나 형색(形色)이 은은하게 남았다는 것이다.

*욕계라 함은 인간으로부터 타화천까지 욕정을 떼지 못하는 것이니 육욕천의 남녀관계를 보면 올라갈수록 희박하야지는데 서로 보기만 해도 육심을 떼지 못한다 하야 '상견'도 욕정 범위 위에 넣어서 설명하엿다.

〈기 423〉: 성문과 벽지불들이 세존이 오심을 즐겨하고 춤을 추며 십방장생이 효양할줄을 알았다는 것이니 성문과 벽지불은 부처님의 제자를 가르친 말입니다. 미계와 오계를 드러서 십계로 나누며 쏘는 십류로 나눌 수 잇으니 도시하면 아래와 갓습니다.

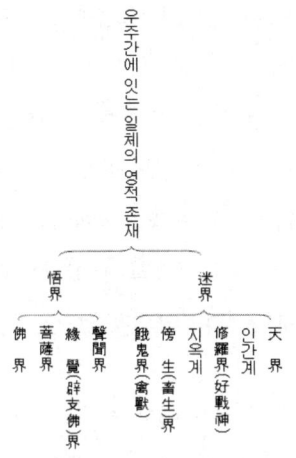

성문제자(聲聞弟子)라 함은 세존이 가르치는 교훈의 음성을 듣고 깨쳐가는 제자이니, 인간으로써 설법을 듯고 구도하는 자요, 벽지불(辟支佛)이라 함은 무사자오(無師自悟)하는 자이니, 엇던 동기나 인연사물(因緣事物)에 늣겨서 공부하는 자입니다. 예(例)하면 뉴-톤이 임금(林檎) 써러짐을 보고 지구의 인력을 발견하고, 와-ㅅ토가 茶錐[16]이 쓰러오름을 보고 수증기를 발견하는 것 가트니, 누구에게 설명을 듯지 안코 스사로 인세의 무상을 늣기고 자선심을 발하고 구도심을 발하는 자입니다. 그리고 보살(菩薩)이라 함은 자리(自利)와 이타(利他)를 겸하되 이타심을 압스는[17] 자요, 불(佛)은 가장 전지전능하게 인격완성된 성자입니다.

16　문맥상 '찻물 끓이는 주전자'여야 하는데 왜 '송곳 추(錐)'로 적었는지는 미상임.
17　앞세우는.

그런즉 성문제자와 연각제자는 세존을 뵈옵고 그리든 남어지에 춤을 추엇고, 중생들은 세존이 위모설법하시엿다는 말을 듣고 "저런 부텨님 가튼 이도 부모에게 효도하엿스니, 우리도 부모에게 효양할 줄을 아러야 되겟다."고 깨첫습니다.

후구. 부텨님이 천상에서 오신 상서(祥瑞)로 수미산이 즐겨서 대해에 잠겻다가 소사오르는 것 가트며, 시방(十方) 중생이 세존을 뵈이려고 영산대법회에 참예하러 왓다는 뜻임니다.

〈기 424〉: 세존께서 영산에 오시자 지중(地中)으로부터 칠보−금, 은, 유리, 거거, 파리, 마노, 금강−로 장식한 보탑 일좌가 용출하는지라. 이 연유를 알지 못하야 여러 대중이 의심하더니 이것을 알아차린 미륵보살은 대표로 일어서 이 연유를 부처님께 물은즉 세존은 그들을 불상히 하사 일너주셧습니다. 그 말삼하신 내용은 차호에 자세히 소개하겟습니다.

▌월인천강지곡 제21(세종대왕 어제)
석보상절 제21(세조대왕 어제)

〈기 425〉
阿增祇 前劫에 波羅捺王이 太子롤 求ᄒ더시니
(아증기 전겁에 파라날국의 왕이 태자를 나치 못하야 구하기를 마지 안으시더니)

열두힛 마내 제1부인이 태자롤 났ᄫ시니
(아들을 구하기 열두해 되는 해에 王의 제일 부인이 태자를 나시니)

〈기 426〉
태자ㅣ 성ᅀᆞᆷᄫᆞ샤 怒호몰 모ᄅᆞ샤 布施롤 즐기더시니
(太子께서 性品이 고으사 怒할 줄을 모르시고 布施(寄附, 同情, 義

捐, 慈善과 갓흔 것)함을 즐기시더니)

大臣이 모디라 德을 새오ᅀᄫᅡ 업스시긔 꾀롤ᄒᆞ더니
(大臣들이 惡하야 太子의 德을 猜忌하야 殺害함을 꾀하더니)

〈기 427〉
아바님 病重하샤 藥ᄋᆞᆯ 몯ᄒᆞᅀᆞᆸ거늘 목숨 ᄇᆞ려 救ᄒᆞᅀᄫᆞ시니
(父王의 病이 危重하야 藥을 求하되 구하지 못하거늘 태자쎄서 목숨을 버리여서 구하시니)

아바님슬ᄒᆞ샤 檀香으로 ᄉᆞᅀᆞᄫᅡ 寶塔일어 供養ᄒᆞ시니
(부왕이 슬퍼하사 전단향을 사서 태자의 시체를 안치할 보탑을 조성하야 공양하시니)

〈기 428〉
太子ㅅ 일홈은 忍辱이러시니 오ᄂᆞᆳ날애 如來시니
(그째의 太子님의 일홈은 忍辱太子일러니 今日에는 그가 곳 釋迦如來시니)

波羅捺王ᄋᆞᆫ 閱頭檀이시고 夫人이 摩耶ㅣ시니
(그째의 부왕이든 바라날왕은 지금 열두단 곳 번역하면 정반왕이시고 그째의 왕의 부인은 지금의 성모 마야부인이시니)

〈기 429〉
前劫에 布施 즐겨 부모 효도ᄒᆞ실쌔 菩提롤 일우시니
(석존쎄서는 태자의 몸으로 전겁에 보시를 즐겨하고 효도하실새

보리(정각)를 일우시니)

이짜해 寶塔세야 太子供養이실씨 世尊ㅅ긔 소사 뵈ᅀᆞᆸ니
(전세에 부왕이 효도 바쳐서 사신기명(捨身棄命)한 태자의 유해
를 거두어 보탑에 느어서 탑을 모아 공양하얏을새 그 탑이 지금
세존께 소사뵈이시니)

주석 〈기 425〉: 이 노래에서부터는 먼저 기424에서 세존 압헤 난데업는 보
탑(寶塔)이 소슨즉 이것을 모든 사람이 아지 못하야 궁금해 역임으로, 미륵보
살이 대표로 무럿더니, 세존께서 보탑인연을 일러주섯다고 한 그 내용을 설명
한 노래임니다. 그럼으로 이 노래에서부터는 세존께서 미륵보살께 일러주신
녯날이야기임니다. 아증기겁이라 함은 범어이니 번역하면 무수겁(無數劫)임
니다. 그러나 아주 무수(無數)는 아닌즉 어데까지 수를 헤일 수가 잇는 것임니
다. 이것을 보면 인도 사람이 얼마나 공상이 만흐며 쏘는 수학지식이 얼마나
된 것을 알 수가 잇음니다. 인도 사람은 수법(數法)을 1, 2, 3, 4로부터 십, 백,
천, 만, 억 이와 가치 단위로 올라가기를 138위까지 올라갓음니다. 아증기라
함은 낙차(洛叉)로부터 105위에 잡히는 수이니, 그만하면 무수(無數)라 함도
과언이 아님니다. 138위의 단위를 참고로 표시하야 볼 것 갓흐면 아레와 갓음
니다.

일, 이, 삼, 사, 오, 륙, 칠, 팔, 구, 십, 백, 천, 만, 억, 낙차(落叉 : 번역하면 兆),
구지(俱胝), 아유다(阿庾多), 나유타(那由他), 빈파라(頻婆羅), 긍갈라(矜羯羅),
아가라(阿伽羅), 쵀승(最勝), 마파라(摩波羅), 아파라(阿婆羅), 다파라(多婆羅),
계분(界分), 보마(普摩), 칭마(稱摩), 아파검(阿波鈐), 미가파(彌伽婆), 비라가
(毗羅伽), 비가파(毗伽婆), 승갈라마(僧羯羅摩), 비살라(毗薩羅), 비섬파(毗瞻
婆), 비성가(毗盛伽), 비소타(毗素陀), 비파가(毗婆訶), 비박저(毗薄底), 비구담
(毗佉擔), 칭량(稱量), 일지(一持), 이로(異路), 전도(顚倒), 삼말야(三末耶), 비

도라(毗覩羅), 해파라(奚婆羅), 사찰(伺察), 주광(周廣), 고출(高出), 최묘(最妙), 니라파(泥羅婆), 가리파(訶理婆), 일동(一動), 가리포(訶理蒲), 가리삼(訶理三), 해노가(奚魯伽), 달라보타(達羅步陀), 가노나(訶魯那), 마노타(摩魯陀), 참모타(懺慕陀), 예라타(瑿羅陀), 마노마(摩魯摩), 조복(調伏), 쌍교만(雙憍慢), 부동(不動), 극량(極量), 아마달라(阿摩怛羅), 발마달라(勃摩怛羅), 가마달라(伽摩怛羅), 나마달라(那摩怛羅), 해마달라(奚摩怛羅), 비마달라(鞞摩怛羅), 발라마달라(鉢羅摩怛羅), 시파마달라(尸婆摩怛羅), 예라(翳羅), 벽라(薜羅), 체라(諦羅), 게라(偈羅), 솔보라(窣步羅), 니라(泥羅), 계라(計羅), 세라(細羅), 비라(鞞羅), 미라(謎羅), 파라다(婆羅茶), 미노타(謎魯陀), 계노타(契魯陀), 마도라(摩覩羅), 파모라(婆母羅), 아야파(阿野婆), 가마라(迦摩羅), 마가파(摩伽婆), 아달라(阿怛羅), 혜노야(醯魯耶) , 벽노파(薜魯婆), 갈라파(羯羅波), 가파라(訶婆羅), 비파라(毗婆羅), 나파라(那婆羅), 마라라(摩羅羅), 파파라(婆婆羅), 미라보(迷羅普), 자마라(者摩羅), 태마라(馱摩羅), 발라마타(鉢羅摩陀), 비가마(毗伽摩), 조파발다(鳥波跋多), 연설(演說), 무진(無盡), 출생(出生), 무아(無我), 아반다(阿畔多), 청련화(靑蓮華), 발두마(鉢頭摩), 승기(僧祇), 취(趣), 지(至), 아승기(阿僧祇), 아승기전(阿僧祇轉), 무량(無量), 무량전(無量轉), 무변(無邊), 무변전(無邊轉), 무등(無等), 무등전(無等轉), 불가수(不可數), 불가수전(不可數轉), 불가칭(不可稱), 불가칭전(不可稱轉), 불가사(不可思), 불가사전(不可思轉), 불가량(不可量), 불가량전(不可量轉), 불가설(不可說), 불가설전(不可說轉), 불가설불가설(不可說不可說), 불가설부가설전(不可說不可說轉).

그런데 낙차(落叉)로부터서는 백의 10이 천이요, 천의 10이 만, 이렇게 올라간 것이 아니라 배수배수로 올라간 것입니다. 예하면, 조(兆)를 가르켜서 일낙차(一洛叉)라고 하는 것이니, 그러면 10낙차가 1구지(俱胝)요 10구지가 1아유다(阿臾多), 이러케 올라가는 것이 아니라, 배수로 낙차의 낙차가 1구지요 구지의 구지가 1아유다, 이러케 올라가는 것입니다. 그러고본즉 아승기쯤은 도저히 실수(實數)로 상상하기 어려울 만큼 무수(無數)라고 부를 수밧게 업슴니다. 짜라서 우리가 보통 길까에서 서로 만나서 어처구니업는 일을 혹은 불가사의(不可思議), 불가설(不可說)이라고 하는바, 이 어원의 출처도 기실은 이 수법(數法)에서 나온 말임니다. 이 수법(數法)은 화엄경 아승기품(阿僧祇品)이라고 하는 곳에 자세하게 설명하엿음니다. 이제로부터 세존의 본생담 쪼는 전생설화로 도라가겟음니다.

　이러케 짜마득한 녯날에도 쏘 녯날 과거 아승기겁[阿僧祇劫 : 겁은 천지개벽의 1 경과를 가리킨 것] 전에 비파시불상법[毗婆時佛像法 ; 상법(像法)은 불멸후(佛滅後) 말시(末時)]시에 인도의 파라날국이라는 나라가 잇고 그 나라에 왕이 잇엇음니다. 이 왕은 퍽 어지러서 정법(正法)으로써 나라를 다사리사 덕화가 날마다 놉하가는지라 백성들이 모다 깃버하고 인정(仁政)을 찬미치 아니하는 자가 업섯음니다. 짜라서 여러 소국이 귀화하는 고로 60여 소국이 귀화하고 800여 골이 귀순하엿음니다. 그러나 이 왕은 늣도록 아들이 업는 고로 천지신명에게 기도하야 아들을 구하기 열두 해에 이르럿더니, 12년 만에 마침 제1부인이 아들 한 분을 나으시니, 용모가 단정하기 무쌍할 뿐더러 커가면서 진심(嗔心)[18]과 분심(忿心)을 모를 만치 어질고 순하고 착햇음니다. 그래서 인욕(忍辱)이라고 이름지어서 시인(時人)들이 인욕태자(忍辱太子)라고 불럿음니다.

　〈기 426〉 : 태자쎄서는 우에 말한 바와 가티 성품이 고와서 노할 줄을 몰르고 오즉 보시하기를 즐겨할 뿐이며, 쏘는 총명하고 인자하야 만민을 적자(赤子)와 갓티 사랑할 뿐이엿는데, 도고마성(道高魔盛)으로 그 나라의 대신들은 태자와 정반대로 무도하기 짝이 업고 악독하기 비할 데 업섯음니다. 그것은 태자가 공정하고 인자한 고로 태자 째문에 그들이 백성을 속혀서 야욕을 채울 수 없는 까닭이엿음니다. 그럼으로 여섯 대신들은 언제든지 태자를 살해하려고 기회를 엿보며 태자의 덕을 시기하야 항상 살상하려고 쬐하기를 마지 아니

18　왈칵 성내는 마음.

햇읍니다.

　〈기 427〉: 그런데 째마침 파라날국왕이 병이 드럿는데 천하의 약을 다 구하야 복용하야도 나앗지를 안슴니다. 그럼으로 6대신을 향하야 태자가 말하되, "부왕쎄서 이와 가티 중병이 드섯으니 엇지하면 조켓느뇨?"한즉, 대신들은, "그러게 약을 구해도 어들 수 업사온즉 엇지할 도리가 업슴니다."하엿읍니다. 태자는 효심이 지극하야 6대신의 태만을 충고한즉, 6대신은 서로 의논하되, '이럴 째에 태자를 더러 버리지 안으면 내종에 우리들이 편안치 못하리라.' 하니, 한 대신이 말하되, "방편으로 더러 버릴 수가 잇노라" 하고, 태자에게 가서 엿자오대, "대왕의 병을 꼭 쾌복(快服)케 할 약을 탐지하고 60여 소국왕쎄 그 약을 구하되 필경 구하지 못하고 왓노이다."하니, 태자는 말하되, "그 구하는 약이 무슨 약이뇨?"하고 무럿읍니다. 그리한즉, "나면서부터 평생에 진심(嗔心)과 분심(忿心)을 모르고 큰 사람의 골수(骨髓)로소이다." "아! 그러타면 내 몸 밧게 업슬 것이다. 내가 생후부터 아직까지 진심(嗔心)을 이르킨 적이 업노라." "태자쎄서 그런 어른이시면 이 일이 쏘한 어려운 일이로소이다." "그러나 그러케 어려울 것이 업노라. 오직 아버님의 병이 나으시기만 한다면 네 몸을 백천번 버리드래도 어렵지 안을 것이어늘, 한번 버려서 아버님의 병이 나으심이겟느냐? 그럼으로 어려울 것이 업다고 생각하노라." "과연 태자님은 하날이 내신 효자로소이다."

　대신은 악한 뜻을 품고 이와 가티 고하니, 태자는 그런 줄도 모르고 깃버하며, "내의 더러운 몸의 쎠 안에 잇는 골수가 아버님의 병을 낫게 한다면 이 일을 속히 이루어야 하리로다."하고 모후쎄 가서 고하되, "이제 이 몸으로 아버님을 위하야 병에 약으로 밧치려 하노니 슬피 역이지 마소서."하니 모후가 듯고 까무러첫읍니다. 한참 지난 뒤에 물을 뿌려서 소생케 한 후 다시 엿자오되, "소자는 임의 부왕을 위하야 이 몸을 밧치기로 결심하엿사오니 아주 아니 나신 세음 치고 이즈시기를 바라나이다." 이와 가티 최후의 유언을 하고 여섯 대신과 60여 소국왕을 모와 노코 이 세상의 전별(餞別)을 고하고, 사신기명(捨身

棄命)을 선언하엿음니다. 그럼으로 악한 대신들은 기다린 듯 즉시 전타라[旃
陀羅 : 도수업(屠獸業) 혹은 악형(惡刑)을 맡은 사람]를 불러서 태자를 육시처
참(六尸處斬)하고 뼈를 지나 골수를 쓰내서 약에 화(和)하야 부왕께 바치엇음
니다.

태자가 그와 가티 철천(徹天)의 효심으로 아모 원망과 불안이 업시 태연자
약하게 오히려 깃부게 몸을 버린 그 골수는 과연 악신(惡臣)들의 말과 가티 효
험이 잇게 되야, 대왕은 이 약을 마시자마자 병이 씨슨 듯이 쾌유가 되엿음니
다. 대왕이 깃버하야 대신들에게 일러 말하되, "너희가 어디 가서 이러한 약을
구하엿느뇨?"하니 대신들은 숨김업시, "태자가 철천의 효심으로 정성의 약을
바처서 대왕의 병이 나으신 것입니다."하엿음니다. 이째에 대왕은 속도 모르
고 깃버하며, "태자는 지금 어느 곳에 잇나뇨?"하니, "네! 황공하오나 태자는
임의 몸이 상하야 명이 끈어졋나이다. 약용(藥用)의 골수를 냇기 째문에……"
대신은 이와 가티 고하엿슴니다. 그리한즉 대왕은 몸부림을 치며 못내 슬퍼하
야 말삼하되, "아! 내가 실로 무정하고나. 엇지 아들의 골수를 먹고 병이 나음
을 뜻하얏겟느냐?" 부르짓고 태자 잇는 곳을 가시니, 태자는 벌서 사해(死骸)
가 되어 잇슬 뿐입니다.

그래서 국왕과 부인과 대신과 백성, 무량한 대중이 눈물을 흘리며 앞뒤에
위요하야 섯더니, 모후가 태자의 시체 우에 쓰러저 업듸여서 말하되, "내ㅣ 전
생에 여러 가지 죄가 잇기 째문에 아들이 이러케 참혹한 수고를 하는구나." 하
고 방성통곡하니, 이것을 보고 모두 우지 아니하는 사람이 업섯음니다. 그째
에 부왕과 소왕들이 우두전단향목(牛頭栴檀香木)을 구하야 태자를 화장하고
칠보탑을 세워노코 공양하기를 마지 아니하엿음니다.

〈기 428〉 : 석가세존께서 미륵보살께 이상의 녯날이야기를 거두어서 일너
말삼하시되, "선남자야, 너히 대중들은 알지어다. 그째에 파라날대왕은 다른
이가 아니라 나의 지금 부왕이신 열두단정반왕(閼頭檀淨飯王)이 그요, 그째의
모후는 지금 성모 마야부인이 그요, 그째의 인욕태자는 곧 내몸이니라." 이와

가티 말삼하시엿음니다.

〈기 429〉: 석가세존께서는 다시 말삼하사되, "보살[미성불전(未成佛前) 석존 자신을 가리치는 말]이 무량아증기겁(無量阿增祇劫)에 부모님께 효도하되, 음식이며 집이며 와구(臥具)며 육신이며 골수에 이르기까지 이러케[427~428단의 이야기를 가르치는 말]하엿으니, 이 인연으로 내가 성불하기에 이른 것이니, 이제 칠보탑이 지상에서 소슨 것은, 내가 전겁(前劫)에 부모님을 위하야 골수를 바쳤을 쌔에, 부왕과 대신과 소왕(小王)이 세워서 공양하든 칠보탑이니, 이제 내가 그 인연으로 성불한 고로 상서(祥瑞)로써 소사난 것이니라."하셧음니다. 그런 고로 이쌔에 대중 중에 무량한 인천룡귀(人天龍鬼)들은 이 말슴을 듯고 모다 감격하야 여래의 백천 공덕을 찬탄치 아니하는 자가 업섯음니다. 짜라서 아욕다라삼먁삼보리심[阿耨多羅三藐菩提心 : 무상정편정각심(無上正遍正覺心)]을 발하지 아니한 자가 업섯음니다.

　월인천강지곡 제21 종(終)
　석보상절 제21 종(終)

국문판 『조선』지 연구

색 인

(ㄱ)

가곡원류	375, 382
가련다	99
嘉俳(가배)	318
가을	90
갈맥生	102
강강술래	371, 450
姜桂欽	18, 102
강남곡(江南曲)	328, 330
강남악부	375
강대호(姜大鎬)	142
姜詩煥	18, 102
강실노래	266
姜又慶	20
강원도아리랑	157, 167
姜昌淳	18, 19
강호별곡(江湖別曲)	460
姜曉天	20, 102
개안가(開眼歌)	370
개와고양이	20
거사련(居士戀)	458
慶尙南道	23
京城老後閑話	21
경전가(耕田歌)	217
慶州의개무덤	20
계모가(繼母歌)	130
계우사	22
高橋亨	187
고금농요집(古今農謠集)	187, 188, 189
고독	88
고려사 악지	456, 458, 464
고려사(高麗史)	388, 458
고민(苦悶)	101
고산구곡가(高山九曲歌)	376, 437
고산집	379
고상사별곡(古相思別曲)	460
고악가보(古樂歌補)	375
곡미인곡(曲美人曲)	376
곡절(曲節)	123
공주아리랑	177
공후인(箜篌引)	316, 340, 374
과거!	76
곽여(郭輿)	381
곽인영(郭仁榮)	18, 102
郭昌鉉(郭蘭史)	21
곽창현(蘭史 郭昌鉉)	100
관동별곡(關東別曲)	376, 459, 460, 463
관동별곡(안축)	375
관서별곡(關西別曲)	460
관서악부	376
관예악장(觀刈樂章)	375
광덕염불가	375
광소(狂笑)	18, 101, 102
광수공양가	375
구례(求禮)아리랑	178

구비문학 333, 370
구비문학개설 370
구비전승(口碑傳承) 374
국립국어원 284
국문학개설 283
국제어문 25, 109, 187, 309, 310, 371, 456
국조악가 375
국조악장 375
군자가 376
권근(權近) 460
權大慶 18, 102
권덕규 332
권상로 469
권선징악가 375
균여 375
균여전 339, 340, 457
그림노래 248
近藤時司 24
근재집(謹齋集) 463
금공작 18, 102
금기창 332
금오산인(金烏山人) 80, 81, 105
금원(錦園) 448
금의(琴儀) 465
금전(金錢) 101
금주(今主) 노래 232
급암선생시고(及庵先生詩藁) 458
기나리 229, 230
기록문학 370
奇遇의 男妹 17
길로길로 271
길쌈노래 125
길재(吉再) 382, 450
김구(金絿) 460
金南園 18, 102
김덕장 141
김동욱 370
김만중(金萬重) 337

김민순 290
김백당(金白堂) 23, 245
김부식(金富軾) 337, 388
김부용(金芙蓉) 448
김상용 420
김성문(金成文) 18, 91, 92, 102
김소운 112, 130, 188
金少春 18, 19, 20, 102
金素荷 20
김씨 310, 328
김양경(金良鏡) 465
김영덕(金泳德) 17, 18, 101, 102
金五坤 18
金烏山人 17, 18, 19, 19, 20, 82, 83, 86
김원근 311
김원상(金元祥) 459
김육 310
김윤식 13
김재숙(金載璹) 143
김종서 426
김주환(金柱煥) 18, 94, 100, 102
김지연(金志淵) 22, 23, 109, 110, 112, 125, 129, 130, 139, 165, 187, 188, 189, 227, 245, 283, 284, 371
金昌鈞 24
金昌濟 18, 102
金彩蘭 18, 19, 102
金哲宇 20
김춘택(金春澤) 337
김태준(金台俊) 22, 24, 455, 457
김태준전집 456
김태흡(金素荷) 19, 20, 24, 467, 468, 469, 470
金澤庄三郎 332
金華山人 20
김홍규 13

(ㄴ)

나쯰미쩍 95

낙하생고 379
난설헌(蘭雪軒) 허씨 316, 328
남도산 140
남생이말식히는아우 20
南夕鐘 18
남원아리랑 179, 181
남이 426
남효온(南孝溫) 337
남훈태평가 382
내 망근 262
노릉지 379
노만시 77, 80, 88
노인헌화가(老人獻花歌) 348, 351, 375
노작가(勞作歌) 192
노처녀곡(老處女曲) 243
놋다리 375
농가(農歌) 219
농부가(農夫歌) 192, 195, 198, 198,
    201, 202, 203, 219, 223, 225, 226
농부타령 220
농악 68
농요(農謠) 187, 188, 189, 196, 437
농요(이앙시) 190
농촌의 애인 15, 16
농촌의 오락과 취미 17
농촌의 취미와 오락 331
농촌의아참 94
農村의愛人 19
농촌의저녁 93
농촌이여 85
淚香 18
訥齋 104
니싸진 아해 267

(ㄷ)

다박녀타령 241
다복곡(曲) 133
단가(短歌) 377
달구노래 227

달내각시 277
달노래 256
당악(唐樂) 457, 459
대동강(大同江) 458
대동강곡 374
대동악부 382
대원군 390
대초 272, 278
대화엄수좌원통양중대사균여전
(大華嚴首座圓通兩重大師均如傳) 392
도동곡(道東曲) 376, 460
도솔가 331, 343, 344, 349, 375, 380,
    393, 457
도연명(陶淵明) 302
도진호(都鎭鎬) 469, 478
도천수관음가 370
돈(錢) 101
돌샘 19, 102
동국통감 388
동동(動動) 456, 458
동명가(東明歌) 100
동사강목 388, 408
동요(童謠) 245, 246, 262
동찰음(動察吟) 376
둥당긔타령 257
뒤ㅅ집 복순이 247

(ㄹ)

루향(淚香) 101, 102
리요(俚謠) 333, 387

(ㅁ)

輓近의少年小說及童話의傾向 20
만록(漫錄) 450
만엽집(萬葉集) 340, 387
만웅(蔓雄) 18, 91, 98, 100, 102, 105
蔓礁居人 18
말총놀애 111, 119
매화점법(梅花點法) 390

맥(貘) 80
孟軾 18
맹아기안가(盲兒祈眼歌) 394
맹아도안가(盲兒禱眼歌) 310, 321, 370, 375
맹아득안가(盲兒得眼歌) 370
메나리 222
모죽지랑가 375
몰가부(沒柯斧) 375
몽성(夢星) 80
무숙이타령(왈짜타령) 22
무애(無㝵) 458
무한천인(無限川人) 18, 19, 80, 81, 84, 105
문예광(文藝狂) 72, 80, 81, 85
문진가(問津歌) 376
文學과 評論에 對한 片想 21
민광균(閔光鈞) 465
민사평(閔思平) 458
민속 아카이브 110, 111
밀양(密陽)아리랑 150

(ㅂ)

바다의 묘망(渺茫) 81, 91
朴冕淑 18, 102
박아지노래 255
박연암(朴燕巖) 337
박일란(朴一蘭) 18, 91, 95, 100, 102, 105
박효관 390
방앗군 251
彷徨 19
배 님자네 아주머니 239
배상철(裵相哲, 裵春岡) 14, 16, 17, 18, 19, 20, 23, 69, 70, 71, 72, 74, 76, 77, 78, 79, 80, 82, 83, 90, 91, 101, 105
백광훈(白光勳) 460
백당 245
백동균(白東均) 18, 94, 101, 102, 105
白松庵 17, 18
백순재(白淳在) 12, 21, 25
백지섭(白智燮) 17, 18, 93, 100, 102, 103
베틀가 233
베틀노래 236
변계량(卞季良) 412, 460
별곡(別曲) 455, 456, 457, 458, 459, 460, 463
별곡(別曲)의 연구 455, 457
별조(別調)아리랑 147
보개회향가 375
寶媛의참을ㅅ性 19
福女와順女 20
봄날뜰에서 87
봇다리 20
봉산(鳳山)탈춤 13, 67
부고산구곡가(附高山九曲歌) 440
부모업는 자매 259
不成形문학 370
부요(婦謠) 187, 188, 227, 371, 385, 450
분솟나팔 261
불우헌곡(不憂軒曲) 460, 465
비 272
비구(比久) 12
비오는날 249
빈가지가(貧家之歌) 243
빈녀음(貧女吟) 324, 328
빵빵이 263

(ㅅ)

四角幻滅 20
사람들아! 104
사망매가(思亡妹歌) 370, 375, 393
사모가(思母歌) 133, 136, 138
사미인곡(思美人曲) 460
사승노래 : 김쌈노래 112
사승놀애(紡績歌) 111, 119, 123, 124

사임당 신씨　　　　　316, 327
寫眞　　　　　　　　　19
사친시(思親詩)　　　　327
산가(山歌)　　　　　　194
山城人　　　　　　　　18
산중속신곡(山中續新曲)　460
산중신곡(山中新曲)　　460
삼 삼는 노래　　　　　232
삼국사기(三國史記)
　　　　340, 379, 387, 388, 457
삼국유사　　339, 340, 344, 346, 347,
　　392, 393, 394, 457
삼노래　　　　　　　　240
삼대목(三代目)　　339, 340, 387
三星　　　　　　　　　103
삼월(三月)　　　　　　84
삼장사리(三藏寺裡)　　375
상금상금 상가락지　　　279
상대별곡(霜臺別曲)　　460
상사별곡(相思別曲)　　460
상사시(相思詩)　　　　328
상수불학가　　　　　　375
상아탑(象牙塔)　　　　89
상징시　　　　　　　　89
상촌집　　　　　　　　379
새노래　　　　　　　　260
새야새야 파랑새야　　　279
새타령　　　　　　　　256
생량(生凉)　　　　　89, 90
서거정(徐居正)　　　337, 388
서경곡(西京曲)　　　374, 464
서경별곡(西京別曲)　459, 463, 464
서동요　　　　　　　　374
서사민요연구　　　　　112
서산(瑞山)아리랑　　　170
서생원 노래　　　　　263
서애악부(西崖樂府)　　375
서양인화죽병서(西洋人畵竹屛序)　337
서울　　　　　　　　　268

서울아리랑　　　　　　160
徐蒼湖　　　　　　　　18
석보상절　　　468, 472, 473, 474, 477,
　　479, 480, 482, 496, 505, 512, 519
석보상절서　　　　　　473
석천(石泉)　13, 14, 16, 17, 20, 23, 102
선가(船歌)　　　　　　255
선자(選者)　　　　　66, 67
선한혼용체(鮮漢混用體)　455, 459
설령(雪嶺)　　　　　　98
설총(薛聰)　　　　　337, 338
성기돈(聲飢豚)　18, 86, 103, 105
성기원(成耆元)　17, 18, 101, 103, 105
成耆日　　　　　　　18, 103
성남생(星南生)　　　17, 19, 69
성산별곡(星山別曲)　376, 460
城川江人　　　　　　18, 103
성충　　　　　　　　380, 381
성형문학(成形文學)　370, 385, 386
성혼　　　　　　　　　290
세상(世上)달강　　　　265
세조대왕　　472, 473, 474, 477, 480,
　　496, 505, 512
세종대왕　　468, 471, 472, 473, 474,
　　478, 480, 496, 505, 512
세종대왕의 신불과 월인천강곡　467
소문쇄록　　　　　　　379
소악부(小樂府)　　　　458
소창진평(小倉進平) 310, 332, 370, 371
少春　　　　　　　　　18
속미인곡　　　　　　　376
속악(俗樂)　　　　　　457
속요　　　283, 284, 286, 298, 385
손진태　　　　　　　369, 371
송강가사　　　　　　　379
송시열(宋時烈)　　　437, 440
송씨　　　　　　　　310, 325
송암(松庵)　　　　　102, 105
송이(松伊)　　　　　　447

송인 422
송전학구(松田學鷗) 66, 67, 69, 70, 71, 90
송종원 289, 422
수로(水路) 348
수수격기(謎) 283, 286, 301, 306
수수께끼 283, 284
수양대군 472, 473
수희공덕가 375
順子의설음 20
순창(淳昌)아리랑 176
시인춘추(詩人春秋) 72, 80
시조연구논총 369
詩調와 詩調에 표현된 조선사람 369
시조의 향가기원설 333
시집사리 253
시집살이 238, 269
신(新)아리랑 146, 182
신광수 376
新舊式縱橫觀 21
신부노래 242
신사임당 310
新譯 三國誌 20
신오위장(申五衛將) 114
申益均 103
신작(新作)아리랑 183
신채호 332
신충원가 375
신흠 423, 430
沈永斌 18
심청 395
十二月十二日(12월 12일) 12, 13, 14, 19, 21, 64
쌍금쌍금 가락지 247

(ㅇ)

아라리 143
아랑(阿娘) 143, 144, 145
아리랑 발생설(發生說) 130, 140

아리랑 130, 139, 141, 142, 146, 165, 188
아리랑고개 178
아리랑세상 159
아리랑타령(打鈴) 148, 152, 154
아리렁노래 146
아악(雅樂) 457, 459
아야마(阿也麻) 375
아희 재우는 소리 255
아희(아이)보는 노래 252, 262
악곡(樂曲) 459
악부(樂府) 455, 459
악학궤범 318, 375
안귀손(安貴孫) 처 376, 448
안드레아스 엑카르트 24
안민가 375
안민영 290, 294, 390, 447
안유(安裕) 337
안정복 388
안주(安州)아리랑 177
安之覃 23
안축(安軸) 459, 463
안확(안자산(安自山)) 16, 22, 370
알영(閼英) 146
암야(暗夜)의 등명(燈明) 467
애강상신부사(哀江上新婦詞) 376, 448
약파만록(藥坡漫錄) 429
梁基炳 19
양반광대 274
양생노래 227
양양(襄陽)아리랑 177
양주동 310
어린동생 249
어린아기 248
어미업는 어린아기 258
어부가(漁父歌) 460
어부사(漁父詞) 465
어부사시사(漁父四時詞) 460
어제월인석보서(御製月印釋譜序)

474, 477
어희(語戲)　283, 286, 292, 297, 298,
　301, 306, 307
언문 조선구전민요집　111
언제 오실낭가　251
엄연곡(儼然曲)　376, 460
엄흔　424
여민악　389
여사(麗史) 악지(樂志)　460
여사(麗史)　457, 458, 464
여성 작가　309
여옥(麗玉)　316, 340
여요전주　310
여지승람　319, 320, 448
여창유취　382
煙氣속에살어진한떨기꽃?　20
영남악부　376
영일아리랑　168
영재우적가　375
영향당 한씨(影響堂 韓氏)　449
예경제불가　375
오경화(吳景化)　388, 431
吳樂敎　19
懊惱의靑春　74
오라! 도회(都會)의 패배자여!!　101
오랑캐롱　246
오청(吳晴)
　　12, 66, 67, 68, 70, 71, 82, 103
玉洞居士　17, 19
옥산신사례제(玉山神社例祭)　333
옥산신사어신행축사
　(玉山神社御神幸祝詞)　352
옥산신사예제용가(玉山神社例祭踊歌)
　　362
옥산신사축사(玉山神社祝祠)　359
腰折할우슴거리　21
용가(春歌)　194, 201
용가(踊歌)　333
용비어천가(龍飛御天歌)　375, 389

용천담적기　379
우봉집(又峰集)　391
우탁(禹倬)　381
雲岡　102
雲月山人　18
운율　382
원감국사(충지)　375
원산(元山)아리랑　149
원왕가　375
원천석(元天錫)　286
원천석　445
원효(元曉)　337, 392
월명사(月明師) 343, 344, 375, 380, 393
월명사위망매영재가
　(月明師爲亡妹營齋歌)　370
月城　104
월야강변(月夜江邊)　101
월인석보서　474
월인천강지곡 375, 467, 468, 469, 473,
　477, 478, 479, 480, 496, 505, 512,
　519
유대관령망친정시(踰大關嶺望親庭詩)
　　327
유리명왕　340
유몽인의 매씨　316
유부의(有婦儀)　315
유사함룡미(有蛇含龍尾)　375
유성원　420
유원순(兪元淳)　465
柳次元　18, 19, 103
유충기(劉沖基)　465
兪致祥　22
유호인(兪好仁)　337
유희춘　310
육현가(六賢歌)　376, 460
윤광연(尹光演)　316
尹曙野(曙野)　17, 18
윤서야(尹曙野)　21, 101, 103
윤선도(尹善道)　460

尹鐘 18, 103
율격(律格) 121
율곡신가 376
율곡전서 440
융천사(融天師) 344, 346, 375
은가락지 272
을파소(乙巴素) 371, 379, 380
疑問인鐵路의屍體 19
이고산(李孤山) 17, 18, 19, 80, 81, 82,
    83, 86, 105
이공로(李公老) 465
이국안민가(理國安民歌) 347
이규보(李奎報) 337, 338, 465
이능화 16, 22
이덕무 315
이덕형 376, 437
李東湖 18, 103
이두문 384, 387
이두식 386
이매계(李梅溪) 18, 91, 92, 100, 103
이문진(李文眞) 337
이백(李白) 302
이상(理想) 104
이상(李箱) 12, 13, 16, 19, 21, 25, 64
李湘 19
이상두 422
李箱硏究 13
이상현 145
이소홍(李少紅) 448
이수광 464
李秀鶴 18
이순신 427
이앙가 192, 193, 195, 204, 207
이앙시(移秧時) 192
이양원 421
이어 387
李蓮玉 18, 19, 103
이옥봉(李玉峰) 450
이요(俚謠) 367, 372, 419

이원규(李源圭) 20, 22, 23, 309, 310,
    311, 331, 332, 333, 334, 352, 369,
    370, 371, 372
이원수가(李元帥歌) 375, 414
이유립(李裕岦) 18, 101, 103
이율곡(李栗谷) 337, 376, 437
이익재 459, 463
이인로(李仁老) 337, 465
李仁永 103
李一和 20
이정개(李廷蓋) 434
이정신 289, 423
이제신 421
이제현(李齊賢) 337, 458
이조년(李兆年) 381
이지란 291, 426
李春國 103
이태극 369
이태종 415
이퇴계(李退溪, 이황) 337, 423, 465
이해문(李海文) 72, 80
李海文 13, 14, 14, 17, 18, 19, 19
이해문 15, 16, 16, 71, 80, 81, 81, 83,
    85, 91, 101
이향(離鄕)의 가부(可否) 94
이현보(李賢輔) 460, 465
이혼(李混) 460
李孝寬 18, 103
익재난고(益齋亂藁) 458
익종왕(翼宗王) 436
인간(人間)아 97
人情의美 19
일서(一曙) 18, 91, 97, 100, 103, 105
一盼生 20
임동권 22, 25, 109, 112, 125, 129,
    130, 187, 188, 245
임벽당(林碧堂) 김씨 310, 324
임석재 22, 67, 129, 187
임의직(任義直) 434

임제(林悌)   337, 446
잇지못할그時節   20

(ㅈ)

자경시(自警詩)   325
자궁악장(慈宮樂章)   375
자장가   249, 270, 272, 278
紫霞生   20, 103
작시법(作詩法)
         20, 70, 73, 74, 77, 79, 91
작희(作戲)   287, 288, 289, 290, 291,
    292, 293, 294, 295, 296, 300, 301,
    306
잠노래   260
잡가   377
張得俊   23
장만   424
장미화   276
장서방   275
장승두(張承斗)   12
장씨가장(張氏家狀)   391
장우벽(張友璧)   389, 390
장진주   376
장혼(張混)   389
장효무(張孝懋)   390
장효충(張孝忠)   390
전봉준   299
전원시   72
전원의 여름   75
전원풍경   76
全義行   73
전휘식(全萱植) 17, 18, 20, 69, 101, 104
점등거(點燈去)   392
鮎貝房之進   332
정과정(鄭瓜亭)   458
정광   352
정극인(丁克仁)   460, 465
정몽주 모당(母堂)   324
정상전(鄭尙銓)   18, 101, 104

정선아리랑   162, 163, 165, 166, 173
정양음(靜養吟)   376
정음(正音)   338
정읍 신태인아리랑   172
정읍사   310, 318, 320, 374
정인지   388
정자곡   216
鄭在璇   19
정지상(鄭知常)   337, 338
정철(鄭澈, 정송강) 376, 388, 433, 460
鄭泰黙   19
정포은   415
정포은(鄭圃隱)의 모(母)   415
제망매가   370
제망부사(祭亡夫詞)   376, 448
제불왕세가   375
제비   250
제석야(除夕夜)   92
제신사시(題新舍詩)   325
제초가(除草歌)   190, 191
조각빗   255
조동일   13, 16, 24, 112
조립   423
조선 고대 가곡의 일련(一臠)   455
조선 고래의 문자와 시가의 변천   332
조선 민요
    113, 116, 117, 119, 130, 139, 165
조선 민요에 대하야   109
조선 여성의 시가적 생활   309
조선가요의 사적(史的) 고찰   331, 332
조선구전민요집   130, 188
조선급만주(朝鮮及滿洲)   67
朝鮮文學과 語戲考   283
조선문학사   370, 469
조선민요집성   125
조선소설사   455
조선심(朝鮮心)   313
조선왕조실록   464
朝鮮의 古代歌曲의 一臠   22

조선인사흥신록(朝鮮人事興信錄) 66
조선한문학사 455
조윤제 283, 370
조자(調子) 382
조준 411, 425
조침문(弔針文) 338
종미암공우종성적소시
　(從眉庵公于鐘城謫所詩) 325, 326
종지종지 눗종지야 279
주무니 254
주세붕(周世鵬) 460
죽계별곡(竹溪別曲) 375, 460, 463
죽서(竹西) 448
지도의 암실 12, 14, 19, 21, 25
池福文 19
지봉유설(芝峰類說) 379, 464
지선가(至善歌) 376
池巖波 20
지원(趾源) 337
지장경 505
진찬춘앵무사(進饌春鶯舞詞) 436
진화(陳澕) 465
질타령 264
짐생의 신세타령 17, 20

(ㅊ)

차오산(車五山) 337
찬기파랑가(讚耆婆郎歌)
　　　331, 346, 350, 375
참새야 우지마라 102
창녕(昌寧)아리랑 178
창암(蒼巖) 김씨 310, 325
창애(蒼厓 또는 蒼涯) 66, 68, 103
채규경(蔡奎卿)
　　18, 91, 99, 100, 104, 105
채규삼(蔡奎三) 17, 18, 80, 81, 82, 83,
　85, 86, 88, 101, 105
채규원(蔡奎媛) 18, 101, 104
蔡金順 18, 82, 104

채달성 18
채린 18
채샘근 18
채월성(蔡月城) 17, 18, 101, 104, 105
처용(處容) 458
처용 381, 456
처용가 332, 375, 381, 457
千里駒 21
천태산인(天台山人) 455
청구영언 382
靑龍山人 18, 104
靑羊 20
청전법륜가 375
청조가(靑鳥歌) 240
청파교농요(靑坡郊農謠) 376
초동가(樵童歌) 195
초부가(樵夫歌) 91, 201
촌산지순(村山智順) 22, 24
총결무진가 375
최간이(崔簡易) 337
최남선 16, 22
최유청(崔惟淸) 337
崔鼎錫 18, 20, 104
최충(崔冲) 381, 411
최충헌 409
최치원(崔致遠) 337
추수가(秋收歌) 92
추풍감별곡(秋風感別曲) 460
축사(祝詞) 333, 334, 352, 366, 385
춘랑원가(春娘怨歌) 449
춘성(春星) 18, 104, 105
춘풍가 376
春霞 18, 104
춘향가 448
春嬉生 18, 104
出賣人의受難 20
충담사(忠談師) 346, 347, 350
忠僕된原因 20
취풍형(醉豊亨) 389

치화평(致和平) 389

친일시 91, 92, 93, 94

칭찬여래가 375

(ㅋ)

쾌장아칭칭 111, 119

(ㅌ)

타라니(陁羅尼) 375

태평곡(太平曲) 376, 459, 460

태평악장 375

토황소문(討黃巢文) 337

통인(通引) 노래 229

(ㅍ)

패관잡기 379

평북민요 125

布施太子 20

표박아(漂泊兒) 89, 90

표준국어대사전 284

풍물굿 68

풍요래여가(風謠來如歌) 375

(ㅎ)

하동(河東)아리랑 171

하이네 19

학이가(學而歌) 376

한국문학통사 13, 16

한국민요사 129, 130, 187, 188

한국민요연구 130, 188

한국민요집(韓國民謠集)
22, 112, 125, 245

한등소음(寒燈嘯吟) 84

한림별곡(翰林別曲) 455, 456, 457,
458, 460, 461, 463, 464, 465

한유순(韓裕順) 17, 18, 20, 82, 101, 104

한의바람 277

韓春爕 18, 104

韓海龍 19, 82

한혜순 18

항순중생가 375

항일의식 97

해동악부 375

海嘯 104

해야-나오나라 253

해야해야 267

향가 기원설 370

鄕歌及び吏讀の硏究 370

향랑(香娘) 449, 450

향랑원가(香郎怨歌) 376

鄕村農老閑話 21, 100

허난설헌 310, 311, 450

허문일(許文日) 72

허씨 329, 338

헌화가 331

현실비판시 91

형님 생각 238

형님맞이 241

형성문학 314

혜성가(彗星歌) 331, 344, 349

호산외사(壺山外史) 391

홍섬 421

洪淳翼 18, 104

홍유손(洪裕孫) 337

洪允植 18

화산별곡(華山別曲) 460

화왕계(花王戒) 337

화전별곡(花田別曲) 460

환산별곡(環山別曲) 460

황석우(黃錫禹) 13, 14, 16, 17, 18, 89,
90, 91, 101

黃胤錫(황윤석) 465

황조가 374

황진이의 노래 448

황해문(黃海文) 18, 82, 105

黃昏의再夢 20

灰色의薔薇 20

회소곡(會蘇曲) 124, 310, 317, 340, 375

효빈가(效嚬歌) 460
효제가 376
후회업장가 375
훈민정음 386, 468, 472
휴업과 사정(休業과事情) 12, 14, 19, 21
희명(希明) 321, 394

희명 323
희방사본 월인천강곡 469

(기타)

꽃노래 260
P生 23

저 자 약 력

▎이 복 규
· 서경대학교 국어국문학과 교수
· 온지학회 회장
· 국제어문학회 회장 역임

주요저서
· 설공찬전 연구(박이정)
· 임경업전 연구(집문당)
· 부여·고구려 건국신화 연구(집문당)
· 이야기로 즐기는 한자·한문(박문사)

▎김 정 훈
· 공주교육대학교 국어교육과 연구교수
· 국제어문학회 회장

주요저서
· 임화 시 연구(국학자료원)
· 미주 지역 한인문학의 어제와 오늘(공저, 한국문화사)
· 우리 말글과 문학의 새로운 지평(공저, 도서출판 영락)

국문판 『조선』지 연구

초 판 인 쇄	2013년 10월 21일
초 판 발 행	2013년 10월 31일
저 자	이 복 규 · 김 정 훈
발 행 인	윤 석 현
발 행 처	도서출판 박문사
책 임 편 집	최인노 · 김선은 · 주수련
등 록 번 호	제2009-11호
우 편 주 소	㉾ 132-702 서울시 도봉구 창동 624-1 북한산 현대홈시티 102-1106
대 표 전 화	02) 992 / 3253
전 송	02) 991 / 1285
홈 페 이 지	http://www.jncbms.co.kr
전 자 우 편	bakmunsa@hanmail.net

ⓒ 이복규·김정훈 2013 All rights reserved. Printed in KOREA

ISBN 978-89-98468-11-8 93810   정가 37,000원